캣
퍼
슨

**YOU KNOW YOU WANT THIS: Cat Person and Other Stories**
by Kristen Roupenian

Copyright ⓒ 2019 by Kristen Roupenian
Korean translation copyright ⓒ 2019 by Viche, an imprint of Gimm-Young Publishers, Inc.
All rights reserved.

This Korean edition was published by arrangement with Kristen Roupenian c/o Union
Literary through KCC(Korea Copyright Center Inc.), Seoul.

# 캣퍼슨

CAT **PERSON**

크리스틴 루페니언 소설집 — 하윤숙 옮김

비채

〈나쁜 아이〉를 실은 〈보디 파츠 매거진〉과 〈캣퍼슨〉을 실은 〈뉴요커〉, 〈겁
먹다〉를 수록한 〈라이터스 다이제스트〉 ('겁먹지 마'라는 제목으로 수록되었다),
〈한밤에 달리는 사람〉을 실은 〈콜로라도 리뷰〉 등 이 작품들을 처음 발표해
준 여러 매체에 깊이 감사드립니다(일부는 아직 편집 상태에 있습니다). 또
한 〈한밤에 달리는 사람〉과 〈성냥갑 증후군〉을 집필하도록 지원해준 호프
우드 재단에도 감사드립니다.

# 한국 독자 여러분에게

2017년 봄 〈캣퍼슨〉의 초고를 쓸 당시, 나는 막 예술학 석사를 마치고 미시건 주 앤아버에서 룸메이트 둘, 그리고 반려견과 함께 살고 있었다. 내 단편소설 한 편이 아주 작은 문예지에 발표되었고 몇몇 작품이 온라인으로 소개되었지만, 내가 쓴 어떤 작품에 대해서도 이를 읽을 사람이 한 줌을 넘어설 것이라는 기대는 갖지 않았다. 어떤 면에서 나는 그로 인해 자유로웠다. 독자에 대한 기대가 없었기에 다른 무엇보다도 나 자신을 위해 쓸 수 있었다.

그해 봄은 내게 이상한 나날이었다. 이십 대 후반에서 삼십 대 초반까지, 대부분의 시간을 함께했던 진지한 관계를 끝내고 다시 혼자가 된 지 얼마 되지 않았을 때였다. 이제 나이도 들고 성숙했으니 데이트도 훨씬 쉬울 것이라고 생각했다. 자신감도 늘었고 현실감도 생겼으며 데이트 한 번에 걱정과 강박으로 혼란스러워할 가능성도 줄었을 거라고. 하지만 그렇지 않다는 것을 깨닫고 나는 실망했다. 그러면서도 한편으로 나 자신을 넓은 시각으로 보게 되었다고 느꼈다. 다르게 행동하고 싶은 마음은 있지만 어떻게 해야 할지 아직은 방법을 알지 못한다고 인식할 정도의 자의식을 지닌 불편한 중간 지점. 그 지점에 나는 갇혀 있었다.

내가 책상에 앉아 〈캣퍼슨〉을 쓴 것도 이러한 실망스러운 데이트의 후유증을 겪으면서였다. 내가 지어낸 이 이야기는 여러 면에서 나의 경험과는 달랐다. 〈캣퍼슨〉의 주인공 마고는 스무 살인 반면 나는 삼십 대 중반에 접어들었다. 결국 나쁜 결말로 끝난 한 번의 데이트 상대 로버트는 내가 애써 없던 일로 묻어버리려 했던 시답잖은 부류의 남자를 과장해놓은 인물이었다. 그러나, 아마도 허구의 영역에서 이런 가공의 인물들을 창조해낼 자유가 있었기 때문이었겠지만, 불현듯 매우 복잡하고 개인적인 감정이 밀려들었다. 평생에 걸쳐 줄곧 느껴왔으면서도 결코 뭐라 이름 붙일 수 없던 감정. 〈캣퍼슨〉에서 가장 중심이 되는 장면을 쓰고 있었을 때였고, 그 순간 내가 마음속으로 '다른 누군가도 이런 느낌을 가져본 적 있을까?'라고 생각했던 것을 또렷하게 기억한다.

〈캣퍼슨〉은 2017년 12월 〈뉴요커〉에 발표되었고 몇 주 지나지 않아 트위터에서 '입소문'이 났다. 수백만 명이 이 작품을 읽고, 토론하고, 공유했다. 몇 주 후 이 작품은 그해 〈뉴요커〉에 실린 글 가운데 두 번째로 많이 읽힌 글이 되었고, 이제껏 〈뉴요커〉가 온라인으로 발표한 가장 인기 있는 작품이 되었다. 내가 마지막으로 들었을 때 조회수가 450만을 넘었다고 했다. 작가로서는 물론 꿈이 실현된 것이다. 그러나 개인으로서의 나는 압도당한 채 갈피를 잡지 못하고 심지어 조금 두렵기도 했다. 내가 세상을 향해, "누구 이런 감정 가져본 적 있나요?" 하고 물었더니 세상이 귀가 먹먹할 만큼 큰 소리로, "있어요!" 하고 대답한 것 같았다.

〈캣퍼슨〉이 인터넷으로 널리 퍼지면서 이 작품이 곧 자신들의 이야기라고 느낀 전 세계 여성들의 반응이 들려오기 시작했다. 이 작품을 썼을 때 나는 이렇게 생각했다. 내가 묘사한 현상은 아마도 이삼십 대 여성, 혹은 특정 문화의 여성에게 한정된 현상이며, 문자메시지나 인터넷이 확산된 결과 빚어진, 즉 우리 세대에 한정된 현상이라고. 그러나 지난 일 년 반 동안 나는 결코 그렇지 않다는 것을 알게 되었다. 나는 육십 대 여성의 반응도, 십 대 여성의 반응도 들었으며, 동성애자 여성과 이성애자 여성, 수십 년 동안 결혼생활을 이어온 여성과 내가 살아온 기간만큼 데이트를 해온 여성, 유럽과 남아메리카 여성뿐 아니라 오스트레일리아와 남아프리카, 아시아 여성들의 반응도 들었다. 실제로 얼마 전 나는 해외에 나가 있는 한 친구로부터 일본의 기차에서 두 사람이 이 작품 이야기를 하는 것을 우연히 들게 되었다는 소식을 페이스북 메시지로 받았다. 다른 배경을 가진 독자의 이야기를 들을 때마다 나는 이 작품에 관해 뭔가를 배운 것 같은 느낌이 든다. 새로운 각도에서, 뜻밖의 신선한 방식으로 작품을 바라보는 기회를 얻게 되는 것이다.

이제 내 작품집이 대한민국에서 출판된다고 하니 또 하나의 새로운 시각으로 내 작품 모두를 바라볼 기회가 생길 것이다. 내 작품이 이렇게 멀리까지 전해질 기회를 얻게 된 것에 너무나도 감사하며 이 책을 읽어보기로 한 당신, 나의 한국 독자에게 고마움을 전한다. 물론 이 책에 〈캣퍼슨〉만 실려 있는 것은 아니다. 이 책에서 보게 될 몇몇 작품은 21세기의 데이트에 관한 사실주의적인 묘사를 담고 있지만, 그 밖에도 괴물, 살인자, 마법에 관한 이야기, 우화도 실려 있다. 당신에게 익숙하게 읽힐 작품도 있겠지만 어쩔 수 없이 그렇지 않은 작품도 있을 것이다. 그럼에도 나는 당신이 모든 이야기 속에서 뭔가 진실이라고 느껴지는 것—더러는 느낌일 수도 있고, 이미지나 농담, 단 한 줄의 대화일 수도 있을 것이다—을 발견하게 되기를 희망한다. 또한 이런 것을 발견하게 된다면 내게 이야기해주기를 희망한다. 이 작품들이 당신에게 어떤 말을 걸게 될지, 어서 알고 싶다.

마음을 담아
크리스틴.

그가 말한다.
당신 갈비뼈 안에
뭔가 꿈틀거리는 것이 있어

심장은 아니야.

암소 창자처럼 하얗고
섬유질이 많으며 아가미가 달려 있지.

_ 라라 글레넘, 〈육체의 아름다움〉

# 캣퍼슨

Cat Person

마고가 로버트를 만난 것은 가을학기가 끝나가던 어느 수요일 밤이었다. 그녀가 시내에 있는 예술영화 전용극장의 구내매점에서 일하고 있는데 로버트가 들어와 팝콘 라지 사이즈와 레드바인스 한 상자를 샀다.

마고가 말했다. "이건…… 흔치 않은 선택이네요. 사실 지금까지 레드바인스를 한 상자 팔았던 적은 없는 것 같아요."

손님에게 살짝 끼를 부리는 것은 예전에 바리스타로 일할 때 생긴 습관으로, 팁을 받는 데 도움이 되었다. 극장에서는 팁을 받지 않지만 일이 따분했고, 로버트가 귀여웠다. 파티에서 먼저 접근할 정도로 귀엽지는 않았지만 따분한 수업 시간에 그가 맞은편에 앉아 있다면 상상으로 그에게 반하는 상황을 애써 머릿속으로 그려볼 정

18

도는 됐다. 물론 그는 적어도 이십 대 중반은 되어 보이니 대학을 다니고 있지 않은 게 분명했다. 큰 키가 마음에 들었다. 걷어 올린 셔츠 소매 밖으로 문신 일부가 살짝 드러난 것도. 그러나 그는 뚱뚱한 편이었고 수염이 지나치다 싶게 길었으며 뭔가를 보호하기라도 하듯 어깨가 앞으로 살짝 굽어 있었다.

그는 그녀가 끼 부리는 것을 알아차리지 못했다. 아니, 설령 알아차렸더라도 몸을 자기 쪽으로 더 내밀고 조금 더 세게 시도해보라는 듯 약간 물러선 게 전부였다.

"으음, 됐어요." 그가 잔돈을 주머니에 넣었다.

그러나 다음 주에 그가 다시 극장을 찾아왔고 레드바인스를 또 한 상자 샀다.

"전보다 일을 잘하네요. 이번에는 그런대로 무례하지 않게 날 대했어요."

그녀가 어깨를 으쓱했다.

"그럼 승진하겠네요." 그녀가 말했다.

영화가 끝난 뒤 그가 다시 찾아왔다.

"매점 아가씨, 당신 전화번호 알려줘요." 그가 말했고, 그녀는 놀라면서도 전화번호를 알려주었다.


두 사람은 레드바인스에 관해 주고받은 짧은 대화 이

후로 몇 주 동안 문자메시지로 정교한 농담의 계단을 차곡차곡 쌓아나갔다. 농담이 순식간에 빠르게 전환되는 탓에 이따금 그녀는 따라잡기가 버거웠다. 그는 매우 영리한 사람이었고 그녀는 아주 열심히 애써야만 그에게 인상을 남길 수 있다는 것을 깨달았다. 머지않아 그녀는 자신이 문자를 보냈을 때 대개는 그가 바로 답장을 보내지만 자신의 답장이 몇 시간 이상 늦어지면 그다음에 오는 그의 문자메시지가 늘 짧고 뭔가를 묻는 질문이 들어 있지 않다는 걸 알아차렸다. 그러므로 대화를 다시 주도하는 것은 그녀의 몫이었고, 대개 그녀는 그렇게 했다. 몇번인가 하루쯤 딴 데 정신을 쏟은 적이 있었고 그럴 때마다 '이러면 대화가 완전히 끊겨버리지 않을까' 하는 생각이 들었지만, 그에게 말해줄 재미난 이야깃거리를 떠올리거나 그들의 대화와 관련 있는 사진을 인터넷에서 보게 되어 대화가 재개되곤 했다. 둘은 개인적인 이야기를 절대 하지 않았기 때문에 그녀는 아직도 그에 대해 아는 것이 별로 없었지만, 재미있는 농담이 두세 개 연달아 성공할 때면 그와 춤을 추는 것처럼 짜릿한 기쁨 비슷한 것을 느꼈다.

그러다 대학 복습 기간 중 어느 날 밤에 그녀가 교내의 모든 식당이 문을 닫고 룸메이트가 자기 비상식량까지 모조리 털어 먹는 바람에 방에 먹을 게 없다고 불평했고, 그는 그녀가 버틸 수 있게 레드바인스를 사주겠다고 제안했다. 처음에 그녀는 이 말을 피하면서 다른 농담으로 넘어갔다. 정말로 공부를 해야 했기 때문이다. 그러나 그가 말했다. **농담 아니에요, 말 돌리면서 장난 좀 그만하고 지금 나와요.** 그래서 그녀는 파자마 위에 재킷을 걸치고 세븐일 레븐 앞에서 그를 만났다.

11시쯤이었다. 그는 매일 만나는 사이처럼 인사도 없이 그녀를 맞은 뒤 바로 가게 안으로 데려가 스낵을 골랐다. 가게에는 레드바인스가 없었고, 그는 체리코크 슬러시 한 잔, 도리토스 한 봉지, 개구리가 입에 담배를 물고 있는 신기한 모양의 라이터를 그녀에게 사주었다.

"선물 고마워요." 밖으로 나와서 그녀가 말했다.

로버트는 귀까지 내려오는 토끼털 모자를 쓰고 두툼한 구식 다운재킷을 걸치고 있었다. 그녀는 이런 차림이 조금 바보 같아 보이기는 해도 그에게 잘 어울린다고 생각했다. 모자 때문에 벌목꾼 같은 분위기가 한결 두드러졌고, 무거운 재킷이 그의 복부와 조금 슬퍼 보이는 굽은 어깨를 가려주었다.

"천만에요, 매점 아가씨." 물론 당시에는 그가 그녀의 이름을 알고 있었지만, 그는 그렇게 말했다.

그녀는 그가 곧 키스해올 것이라고 생각하고 이를 피해 대신 뺨을 내밀 준비를 하고 있었다. 그러나 그는 그녀의 입술에 키스하는 대신 그녀가 매우 소중한 존재라는 듯 그녀의 팔을 잡고 이마 가운데에 부드럽게 입을 맞추었다.

"공부 열심히 해, 자기. 곧 당신을 만날 거야." 그가 말했다.

기숙사로 돌아오는 길에 그녀 안에는 뭔가 불꽃이 탁탁 이는 듯한 가벼운 느낌이 가득했고 그녀는 그것이 막 그에게 끌리기 시작하는 징조임을 알아차렸다.

그녀가 휴가로 집에 가 있는 동안 둘은 거의 쉬지 않고 문자메시지를 했으며 농담뿐 아니라 하루 일과에 대한 사소한 소식까지 주고받았다. 그들은 아침 인사와 밤 인사를 주고받기 시작했으며, 그녀는 그에게 뭔가 물었을 때 바로 답장이 오지 않으면 애타는 갈망으로 가슴이 따끔거렸다. 그녀는 로버트에게 뮤와 얀이라는 고양이 두 마리가 있다는 걸 알게 되었고, 둘은 함께 복잡한 시나리오를 써 내려가기 시작했다. 이 시나리오에는 그녀가 어린 시절에 키우던 고양이 피타가 등장하며, 피타는 얀에게 끼 부리는 문자메시지를 보내지만 뮤에게 말을 걸 때에는 늘 격식을 차리고 차갑게 굴었는데 이는 피타가 뮤와 얀의 사이를 질투했기 때문이다.

"무슨 문자를 그렇게 하루 종일 하는 거니?" 마고의 계부가 저녁식사 자리에서 물었다. "사귀는 사람이라도 있는 거야?"

"네. 이름은 로버트고 극장에서 만났어요. 우린 사랑하고 있고 아마 결혼하게 될 거예요."

"흐음, 그 사람한테 물어볼 게 있다고 전해줘."

**우리 부모가 당신에 대해 묻고 있어.** 마고는 이렇게 문자 메시지를 보냈고 로버트는 두 눈이 하트 모양으로 된 미소 짓는 얼굴 이모티콘을 보냈다.

캠퍼스로 돌아온 마고는 하루빨리 로버트를 다시 만나고 싶었지만 알고 보니 그는 놀라울 정도로 날짜를 정하기 힘든 상황이었다. **미안, 이번 주는 바빠. 곧 당신을 만날 거야. 약속해.** 마고는 그의 답장이 마음에 들지 않았다. 그녀 자신이 보인 호의와는 사뭇 다른 전개였기 때문이다. 마침내 그가 영화를 보러 가자고 했을 때 그녀는 바로 승낙했다.

그가 보고 싶어했던 영화는 그녀가 일하는 극장에서도 상영하고 있었지만 그녀는 거기 대신 외곽에 있는 대형 멀티플렉스 극장에서 보자고 제안했다. 그곳은 차를 타고 가야 해서 학생들이 자주 가지 않았다. 로버트는 진흙투성이 흰색 시빅을 몰고 그녀를 태우러 왔다. 차 안 컵홀더에 사탕껍질이 수북이 쌓여 흘러넘쳤다. 차를 타고 가는 동안 그는 예상했던 것보다 훨씬 말이 없었고 그녀를 별로 쳐다보지 않았다. 5분이 채 지나기도 전에 그녀는 걷잡을 수 없이 불편해지기 시작했고, 차가 고속도로로 들어서자 그가 자신을 어딘가로 데려가 강간한 뒤 살해할지도 모른다고 생각했다. 따지고 보면 그녀는 그에 대해 아는 것이 거의 없었다.

이런 생각을 하고 있을 때 마침 그가 말했다. "걱정 마, 당신을 죽이지는 않을 거야." 그녀는, 차 안을 불편하게 느끼는 게 내 탓이 아닐까 하고 생각했다. 데이트를 갈 때면 매번 살해당할 것이라고 생각하는 여자처럼 안절부절못하고 초조하게 행동했기 때문이다.

"괜찮아요, 원하면 죽여도 돼요." 그녀가 말했고, 그는 웃으면서 그녀의 무릎을 토닥였다. 하지만 그는 여전히 불안감이 들 만큼 말이 없었다. 대화를 이어가고자 하는 그녀의 활기찬 시도도 번번이 튕겨 나갔다. 극장에 들어가자 그는 매점 계산원에게 레드바인스에 관한 농담을 던졌지만 그곳에 있던 모든 사람들, 그중에서도 특히 마고가 당황했을 정도로 완전히 실패로 끝나고 말았다.

영화를 보는 동안 그는 손을 잡지도 않고 어깨에 팔을 두르지도 않았다. 그래서 주차장으로 돌아왔을 무렵 그녀는 그가 이제 자신에게 관심이 없어진 거라고 확신했다. 그녀는 레깅스에 티셔츠 차림이었고 어쩌면 그게 문제였을 것이다. 전에 그녀가 차에 올라탔을 때 그가 이런 말을 했다. "날 위해 차려입은 걸 보니 좋네요." 당시에는 이 말을 농담으로 받아들였지만, 아마 그는 그녀가 데이트를 진지하게 생각하지 않는다는 생각에, 아니면 그 비슷한 다른 이유로 기분이 상했을 것이다. 그는 카키색 바지에 버튼다운 셔츠를 입었다.

"그럼, 뭘 좀 마시러 갈까?" 차로 돌아오자 그가 물었다. 마고는 그가 아니라는 대답을 기대하고 있을 거라고, 그녀가 그렇게 대답할 경우 두 사람은 다시는 이야기하지 않을 거라고 확신했다. 이런 생각에 그녀는 슬퍼졌다. 앞으로 계속 그와 함께 시간을 보내고 싶어서라기보다는 휴가 기간에 그를 상대로 품었던 그 많은 희망들 때문이었다. 이토록 순식간에 모든 게 끝장나버리는 건 공정하지 않은 것 같았다.

"뭘 마시러 가는 것도 좋을 것 같기는 해요." 그녀가 말했다.

"당신이 원한다면." 그가 말했다. "당신이 원한다면"이라는 대답은 상당히 불쾌한 반응이어서 그녀는 말없이 차에 앉아 있었는데 마침내 그가 그녀의 다리를 살짝 찌르며 물었다. "뭐 때문에 부루퉁한 거야?"

"부루퉁한 거 아니에요. 그냥 조금 피곤해서요."

"집에 데려다줄 수도 있어."

"아니에요. 한잔하고 싶어요, 영화를 보고 나왔더니."

그가 고른 영화는 주류 영화관에서 상영되고 있기는 했지만 홀로코스트를 소재로 한 매우 우울한 영화로, 첫 데이트 때 보기에는 너무 부적절해서 그가 이 영화를 제안했을 때 그녀는, "lol* **진심?**"이라고 말했다. 그는 취향을 잘못 판단해서 미안하다느니 그 대신 로맨틱 코미디를 보러 갈 수도 있다느니 하며 농담을 했다. 그러나 이번에 영화 이야기를 꺼냈을 때 그가 살짝 움찔하는 걸 보고 그날 밤의 일들에 대해 전혀 다른 해석이 떠올랐다. 그는 그녀가 예술극장에서 일하는 부류라고 여기고, 그런 부류의 사람에게 깊은 인상을 남길 만한 '진지한' 영화로 홀로코스트 영화가 적절치 못하다는 것을 이해하지 못한 채 그녀에게 깊은 인상을 남기려고 그 영화를 제안했던 것이 아닐까. 그녀가 "lol **진심?**"이라고 문자메시지를 보내는

---

\* laugh out loud(소리 내어 크게 웃는다)의 줄임말.

바람에 상처받고 주눅 들고 마음이 불편해진 게 아닐까. 그에게 상처를 주었을지 모른다고 생각하니 마음이 움직였고, 그녀는 그날 밤 내내 보였던 모습보다는 그에게 더 친절한 마음을 갖게 되었다.

그가 어디에 가서 술을 마시고 싶으냐고 물었을 때 그녀는 평소에 가던 곳의 이름을 댔다. 그러나 그는 얼굴을 찡그리고는 그곳이 학생들이 찾는 지역에 있으니 더 나은 곳으로 데리고 가겠다고 했다. 그들이 찾은 곳은 이제껏 그녀가 한 번도 가보지 못한 곳으로, 가게의 존재를 알리는 간판 하나 없는, 금주법 시대의 주류 밀매점 같은 지하 술집이었다. 입장 줄이 길게 늘어서 있었다. 기다리는 동안 그녀는 그에게 할 말을 어떻게 꺼내야 할지 몰라 점점 안절부절못했지만 아무 말도 생각나지 않았다. 그래서 술집 기도가 신분증을 보여달라고 했을 때 그냥 신분증을 건넸다. 기도는 신분증을 거의 보지도 않고 능글맞게 히죽대더니 "야, 안 돼"라고 말하며 그녀에게 옆으로 비키라고 손짓하고 다음 사람을 불렀다.

그녀보다 앞쪽에 서 있었던 로버트는 뒤에서 무슨 일이 펼쳐지는지 전혀 알아차리지 못했다. "로버트." 그녀가 조용히 불렀다. 그러나 그는 뒤돌아보지 않았다. 마침내 줄을 서서 상황을 주시하던 어떤 사람이 그의 어깨를 두드렸고 혼자 옆으로 비켜나 있던 그녀를 가리켰다.

그가 그녀 쪽으로 다가오는 동안 그녀는 창피한 표정으로 서 있었다. "미안해요! 정말 당황스럽네요."

"몇 살이지?" 그가 물었다.

"스무 살요." 그녀가 말했다.

"아. 나한테는 나이가 더 많다고 한 것 같은데."

"2학년이라고 했어요." 모든 사람이 보는 앞에서 거절당한 채 술집 밖에 서 있는 것은 정말 창피한 일이었다. 이제 로버트는 그녀가 무슨 잘못이라도 한 것처럼 그녀를 바라보고 있었다.

"하지만 당신이 그랬잖아. 뭐랬더라? 아, 갭이어*." 그는 이 말이 논쟁에서 이길 수 있는 근거라도 되는 듯 들고 나섰다.

"당신한테 뭐라고 했는지는 모르겠어요." 그녀는 곤혹스러운 듯 말했다. "난 스무 살이에요." 이윽고 어이없게도 눈물이 나며 눈가가 따끔거리기 시작했다. 어쩌다 보니 모든 게 엉망진창이 되었고, 모든 게 왜 이렇게 힘든지 이해가 되지 않았다.

그러나 로버트가 울상이 된 그녀의 얼굴을 보는 순간

---

* gap year, 고교 졸업 후 대학 생활을 시작하기 전에 일하거나 여행하며 보내는 1년.

일종의 마법이 일어났다. 그의 태도에서 모든 긴장이 빠져나간 것이다. 그는 자세를 바로 하고 똑바로 서더니 곰같은 두 팔로 그녀를 감싸 안았다. "아, 자기." 그가 말했다. "괜찮아. 아무 일도 아니야. 제발 기분 나빠하지 마." 그녀는 그의 품에 감싸인 채로 있었으며, 전에 세븐일레븐 앞에서 들었던 느낌, 행여 부서지기라도 할까 조심스러울 만큼 섬세하고 소중한 존재가 된 듯한 느낌으로 벅차올랐다. 그가 그녀의 정수리에 입을 맞추었고 그녀는 웃으면서 눈물을 닦았다.

"술집에 못 들어간다고 울었다는 게 믿기지 않아요." 그녀가 말했다. "분명 당신은 내가 엄청난 바보라고 생각할 거예요." 하지만 그녀를 쳐다보는 그의 시선으로 그녀는 그가 그렇게 생각하지 않는다는 것을 알았다. 희뿌연 가로등 불빛 아래 눈송이가 하나둘 흩뿌리는 가운데 눈물 맺힌 얼굴로 미소 짓는 그녀가 얼마나 예뻐 보이는지 그의 눈을 통해 알 수 있었다.

얼마 후 그가 그녀에게 키스했다. 그녀의 입술에, 진짜 키스했다. 런지 동작을 하듯 그녀에게 달려들더니 그녀의 목구멍 쪽으로 혀를 쑥 밀어 넣었다. 형편없는 키스였다. 놀랄 정도로 서툴렀다. 마고는 다 큰 성인이 이렇게 키스를 못할 수 있다는 것이 믿기 힘들었다. 끔찍한 키스였지만 왠지 그 키스 덕분에 그에 대한 다정한 마음이 되살아났다. 그가 나이는 더 많지만, 그가 알지 못하는 뭔가를 그녀 자신이 알고 있는 듯했다. 키스를 마친 그는 그녀의 손을 꼭 잡고 다른 술집으로 갔다. 그곳에는 당구대와 핀볼 게임기가 있었고 바닥에는 톱밥이 깔려 있었으며 입구에서 신분증 확인을 하는 사람도 없었다. 그녀는 칸막이 좌석 중 한 곳에서 대학교 1학년 때 영어 수업 조교였던 대학원생을 보았다.

"보드카소다 가져다줄까?" 로버트가 물었다. 그녀는 보드카소다를 한 번도 마신 적 없지만 여대생이 좋아하는 술 종류에 대해 농담할 때 등장할 법하다고 생각했다. 실은 뭘 주문할지 조금 걱정하고 있었다. 그녀가 다니던 술집에서는 바에 앉은 사람들만 신분증 확인을 했기 때문에 무리 중 스물한 살이 되었거나 감쪽같은 가짜 신분증을 지닌 아이들이 팹스트블루리본이나 버드와이저라이트를 피처로 사 와서 모두 함께 마시곤 했다. 이 맥주 브랜드가 혹시 로버트에게 놀림감이 되지는 않을지 확신이 없어서 그녀는 브랜드를 특정하지 않고 말했다. "그냥 맥주 한잔 마실게요."

술잔이 앞에 놓여 있고 이미 키스도 한 데다 어쩌면 그녀가 울음을 보인 까닭인지, 로버트는 한결 긴장이 풀린 것 같았고 예전에 문자메시지로 대화하던 때의 재치 있던 로버트로 거의 돌아와 있었다. 이야기를 나누면서 그녀는, 화났거나 불만이 있다고 해석했던 그의 모습이 실은 초조함, 그녀가 즐거운 시간을 보내는 것 같지 않다는 두려움에서 비롯된 것이었다고 차츰 확신하게 되었다. 그는 그녀가 처음에 영화 제안을 거절했던 이야기로 계속 되돌아가면서 들어맞지도 않는 농담을 하고는 반응을 확인하려고 그녀를 뚫어져라 바라봤다. 그는 그녀의 취향이 고상하다고 놀려대면서 그녀가 들은 영화 수업들 때문에 그녀에게 깊은 인상을 주기가 힘들다고 말했지만, 실은 그 역시 그녀가 여름학기에 딱 한 번 영화 수업을 들었다는 걸 알고 있었다. 그는 그녀를 비롯해 예술영화 극장 직원들이 모여 앉아, 와인도 제공하지 않고 몇몇 영화는 아이맥스 3D로 상영되는 주류 영화관에 가는 사람들을 놀려대지 않느냐고 농담을 했다. 마고는 그가 이런 식으로 그녀를 상상 속의 영화 속물로 만들어 농담하는 동안, 정작 퀄리티 식스틴 극장에서 영화를 보자고 제안한 쪽이 그녀이므로 그의 말이 전혀 타당하지 않은 듯한데도 계속 웃어주었다. 그러나 이제 그녀는 자신의 제안이 로버트의 감정에 상처를 주었을지 모른다는 걸 깨달았다. 그녀는 단지 일하는 곳에서 데이트를 하고 싶지 않다고 생각한 것뿐이지만 그에게는 훨씬 개인적인 문제로 받아들여진 것 같다. 그녀가 자신과 함께 있는 모습을 보이는 걸 창피해한다고 의심했을 수도 있다. 그녀는 그가 얼마나 예민한지, 얼마나 쉽게 상처받을 수 있는지 이해하게 되었다고 느꼈고, 이런 느낌 때문에 그가 더욱 가깝게 느껴졌으며, 어떻게 할 때 그가 상처받는지 알게 되면 그를 달랠 수 있는 방법도 알게 되므로 자신에게 힘이 생긴 것처럼 느껴졌다. 그녀는 그가 좋아하는 영화에 대해 많이 질문했고, 예술영화 극장에서 상영하는 영화들은 하나같이 따분하거나 이해되지 않는다고 자조적으로 말했다. 함께 일하는 나이 많은 동료들이 정말이지 위압적이라고, 무엇에 관해서든 자신만의 견해를 가질 만큼 똑똑하지 못해 가끔 너무나 걱정된다고 말했다. 이런 이야기가 그에게 미친 효과는 즉각적이고 뚜렷했으며, 이 효과 덕분에 그녀는 말이나 곰처럼 커다랗고 겁 많은 동물을 쓰다듬으며 노련하게 달래 손에 든 먹이를 먹게 만드는 듯한 기분이 들었다.

석 잔째 맥주를 마실 무렵에 그녀는 로버트와 섹스를 하면 어떤 기분일까 생각하고 있었다. 아마도 형편없는 키스, 서툴고 마음만 앞섰던 그 키스 같겠지만 다른 한편으로 뭐랄까 뜨거운 섹스가 될지도 모른다고 생각했다.

잔뜩 흥분한 그를, 그녀에게 깊은 인상을 주려는 간절한 마음으로 굶주린 듯 달려드는 그를 상상하는 동안 욕망에 잡아 뜯긴 듯 앞쪽 배가 찌르르했고, 고무밴드로 찰싹 맞은 듯 살갗에 따끔한 아픔이 느껴졌다.

그들 앞에 놓인 술을 다 비웠을 때 그녀가 대담하게 "그럼 여기서 나갈까요?"라고 말했다. 그는 그녀가 데이트를 짧게 끝내려 한다고 생각했는지 잠깐 상처받은 것 같았지만, 그녀가 그의 손을 잡아 자기 쪽으로 당겼다. 그녀가 무슨 말을 하는지 알아차렸을 때 그가 지은 표정과 순순히 그녀를 따라 술집을 나서는 그의 모습이 또다시 고무밴드로 찰싹 맞은 것 같은 느낌을 불러일으켰고, 그녀의 손바닥과 맞닿은 그의 손바닥이 축축하고 미끄덩거린다는 사실 역시 이상하게 같은 느낌을 가져왔다.

밖으로 나온 뒤 그녀는 키스하려고 다시 그의 쪽으로 몸을 가져갔지만, 뜻밖에 그는 그녀의 입술에 가볍게 입만 맞추고 나무라듯 말했다. "당신 취했어."

"안 취했어요." 그녀는 취했으면서도 이렇게 말했다. 그러고는 그에게 몸을 밀착시켜 그의 품에 기댄 자그마한 자신을 느꼈다. 그는 그녀가 너무 환하게 빛나 바라보기 힘든 존재라도 되는 듯 전율하며 깊게 한숨을 내쉬었다. 이 모습도 왠지 저항할 수 없는 유혹처럼 섹시했다.

"집에 데려다줄게, 가볍게." 그가 그녀를 차로 데려가 며 말했다. 그러나 차 안으로 들어가자 그녀가 다시 그의 몸 위로 기댔고, 잠시 후 그의 혀가 너무 깊이 밀고 들어 왔을 때 몸을 살짝 뒤로 당겨 자신이 좋아하는 좀 더 부드 러운 방식의 키스를 유도해냈다. 곧이어 그녀는 그의 몸 위에 걸터앉았고, 발기된 작은 통나무가 그의 청바지를 팽팽하게 압박하는 게 느껴졌다. 그녀의 무게에 눌린 작 은 통나무가 움직일 때마다 그는 고음의 헐떡대는 신음 을 뱉었고, 그녀는 이 소리가 조금은 멜로드라마 같다고 느끼지 않을 수 없었다. 이윽고 그가 느닷없이 그녀를 밀 쳐내고 키를 돌려 시동을 걸었다.

"십 대 아이들처럼 앞좌석에서 이러고 있다니." 그가 짐짓 역겹다는 듯 말했다. 얼마 후 그가 덧붙였다. "당신 나이가 스물이니 이런 걸 할 나이는 지난 것 같은데."

그녀가 그를 향해 혀를 내밀었다. "그럼 어딜 가려는 건데요?"

"당신 집?"

"으음, 그건 진짜 아닐 텐데. 내 룸메이트가 있잖아요?"

"아, 그러네. 당신은 기숙사에 살지." 이 일이 그녀가 사 과라도 해야 되는 일인 것처럼 그가 말했다.

"당신은 어디 살아요?" 그녀가 물었다.

"주택에 살아."

"내가…… 가도 돼요?"

"와도 돼."


그의 집은 캠퍼스에서 그리 멀지 않은 나무가 우거진 작은 동네에 있었다. 현관 입구에 귀여운 흰색 꼬마전구들이 줄줄이 매달려 있었다. 차에서 내리기 전 그가 경고하듯 어두운 소리로 말했다. "알다시피 고양이가 있어."

"알아요. 문자메시지로 말했잖아요. 기억나요?"

현관 앞에서 그는 어처구니없을 정도로 길게 느껴지는 시간 동안 열쇠를 맞추느라 더듬거렸고 나지막이 욕설도 했다. 그녀는 그의 등을 쓰다듬으면서 분위기를 이어가려고 애썼지만 그렇게 하는 것이 오히려 그를 더욱 허둥거리게 하는 것 같아 그만두었다.

"음. 여기가 내 집이야." 그가 문을 열면서 기운 빠진 소리로 말했다.

그들이 들어간 방은 희미하게 불이 켜져 있고 물건들로 가득했는데, 눈이 차츰 적응되자 그리 낯설지 않은 풍경이 펼쳐졌다. 책으로 가득 찬 커다란 책장 두 개, 레코드 수납장, 갖가지 보드게임, 미술 작품 여러 점. 작품까지는 아니더라도 스카치테이프나 압정으로 벽에 붙여놓은 수준은 아니었고, 액자에 제대로 넣어 걸어놓은 포스터 정도는 되었다.

"좋네요." 그녀가 진심으로 말했고, 이 말을 하는 동안 스스로가 안도감을 느끼고 있음을 확인했다. 그러다 문득 이제껏 누군가의 집에 가서 섹스한 적이 없다는 데 생각이 미쳤다. 또래 남자들하고만 데이트를 해와서 늘 어딘가로 몰래 숨어들거나 룸메이트와 부딪히지 않게 피해야 했다. 누군가의 근거지 안에 온전히 들어와 있다는 게 뭔가 새로웠고 조금은 겁이 났다. 비록 예술, 게임, 책, 음악 등 아주 광범위한 분류이기는 해도 그가 그녀와 공통 관심사를 지녔다는 증거가 그의 집에 있었고, 이 사실이 그녀의 선택에 대한 보증처럼 느껴졌다.

이런 생각을 하고 있는 동안 그녀는 로버트가 자신을 주의 깊게 살피면서, 이 방이 그녀에게 어떤 인상을 주었는지 관찰하는 것을 보았다. 아직은 두려움이 그녀를 놓아줄 준비가 전혀 되지 않은 모양인지 얼토당토않은 생각이 잠시 스쳤다. 어쩌면 이곳은 방이 아니라 덫에 지나지 않을 수도 있다는 생각, 사실 집 안의 다른 모든 방은 텅 비어 있거나 온갖 무서운 것들, 시체나 납치당한 희생자나 쇠사슬 같은 것으로 가득 차 있는데 로버트가 자신이 그녀와 똑같은 정상인이라는 믿음을 심어주려고 이렇게 꾸며놓았을 뿐이라는. 그러나 바로 그때 그가 그녀의 가방과 두 사람의 겉옷을 소파에 던진 뒤 그녀에게 키스했다. 그는 그녀를 침실로 이끌면서 그녀의 엉덩이를 더듬고 그녀의 가슴으로 파고들었다. 열렬히 탐하기만 할 뿐 서툴던 첫 키스가 되돌아왔다.

침실은 텅 비어 있지는 않았지만 거실에 비해서는 단출했다. 프레임 없이 그저 바닥에 박스 스프링과 매트리스만 놓여 있었다. 장식장에 위스키가 한 병 있었고 그는 그걸 꺼내 한 모금 마시더니 그녀에게 병을 건네고는 무릎을 꿇고 랩톱을 열었다. 그녀는 잠시 혼란스러웠지만 곧 그가 음악을 트는 중이라는 걸 깨달았다.

마고가 침대에 앉아 있는 동안 로버트가 허리띠를 풀고 바지를 발목 밑으로 내리다가 아직 신발을 신고 있었다는 걸 깨닫고 허리를 숙여 신발 끈을 풀었다. 어정쩡하게 몸을 숙인 자세, 털에 가려진 물렁하고 불룩한 배를 보며 마고는 생각했다. 아, 싫다. 그러나 그녀 자신이 발동을 걸어놓고 이제 와서 중단하려면 얼마나 많은 것이 요구될까, 생각만 해도 까마득했다. 대단한 재치와 상냥스러움이 요구될 테지만 그녀로서는 도저히 그런 수준을 보여주지 못할 것 같았다. 그녀의 의사에 반해 그가 억지로 그녀에게 뭔가를 시킬까 봐 두려운 게 아니었다. 지금까지 그녀가 모든 것을 주도해놓고 이제 와서 그만두자니 마치 식당에서 음식을 주문해놓고 정작 음식이 나오자 마음이 바뀌어 돌려보내는 꼴이다. 마고는 자신이 변덕스럽고 제멋대로 구는 것처럼 비칠까 두려웠다.

그녀는 저항감을 억누르려고 위스키를 한 모금 마셨다. 그러나 그가 그녀 위로 올라와 서툰 키스를 엄청나게 퍼부어댔고, 마치 별난 십자가 표시라도 그리듯 그녀의 가슴 사이를 오가고 가랑이 쪽으로 내려갔다 다시 올라오는 기계적인 동작을 연출했다. 그녀는 숨 쉬기가 점점 힘들어졌고, 어쩌면 이 일을 끝까지 치르지 못할 수도 있겠다는 느낌이 들기 시작했다.

그의 무게에 눌려 있던 몸을 꼼지락거려 빼내 그의 위에 걸터앉자 그나마 나았다. 두 눈을 감고 예전 세븐일레븐 앞에서 자신의 이마에 입맞추던 그를 떠올리는 것도 도움이 되었다. 개선된 상황에 기분이 한결 나아진 그녀는 셔츠를 걷어 올려 머리 위로 벗었다. 그러자 그가 손을 뻗어 그녀의 가슴 한쪽을 브래지어에서 꺼내 반은 브래지어 컵 안에, 반은 밖에 걸친 채로 엄지와 검지로 젖꼭지를 돌렸다. 이 동작이 너무 불편해서 그녀는 몸을 앞으로 기울이며 자신의 몸이 그의 손에 밀착되도록 밀었다. 그는 그녀의 힌트를 알아차리고 브래지어 끈을 풀려 했지만 고리를 제대로 풀지 못했다. 눈에 띄게 실망하는 그의 모습이 앞서 현관 열쇠와 씨름하던 일을 연상시켰는데, 마침내 그가 명령조로 "그거 벗어"라고 말했고 그녀는 그대로 따랐다.

그때 그녀를 바라보던 그의 표정은 이제껏 그녀의 벗은 몸을 본 모든 남자들의 얼굴에서 보아온 표정을 과장된 형태로 담아낸 것 같았다. 그렇다고 그녀에게 남자가 아주 많았던 것은 아니었다. 다 합쳐 여섯 명이며 로버트가 일곱 번째였다. 그는 우유를 잔뜩 마신 아기처럼 만족스럽고 멍한 얼굴이었다. 자신이 섹스에서 가장 좋아하는 건 아마도 이것, 즉 속을 훤히 드러낸 남자들의 모습일 것이라고 마고는 생각했다. 비록 로버트는 다른 남자아이들보다 나이도 더 많고 여자 가슴이나 몸도 더 많이 보았을 테지만 지금까지 그녀가 보아온 표정을 보다 순수한 형태로 보여주었다. 어쩌면 그가 나이가 더 많고 그녀가 젊다는 사실 때문에 더욱 그랬는지도 모른다.

키스하는 동안 그녀는 그런 판타지를 갖고 있다는 것을 스스로에게조차 털어놓을 수 없을 정도로 너무도 순수하게 자아에 대한 판타지로 황홀경에 빠져들었다. 이 아름다운 여자 좀 봐. 그가 이렇게 생각하고 있을 거라고 상상했다. 완벽해, 몸매도, 모든 것이, 겨우 스무 살이야,

피부에 흠 하나 없어, 이제껏 만난 그 누구보다 간절히 그녀를 원해, 너무 간절해서 죽을 것 같아.

그가 흥분한 모습을 상상할수록 그녀도 점점 흥분되었고 곧 그들은 서로의 몸을 밀착시켜 세게 흔들면서 리듬을 타기 시작했다. 그녀가 그의 팬티 속으로 손을 뻗어 그의 성기를 잡았고 성기 끝에 작은 습기 방울이 맺힌 것을 느끼고는 문질렀다. 그가 다시 한 번 그 신음소리, 여자의 흐느낌 같은 고음의 신음소리를 냈다. 그녀는 그런 소리 좀 내지 말라고 그에게 알릴 방법이 있었으면 좋겠다 싶었지만 아무 방법도 생각나지 않았다. 이윽고 그의 손이 그녀의 속옷 속으로 들어왔고, 그녀가 젖어 있는 것을 느낀 그는 한결 여유를 찾았다. 그가 그녀 안으로 살짝 아주 부드럽게 손가락을 집어넣었고 그녀는 입술을 깨물면서 그를 위해 약간의 쇼를 연출해주었다. 그러나 얼마 후 그가 손가락으로 너무 세게 찔러대는 바람에 움찔했고 그는 얼른 손가락을 빼냈다. "미안해!"

그가 다급하게 물었다. "저기, 혹시 전에 경험 있었어?"

이날 밤은 정말로 이상하고 전례가 없는 것처럼 느껴져서 처음에 그녀는 이런 경험이 없다고 말하고 싶은 충동이 불쑥 일었지만 이내 그가 한 말의 의미를 깨닫고 큰소리로 웃었다.

웃으려고 했던 건 아니었다. 로버트는 상냥한 희롱조의 놀림 대상이 되는 것에 대해서는 즐길 수도 있겠지만 비웃음의 대상이 되는 것에 대해서는 결코 즐길 사람이 아니다. 충분히 알고 있었지만 그럼에도 그녀는 참을 수가 없었다. 마고는 기나긴 숙고 끝에 처녀성을 잃었다. 2년 동안 사귄 남자친구와 몇 달에 걸쳐 강도 높게 토론했고, 그러고 나서도 산부인과를 찾아갔으며, 엄마와 겁날 만큼 어색하지만 믿을 수 없을 만큼 의미 있는 대화도 거쳤다. 그녀의 엄마는 결국 그녀를 위해 조식 포함으로 방을 예약해주었을 뿐 아니라 일을 치르고 난 그녀에게 축하 카드를 써서 건넸다. 이처럼 모두가 깊이 관여했던 정서적 과정을 거치지 않고, 하마터면 허세에 찬 홀로코스트 영화를 보고 난 뒤 맥주 석 잔을 마시고 아무렇게나 고른 집에 가서, 영화관에서 만난 남자에게 처녀성을 잃었을 수도 있다고 생각하니 너무나 우스워서 느닷없이 터져 나오는 웃음을 멈출 수 없었던 거였지만 그녀의 웃음에 조금은 히스테릭한 면도 있었다.

"미안해, 몰랐어." 로버트가 냉랭하게 말했다.

문득 그녀가 웃음을 그쳤다.

"아니에요, 물어봐줘서…… 좋았어요. 그런데 섹스 경험은 있어요. 웃어서 미안해요."

"사과할 필요는 없어." 그는 말했지만 그의 얼굴을 보면서 그녀는 사과할 필요가 있었다는 사실뿐 아니라 그녀 아래 깔려 있는 그의 물건이 물렁해지고 있다는 사실도 알게 됐다.

"미안해요." 그녀가 다시 말했다. 반사적으로 나온 말이었지만 이내 뭉클한 감정이 밀려왔다. "내가 긴장했나 봐요. 긴장 비슷한 것일 수도 있고요." 그는 의심스럽다는 듯 눈을 가늘게 뜨고 그녀를 바라보았지만 그녀의 말이 그의 마음을 달래준 듯했다.

"긴장할 필요 없어. 천천히 해."

그래, 맞아. 그녀가 생각했다. 이윽고 그가 다시 그녀 위로 올라와 키스하면서 그녀의 몸을 무겁게 짓눌렀고, 그녀는 이 관계를 즐길 마지막 가능성이 사라져버리기는 했지만 그래도 자신이 끝까지 버텨내기는 할 것이라고 생각했다. 로버트가 완전히 벌거벗고는 털이 무성하게 뒤덮인 축 늘어진 뱃살 아래 겨우 반쯤 모습을 드러낸 성기에 콘돔을 끼우는 순간, 그녀는 역겨움이 밀려오는 것을 느끼며 이런 느낌이 균형 상태에 들어갔던 그녀의 감각을 사실상 완전히 부숴버릴 수도 있다고 생각했다. 그러나 이윽고 그가 그녀 안으로, 이번에는 결코 부드럽지 않게 손가락을 다시 밀어 넣었고, 그녀는 이 나이 든 뚱뚱한 남자의 손가락이 몸 안에 들어온 상태로 벌거벗은 채 팔다리를 벌리고 있는 자신을 위에서 바라보고 있다고 상상했다. 역겨움이 자기혐오와 수치심으로 바뀌었고, 이는 흥분의 삐딱한 사촌 같은 것이었다.

섹스하는 동안 그는 그녀의 몸을 뒤집거나 이쪽저쪽으로 미는 등 거칠면서도 효율적으로 그녀의 몸을 움직여 갖가지 자세를 연달아 이어갔다. 그녀는 다시 인형이 된 것 같았다. 세븐일레븐 앞에서 느꼈던 기분과 같았지만 이번에는 소중한 존재가 되었다기보다는 잘 휘어지고 금방 회복되는 고무 인형, 그의 머릿속에서 상영되는 영화의 소품이 된 기분이었다. 그녀가 위로 올라타자 그가 그녀의 허벅지를 때리며 말했다, "오, 오, 당신은 이걸 좋아해." 묻고 싶어서 한 말인지, 자기 생각을 말한 것인지, 아니면 명령하는 것인지 분간할 수 없는 말투였다. 그가 그녀의 몸을 다시 뒤집어놓고 그녀의 귀에 대고 으르렁거렸다. "젖꼭지가 멋진 애랑 늘 해보고 싶었어." 그녀는 또다시 웃음이 터지지 않도록 베개에 얼굴을 묻어야 했다. 결국 그가 그녀 위로 올라와 정상 체위가 되었지만 그의 발기 상태가 줄어드는 일이 반복되었고, 그럴 때마다 그는 거짓말을 하면 진짜 현실이 될 수 있다는 듯 "당신이랑 하면 내 물건이 딱딱해져"라고 공격적으로 말하곤 했다. 마침내 그가 한바탕 토끼처럼 정신없이 소란을 피우더니 몸을 부르르 떨면서 절정에 이르고는 나무가 쓰러지듯 그녀 위로 엎어졌다. 그녀는 그에게 짓눌린 채 누워 발랄하게 생각했다. **생애 최악의 결정이었어!** 그러고는 잠시 그녀 자신에 대해, 그리고 방금 이토록 괴이하고 설명할 수 없는 짓거리를 마친 그라는 사람의 미스터리에 경탄했다.

잠시 후 로버트가 일어나 콘돔이 떨어지지 않게 움켜쥔 채 활처럼 굽은 다리로 어기적거리며 급히 욕실로 향했다. 마고는 침대에 누워 천장을 보다가 그곳에 야광으로 보이는 작은 별들과 달 모양의 스티커가 붙어 있는 것을 비로소 알아차렸다. 로버트가 욕실에서 돌아와 문 앞에 그림자가 되어 서 있었다. 그가 물었다. "이제 뭐 하고 싶어?"

"그냥 죽어버리죠." 그녀는 이렇게 말할까 상상했다. 그러다 저 우주 어딘가에 그녀처럼 지금 이 순간이 끔찍하면서도 너무 웃기다고 생각하는 소년이 있으며 언젠가 먼 미래에 소년에게 이 이야기를 들려주는 상상을 했다. "그러더니 그 남자가 '당신이랑 하면 내 물건이 딱딱해져'라고 말했어"라고 그녀는 말할 것이고 그러면 소년은 고통스럽게 비명을 지르면서 그녀의 다리를 움켜잡고,

"오, 세상에, 그만해, 제발, 더는 못 참겠어"라고 말할 것이며 두 사람은 서로의 품 안에 쓰러져 웃고 또 웃을 것이다. 그러나 그런 소년은 존재하지 않았고 앞으로도 영영 존재하지 않을 것이기 때문에 당연히 그런 미래는 오지 않을 것이다.

그래서 대신 그녀는 어깨를 으쓱했다. 로버트는 "영화 한 편 봐도 되고"라고 말하더니 컴퓨터로 가서 뭔가를 다운로드했다. 그녀는 무엇을 다운로드하는지 신경 쓰지 않았다. 무슨 이유인지 그는 자막 있는 영화를 골랐고 그녀는 계속 눈을 감고 있어서 무슨 이야기가 진행되는지 전혀 알 수 없었다. 영화를 보는 내내 그는 계속 그녀의 머리카락을 어루만지고 어깨선을 따라 가볍게 입을 맞추었다. 불과 10분 전만 해도 무슨 포르노 영화라도 찍는 것처럼 그녀를 이리저리 내동댕이치고 "젖꼭지가 멋진 애랑 늘 해보고 싶었어"라고 으르렁대며 말했다는 걸 잊어버린 것처럼.

난데없이 그가 그녀에 대한 감정을 늘어놓기 시작했다. 휴가 기간 동안 그녀가 떠나 있을 때 혹시 집에 가면 고등학교 시절 사귀던 남자친구와 다시 연락이 닿아 만나는 건 아닐까 알 수 없어서 아주 힘든 시기를 보냈단다. 알고 보니 그 2주 동안 그의 머릿속에서는 비밀스러운 드라마가 펼쳐지고 있었던 것이다. 이 드라마 속에서 그녀는 그, 즉 로버트에게 전념했던 캠퍼스를 떠나 집에 돌아가 고등학교 때 남자에게 점점 끌렸고, 이 남자는 말하자면 잘생기고 야수 같은 남자로, 그녀에게 어울릴 법한 사람은 아니지만, 그래도 그녀가 살던 설린에서는 상류 계층에 속하는 지위 덕분에 마음을 끌 만한 부류였다. "당신이 돌아왔을 때, 거 있잖아, 뭔가 잘못된 결정을 내려 우리 사이가 달라지지나 않을까 꽤 걱정했어." 그가 말했다. "하지만 나는 당신을 믿어야 했어." 내 고등학교 때 남자친구는 게이예요. 마고는 그에게 이렇게 말하는 상상을 했다. 고등학교 때에는 우리 사이가 꽤 확실했지만 1년 동안 대학에서 여러 사람과 잠자리를 하고 나더니 분명하게 깨달았대요. 사실 이제 그는 자신이 남자인지도 100퍼센트 확신하지 못해요. 남자도, 여자도 아니라고 커밍아웃하는 것이 그에게 어떤 의미가 될지 오래 이야기하며 휴가 기간을 보냈고, 그래서 그와 섹스는 못 했어요. 그런 문제로 걱정했다면 나한테 물어보면 됐을 텐데.

그러나 그녀는 이 가운데 어떤 말도 하지 않았다. 그냥 조용히 누워 증오의 검은 기운을 뿜어내고 있었다. 마침내 로버트의 말수가 줄어들었다. "아직 안 자고 있어?" 그녀가 그렇다고 대답하자 그가 말했다. "별 문제 없지?"

"몇 살이에요, 정확히?" 그녀가 물었다.

"서른넷." 그가 대답했다. "그게 문제가 되나?"

그가 그녀 옆 어둠 속에서 두려움에 떠는 것을 느낄 수 있었다. "아니요, 괜찮아요."

"그럼 됐어. 당신한테 이 얘기를 꺼내고 싶었지만, 어떻게 받아들일지 모르겠어서." 그가 몸을 돌려 그녀의 이마에 입을 맞추었고, 그녀는 민달팽이가 되어 그가 소금을 부어대는 바람에 그의 입맞춤으로 흐물흐물 해체되어버리는 기분이었다.

그녀는 시계를 보았다. 새벽 3시가 거의 다 되었다. "집에 가야 할 것 같아요, 아마도." 그녀가 말했다.

"정말? 아침까지 있을 줄 알았는데. 내가 만드는 스크램블드에그, 환상적인데!"

그녀가 레깅스를 입으며 말했다. "고마워요. 근데 그럴 수가 없네요. 룸메이트가 걱정할 거예요. 정말이에요."

"기숙사 방으로 돌아가야 하는군." 그가 말했다. 목소리에서 빈정대는 느낌이 뚝뚝 떨어졌다.

"네, 거기가 내가 사는 곳이니까요."

자동차를 타고 가는 길은 끝이 없었다. 눈은 비로 변해 있었다. 그들은 아무 말도 하지 않았다. 결국 로버트가 라디오를 켜고 심야 미국공영라디오에 맞췄다. 마고는 그들이 영화를 보러 가려고 처음 고속도로를 탔을 때 로버트가 그녀를 죽일지도 모른다고 상상했던 일을 떠올렸고, **어쩌면 지금 그가 나를 죽일지도 몰라**, 하고 생각했다.

그는 그녀를 죽이지 않았고, 그녀를 기숙사까지 차로 데려다주었다. "오늘 밤, 정말 멋졌어." 그가 안전벨트를 풀면서 말했다.

"고마워요." 그녀는 두 손으로 가방을 움켜쥐었다. "나도 좋았어요."

"드디어 데이트를 하다니 정말 기뻐."

"데이트!" 그녀가 상상 속 남자친구에게 말했다. "그는 그걸 데이트라고 했어." 그리고 둘은 웃고 또 웃었다.

"천만에요." 그녀는 문손잡이 쪽으로 손을 뻗었다. "영화랑 다 고마워요."

"잠깐만." 그가 이렇게 말하고는 그녀의 팔을 잡았다. "이리 와." 그는 그녀의 등을 당겨 두 팔로 그녀를 감싸더니 마지막으로 한 번 더 그녀의 목으로 혀를 밀어 넣었다. "아, 맙소사, 언제 끝나는 걸까?" 그녀가 상상 속 남자친구에게 물었지만 그는 대답이 없었다.

"굿나잇." 그녀는 이렇게 말하고는 차 문을 열고 도망쳤다. 그녀가 방에 다다를 무렵 벌써 그에게서 문자메시지가 한 통 도착했다. 아무 말도 없이 하트와 하트 눈을 한 얼굴만 있었고 무슨 이유인지 돌고래도 한 마리 있었다.

　그녀는 스물네 시간 동안 잤다. 그러고는 일어나 식당에 가서 와플을 먹었고 넷플릭스에서 탐정물을 몰아서 보았으며 그녀가 뭔가 하지 않아도 그가 사라져버릴 희망적인 가능성, 어떻게든 그가 사라지기를 바랄 수 있는 희망적인 가능성을 그려보려 애썼다. 저녁식사를 막 마쳤을 때 그에게서 다시 문자메시지가 왔고 내용은 레드바인스에 관한 악의 없는 농담이었다. 그 어떤 일을 놓고 봐도 너무 지나친 감정이라고 할 수 있겠지만 살갗에 뭔가 스멀스멀 기어가는 듯한 혐오감이 밀려와 바로 메시지를 지워버렸다. 그녀는 그에게 적어도 이별 통보 메시지 정도는 보내줘야 한다고, 아무 말도 하지 않는 건 적절하지 않으며 유치하고 잔인한 짓이라고 스스로에게 말했다. 또한 그녀가 아무 말도 하지 않을 경우 그가 알아차릴 때까지 얼마나 오래 걸릴지도 모를 일이었다. 문자메시지가 오고 또 올 것이며 아마도 영원히 멈추지 않을 것이다.

　**멋진 시간을 보낸 것에 대해 고맙게 생각하지만 지금으로서는 남자를 사귀는 데 관심이 없어요.** 그녀는 문자메시지 초안을 작성하기 시작했지만 계속 얼버무리고 변명하고 그가 뚫고 들어올 것이라고 예상되는 구멍("**좋아, 나도 진지하게 사귀는 데는 관심 없지만 편안한 관계 정도는 괜찮아!**")을 차단하려고 했고, 그 바람에 문자메시지가 점점 길어져 전송이 불가능할 정도가 되었다. 그사이 그에게서 계속 문자메시지가 왔다. 뭔가 중요한 내용을 담은 건 하나도 없었고 매번 마지막 문자메시지와는 거리가 먼, 진심 어린 내용으로 발전해갔다. 그녀는 그가 매트리스뿐인 침대에 누워 문자메시지 하나하나를 세심하게 다듬는 모습을 상상했다. 그녀는 그가 고양이에 대해 많은 이야기를 했음에도 그의 집에서는 고양이를 한 마리도 보지 못한 것을 떠올렸고, 어쩌면 그가 지어낸 이야기가 아닐까 의심했다.

다음 날이 지날 때까지 그녀는 자신이 자꾸 뭔가를 그리워하며 회색의 몽롱한 기분에 빠져 있는 것을 발견했으며, 그녀가 그리워하는 것이 로버트라는 것을, 실재하는 로버트가 아니라 휴가 기간 동안 주고받은 그 모든 문자메시지의 저편에 있다고 상상했던 그 로버트라는 것을 깨달았다.

**헤이, 정말 바쁜 모양이야? 그런 거야?** 둘이 관계를 가진 지 사흘 지났을 때 마침내 로버트가 이렇게 문자메시지를 보냈고, 그녀는 반쯤 완성된 이별 문자메시지를 보내기에 딱 좋은 완벽한 기회라고 여겼다. 그러나 이별 문자메시지 대신, **"하하, 미안, 곧 문자할게"**라고 답장을 써서 보내고는 생각했다. **내가 왜 그랬지?** 정말이지 이유를 알 수 없었다.

"그냥 관심 없다고 말해버려!" 마고가 로버트에게 뭐라고 할지 망설이면서 침대에 누워 한 시간이나 비비적 거리자 마고의 룸메이트 태머라가 불만스럽게 소리를 질렀다.

"그보다는 더 많은 이야기를 해야 돼. 섹스를 했거든." 마고가 말했다.

"했어?" 태머라가 말했다. "그러니까 정말로 했다는 거지?"

"괜찮은 남자야, 어느 정도는." 마고는 그렇게 말했지만 그 말이 정말 사실일까 의구심이 들었다. 그때 갑자기 태머라가 달려들어 마고의 손에 있던 휴대폰을 낚아채더니 마고의 손이 닿지 못하게 휴대폰을 멀찌감치 잡고 엄지손가락으로 빠르게 화면을 두드렸다. 태머라가 휴대폰을 침대 위로 던졌다. 마고가 재빨리 집어 드니 거기 태머라가 쓴 메시지가 있었다. **안녕, 당신한테 관심 없어. 이제 나한테 문자메시지 보내지 마.**

"맙소사." 마고는 갑자기 호흡곤란을 느꼈다.

"왜?" 태머라가 태연하게 말했다. "그게 뭐 큰 문제라고. 사실이잖아."

그러나 둘에게는 큰 문제였다. 마고는 뱃속에서 두려움이 똘똘 뭉쳐 구역질을 할 것 같았다. 그녀는 로버트가 휴대폰을 집어 들고 그 메시지를 읽고는 거울 쪽으로 몸을 틀어 거울을 산산조각 내는 모습을 상상했다.

"진정해, 술이나 한잔하러 가자." 태머라가 말했다. 둘은 늘 다니는 술집에 가서 피처 하나를 시켜 같이 마셨다. 그러는 내내 마고의 휴대폰은 탁자 위 둘 사이에 놓여 있었고 둘은 애써 무시하려고 했지만, 문자메시지 도착 알림이 울리자 소리를 지르며 서로의 팔을 움켜잡았다.

"난 못해. 네가 읽어." 마고가 휴대폰을 태머라 쪽으로 밀었다. "네가 그랬잖아. 네 책임이야." 그러나 메시지 내용은, **알았어, 마고, 그런 말을 듣게 돼서 유감이야, 내가 당신에게 불쾌한 행동을 한 게 아니었으면 좋겠어. 당신은 사랑스러운 여자고 함께 보낸 시간, 정말 좋았어. 부디 마음이 바뀌면 알려줘**, 뿐이었다.

마고는 두 손으로 머리를 감싸며 탁자 위에 축 늘어졌다. 그녀의 피를 빨아 먹고 통통하게 살이 오른 거머리가 마침내 그녀의 살갗에 쓰라린 상처를 남기고는 펑 터져버리며 떨어져 나간 느낌이었다. 그런데 그녀는 왜 그렇게 느낀 걸까? 그녀가 로버트를 부당하게 대하는 것일 수도 있다. 그는 딱히 잘못된 행동을 한 적이 없으며 다만 그녀를 좋아했다는 것, 침대에서 형편없었다는 것, 그리고 어쩌면 고양이가 다른 방에 있었을지도 모르지만 고양이에 대해 거짓말을 했을 수도 있다는 것 정도가 이유라면 이유일 것이다. 그러나 한 달 뒤에 그녀는 술집에서 그를 보았고 그곳은 대학생들이 찾는 지역에 있는, 그녀가 다니는, 그들이 데이트할 때 그녀가 제안하기도 했던 술집이었다. 그는 안쪽 탁자에 혼자 앉아 있었다. 책을 읽지도, 휴대폰을 보지도 않고 맥주를 앞에 놓고 웅크린 자세로 그냥 조용히 앉아 있었다.

그녀는 같이 간 친구의 팔을 움켜잡았다. 앨버트라는 이름의 남자였다. "오, 맙소사, 그 남자야." 그녀가 속삭였다. "극장에서 만난 남자!" 그 무렵 앨버트는 비록 사실과 똑같지는 않지만 비슷한 내용의 이야기를 들어 알고 있었고, 그녀의 친구들 거의 모두가 그랬다. 앨버트가 그녀 앞쪽으로 성큼 걸어와 로버트의 시야에서 그녀가 보이지 않게 가려주었고 둘은 재빨리 친구들이 먼저 와 있던 탁자로 갔다. 마고는 로버트가 와 있다고 모두에게 알렸고 다들 경악하며 한마디씩 내뱉었다. 얼마 뒤 그들은 마고가 대통령이고 자신들이 경호원이라도 되는 것처럼 그녀를 에워싸고 술집 밖으로 나왔다. 그렇게 호들갑을 떨면서 그녀는 자신이 비열하게 행동하는 게 아닌가 싶었지만 동시에 정말 속이 메슥거리고 겁이 났다. 그날 밤 마고는 태머라와 함께 침대에 웅크리고 누워, 문자메시지가 여러 통 도착하며 휴대폰 불빛이 캠프파이어처럼 그들의 얼굴을 비추는 가운데 메시지를 읽었다.

안녕, 마고, 오늘 밤 술집에서 널 봤어. 문자메시지 보내지 말라고 말한 거 알아. 다만 네가 정말 예뻐 보였다는 이야기를 해주고 싶었어. 잘 지냈으면 좋겠어!
이런 말 하면 안 된다는 거 알지만 정말 보고 싶어.

이봐, 물어볼 권리가 있는 건 아니겠지만 그래도 내가 뭘 잘목했는지 말해줬으면 좋겠어.

*잘못

난 우리가 정말로 통한다고 느꼈는데 넌 안 그랬니? 아니면……

널 만나기에는 내가 너무 나이가 많았던 건지도 모르지. 혹시 다른 사람을 좋아했던 건지도 모르고.

오늘 밤 같이 온 남자가 네 남자친구야???

아니면 그냥 잠만 자는 사이야?

미안

처녀인지 물었을 때 네가 그렇게 웃었던 게 아주 많이 해봤기 때문인 거야?

지금도 그 남자랑 하고 있니?

그런 거야

그런 거야

그런 거야

대답해

이 창녀야

# 룩 앳 유어 게임, 걸

Look at Your Game, Girl

1993년 9월에 제시카는 열두 살이었다. 맨슨 사건*이 있은 지 24년 뒤, 힐렐 슬로박**이 헤로인 과다복용으로 죽은 지 5년 뒤, 커트 코베인이 총으로 머리를 쏴 자살하기 7개월 전, 캘리포니아 페털루마에서 있었던 파자마 파티 도중 칼을 든 남자가 침입해 폴리 클라스를 납치하기 3주 전이었다.

제시카의 가족은 새너제이를 떠나 샌타로자로 이사했고, 새너제이에서 6학년 학급의 가장 인기 많은 아이로 지내던 그녀는 이곳 샌타로자에서 몇 개의 또래 집단 주변을 불안하게 떠돌았다. 그녀를 무시하지만 인기 많은

---

\* 1969년, 찰스 맨슨이 자신의 추종자들에게 유명 여배우인 샤론 테이트를 비롯하여 5명을 살해하도록 교사한 희대의 사건.

\*\* Hillel Slovak, 미국 록밴드 '레드 핫 칠리 페퍼스'의 기타리스트.

친구 집단, 착하지만 지루한 밴드 멤버 친구 집단, 아무도 모르게 그녀 마음속으로는 행실 나쁜 친구들이라고 생각하는, 가장 매력적이면서도 가장 추잡해서 그 애들이 하는 농담이 작은 못처럼 살갗을 파고드는 듯한 친구 집단. 이 저질스러운 친구들과 잠시 짜릿한 흥분 속에 함께 시간을 보내면 곧 기운이 빠지고 감정이 상해서 다시 기운을 차릴 때까지 밴드 멤버 친구들의 편안한 분위기를 찾아 쉬어야 했다.

제시카의 가족은 로미타하이츠에 있는 밝은 노란색의 빅토리아시대풍 주택에 살았다. 제시카는 매일 필드하키 연습을 마치고 집에 돌아와 가방에 든 과제물을 침대에 꺼내놓고, 디스크맨*과 검은색 시디 수납케이스, 도서관에서 빌린 책 몇 권, 간식으로 먹을 사과 한 알과 치즈 세 조각을 다시 가방에 넣었다. 그런 다음 집을 나와 세 블록 되는 거리를 달려 스케이트보더들이 모여 노는 공원까지 가곤 했다. 공원에 도착하면 꽈배기 미끄럼틀 아래쪽에 앉아 듣고 싶은 음악과 읽고 싶은 책을 골랐다. 제시카는 열일곱 장의 시디를 갖고 있었지만 그중 세 장만 들었다. 〈블러드 슈거 섹스 매직(Blood Sugar Sex Magik)〉**,

---

* discman, 일본 소니사의 시디플레이어.
** 1991년에 발매된 미국 록밴드 레드 핫 칠리 페퍼스의 다섯 번째 정규 음반.

〈유즈 유어 일루전 원(Use Your Illusion I)〉*, 〈네버마인드(Nevermind)〉**. 책들은 대개 책등이 갈라진 페이퍼백으로, SF와 판타지 장르 서가에서 골라 왔으며, 남자들이 권력을 장악하는 이야기였다.

공원에서 노는 스케이트보더들은 제시카보다 나이가 많아, 대략 열세 살이나 열네 살쯤 되었다. 그들이 함성을 지르면서 콘크리트 난간 위로 스케이트보드를 타고 미끄러질 때마다 바퀴와 콘크리트가 긁히는 소름 끼치는 소리가 났다. 그들은 이따금 얼굴의 땀을 닦으려고 셔츠를 위로 올렸고 그럴 때마다 납작한 갈색 복부가 섬광처럼 반짝였다. 더러 그들 중 한 명이 난간 위의 스케이트보드에 엎드린 자세로 올라타 두 무릎과 두 손을 바닥에 댄 채 그대로 내달리면 인도에는 선명한 네 개의 붉은 줄이 길게 남았다. 그들은 제시카에게 한 번도 말을 걸지 않았다. 제시카는 한 시간 동안 그들을 지켜보면서 음악을 듣고 책을 읽는 척하다 집으로 돌아왔다.

처음 그를 보았을 때 제시카는 건스 앤 로지스의 새 시디를 개봉하고 있었다. 셀로판 포장을 손톱으로 그은 다

---

* 1991년에 발매된 미국 록밴드 건스 앤 로지스의 세 번째 정규 음반.
** 1991년에 발매된 미국 록밴드 너바나의 두 번째 정규 음반.

음 이로 비닐을 막 뜯으려 할 때 놀이터 반대편에서 그녀를 지켜보는 그가 시야에 들어왔다. 스케이트보더 중 한 명일 거라고 생각했다. 그들 정도의 키에 호리호리하고 미끈한 체격도 같았지만 머리는 좀 더 길어서 어깨 밑까지 내려왔다. 늦은 오후 햇빛 속의 실루엣으로만 보이던 그가 옆으로 자리를 옮겼을 때 제시카는 그가 적어도 이십 대는 되었다는 걸 알게 됐다. 젊긴 하지만 다 큰 어른이었다. 그는 제시카가 쳐다보는 것을 보고 윙크를 하더니 엄지와 검지로 총 모양을 만들어 쏘는 시늉을 했다.

사흘 뒤 제시카가 새 앨범을 듣고 있을 때 그 남자가 불쑥 나타나 그녀가 앉아 있는 미끄럼틀 앞 자갈마당에 책상다리를 하고 앉았다. "애, 뭐 듣니?"

제시카는 너무 놀라 말은 하지 못했고, 플레이어를 열어 그에게 시디를 보여주었다.

"오, 좋네. 그 사람 좋아해?"

건스 앤 로지스는 한 사람이 아니라 밴드이므로, "그들을 좋아해?"라고 물었어야 했지만 제시카는 고개를 끄덕였다.

남자의 눈은 가늘고 파랬으며 웃을 땐 얼굴 주름에 묻혀 보이지 않았다. "그래, 그럴 것 같아."

이 말을 하는 그의 말투에서 그녀는 아마도 그가 알 거

라고 생각했다. 그녀가 밴드에 대해 어떻게 느끼는지까지
는 모르더라도, 액슬*에 대해, 찢긴 티셔츠가 어깨에 매달
려 있는 모습에 대해, 쫙 펴진 붉은 금빛 실크 같은 머리
카락에 대해 어떻게 느끼는지는 알 거라고.

"목소리가 멋있어요." 제시카가 말했다.

남자가 얼굴을 찡그리며 이 말을 곰곰이 생각했다. "그
렇구나." 그는 그렇게 말하고 잠시 후 다시 물었다. "앨범
은 어때?"

"그런대로 괜찮아요. 다른 사람들 노래를 커버한 게 대
부분이에요."

"그게 나쁜 거야? 그렇게 생각해?"

제시카가 어깨를 으쓱했다. 그는 대답이 더 이어지기를
기다리는 것 같았지만 제시카는 아무 말도 덧붙이지 않
았다. 뭔가 말을 하려고, 이를테면 '당신은 내게 말을 걸기에
는 너무 나이가 많지 않아요?'라든가 '여기가 아이들 노는 곳
이라는 걸 몰라요?' 같은 말을 하려고 입을 열었지만 제시
카는 자기가 이렇게 말하는 걸 들었다. "히든트랙이 들어
있어요."

그가 눈썹을 치켜올렸다. "오, 정말?"

---

\* Axl Rose, 건스 앤 로지스의 보컬.

"네."

한번 들어볼 수 있느냐고, 무슨 히든트랙이냐고 물어보기라도 할 줄 알고 기다렸지만 그는 묻지 않았다. 바보가 된 것 같을 정도로 가만히 앉아 있기만 했다. 제시카는 다시 헤드폰을 끼고 마지막 곡으로 건너뛴 뒤 아무 소리도 나오지 않는 구간을 빠르게 돌렸고 마침내 음악이 다시 시작되었다. 제시카가 헤드폰을 내밀자 그가 고개를 끄덕였다. 헤드폰을 건넬 때 손가락이 그의 손가락과 스쳤다. 제시카는 감전이라도 된 것처럼 얼른 손을 뺐고, 그는 희미하게 서글픈 미소를 지었다. 그가 헤드폰을 당겨 귀를 완전히 덮자 헤드폰이 그의 헝클어진 머리카락 속으로 사라졌다.

"시작할까요?" 제시카가 물었다.

"들려줘."

제시카가 플레이 버튼을 눌렀다. 그는 두 눈을 감고 손으로 헤드폰을 감싸 쥐더니 몸을 흔들기 시작했다. 혀로 입술을 핥더니 기타 코드를 잡는 것처럼 허공에서 손가락을 움직이면서 입을 반쯤 벌려 단어들을 우물거렸다. 그가 음악에 너무 깊이 빠져서 제시카는 당황스러웠다. 그리고 잠시 후, 자신이 그의 얼굴을 쳐다보지 못해 그의 발만 보고 있다는 것을 깨달았다. 맨발이었고, 발가락 사이 보드라운 부분에 덕지덕지 때가 끼어 있었다. 발톱은 노랗고 길었다.

노래가 끝나자 그는 헤드폰을 돌려주고는 디스크맨을 톡톡 두드리며 말했다. "난 원곡이 더 좋아."

그는 이 말을 하는 동안 제시카를 빤히 보았고, 그녀가 곧바로 대답하지 않자 불쑥 덤벼들듯 말했다. "무슨 얘길 하는 건지 알지?"

"음반 해설에 안 나와 있었어요." 제시카가 털어놓았다.

"그래서 한 번도 못 들어봤다고? 원곡을?"

제시카가 고개를 저었다.

"오……" 그가 끝을 길게 늘이며 말했다. "오, 이런, 그걸 놓치다니."

제시카가 자기 물건들을 주섬주섬 챙기기 시작했다.

"화내지 마." 그가 말했다.

"화 안 났어요."

"화난 거 같은데. 나한테 화난 거 같아."

"아니에요. 가봐야 해요."

"그래, 가." 그가 손을 흔들었다. "화나게 해서 미안해. 보상할게. 약속해. 다음번에 볼 때 선물 가져올게."

"선물은 필요 없어요."

"받고 싶을 거야." 그가 말했다.

그 주에는 그를 보지 못했다. 제시카는 주말 동안 저질 스러운 친구 커트니의 집에 가서 처음으로 보드카와 오 렌지주스를 섞은, 입안이 화끈거리는 술을 세 모금 마시 고 팔다리가 주체할 수 없을 만큼 무거워졌다. 다음 수요 일, 그가 다시 나타났고 손에 뭔가 들고 있었다.

"너한테 줄 선물이 있어." 그가 말했다.

"받고 싶지 않아요."

그녀의 건방진 태도가 마음에 드는 듯 그가 고개를 까 닥거렸다. 그리고 손바닥을 펴서 카세트테이프를 보여주 었다. 투명 플라스틱 케이스 안으로 짙고 어두운 색 잉크 로 직접 쓴 곡 목록이 보였다.

"난 그거 못 들어요. 카세트테이프플레이어가 없어요."

"여기에는 없지. 그래도 집에 있을지 모르잖아?"

"집에도 없어요."

"그럼, 내가 하나 가져다줄게."

셔츠는 지난번보다 더 더러웠고, 머리는 뒤로 넘겨 나 달나달한 갈색 신발 끈으로 느슨하게 올려 묶었다. 신발 도 신고 다니지 않는데 신발 끈은 어디서 구했는지. 분명 노숙자일 거다.

"됐어요. 아무것도 주지 마요."

그가 소리 내어 웃었다. 눈이 아주 파랬다. "내일 갖다 줄게." 그가 말했다.

제시카는 그냥 집에 있을까 하다 다시 생각했다. 왜 그래야 하지? 내 공원이기도 한데. 낮에는 공원에 사람들도 많다. 그가 무슨 짓이라도 할라치면 소리를 질러 도와달라고 할 거고, 스케이트보더들이 구해주러 올 거다. 제시카는 그가 무슨 짓을 시도하진 않을 거라고, 그런 일은 없을 거라고 생각했다. 그래서 공원에 갔다. 6시 반이 다 되도록 미끄럼틀에 있었는데도 그는 나타나지 않았다.

또 한 주가 지나고 나서야 그가 다시 공원에 나타났다. "미안, 카세트테이프플레이어를 찾아주겠다고 했잖아. 그게 생각보다 오래 걸렸어." 그는 쓰레기장에서 집어 온 것 같은 낡은 노란색 워크맨을 들고 있었다. 고무 버튼은 거의 다 달아났고, 아래쪽 귀퉁이가 붉은색의 끈끈한 뭔가에 빠진 적 있는 듯했다.

"그걸로는 아무것도 듣고 싶지 않아요. 역겨워요."

그가 그녀의 미끄럼틀 앞에 다시 앉았다. "헤드폰 좀 빌려줘. 구할 수가 없더라고."

"당신 누구예요? 왜 나한테 말을 거는 거예요?"

그가 싱긋 웃었다. 치아가 고르고 하얬다. "**넌** 누군데?" 그가 물었다. "왜 **나한테** 말을 거는 건데?"

제시카는 어이없는 듯 눈을 치떴다. 그가 그녀 무릎 위에 놓인 헤드폰을 집어 워크맨에 꽂았다. 그리고 주머니를 뒤져, 지난주에 제시카가 받지 않겠다고 했던 카세트테이프를 꺼내 케이스를 열고 테이프를 워크맨에 꽂았다.

"이제 틀까?"

"아뇨, 말했잖아요, 당신이 가져온 멍청한 테이프, 듣고 싶지 않다고."

"아니, 넌 듣고 싶어. 아직 그걸 모를 뿐이야."

그가 제시카에게 헤드폰을 끼웠다. 그의 몸에서 냄새가 났다. 담배 연기와 땀과 시큼한 숨결이 섞인 냄새. 얼른 헤드폰을 빼려는데 지직거리는 소리가 들렸다. 레코드가 시작될 때 나는 소리 같았고, 이윽고 거친 어쿠스틱기타 소리와 함께 남자의 노랫소리가 들렸다. 남자의 목소리는 높고 우울했으며 음정이 살짝 안 맞았다. 전에 보드카를 마셨을 때의 느낌이 떠올랐다. 지구 전체가 그녀를 제압하듯 내리누르는 것 같았던.

노래가 끝나자 제시카는 얼른 헤드폰을 벗어서 목에 걸었다.

"당신이에요? 당신이 노래한 거예요?"

남자는 기뻐하는 표정이었다. "얘, 그거 나 아니야. 찰리야."

"누구요?"

"찰리. 찰스 맨슨. 그를 몰라?"

"가수예요?"

"가수였지. 베네딕트캐니언에서 그 많은 사람을 죄다 죽이기 전에는."

제시카는 그를 노려보았다. "겁주려는 거예요?"

"전혀." 그가 말했다. 그러고는 제시카의 어깨에 양손을 얹었다. "찰리는 가수였고 스타가 될 수도 있었지. 모든 여자애들이 그를 숭배했어. 네가 액슬을 좋아하는 것과는 비교도 안 될 정도로 그를 사랑했고, 그도 똑같이 그 여자애들을 사랑했지. 메리, 수전, 린다…… 모두 그가 가는 곳이면 어디든 따라갔어. 하지만 얼마 후 그들이 여자와 배 속의 아기를 죽였고, 다른 사람들도 많이 죽였지. 지금 그는 감옥에 갇혀 있고 그 여자애들도 갇혀 있어. 맨슨 패밀리는 뿔뿔이 흩어졌지만 그들은 단 하루도, 단 한 순간도 서로에 대한 사랑을 멈춘 적이 없어. 모든 곡이 이런 사랑을 노래하고 있지."

"정말 엉망진창이네요." 제시카는 이렇게 말하고는 몸

을 틀어 어깨에 놓인 그의 손을 떨쳐냈다. "당신이 무슨 소리를 하는지 모르겠어요. 하지만 아마 당신은 여기서 나가야 할 거예요."

"그 노래가 좋았잖아." 그가 말했다. 목소리가 소년 같았고 거의 간청하는 듯했다. "네가 좋아할 거라고 생각했어. 그래서 가져온 거고."

"살인자의 노래인 줄 몰랐어요!"

"미안해. 그래. 너한테 찰스 맨슨 이야기를 하지 말았어야 했어. 겁주려는 의도는 없었어. 정말이야."

제시카는 혼란스러운 얼굴로 그를 보았다. 그의 두 팔은 튼튼하고 햇볕에 탔으며 구불거리는 검은 털이 수북이 덮여 있었다. 그러나 눈썹은 다른 색, 액슬처럼 붉은 금색이었다.

"원하면 테이프를 빌려줄게." 그가 자리에서 일어나며 말했다. "다 들어봐. 〈룩 앳 유어 게임, 걸(Look at Your Game, Girl)〉이 제일 좋은 것 같아. 〈시즈 투 이그지스트(Cease to Exist)〉도 〈식 시티(Sick City)〉도 좋아. 너도 같은 생각일 거야. 아닐 수도 있지만. 상관없어. 노래가 다 끝내줘. 진짜." 그가 플레이어를 열어 카세트테이프를 꺼내 케이스에 도로 넣고는, 그녀의 얼굴을 보기 멋쩍은 듯 땅만 내려다보며 테이프를 건넸다.

제시카는 테이프를 받아 가방에 넣었다. "고마워요."

"들어볼 거지?"

"그럼요."

"좋아! 아마 어딘가에서 카세트테이프플레이어를 구할 수 있을 거야. 할 수만 있다면 너한테 이걸 주고 싶지만 그럴 수가 없다. 미안."

"괜찮아요. 내가 알아볼게요."

제시카는 그가 곧 떠날 줄 알았다. 하지만 그는 다음 순간 제시카 쪽으로 몸을 숙이더니 두 손으로 제시카의 얼굴을 감쌌다. 그의 손은 크고 따뜻했으며, 그래서 제시카는 그 안에 감싸인 자기 얼굴이 인형 얼굴처럼 아주 작게 느껴졌다. 제시카는 그가 키스할 거라고 생각했지만 그는 엄지손가락으로 그녀의 입술을 어루만졌다. 그녀가 입을 벌리자 그의 엄지손가락이 그 사이로 미끄러져 들어왔다. 그녀는 혀를 지그시 누르는 그의 손가락에서 지문의 거친 결을 느꼈다. 손톱 밑에 낀 역겨운 때의 맛이 느껴졌다. 그가 말했다. "물론 돌려줘야 해. 테이프 말이야. 돌려줄 거지? 약속할 수 있지?"

그의 손이 그녀의 대답을 막아버렸다.

"언제?" 그가 물었다. "오늘 밤에?"

제시카는 고개를 저었다. 그가 엄지손가락을 빼냈고 제

시카는 자기 침이 반짝거리는 걸 보았다. "안 돼요! 오늘 밤에는 안 돼요." 그녀가 숨 가쁘게 말했다.

"왜 안 돼?"

"친구…… 친구 집에서 파자마 파티를 해요. 거기 가야 해요."

그는 그렇게 웃긴 이야기는 난생처음 들어본다는 듯 크게 웃었다. "네 친구 따위 알 바 아니야. 여기서 나랑 만나. 이 테이프 다 들은 다음에. 그리고 어떤 곡이 마음에 들었는지 말해줘."

"말했잖아요, 안 된다고!"

"아, 얘야……." 그가 손으로 제시카의 머리카락을 헝클어뜨렸다. "당연히 넌 올 수 있어. 10시로 할까? 아니, 자정은 어때?"

"자정에는 여기 안 와요. 난 열두 살이라고요! 당신 미쳤어요?"

"그럼 자정으로 하자." 그가 제시카의 턱을 톡톡 두드렸다. "그때 봐."


물론 제시카는 자정에 알지도 못하는 지저분한 사람을 만나러 공원에 나가지 않을 것이다. 이런 생각 자체가 어리석다. 아니, 이런 생각을 머릿속에 떠올리는 것조차 어리석다. 제시카는 그의 이름이 찰리가 아니라는 것을 알면서도 그를 찰리라고 생각했다. 계속 찰리의 엄지손가락을 생각했고, 손가락이 얼마나 앙상하고 지저분했는지 생각했으며, 그녀의 입천장과 목구멍이 만나는 말랑말랑한 지점을 긁던 손톱 느낌을 생각했다. 그녀는 욕실로 뛰어들어가 입을 벌리고 어디 피가 나진 않는지 몇 번이고 확인했다. 그의 손가락을 깨물었어야 했다. 그 끔찍한 엄지손가락이 손에서 잘려나가도록. 그러면 그는 비명을 지르며 그녀의 입에서 얼른 손가락을 빼내려 했을 거고, 손가락이 잘리고 남은 부위에서는 피가 마구 솟구쳐 놀이터 바닥을 온통 적셨을 것이다.

물론 그녀는 자정에 끔찍하고 섬뜩한 찰리를 공원에서 만나지 않을 생각이었지만, 밴드 친구들이 전화를 걸어 파자마 파티에 〈더티 댄싱〉 복사본을 가져오라고 부탁했을 때 배가 아파서 못 간다고 했다. 밴드 친구들이 키득거리며 테디베어를 끌어안고 '라이트 애즈 어 페더, 스티프 애즈 어 보드*'를 하는 소리를 들을 생각을 하니 누군가를 발로 차버리고 싶었고, 배도 정말 아픈 것 같았다. 하지만

---

* Light as a Feather, Stiff as a Board(깃털처럼 가볍고 판자처럼 뻣뻣하다). 아이들이 파자마 파티 때 주로 하는 일종의 공중부양 게임으로, 여러 명이 한 명을 가운데 두고 둘러앉아 주문을 읊으며 손가락으로 그의 몸을 공중으로 들어 올린다.

이후 제시카는 곧 파자마 파티에 갔어야 했다고 후회했다. 엄마와 아빠, 남동생이 주방 식탁에 둘러앉아 라자냐를 먹는 모습을 보고 있자니 화가 더 치밀었기 때문이다.

"엄마 아빠, 그냥 궁금해서 그러는데요, 혹시 찰스 맨슨에 대한 얘기, 들어본 적 있어요?"

엄마와 아빠는 찰스 맨슨에 대해 들어본 적이 있지만 식탁에서 그의 이야기를 하고 싶어하지 않았다. 커트니와 섀넌에게 전화를 걸어 뭘 하고 있나 물어볼까도 했지만, 물어보나마나 몰래 바깥에 나가 담배를 피우고 싶어하겠지. 제시카는 밤 시간에 절대 바깥에 나가고 싶지 않았다. 바깥에 나가면 찰리가 그녀를 볼지도 모른다. 그냥 집에 있는 편이 나을 것이다. 그녀에게는 집이 가장 안전한 장소였다. 찰리는 그녀가 어디 사는지 알지 못했고, 절대 그런 일은 없었겠지만 설령 언젠가 그녀의 뒤를 쫓아 집까지 오더라도 이 집에는 지난번에 이사 올 때 아빠가 설치한 최고 수준의 보안 시스템이 작동하고 있다. 게다가 독일 셰퍼드 잡종 보스코가 있고 보스코는 강아지 때 만난 사람이 아니면 누구든 싫어한다. 그녀는 안전했다. 무사했다. 그녀는 절대 자정에 찰리를 만나러 공원에 나가지 않을 것이다. 그녀는 정말로 무사했다.

저녁식사 후 엄마가 영화를 틀었다. 시계가 째깍째깍 10시를 지나자 찰리를 처음 보았던 때가 생각났다. 그를 스케이트보더라고 생각했던 일, 그가 건스 앤 로지스에 관해 물었던 그 모든 질문들, 음악을 정말 즐기던 모습. 제시카는 자신의 헤드폰을 끼고 그녀가 틀어준 노래에 맞춰 몸을 흔들던 그를, 그가 처음으로 그녀의 얼굴을 만졌던 그 몇 초 동안의 느낌을 생각했고, 그의 눈이 얼마나 파랬는지 생각했다. 여전히 가방 깊숙이 처박혀 있는 카세트테이프를 생각했고, 그가 테이프를 받으러 오면 무슨 일이 벌어질지 생각했다. 공원에 가서 그에게 카세트테이프를 돌려준 뒤 어느 곡이 마음에 들었는지 그에게 알려주고 그가 원하는 곳 어디든 그녀를 데려갈 수 있게 허락한다면, 어떻게 될지를.

영화가 끝나기도 전에 엄마와 아빠와 남동생이 소파에서 잠들었다. 이런 일은 전에도 영화 보는 밤이면 심심치 않게 일어나곤 했고 평소에는 이 일로 짜증이 났지만 오늘 밤은 울음이 터질 것만 같았다. 깃털처럼 날리는 우스꽝스러운 헤어스타일 때문에 겁먹은 늙은 새처럼 보이는 엄마, 콧수염 위로 코를 고는 아빠와 닌자거북이 파자마를 입은 남동생. 더러워 보이는 남자가 그녀에게 접근했고, 그가 지저분한 엄지손가락을 그녀의 입안으로 밀어 넣었고, 그런 그가 맨슨의 살인 행각을 최고로 멋진 일이라고 생각하는 사람이라는 것을 알게 된다면 가족들은 어떻게 생각할까? 엄마와 아빠는 몹시 당황할 것이다. **몹시 두려워할** 것이다. 이런 생각을 하자 제시카는 용감해졌고, 영화가 끝났을 때 가족을 깨워 침실로 가라고 말하는 대신 자기 방에 가서 베개와 담요를 챙겨 소파로 가져왔다. 그리고 무사히 자정이 지날 때까지 엄마와 아빠와 남동생을 계속 지켜보았다. 시계가 12시를 알리자 그녀는 담요를 턱까지 끌어당기고 그때까지의 경계 태세를 풀고 마음속으로 계속 외쳐댔다. **빌어먹을, 찰리, 빌어먹을, 빌어먹을, 빌어먹을.**

이튿날 밤, 제시카의 가족이 뉴스를 보고 있을 때 제시카 또래의 여자아이 이야기가 첫 뉴스로 보도되었다. 제시카와 똑같은 머리색에 똑같이 주근깨가 난 여자아이가 자기 방에서 파자마 파티를 하고 있을 때 칼을 든 남자가 침입해 여자아이를 데려갔다. 수배 전단 속 남자 얼굴이 섬뜩할 만큼 낯익었다.

제시카의 부모가 딸에게서 모든 이야기를 듣고 딸이 액슬 로즈와 찰스 맨슨에 대해 극도의 흥분 상태로 흐느끼며 말한 내용 중 관련 사항을 추려내기까지는 거의 한 시간 가까이 걸렸다. 제시카가 **남자와 공원과 파자마 파티**에 대해 무슨 이야기를 하려는 건지 마침내 이해한 부모는 경찰에 전화를 걸었다. 두 시간이 지나서야 겨우 경찰서에 있는 사람과 연결되었다. 폴리의 납치 사건이 순식간에 서노마카운티에서 일어난 가장 악명 높은 범죄로 알려지면서 별난 사람들과 장난꾼들과 기자들과 심령 연구가들의 전화가 벌써부터 빗발치고 있었기 때문이다.

마흔여덟 시간 뒤 여성 경찰관 두 명이 제시카의 집에 찾아왔다. 조사 과정에서 경찰이 알게 된 다른 무엇보다 중요한 사실은, 제시카가 떠돌이의 실명은 모르지만 그가 더러운 손으로 만진 카세트테이프를 케이스 안에 넣어 그녀에게 주었고 아직도 이것이 그녀의 학교 가방 밑바닥에 그대로 있다는 점이었다. 그들은 경찰차로 가서 흰색 고무장갑과 핀셋과 증거물 수집 비닐백을 가져와 카세트테이프를 수거했고 그녀에게 깊은 감사를 표한 뒤 그녀 부모에게 조만간 연락하겠다고 말했다.

몇 달이 지났다. 그동안 4천 명이 넘는 사람들이 서노마카운티 구석구석으로 몰려다니면서 폴리의 이름을 불렀고, 폴리의 학생증 사진 흑백판이 캘리포니아주 곳곳의 벽과 나무와 전신주에 나붙였다. 한동안 그 지역 사람들은 모두 폴리가 어떻게 되었는가 하는 이야기 말고는 달리 할 이야기가 없는 것 같았다. 제시카는 조만간 경찰이 다시 찾아와 그녀의 과실을 확인하고, 유괴범과 최초로 마주쳐 결과적으로 악을 불러들인 소녀로 그녀를 세상에 폭로할 것이라고 확신했다. 그러나 경찰은 마침내 101번 고속도로 옆 야트막한 무덤 속에서 폴리를 찾았고, 그녀를 죽인 범인은 늙은 남자라는 사실이 밝혀졌다. 수배 전단 속의 남자가 찰리와 닮았다고 여긴 것은 그저 상상의 장난이거나 조명의 속임수였을 것이다.

거의 1년 가까이 지나 페털루마 경찰서의 주소가 찍힌 마닐라지 봉투가 제시카의 집에 도착했다. 제시카는 이 봉투 안에 찰리가 준 테이프가 들어 있을 것이라고 확신했지만 그녀가 테이프를 보기도 전에 부모가 봉투를 가져갔고, 그녀는 두 번 다시 테이프를, 아니, 봉투를 보지 못했다.

열네 살이 되었을 무렵 제시카는 자신의 생각이 틀렸음을, 찰리가 그녀의 뒤를 쫓아왔다가 폴리를 데려간 것이 아니라 단지 우연의 일치로 두 사건이 시기적으로 맞아떨어진 것임을 이해하게 되었다. 그럼에도 그녀는 남은 어린 시절 내내 폴리에게 일어난 일과 자신에게 일어난 일이 어떤 식으로든 연결되어 있다고 계속 믿었다. 실제 사실로 연결된 것이 아니라 표면 아래 깊은 곳을 흐르는 어떤 중력의 힘에 의해 연결되어 있다고.

그 후 멀리 떨어진 대학에 진학한 제시카는 자신이 겪은 일과 폴리가 겪은 일을 연결하려 했던 어린 시절의 이런 충동이 유치한 자아도취, 즉 우주가 자신을 중심으로 돈다고 믿는 충동에서 비롯된 것이라고 믿게 되었다. 폴리를 죽인 남자는 엄청난 피해를 몰고 온 대단한 파괴력의 초신성인 반면 찰리는 별볼일없는 난쟁이별일 뿐이었다. 어린 그녀가 서 있던 곳에서는 가까이 있는 작은 별과 멀리 있는 큰 별이 잠시 똑같은 빛으로 반짝이는 것처럼 보였을지 모르지만, 이는 그저 착각일 뿐이다.

결국 가볍게 지나간 거라고, 제시카는 속으로 생각했다. 어쨌든 찰리가 그녀에게 입힌 피해라고는 목 안에 작게 긁힌 상처를 남긴 것이고 이조차 그녀의 상상일 수도, 아닐 수도 있었다. 폴리에게 일어난 일과 비교해볼 때 우주에서 일어나는 수많은 나쁜 일과 비교해볼 때 그녀가 악에 스친 정도는 아주 작은 한 조각 빛, 훨씬 밝은 별들이 소용돌이 모양으로 빙빙 도는 성운들 속에서는 거의 보이지도 않는 빛일 뿐이었다.

그럼에도 결혼을 하고 그때 그녀 나이인 자녀들까지 두었으며 캘리포니아를 떠나 멀리 옮겨 온 이후로도 제시카는 오랫동안 자정이 지나기 전에는 좀처럼 잠을 이루지 못했다. 쌍둥이 딸들이 그녀의 침실 옆방에서 평화롭게 잠들어 있는 동안 그녀는 창가에 서서 점점이 빛나는 무섭고 광활한 밤을 바라보면서, 문득문득 찰리가 아직도 그곳 공원에서 그녀를 기다리고 있지 않을까 생각하는 자신을 발견하곤 했다.

# 정어리

Sardines

그 사건이 있고 나서 말라가 처음으로 엄마들과 갖는 오후 와인 모임이다. 틸리는 다른 여자아이들과 바깥에서 놀고 있고 겉보기에는 상처가 모두 잊힌 것 같지만, 메를로 와인을 마시는 말라의 마음속에는 여전히 불만이 자리하고 있다. 이 불만이 자신의 속을 긁어대는 것을, 양쪽 갈비뼈가 만나는 지점에 박힌 분노를 긁어대는 것을 말라는 느낄 수 있다.

"오늘 오후 당신과 틸리가 와줘서 정말 기뻐." 캐럴이 줄무늬 와인잔을 두 손으로 감싸며 말한다. 손톱 밑 속살 경계까지 바싹 자른 손톱이 짧고 뭉툭하다.

"다들 보고 싶었어." 말라가 말한다. "정말이야."

"아, 당연히 그랬겠지." 뱁스가 말한다. 촉촉이 젖은 그녀의 눈에 붉은 기운이 감돈다.

"당신이 그동안 안 나온 거, 우리 모두 이해해."

모두가 그 사건의 심각성에 수긍하며 슬픔에 잠긴 짧은 순간 침묵이 흐른다.

"어휴, 망할 계집애들!" 마침내 케지어가 소리친다. "맹세하는데, 내가 미치 그 계집애의 농구공 같은 머리를 빌어먹을 내 거기로 내보내려고 용을 쓰지만 않았더라도 내 손으로 그 애를 죽였을 거야. 걔가 틸리한테 한 짓을 생각하면." 케지어는 그렇게 말하고 캐럴을 향해 와인잔을 흔들어 보인다. "기분 나쁘게 듣지 마." 캐럴은 딸을 입양했다.

"중요한 건 우리가 정말 미안해한다는 거야." 뱁스가 길게 늘어진 리넨 소매로 눈가를 닦으며 말한다. "그 일로 악몽을 여러 번 꿨어. 우리 모두."

"신경 써줘서 고마워." 말라가 말한다. 그녀 역시 반복되는 꿈으로 내내 괴로웠다. 틸리가 누런 들판에서 빙글빙글 돌며 머리카락을 잡아당기며 흐느껴 우는 꿈이었다. 말라 자신은 보이지 않았다. 그녀는 그저 카메라가 되어 점점 뒤로 물러났고, 아무것도 없는 광활한 곳이 점점 넓게 드러났다. 카메라에 들판이 들어오고, 나라 전체가 들어오고, 대륙이 들어오고, 지구가 들어오지만 틸리 혼자, 혼자 외롭게 있을 뿐, 아무것도 보이지 않았다.

"요즘 어떻게 지내, 자기?" 캐럴이 묻는다.

좋은 질문이다. 그다지 좋지 않다는 대답. 그 사건 직후 벌어진 혼란 속에서 추리하고, 주장을 펴고, 소리치고, 틸리를 흔들어보았지만 무엇도 틸리의 울음 발작을 멈추게 하지 못했다. 결국 캐럴(평화주의자이자 의료용 마리화나 카드 소지자이며 모성적인 여성)이 틸리의 얼굴을 때렸다. 그 바람에 코에 걸린 틸리의 안경이 튕겨 나갔고, 이제껏 딸을 때려본 적도, 그런 일을 생각해본 적도 없던 말라는 터지는 웃음을 억누르려고 손으로 입을 막았다. 부모의 일에는 몇 가지 얼토당토않은, 즉 맞닥뜨리기 전까지는 예상조차 하지 못하는 일들이 포함되어 있다. 누가 딸을 때렸는데도 미친 듯이 웃음이 터져 나올 수 있다는 것을 깨닫게 된 것은 그런 일들 중에서도 낯설고 그리 달갑지 않은 것이었다.

"틸리는 괜찮은 것 같아. 그게 중요하지." 말라는 자신이 허공을 응시하고 있었다는 것을 깨달으며 말한다. "그 애가 받아들일 수 있다면 나도 그럴 거야. 그렇겠지?"

"아이들은 정말 회복력이 좋아." 뱁스가 말하자 모든 여자들이 고개를 끄덕인다. 다 헛소리지. 말라는 생각한다. 회복력이 좋은 아이도 있겠지. 하지만 애들이 다 그렇다고? 틸리는? 말라 자신의 경우를 생각해보면 시간이 흐르면서 어쩌다 한 번씩 그것도 불완전한 회복력을, 말하자면 아픔을 떨쳐낼 수 있는 능력을 발휘했다. 어린 시절에 겪은 사소한 불행의 일부는 심지어 지금까지도 가장 생생한 기억으로 남아 있다.

"알고 보면 강인한 애인 것 같아. 당신 딸 틸리 말야." 케지어가 말한다. "미치 말로는 버스에서 그 애 둘이 무슨 게임을 시작했다고 하던데?"

말라는 10분 전부터 억누르고 있던 유혹을 못 이긴 채 창밖으로 아이들이 모인 곳을 슬쩍 쳐다본다. 아이들 모두 햇빛 속에 두 다리를 벌린 채 모여 앉아 있고 물방울무늬 머리띠와 주름 장식이 달린 양말, 머리색이 이리저리 뒤섞여 파스텔 색조를 띠고 있다. "애들이 버스에서 게임을 하지는 않았을 것 같은데?" 말라가 말한다. "그냥 게임 계획을 세우기만 한 거겠지? 아니면 게임에 대해 이야기한 걸까? 자세한 건 모르겠어. 틸리 말로는 아빠 집에서 시작됐대."

"무슨 성병 이야기 하는 것 같네!" 뱁스가 말한다. 농담 속에 담긴 기분 나쁜 암시가 모두에게 전해지면서 잔디밭에 부드럽게 잔물결이 인다.

"아." 말라가 말한다. "애들이 게임을 시작할 건가 봐."

말라는 천천히 창가로 가서 빈 싱크대에 와인잔을 쨍

그랑 소리가 나게 내려놓는다. 5시가 지났고 늦은 오후의 공기는 꿀빛 황금색으로 천천히 흐르고 있다. 새로 깎은 잔디밭에 앉아 있던 여자아이들이 무릎과 손에 묻은 잔디 조각들을 털며 일어난다.

"미안한데, 넌 내가 멍청이라고 생각하는구나, 틸리." 말라가 말한다. "혹시 다른 식으로 설명해줄 수는 없을까? 숨바꼭질의 반대라니, 그게 정확히 무슨 뜻이니?"

말라는 자동차 백미러로 틸리가 팔다리를 고통스럽게 뒤트는 모습을 본다. 개구리가 전기 충격을 받아 억지로 춤추는 것 같다. "그게 다라니까? 숨바꼭질하고 똑같고! 하지만 정반대라고! 알겠지?"

말라가 어금니를 꽉 물고 다섯부터 거꾸로 센다. "모르겠어, 우리 강아지. 그러니까 아무도 숨지 않는다는 거야? 아니면 네가 그들을 찾지 않는다는 거니?"

"**제발** 나한테 더 설명하라고 하지 마. 제발!" 틸리는 짜증을 내며 정말로 머리카락을 잡아당기고 있다. 두 움큼이나 되는 머리카락을 손가락에 감고는 양옆으로 마구 잡아당기고 있는 것이 꼭 날개 같다. 머리카락 뽑기 증상. 치료사가 이 행동에 붙인 이름이다. 그는 이 행동을 너무 문젯거리 삼지 말고 그냥 부드럽게 다른 방향으로 화제를 돌리라고 말라에게 지시했다.

"알았어." 말라가 말한다. "네 생일이 벌써 다음 달이야! 신나지?"

"아빠 집에서 파티 열고 싶어." 틸리가 말한다. 그러고는 말라의 등받이 뒷면을 스타카토로 발길질하기 시작한다.

"그럴 수 있을지 알아볼게, 우리 귀염둥이." 말라는 이렇게 말하고는 액셀러레이터를 꾹 밟으며 노란불을 서둘러 지나간다.

틸리는 뭔가 감추고 있다.

말라는 머릿속으로 증거를 나열한다. 틸리의 진흙빛 눈에 비치는 생기 없는 수상쩍은 빛. 들뜬 웃음소리. 말라가 게임에 대해 물을 때면 병적으로 수다를 늘어놓거나 굳게 닫힌 침묵 속으로 빠져버리는 등 오락가락하는 반응.

말라만 의구심이 든 것은 아니었다. 딸들이 보이기 시작하는 행동에 대해 엄마들은 하나같이 마뜩찮게 여겼다. 게임 이야기를 하느라 여자아이들 모두가 팽팽한 긴장의 연결망으로 엮인 채 끊임없이 문자가 오가고 메모가 전달되고 인스턴트메신저 알림이 떴다. "무슨 얘기이길래 그렇게 쉬지 않고 재잘댈 수 있는 걸까?" 뱁스가 전화로 말라에게 묻는다. 어리석은 질문 같다. 말라의 경험에 비추어볼 때 열 살짜리 여자아이들은 무슨 이야기든 한도 끝도 없이 쉬지 않고 재잘댈 수 있다. 하지만 말라 역시 게임이 불러일으키는 뜨거운 열기를 이해하기 힘들다.

엄마들이 다 같이 조사를 벌인 결과 '정어리'라는 게임 이름과 대략적인 규칙을 알아냈다. 엄마들에게 파악된 바로는 위험할 것 없는 규칙이었다. 그럼에도 틸리가 보여주는 모습은 그 애가 가족 컴퓨터 검색창에 '찌찌'라고 치면 뭐가 나오는지 알아냈던 그 주를 연상시킨다. 틸리는 학교에서 돌아오자마자 곧장 서재로 들어갈 정도로 열성적이었고, 말라가 거기서 뭘 하느냐고 물을 때마다 깊고도 떨리는 목소리로 "아, 아무것도 아니야!"라고 소리치곤 했다.

말라는 다른 여자아이들(공격적이고, 패거리 짓기를 좋아하는 작은 짐승들) 탓을 곧잘 했지만 실은 틸리 본인이 주모자인 것 같다. 이것도 이상하다. 틸리는 늘 약간 따돌림의 대상이 되어 지목당하거나 아니면 배제되곤 했다. 다른 엄마들은, 모두 예의를 차리느라 말은 안 했지만, 이 게임이 분명 서열 구조 맨 밑바닥에 있는 틸리를 끌어올려주는 힘을 지닌다는 점에서 뭔가 불길했다. 이상해. 말라는 어느 날 밤 잠들기 직전에 몽롱한 상태에서 생각했다.

뭔가 **이상한** 일이 진행되고 있다.

틸리의 아빠는 파티를 여는 데 동의했다. 이는 곧 말라가 파티 준비를 하고 진행 사항을 관리해주기만 하면 그의 집에서 파티를 여는 데 동의한다는 뜻이었다. 함께 사는 그의 여자친구에게 오후 시간에 집을 비워달라고 말해달라는 말라의 요청에는 동의하지 **않았다**. 따라서 말라는 틸리의 생일 소원을 들어주기 위해 그 여자, 즉 가족들이 쓰는 거실 소파에서 남편과 섹스하다 자신에게 발각된 스물세 살짜리 여자와 함께 파티 선물을 나눠주며 내리 네 시간을 보내야 할 것이다.

이 일 때문에 말라의 신경이 얼마간 곤두서는 걸까? 그래서 파티에서 정어리 게임 말고 뭘 하고 싶은지 힌트조차 주지 않는 딸에게 짜증이 나는 걸까?

**파티에서 무슨 케이크 먹고 싶어? 초콜릿? 딸기? 펀페티?**

아무거나.

**이웃 여자애들 말고 특별히 초대하고 싶은 사람 있어?**

아니.

**파티 주제가 있어야 하지 않을까? 해적은 어때? 아니면 피에로?**

아니야. 지겨워.

무슨 게임 할 건데?

당연히 정어리 게임이지.

알았어, 그런데 그거 말고 다른 건? 피냐타* 게임은 어때? 물건 찾기는? 깃발 뺏기는?

엄마, 제발 바보 같은 소리 좀 그만해. 내가 정어리 게임이라고 말했잖아.

아, 그래. 틸리의 말이 살갗을 파고들며 괴롭힌다. 그렇다. 사실 그랬다.


다른 엄마들도 모두 파티에 오겠다고 했고, 처음에 말라는 이들이 힘을 보태주어 좋았다. 그녀의 부대가 적의 부대보다 수가 많다! 그녀는 사자 굴에 혼자 들어가지 않아도 될 것이다. 그러나 틸리의 생일 아침, 말라는 비참한 기분으로 침대에 누워 다른 엄마들에게 아무도 오지 말라고 했더라면 좋았을걸 하고 생각한다.

스티브와 그의 어린 여자친구가 함께 있는 현장을 목격한 뒤 말라는 수십 가지나 되는 복수 계획을 대강 그려보았다. 여자친구의 침실 서랍에 들어 있는 질 윤활제를 초강력 접착제로 바꿔치기할까, 그녀를 묶어놓고 얼굴에

* piñata, 파티 때 눈을 가리고 막대기로 쳐서 넘어뜨리는, 장난감과 사탕이 가득 든 통.

난잡한 계집이라고 문신을 새길까. 하지만 왜 그런지 하루하루 날짜가 지나고 느릿느릿 시간이 지나갈수록 두려움을 모르는 분노가 전부 차츰 시들해졌고, 마침내 그녀는 자신의 강적들이 승리를 거두어, 즉 모욕도 당하지 않고, 초강력 접착제에도 당하지 않고, 문신도 당하지 않은 채 당당하게 걸어 다니는데도 온종일 얼굴에 딱딱한 미소를 띤 채 분노를 억누를 수 있게 되었다. 어떻게 이럴 수 있었을까? 어떻게 말라는 이렇게 순순히 체념하고 패배를 받아들일 수 있었을까?

스누즈 버튼을 눌러놓은 알람이 다시 울리기 시작하고 말라는 소리를 죽이려고 시계를 베개 밑으로 밀어 넣는다. 1분 뒤 틸리가 깡충깡충 뛰며 침실로 들어온다. 밝은 핑크색 생일 드레스를 입은 틸리는 곱게 단장한 홍학 같다. "엄마!" 틸리가 다정하게 말한다. "잠꾸러기 엄마! 내가 생일 와플 먹고 싶다고 했잖아. 잊어버렸어?"

맨 처음 틸리를 스티브의 새집에 데려다주던 날 말라는 토할 것 같았다. 길게 이어져 있는 식민지시대풍 저택은 언젠가 그곳에 아이들을 가득 채우겠다고 계획한 경우에만 살 듯싶은 유형이었다. 그러나 이 집이 생일파티를 하기에 완벽한 곳임을 인정해야 한다. 천장이 높고, 재미있는 작은 방들이 가득하며, 바깥에는 부드러운 잔디밭이 언덕 아래 관목이 수북한 광활한 숲까지 넓게 펼쳐져 있다. 말라는 차를 세우고 틸리가 날쌔게 진입로를 올라 아빠에게 가는 동안 트렁크를 열어 파티용품이 든 가방들을 내린다.

말라가 생각해둔 그날의 생존전략 중에는 '여자친구'가 그 자리에 없는 척하기 전략이 들어 있다. '여자친구'의 이름을 입에 올리지 않으려고 조심조심 곡예하듯 이야기를 나누고, 절대 그녀를 똑바로 보지 않은 채 시선을 그녀의 얼굴 약간 왼쪽에 둔다. (주머니에 작은 초강력 접착제도 들어 있다. 스티브가 좋아하는 브랜드의 향기 나는 질 윤활제와 놀라울 정도로 생김새가 비슷하다. 아마 이 접착제는 사용하지 않을 것이다. 그러지 않을 거라는 게 거의 **확실하다**. 그럼에도 아직 주머니에 들어 있다.)

말라가 혼자 생일 장식을 한다. 틸리는 문간에 생일 깃발 하나를 줄로 매달려고 건성으로 시도하더니 곧 숲속으로 사라진다. 첫 손님이 도착할 때쯤 되어서야 틸리가 돌아온다. 흰색 타이즈의 무릎까지 여기저기 진흙 방울이 튀어 있다.

생일파티 주인공이 고집을 피워 그들은 먼저 선물부

터 연다. 틸리는 소파에 책상다리를 하고 앉아 로봇 같은 동작으로 선물 더미를 뒤적이면서 반짝이는 포장지를 한 움큼씩 찢어 장난감을 발밑에 툭툭 던져 수북이 쌓아놓는다. "고맙다고 해야지, 틸리." 말라가 말하자 틸리가 귀에 거슬리는 단조로운 어투로 따라 한다. "고맙다고 해야지, 틸리."

다음은 케이크와 아이스크림 순서다. 전날 밤 말라는 순간적으로 와인과 넷플릭스가 있는 피난처로 숨어버리고 싶은 마음이 간절해져서 케이크가 식을 때까지 충분히 기다리지 못했다. 그 결과 던컨하인즈 푸딩케이크 위에 발라놓은 프로스팅이 다 녹아 "해피버스데이 틸리"라는 도톰한 파란 글자들이 알아볼 수 없는 얼룩으로 번져버렸다. 나이프의 편평한 부분을 활용해 글자들을 예술적인 대리석 무늬로 만들어보려고 시도하지만 결국 모든 게 더 엉망이 된다.

말라가 부엌에서 자신이 망쳐놓은 것을 물끄러미 내려다보고 있을 때 누군가 뒤로 다가와 손톱을 짧게 자른 두 손으로 허리를 감싼다. "이봐, 자기." 캐럴이 말한다. "이 집 원주민들은 가만히 있지를 못 하네. 어떻게 이걸 견디고 있는 거야?"

"이것 좀 봐!" 말라가 소리치다가 하마터면 프로스팅

이 묻은 버터나이프로 캐럴의 눈을 찌를 뻔한다. "완전 엉망진창이야!"

"아, 그렇게 형편없지는 않아." 캐럴이 잠시 말을 끊었다가 다시 말한다. "솔직히 그렇게 멋지지는 않네. 하지만 이 정도면 틸리가 봐줄 거야. 참, 여기 오는 길에 식료품점에 들렀어. 뭔가 감이 있었나 봐." 캐럴이 대형 홀푸드 캔버스 가방에서 다크초콜릿 프로스팅 캔을 꺼내 주방 조리대에 내려놓는다.

말라는 물끄러미 캔을 응시하면서 점점 더 깊이 절망 속으로 빠져든다. 젠장, 알게 뭐야?

"이리 줘봐." 캐럴이 말하면서 말라 손에 든 나이프를 살며시 빼앗아 캔 뚜껑을 연다. "그냥…… 그러는 게 좋겠지?"

말라가 고개를 끄덕인다. 다른 방에서 틸리가 날카롭게 내지르는 새된 소리가 들려온다. **거기에 손대지 마! 내 거야!** 하지만 말라는 나서서 상황을 수습하지 못한다. 아직은 그럴 수 없다.

"내가 할게." 말라가 캐럴이 손에 든 나이프를 도로 잡는다. "가서 뭐 때문에 저렇게 난리인지 좀 알아봐줄래?"

말라는 케이크 위에 프로스팅을 한 겹 더 바른 다음 보통 크기의 생일 초를 가장자리에 둥그렇게 꽂는다. 그리고 행운을 빌 마지막 초를 케이크 한가운데에 꽂는다. 식료품점 할인 매대에서 발견한 신기한 장난감 초. 노란 꽃잎의 통통한 봉오리처럼 생긴 초는 말라가 심지에 불꽃을 갖다 대자 확 펼쳐지며 빙글빙글 돌기 시작한다.

"됐어!" 말라가 소리친다. "케이크 시간이야!"

말라가 두 손으로 케이크 접시를 받쳐 들고 등으로 주방문을 밀고 나간다.

손님들은 다이닝룸 탁자 주위에 빙 둘러 모여 있다. 다들 뾰족한 생일파티 고깔을 쓰고 틸리만 은색 물방울무늬 나비 리본을 정수리에 얹고 있다. 신기한 초가 작은 폭죽처럼 쉿쉿 소리를 내면서 불꽃을 일으키는 가운데 말라가 케이크를 들고 들어선다. 놀란 틸리가 두 손으로 얼굴을 감싸며 소리친다. "예쁘다!" 손님들이 〈해피버스데이〉의 첫 구절을 부르기 시작하는 순간 신기한 초가 찍찍거리며 낯선 선율을 연주하기 시작한다. 모두들 어리둥절한 채 노래를 멈추고 초는 "디들디들디들다" 하며 계속 투덜거리는 소리를 내는데, 마침내 케지어가 큰 소리로 외친다. "생일 축하합니다!" 모두들 초에서 나는 소리가 들리지 않게 하려고 큰 소리로 생일 축하 노래를 부른다.

노래가 끝나자 틸리가 침을 아주 살짝만 튀기며 세게 쉬잇 하고 불어 케이크 가장자리의 초를 끈다. 하지만, 틸리가 아무리 불어대도 신기한 초만은 꺼지지 않고 성질 돋우는 노래도 그치지 않는다. 결국 말라는 케이크가 틸리의 침으로 범벅이 되는 걸 막으려고 초를 뽑아 들고 주방으로 가서 싱크대에 넣고 물을 튼다. 불은 꺼지지만 노랫소리는 그치지 않는다. 말라는 초를 바닥에 던지고 발로 밟는다. 그러나 초는 **빌어먹을 노래를 계속 불러대고**, 심지어 말라가 초를 쓰레기통 깊이 처박은 뒤에도 끈질기게 투덜대는 노랫소리, "디들디들디들디들!"가 희미하게 이어진다.

말라가 다이닝룸으로 돌아오자 틸리가 묻는다. "엄마, 행운의 초를 못 껐지만 내 생일 소원은 이루어지는 거지?"

"그럼. 그건 고물 쓰레기 같은 초였어."

"좋아." 틸리는 포크로 아이스크림과 자기 몫의 케이크를 비벼 곤죽을 만들고 크게 한 입 떠 먹는다. "뭔지 알고 싶어?"

"물론이지, 우리 딸." 말라가 딴 데 정신이 팔린 채 말한다. 스티브가 '여자친구'를 무릎에 앉힌 채 달콤하게 속삭이며 무릎을 아래위로 흔들고 그녀의 곱슬거리는 머리를 어루만진다. 둘이 애무라도 시작한다면 말라는 신에게 맹세컨대 케이크 나이프를 '여자친구'의 목 안으로 쑤셔넣을 것이다.

"엄마도 내 소원을 알게 되면 마음에 들어할 거야." 틸리가 손가락에 묻은 프로스팅을 빨아 먹으며 행복한 얼굴로 몸을 배배 꼰다. "**좀** 못된 걸 빌었거든."

어느 어린이 놀이책에나 다 나와 있지만, 여기에 정어리 게임의 규칙을 소개한다. 단 한 사람, '숨는 사람'만 빼고 모두 눈을 감는다. 눈을 감은 사람들이 100부터 거꾸로 수를 세는 동안 '숨는 사람'이 가서 숨는다. 1까지 다세고 나면 맨 먼저 '숨는 사람'을 찾은 사람이 그 자리에 함께 숨는다. 그다음에 '숨는 사람'을 찾은 사람이 이들 두 사람과 함께 숨는다. 이렇게 계속 이어져 마침내 한 사람을 제외한 모든 사람이 정어리 통조림처럼 서로 꽉 짓눌린 채 같은 자리에 비집고 들어가게 된다.

여기에 틸리의 생일 특별 규칙이 몇 가지 추가된다.

틸리가 '숨는 사람'을 고른다.

집 안에 숨으면 안 된다.

반드시 모든 사람이 게임에 참여해야 한다.

틸리가 손님들을 밖으로 데리고 나온 뒤 잔디밭 의자 위에 올라가 그들을 내려다본다. 말라는 틸리가 자애로운 여왕처럼 예의 바르게 행동한다고 생각한다. "이제 내가 '숨는 사람'을 고를 거예요." 틸리는 그렇게 말하고 손가락을 든다. 얼굴에 꿈꾸듯 몽롱한 표정이 떠오르며 서서히 손가락이 아래로 내려온다. 그녀의 손가락이 케지어, 캐럴, 스티브 위에서 잠깐 까닥거린다. 이윽고 손가락이 확 떨어진다.

"당신." 틸리가 '여자친구'를 가리키며 선언한다. "당신이 '숨는 사람'이에요. 그러니까 당신이 가서 숨어야 한다는 뜻이에요."

틸리가 100에서 거꾸로 세는 동안 다들 고개를 숙인다. '여자친구'가 어쩔 줄 모르는 표정으로 바짝 얼어 서 있는 동안 말라는 반쯤 감은 눈꺼풀 사이로 이 모습을 지켜본다. 마침내 80까지 세자 '여자친구'가 언덕 아래로 전력 질주한다.

"3-2-1 **시작!**" 틸리가 고함치자 모두 흩어진다.

말라는 현관 주위를 어슬렁거린다. 아무도 지켜보지 않는 걸 확인하고는 몸을 구부리고 뒷문을 통해 집 안으로 들어간다. 미안, 틸리. 하지만 '여자친구'를 발견해서 숲속 지저분한 구멍 속에 함께 몸을 웅크리고 숨는 짓은 죽어도 못 해. (게다가 몰래 숨어 들어올 수 있는 기회다. 뭔가 찾아볼 수 있는, 뭔가 바꿔치기 할 수 있는 기회. 에이, 그냥 장난이야. 해롭지 않은 농담 같은. 끈적거리고 달달한 복수를 살짝 맛보는 것뿐.)

스티브는 와인을 그다지 많이 마시지 않지만 '여자친구'는 그렇지 않은 모양이다. 집 안을 탐색하는 동안 와인 수납장에 투벅척*이 가득 든 것을 발견했다. 말라는 소비뇽 블랑을 한 병 집어 들고 얼음을 찾아볼까 생각하다 귀찮은 마음에 그냥 미지근한 대로 마시기로 한다. 탐색을 끝내자 그녀는 신발을 발로 차 벗어버리고 남은 케이크를 들고 소파에 편히 앉아, 두 발을 소파 위에 올린다.

말라가 와인을 반쯤 마셨을 때 고개를 들어 보니 문간에 딸이 서 있다. 두 팔을 양옆으로 축 늘어뜨렸고, 안경이 오후의 태양 빛을 반사해 섬뜩한 불투명색으로 변해 있다.

"틸리! 놀랬잖니! 거기에 얼마나 오래 서 있었니?"

"엄마, 여기서 뭐해? 모두가 게임을 해야 한다고 내가 말했는데, 엄마는 내 말 못 들었어?"

"들었지. 미안. 조금 있다가 같이 할 거야. 그냥…… 좀 쉬고 싶어."

---

* Two-Buck Chuck, 맛은 10달러짜리 와인에 못지않지만 가격은 2달러인 초저가 와인.

틸리가 멍한 얼굴을 하고 천천히 안으로 들어온다. 말라의 손을 잡고 깍지를 끼더니 축축한 이마를 말라의 목에 기댄다. "엄마, 궁금했는데…… 엄마는 레일라랑 미치랑 프랜신 좋아해?"

틸리의 차가운 손가락이 말라의 손바닥에 둥글게 원을 그리고, 몽롱해진 말라는 "그게 누구니?" 하고 무심코 내뱉을 뻔하다 다시 현실로 돌아온다. "실은, 틸리, 그렇게 좋아하진 않아. 그 애들이 네 친구인 건 알지만, 패거리 짓기를 좋아하는 거 같아."

"패거리 짓는 게 뭐야?"

"늘 자기들끼리만 붙어 다니는 거. 그건 나쁜 짓이라고 생각해."

"그 애들 엄마는? 그 사람들 좋아해?"

말라는 한숨을 쉬면서 틸리 손에서 손을 빼 엄지손가락에 침을 묻혀 틸리 턱에 붙은 초콜릿 프로스팅을 닦아 준다. "모르겠어. 괜찮은 사람들이야. 그들한테 문제가 있는 건 아니니까. 하지만 지금 당장 선택해야 한다면 좋아하지 않는다고 말할 것 같아."

"그럼 아빠와 그—."

말라가 뭔가 덧붙이기도 전에 틸리가 대신 말한다. "알아. 엄마는 그 둘을 미워해, 그렇지?"

몇 달 전부터 틸리의 얼굴에 어른의 코(스티브의 코)가 드러나기 시작했는데 다른 생김새들과 어울리지 않아 어색해 보인다. 반쯤 뽑아버린 이마의 머리선을 따라 여드름이 여기저기 돋아 번들거리고 목 옆에 불룩하게 갈색 점이 튀어나와 있다. 데오도런트를 뿌렸는데도 오후가 되자 틸리는 땀을 흘린다. 심지어 이 제품은 남성 스포츠용 강력 데오도런트로, 말라는 지난주에 말없이 틸리의 침대 위에 이것을 놓고 나왔다. 하루 중 어느 때고 틸리의 숨결에서는 습한 고기 냄새가 났고 말라는 그때마다 말없이 차창을 열곤 한다. 틸리의 가슴은 양쪽이 각기 다른 속도로 자라는 것 같고 이런 이유로 말라가 사온 청소년 브라가 전혀 맞지 않는다. 틸리는 끔찍한 사춘기로 요동치듯 접어들수록 점점 더 고집스럽게 아이처럼 행동하면서 한 번도 지녀본 적 없는 귀여운 모습을 되찾으려 했다. 사람을 돌아버리게 만드는, 틱 장애로 가득한 사랑에 굶주린 틸리. 그녀를 보호하려고 말라가 최선의 노력을 쏟는데도, 이따금 세상의 날카로운 이빨에 잡아먹힐 운명을 타고난 것만 같은, 게다가 그렇게 되기로 스스로 작정한 것만 같은 사랑하는 틸리.

말라는 이럴 때 무슨 말을 해야 하는지 알고 있다. "**절대 그렇지 않아, 우리 딸**"이라고 말하거나, "**미움은 아주 좋은**

정어리 101

말은 아니야"라고 말하거나, "아빠 덕분에 네가 생겼으니 엄마는 언제까지나 아빠를 사랑할 거야" 등등의 말을 해야 한다. 하지만 이 상황에 필요한 모든 상투적 말들이 그녀의 혀 위에 쪼그라들어 달라붙었다. 그래서 말라는 아무 말도 하지 않고, 틸리는 고개를 끄덕인다. "엄마는 실수를 참 많이 하지만 그래도 좋은 엄마야." 틸리는 말라를 세게 끌어안더니 그녀의 귀에 축축하게 키스하고 케이크를 한 움큼 뜬다.

"틸리?" 딸이 방을 나가려 할 때 말라가 소리쳐 부른다.

"응?"

"아까 무슨 소원 빌었어?"

활짝 웃는 틸리의 입가를 따라 동그랗게 묻은 케이크 부스러기가 사랑스럽게 번들거린다. "아, 엄마. 곧 알게 될 거야."


틸리는 뭔가 꾸미게 두자. 말라는 와인을 마시게 두자. 대신 당신이 '여자친구'라고 상상해보자. 남자친구 딸의 생일파티를 하고 있다. 남자친구 딸의 엄마가 주관하는 생일파티다. 남자친구 딸의 엄마의 친구들도 참석했다. 이들 모두 당당하게 당신 집으로 걸어 들어와 당신을 얼마나 싫어하는지 아주 열심히 증명해 보이고 있다. 게다가 여기는 당신 집이다! 당신은 분위기 망치는 불청객이라고도 할 수 없다. 여기 살고 있으니까! 딸의 엄마는 결코 당신 이름을 부르려 하지 않고 똑바로 쳐다보지도 않는다. 남자친구는 어색해하면서, 당신이 몸에 손을 대면 꼼지락거리며 빠져나간다. 그리고 딸은 뾰족한 손가락으로 당신 얼굴을 찌르듯 겨냥한다. **당신. 당신이 '숨는 사람'이에요.** 이 말이 당신 귀에 비난으로 들리지 않겠는가? 투박한 에스파드리유 신발을 신고 언덕을 내려가는 동안 사냥감이 된 것 같은 기분을 적어도 조금은 느낄 수밖에 없지 않을까?

너무 잘 숨으면 불행만 커진다. 게임이 끝나야 파티가 끝나기 때문이다. 하지만 너무 형편없이 숨으면, 피크닉 탁자 아래 몸을 숙여 숨거나 맨 처음 보이는 커다란 나무 뒤에 웅크려 숨으면 맡은 역할을 제대로 해내지 못하게 된다. **당신이 '숨는 사람'이에요. 그러니까 당신이 가서 숨어야 한다는 뜻이에요.** 너무 일찍 발견되면 틸리를 짜증 나게 할 테고 스티브에게 실망을 안겨줄 것이고 엄마들에게 판단 근거를 또 한 가지 제공할 것이다. 그렇기 때문에 당신은 햇볕이 환하게 빛나는 잔디밭을 벗어나 어두운 숲으로 들어간다. 작은 관목들이 발목을 할퀴고 가시들이 치마에 달라붙는다.

작은 언덕을 넘어 다시 내려가고, 물이 말라 바닥이 드러난 작은 개천을 지나고, 나무들 사이의 공터를 지난다. 그러다 그루터기들이 둥그렇게 모여 있는 곳을 발견한다. 그 안에 들어가 몸을 둥글게 말고 두 무릎을 가슴으로 당기면 몸을 숨길 수 있다. 조용하다. 새소리가 들린다. 짓밟힌 솔잎과 낙엽이 썩는 냄새가 난다.

평화로운 곳이네. 당신은 속으로 말한다. 그리고 당신의 들쑥날쑥한 숨소리가 서서히 부드러워져 고른 숨소리로 바뀌는 것을 귀 기울여 듣는다. 파티가 끝나면 무엇을 할지 몽상에 젖는다.

발견되기를 기다리면서.


말라는 눈을 감았다가 다시 뜬다. 눈을 뜬 채 꿈을 떠올린다. 틸리만 빼고 모두 사라져버린 꿈이다. 시간이 얼마나 지났을까? 한 시간, 하루, 한 시대? 알 수 없다. 초저녁이라는 것은 알겠다. 숲 끝에 매달린 태양이 붉은 불꽃을 발하고 모든 그림자들이 제멋대로 날뛴다. 짙은 검은색으로 마구 뒤얽히며 사방으로 뻗어 나간다.

유리창에 햇빛이 비쳐 아무것도 보이지 않는다. 틸리의 안경처럼. 생일파티 깃발이 축 늘어진 혀처럼 문에 매달려 있다. 말라는 조심스럽게 밖으로 나간다. 은색 리본을 왕관처럼 쓴 생일파티 주인공이 저 아래, 잔디밭이 끝나고 숲이 시작되는 지점에 서 있다. 기다리는 중일까? 미끄러지듯 가는 중일까?

정어리 게임은 서로의 몸을 포개는 놀이다. 두 팔이 골반뼈 사이에 끼고 두 무릎 사이에 엉덩이가 낀다. 다른 사람의 머리카락이 당신 이에 달라붙고, 다른 사람의 손가락이 당신 귀를 찌른다. 이 다리는 누구 거지? 방귀는 누가 뀌었지? **움직이는** 건 누구야? 누가 **말하는** 거야? 그만 좀 꼼지락거려! 내 가랑이에서 발 빼! 내 겨드랑이에 있는 당신 코 좀 치워! 프랜신, 팔꿈치로 내 가슴 좀 찌르지 마! 내 팔꿈치는 네 멍청한 가슴 근처에도 안 갔어, 바보야! 그건 레일라 무릎뼈야. 아니야! 조용히 해! 쉿, 얘들아, 틸리가 오고 있어! 아, 안 돼, 내 손이 밖으로 삐져나갔어. 우리 다 여기 숨을 수 있어! 너무 비좁아! 아니, 할 수 있어. 좀 더 가까이 붙어. 좀 더 가까이. 신체 부위 하나하나가 다른 사람 몸에 전부 닿을 때까지 더 가까이 붙여. 밀고 으깨고 누르고 찌부러뜨리고 쥐어짜.

틸리가 숲속으로 천천히 들어간다. 말라가 그녀의 뒤를 따르지만 바닥에 솔잎이 두껍게 깔리고 썩은 잎들이 부드럽게 덮여 있어 발소리가 들리지 않는다. 여성의 질 가장자리 같은 핑크색 여성용 슬리퍼가 관목 뒤편에 삐죽이 튀어나와 있고, 터진 고무풍선 조각이 빨간색 통통한 배꼽을 달고 나뭇가지에 매달려 있다. 짓밟힌 버섯 사체가 슬픈 빛으로 차갑고 창백하게 빛나고 있다.

기다린다.
찾기가 시작될 때까지.
당신이 알아야 할 마지막 한 가지.
틸리의 행운의 초가 소원을 들어준다.
이 초는 외로운 사람의 소원을 들어준다. 서툰 사람. 모욕당한 사람. 냄새나는 사람의 소원을. 화난 사람, 고통받는 사람, 미움으로 가득한 사람, 힘없는 사람의 소원을. 여러 딸과 여러 어머니. 여러 어머니와 여러 딸의 소원을. 여러 말라와 여러 틸리. 여러 틸리와 여러 말라의 소원을. 여러 탈라와 여러 말리, 여러 다른 사람과 여러 말리의 소원을. 여러 알과 여러 딸머니. 말리와달라와인형과웃음과백합과다른이들의 소원을.
숲속 구덩이 옆 어둠 속에 함께 서 있는 어머니와 딸, 틸리와 말라. 그들에게는 나뭇잎 스치는 바람 소리와 심장 박동 소리와 숨소리 말고는 아무 소리도 들리지 않는다.

**쉬잇!**

들어봐.

소원이 이루어지는 소리—

(못된 소원. 나쁜 소원.)

비명. 곳곳에서 들려오는 비명

그러나 숨죽인. 베개에 대고 지르는 듯한.

어쩌면 그보다 조금 더 탄력 있는 뭔가에 대고 지르는 듯한

고무풍선.

풍선껌.

살갗 같은 것에 대고 지르는 듯한.


와우! 알고 보니 생일 마법을 조금만 빌려도 햇빛을 모으는 것처럼 미움을 모을 수 있다. 미움에 확대경을 댄 다음 굴절시켜 **한곳에** 모은다. 보도에 바글거리는 개미들처럼(캔에 든 정어리처럼) 무리를 이룬 생일파티 손님들은 자신들이 어떤 신비한 힘, 눈에 보이지 않아 더더욱 강력한 어떤 힘의 줄기에 휘감겨 있는 것을 발견한다.

집합을 이룬 매끈한 피부가 따뜻해지고, 뜨거워지고, 한껏 달궈진다.

손님들의 빛나는 머리가 그을리기 시작한다. 이윽고 연

기가 나고 까맣게 탄다.

떨리고, 맥박이 뛰고, 심장이 펌프질을 하고, 숨이 차 쌕쌕거리는 몸뚱이들이 땀을 흘리기 시작한다. 누렇게 그을린다. 겉이 탄다. 익는다. 터진다. 녹는다. 그리고 **엉겨 붙는다.**

포개진 몸뚱이들이 하나의 몸뚱이가 된다. 여러 뇌가 혼란과 공황에 빠진 하나의 뇌가 된다. 개별적인 여러 개인이 아니라 하나의 들끓는 덩어리, 두려움과 분노의 유기체, 지각을 지닌 채 감정을 분출하는 살덩이가 엉겨 붙은 웅덩이, 열두 개의 눈과 수많은 팔다리가 달린 하나의 **물체**가 된다.

언덕 꼭대기 요염한 달빛 아래 말라와 틸리가 서로 꼭 끌어안고 있는 동안 이들의 발아래 저편에서는 틸리의 생일 괴물이 서로 잡아당기고 흔들고 이빨을 악문다. 울부짖고, 서로 떼어놓으려 애쓰며 비명을 지른다.

무서워무슨일이일어나고있는지모르겠어엄마우리딸당신누구야내머리내몸에서뭘하는거야난아니야당신이내몸에들어왔잖아아니야아니우리엄마야아니난프랜신이야아니난케지어아니야캐럴이야우리딸엄마야제발좀어떻게이거좀멈춰볼수있을까아니난스티브야난스테이시야난미치야난레일라야이해가안돼너무무

서워이거싫어제발누가나좀도와줘움직일수가없어내몸이움직이
는걸멈출수가없어아세상에이게저기서온거였어왜난안보이지?
난모든게다보여이소리는뭐지이건누구지이건뭐지난뭐지누가이
런거지아파제발좀멈춰봐아파아미안해이건누구지당신은뭐야나
는……

틸리는 멍하니 괴물을 본다. 머릿속에 천 개의 생일 초
를 가득 밝힌 것처럼 두 눈이 빛나고 턱 아래로 한 줄기
침이 흐른다.

뒤틀리는 팔다리와 비명을 지르는 얼굴들 한가운데에
서 '여자친구'의 얼굴이 잠깐 도드라져 보인다. 두 눈이
이글거리고 진흙 얼룩이 묻어 있으며 당돌해 보이던 코
는 찌부러져 피가 묻어 있고 삐죽삐죽 보이는 틈새는 얼
마 전까지 앞니의 절반이 붙어 있던 자리다.

틸리의 생일파티가 생일 선물이 되었다. 사람들을 놀리
지 못하는 채 씰룩거리고 심장이 고동치고 꾸르륵 소리
를 내는 괴물이 선물이다. 짓궂게 괴롭히지 못하는 채 침
을 흘리고 경련하고 고통스러워하는 괴물. 바람 피우고
이혼하지 못하는 채 울부짖고 헛소리를 하는 괴물. 사랑
하고 보살펴야 할 사람을 혼자 외롭게 팽개쳐두지 못하
는 채 온몸을 비틀고 비명을 지르고 팔다리를 버둥거리
는 괴물.

너무 놀라 충격을 받은 틸리가 엄마에게 속삭인다. "엄마, 생일 소원을 언제든 되돌릴 수도 있어? 내년 내 생일 때나 아니면 지금이라도?"

"모르겠네, 우리 딸." 말라가 말한다.

"엄마는 내가 **꼭** 소원을 취소해야 한다고 생각해?" 틸리가 애원하듯 엄마를 쳐다본다. "그렇게 할까?"

말라는 대답하려고 하지만 단어들이 목에 딱 달라붙어 있다. 말라는 계속해서 생각한다. 틸리가 기다리는 동안. 이들 발아래 저편의 괴물이 울부짖고, 날카롭게 소리지르고, 자비를 구하는 동안. 녹은 아이스크림 덩어리와 엉망으로 망가진 장식용 리본들과 질척거리는 케이크 조각들 밑에서 노란 초가 빙글빙글 돌면서 불꽃을 튀기며 "**디들디들디들디들!**" 하고 찍찍대는 동안.

# 한밤에 달리는 사람

The Night Runner

6반 여자아이들은 짓궂었다. 모두들 알고 있었다. 부툴라 여자초등학교의 선생들은 저마다 6반과 얽힌 사연을 하나씩 갖고 있었다. 이 반 아이들은 여성 교사를 남자 화장실에 밤새 가둬놓았고, 열흘 동안 잇달아 급식으로 기데리*만 나오자 들고일어나 교내 연좌 농성을 벌였으며, 비품 창고에 염소를 넣어두기도 했다. 새로 온 미국평화봉사단원 애런이 6반 담임으로 정해진 것이 알려지자 선생들은 복도에서 그의 옆을 지나치며 모두 동정의 시선을 보냈다. 그중 젊은 여자 선생 한 명은 구내식당에서 동료 선생들과 애런의 곤란한 상황에 대해 이야기를 나누던 도중 그가 너무 불쌍하다며 울음을 터뜨리기도 했다.

* Githeri, 옥수수와 콩을 함께 끓여 만든 케냐 전통음식.

그러나 애런이 이 선생에게 여자아이들을 어떻게 다루어야 할지 조언을 구했을 때 그녀는 체념 섞인 한숨을 내쉬며 이렇게 말해줄 수밖에 없었다. "그 애들은 다룰 방법이 없어요. 그 애들 안에는 악마가 있거든요. 할 수 있는 거라고는 단지—." 그러면서 그녀는 손으로 허공을 가르며 직접 행동으로 보여주었다.

찰싹.

학교에 근무하는 선생들 모두 6반 수업에 들어갔다. 그러나 고생하는 모든 선생들 가운데 유독 애런만 아이들을 밖으로 끌어내 회초리로 종아리를 때리는 것을 겁냈다. 그 결과 그가 칠판에 판서하려고(에이즈 바이러스는 다음과 같은 경로로 전염된다⋯⋯) 뒤돌아서기만 해도 어김없이 여학생들의 끝없는 조롱이 부글부글 끓어올라 끝내는 완전한 혼란으로 번지곤 했다.

애런이 말할 때마다 여학생들은 그의 목소리를 흉내내고 고음의 콧소리로 꺅꺅 괴성을 질렀다. 그에게 물건을 마구 던지기도 했다. 분필뿐 아니라 침으로 범벅이 된 종이, 옥수수 알갱이, 머리핀, 돌돌 만 녹색 코딱지 같은 것을. 한번은 그가 시험지를 걷는 동안 로다 쿠돈도가 그가 앉은 책상 쪽으로 흐느적흐느적 걸어오더니 그의 얼굴 앞에 공책을 내밀고, 분명 그의 느릿느릿한 텍사스 말

투를 흉내 내려는 의도였겠지만 무슨 말인지 알아들을
수 없는 소리를 웅얼거렸다. 교실이 떠나갈 듯 한바탕 웃
음이 터져 나왔고 영문을 알지 못하는 애런은 그녀에게
자리로 돌아가라고 했다. 그러나 그녀는 좀 전에 했던 말
을 다시 웅얼거리면서 검지를 입안 깊숙이 넣더니 손가
락으로 뺨 안쪽을 밀어 볼이 불룩 튀어나오게 했다. 그녀
는 성관계를 제안하고 있던 것이다. 좋은 점수를 받게 해
주면 보답으로 그를 교실 뒤쪽으로 데려가 입으로 성기
를 빨아주겠다는 농담에 애런이 얼굴이 벌게져 멍하니
있는 동안, 그녀는 친구들의 열광적인 환호를 받으며 유
유히 자기 책상으로 돌아갔다.

그러던 어느 12월의 눅눅한 오후, 애런이 학교 문을 나
서 집으로 향하는 내내 리닛 오두오리가 그의 뒤를 졸졸
쫓아오면서 고양이 울음소리를 냈다. 리닛은 6반에서 가
장 작은 아이로, 그녀가 이름을 따온 새*처럼 예쁘고 뼈가
가늘었다. 그때까지 애런은 리닛을 애완동물처럼 대하면
서 기회가 있을 때마다 칭찬해주고, 그다지 우수하지도
않은 과제물인데도 다른 아이들 앞에서 모범 사례로 치
켜세웠다. 별다른 노력도 들이지 않은 안일한 편애에 대

---

\*   linnet, 홍방울새.

해 그녀 나름대로 희한하지만 효과적인 복수를 고안해낸 것이다.

그날 밤 애런은 친구 그레이스에게 자초지종을 설명했다. 리닛이 고양이 울음소리를 냈고, 다른 아이들까지 열광적으로 가세해 마침내 조롱이 담긴 고음으로 야옹야옹 외쳐대는 아이들 무리 속에 파묻히게 되었다고. "당신 눈 때문이에요." 그레이스는 그렇게 말하고 이것이 명백한 사실인 것처럼 말을 이었다. "당신 눈 색이 고양이 눈처럼 보여요."

애런은 그레이스의 눈이 더 고양이 눈 같으며 자기 눈은 그저 평범한 파란색일 뿐이라고 생각했다. 그레이스는 이 지역 출신인 루히아족 여자로, 당연히 눈은 갈색이었지만 눈꼬리가 마녀처럼 올라간 데다 눈이 약간 튀어나온 까닭에 옆에서 보면 눈동자를 덮은 투명한 곡선의 수분막이, 흘러넘친 물처럼 보였다.

그레이스는 애런이 마을에 도착한 첫 주의 어느 날 저녁, 미지근한 코카콜라와 약간 탄 차파티*를 들고 그의 집 문 앞에 찾아와 그를 친구로 받아들였다. 이마 가득 번들

---

*  chapati, 철판에 구운 동글납작한 남아시아식 밀가루 빵.

거리는 여드름, 짙은 색 잇몸과 벌어진 이를 드러내며 웃는 미소, 어딘지 모르게 막연하게 감도는 업신여기는 듯한 태도로 볼 때 비록 나이는 열아홉으로 6반 여자아이들보다 많았지만 그 아이들 속에 섞여도 잘 어울릴 것이다. 초기에 그녀는 애런에게 정확히 미국 어디 출신인지 물었고 그가 대답하자 그를 휙 훑어보고는 쌀쌀맞게 말했다. "나는요, 텍사스 사람은 모두 덩치가 크고 카우보이처럼 생긴 줄 알았는데 당신은 크지 않네요. 그냥…… 보통 크기네요." 몇 년 전까지 부틀라 학교를 다녔던 그레이스는 애런이 학교에서 벌어지는 온갖 일을 들려주어도 자신이 이미 알고 있는 것 말고 다른 이야기가 그에게서 나올 리 없다고 굳게 믿는 듯한 반응을 보였다.

그레이스는 밤이 되자마자 시큼한 냄새가 나는 비좁은 애런의 집 안으로 몰래 들어와서는 얕은 숨을 가쁘게 내쉬는 사이사이로, 자신은 그가 눈감아줘서 들어온 것이며, 이런 가축우리 같은 집에서 시간을 보내는 것은 둘 다에게 어울리지 않는다고 말하곤 했다. 한번은 그녀가 곧바로 모습을 드러내고는 그에게 물었다. "왜 텍사스에서 그 먼 길을 와서 이 좁디좁은 집에 사는 거예요? 그 학교 요리사도 여기보다 훨씬 좋은 집에 사는 거 몰라요?"

애런은 자신이 자원봉사자이며 집은 학교에서 제공한

것이라 어떻게 해볼 도리가 없지만 실은 도착하자마자 평화봉사단 현장주임에게 생활 여건에 관해 큰 소리로 항의했다고 알려주었다. 실제로 그가 집 문턱을 처음 넘어설 때 문틀에 있던 지저분한 박쥐 똥의 일부가 그의 위로 떨어졌고, 얼마 후 이 똥의 제공자 가운데 하나가 바싹 말라버린 사체로 선이 끊어진 스토브 안에 갇혀 있는 것을 발견했는데, 생김새가 오븐에 구운 갈색 똥과 별반 다를 바 없었다.

그레이스는 집 안 환경에 분명 불쾌감을 보이면서도 종종 자정이 지나도록 그의 집에 머물면서 손가락마디를 빨거나 손전등을 켜놓은 탁자 건너편의 애런을 바라보곤 했다. 애런은 결국 그녀가 자신에게 같이 자자고 제안할 것이라고 의심했고 그럴 경우 어떻게 반응할지 생각하느라 많은 시간을 보냈다. 그러나 아직까지 그녀는 그런 제안을 하지 않았다. 저녁이 다 끝나갈 무렵쯤 되면 그저 자리에서 일어나 하품을 하고는 원피스의 어깨 부분 아래로 흘러내린 브래지어 끈을 무심하게 다시 올리곤 했다.

그런데 고양이 소리 사건이 있던 날 밤에는 애런이 관사 구역 모퉁이까지 그레이스를 데려다주고는 머뭇거렸다. 그는 충동적으로 그녀에게 손을 뻗었지만 그녀는 순순히 응하는 대신 허리에 놓인 그의 손을 잡아 올려 그의 옆구리에 도로 갖다놓고는 그의 면전에 대고 소리 내어 웃었다.

"아주 못됐군요." 그녀가 그의 코밑에 손가락을 대고 흔들면서 놀렸다.

이제 애런의 치욕스러운 일 목록에 이 민망한 일까지 더해졌고 그는 밤새 뜬눈으로 누워 천장을 바라보면서 아침이 오는 것을 두려워했다.


애런은 마침내 잠든 지 오래지 않아 문 두드리는 소리에 잠이 깼다. 손전등이 꺼져 있어서 앞이 보이지 않는 채로 모기장을 걷어내고는 어둠 속을 더듬거리며 문 쪽으로 갔다. "네, 지금 나가요!" 그가 소리쳤지만 문 두드리는 소리는 좀체 수그러들지 않았다. 방문객이 너무도 고집스럽게 문을 두드려대고 있어서 테러 공격이나 반란군 침입 같은 비상사태가 일어나 평화봉사단 사람들이 그를 헬리콥터에 태워 안전지대로 보내려고 찾아온 것이 아닐까 하는 생각이 들었다. 이런 가능성을 생각하니 무섭고 조금 전율이 일었지만 마침내 그가 문의 걸쇠를 풀었을 때는 문 앞에 아무도 없었다.

애런은 당혹스러워 밖으로 나가 관사 안을 살폈다. 밤공기에서 숯과 거름 냄새가 났고 밤의 한기에 소름이 돋

왔다. 그가 문을 연 것은 두드리는 소리가 난 뒤 몇 초도 지나지 않아서였다. 사람이라면 도망갈 시간이 있을 리 만무했다. 하지만 달빛이 희미한 마당은 텅 비어 있었고 대문은 잘 잠겨 있었으며 주위의 모든 것이 고요했다.

"누구세요?" 그가 소리쳤지만, 규칙적으로 들썩거리는 그의 숨소리 말고는 되돌아오는 소리가 없었다.

그는 다시 집 안으로 들어와 문의 걸쇠를 걸어 잠그고 모기장을 다시 정돈해 매트리스 귀퉁이 아래에 단단히 끼워 넣었다. 그러나 그가 막 이불 속으로 들어가자마자 다시 문 두드리는 소리가 시작되었다. 그가 세 번이나 문을 열어젖혔지만 아무것도 보이지 않았다. 한번은 몰래 뒷문으로 빠져나간 다음 살금살금 집 주변을 돌아 그를 괴롭히는 사람을 현장에서 덮치려 했지만 집 밖으로 발을 내디딘 순간 문 두드리는 소리가 잠잠해졌다. 집 안으로 들어온 그는 구석의 벽에 등을 꼭 붙이고 앉아 공황에 빠지지 않으려고 애썼다. 그때 문 두드리는 소리가 다시 시작되었고, 그의 집 금속 문을 내리치는 소리는 귀가 먹먹할 정도로 컸다. "꺼져!" 그가 두 손으로 귀를 틀어막으며 고함쳤다. "꺼져! 토카 하파*! 꺼져!" 그러나 그가 돌아

---

* '여기에서'라는 뜻의 스와힐리어.

버릴 정도로, 도저히 믿기지 않을 정도로, 머리가 띵할 정도로 문 두드리는 소리는 밤새도록 계속되었다.

새벽 무렵 잠을 자지 못해 눈이 벌겋게 화끈거리고 생각이 불안하게 요동칠 때쯤 마침내 문 두드리는 소리가 멎었다. 못살게 괴롭히던 자가 뭔가 밝은 빛에서 알아볼 만한 단서를 남겨두었을지 모른다고 생각한 애런은 비틀거리며 밖으로 나갔지만 그가 마주한 것이라고는 현관 한복판에 아담하게 돌돌 말려 김이 나고 있는 똥뿐이었다.

이제 막 생긴 은밀한 악취에 그는 입을 틀어막았다. 한 손으로 코 앞을 휘저으며 집 안으로 뛰어 들어가 문을 꽝 닫았지만 그럼에도 냄새가 계속 나는 것 같았다. 얼마 후 그는 용기를 내려고 미지근한 터스커 맥주를 두 병 마시고 신문지로 똥을 감싸 긁어모았다. 미끄덩거리는 똥의 온기가 얇은 종이 사이로 배어났다. 그는 두 팔을 앞으로 쭉 내민 채 마당을 가로질러 뛰어가 쭈글쭈글 구겨진 신문지 뭉치를 담장 너머 길로 던졌다.

애런은 이날 학교에 가지 않으면 6반을 통제할 기회를 영영 잃고 말 것이라 생각했지만 도저히 학교에 갈 수 없었다. 그는 소파에 누워 담요로 얼굴을 가린 채 땀을 흘리면서, 간밤의 공격이 누구 소행인지 가장 의심 가는 용의자를 찾아보려고 애썼다. 고양이 소리를 내던 연약한 리닛? 음탕한 로다 쿠돈도? 아니면, 그보다는 확률이 낮지만 언젠가 시험지에 '나는 모저스 오주를 사랑해'라는 말만 가득 적은 채 아무것도 쓰지 않고 제출한 예쁘장한 머시 아키니? 아니, 어쩌면 밀센트 나브와이어일 수도 있다. 그 애는 지난주 수업 시간에 손을 들고 물었다. "므왈리무*, 음…… 음…… 그러니까 그게…… 와중구** 말이에요…… 그게 사실입니까……" 그러더니 아주 심하게 더듬대면서 말을 이었다. "므왈리무, 니 쿠엘리 와중구 후톰바 와냐마?" 번역 실력이 느리다는 것을 감추려는 의도로 질문에 대해 주의 깊게 생각하는 척하면서 얼굴을 찌푸리고, 이맛살을 찌푸리다가, 마침내 그녀가 한 말의 뜻(선생님, 백인이 동물과 성관계를 갖는 게 사실이에요?)을 알아내고 나서야 그녀의 농담에 완벽하게 걸려들고 말았다는 것을 깨달았다.

아니면 아마도 아나스텐지아 오데니오일 것이다. 그 애는 그가 맡은 반의 여러 고아 가운데 하나로 다섯 동생을 돌보는 가장이었다. 학교에 잘 오지 않아서 얼굴을 떠올리는 데 애를 먹었지만, 이따금 마을에서 지나칠 때 본 그 애는 머리에 장바구니를 이고 엉덩이 쪽에 아이 하나

---

* '선생님'이라는 뜻의 스와힐리어.
** '피부가 흰 외국인'을 뜻하는 스와힐리어.

를 매단 채 완전히 지쳐 있었다. 일전에 그 애가 시장에서 양파를 사고 있을 때 그가 양파 값을 내주겠다고 하며 머지않아 곧 학교로 돌아올 수 있기를 바란다고 말한 적이 있다. 그 애는 그가 내민 동전을 받더니 그의 아이패드를 가리키며 그가 이해하지 못하는 스와힐리어로 뭐라고 말했다.

"음악 듣는 거요." 그 애가 한 단어씩 또박또박 영어로 말했다. "음악 듣는 걸 좋아해요." 그에게 물건을 달라고 하는 일이 다반사였고 그는 늘 곤란해했다.

"안 돼, 아나스텐지아. 미안해."

"알았어요." 그 애는 그렇게 말하고 등에 업혀 있던, 좀 전부터 울기 시작한 아이에게 "쉿" 하고 주의를 주었다. "그럼 다음에요. 양파 사줘서 고마워요, 선생님. 안녕히 가세요." 집까지 절반쯤 간 뒤에야 어쩌면 그 애가 아이패드를 선물로 달라고 한 것이 아니라 그냥 노래를 들려달라고 한 것인지도 모른다는 마음 아픈 가능성이 문득 떠올랐다.

그렇다, 리닛도, 로다도, 머시도, 밀센트도, 아나스텐지아도 그럴 수 있다…… 그러나 한편으로는 스텔라 카세니에도, 사라페네 웨줄리도, 베로니카 바라사도, 안젤리네 아티에노도, 브리짓 타부도, 퓨리티 안얀고도, 비올레

타 아디암보도 그럴 수 있다. 사실은 어느 누구든 그럴 수 있다. 그들 모두 제각기 애런을 미워했기 때문이다.

오후에 교장이 집으로 찾아오자 애런은 몸이 아프다고 했다. 교장은 말라리아의 위험성을 경고하면서 아이 한 명을 시켜 파나돌을 가져오게 하라고 했지만 애런은 정중하게 거절하고는 침대로 기어 들어갔다. 그 뒤에 그레이스가 늘 오던 시간에 맞춰 찾아왔으며, 외롭고 불안했던 그는 그녀를 집 안에 들였다. "무슨 일 있어요?" 그레이스가 그를 보자마자 물었다. 그는 지난밤의 수난을 간략한 줄거리로 요약해 들려주었지만 누군가 현관에 똥을 누고 갔다는 말은 차마 털어놓을 수 없었다. 로다의 음탕한 제안과 마찬가지로 이 일의 무례함은 왠지 가해자보다는 피해자인 그에게 수치심을 안겨주었다. 그는 해가 뜰 때까지 문 두드리는 일이 계속되었다고 말하면서도 그 자신이 믿기 힘들었듯이 그레이스도 믿지 않을 것이라고 예상했다. 그러나 이야기를 마치고 비웃음이 날아올지 모른다고 마음의 각오를 다지고 있는데, 그녀는 그저 고개를 끄덕이더니 현자처럼 말했다. "아, 한밤에 달리는 사람이에요."

"한밤에 달리는 사람?" 그가 되풀이했다.

"평화봉사단 학교에서 한밤에 달리는 사람에 대해 가르쳐주지 않았어요?"

그레이스를 알게 되었을 무렵, 부툴라 학교에 오기 전 8주 동안 평화봉사단 훈련을 받았다고 언급한 적이 있다. 이후로 그레이스는 그가 교실에서 몇 달을 보내면서 할머니 할아버지에 대한 올바른 인사법에서부터 망고를 제대로 자르는 법에 이르기까지 케냐 생활에서 일어날 수 있는 모든 일에 대해 자세히 배웠다고 믿고 있는 것 같았다. 사소한 실수만 해도 깜짝 놀란 것처럼 행동했고, 더러는 이 가상의 교사들이 제대로 가르치지 않았다면서 정말로 화를 내는 것 같기도 했다.

"한밤에 달리는 사람은 우리 루히아족 사람들 사이에서는 아주 흔한 일이에요. 아무렇게나 벌거벗은 채로 사방을 뛰어다녀서 아주 많은 문제를 일으켜요." 혼란스러워하는 애런의 표정에 자극을 받았는지 그녀는 목소리를 남성의 저음 정도로 낮추고 미간을 잔뜩 찌푸리더니 설명의 수준을 한층 높여 직접 몸으로 보여주었다. "그들이 이렇게 붐, 붐, 붐 소리를 내면서 돌아다녀요." 그녀는 주먹으로 허공을 치면서 시범을 보여주었다. "그러고는 니니를 당신 집 벽에다 문지를 거예요." 그녀가 엉덩이를 쭉 내밀고 손으로 가리켰다. "만일 운이 나쁘면 당신한테 작은 선물을 남겨요." 그녀는 키득거리며 웃더니 힘주어 결론을 맺었다. "그래요! 그건 한밤에 달리는 사람이에 요."

이후 저녁 내내 애런은 그레이스에게 그것이 꾸며낸 이야기라고 실토하게 하려고 애썼다. 그녀는 전에도 초자 연적인 것에 대해 황당한 이야기를 들려준 적이 있었다. 저주를 받아서 소변 볼 때마다 수탉 울음소리를 내는 남 자 이야기, 마녀가 간통하는 남녀에게 주문을 걸어 둘이 섹스하는 동안 몸이 들러붙는 바람에 병원으로 이송되어 외과 수술로 몸을 분리한 이야기. 그런 이야기를 할 때 그 레이스는 그가 자신의 말을 믿지 않을 것이라고 여기면 서 어디 한번 도전해보라고 부추기듯이 뭔가 놀리는 말 투로 이야기하곤 했다. 그러나 한밤에 달리는 사람의 실 재에 대해서는 그녀도 전적으로 확신하는 것 같았다. 아 니요, 그들은 영혼이 아니라 실제 사람이에요. 일종의 악 마적인 정신병 때문에 어쩔 수 없이 그러는 거예요. 그들 의 정체는 아무도 몰라요. 만일 당신이 한밤에 달리는 사 람이라는 것을 마을에서 알게 되면 와우, 그때 당신은 골 치 아파져요! 예전에 저기 마을 세 개를 지난 어떤 곳에 서 한밤에 달리는 사람이 붙잡혔어요. 린치를 당할 뻔했 는데 직전에 낮에는 목사의 존경받는 아내였다는 사실이

드러났지요.

그녀의 확신에 의심이 서서히 무너지자 애런은 한밤에 달리는 사람에게 괴롭힘을 당하지 않고 벗어나려면 어떻게 해야 하느냐고 물었다. 그레이스는 한밤에 달리는 사람들 중 최고로 꼽히는 이들이 짝을 이루어 활동하며 절묘한 조화로 공동의식을 펼치는 까닭에 좀체 발각되지 않는다는 복잡한 이야기를 하더니 이윽고 스스로 말을 끊고는 절망스럽다는 듯 고개를 저었다. "아니요! 진짜 문제는 이들 한밤에 달리는 사람들을 붙잡기 힘들다는 거예요. 당신이 이들을 쫓으면 그들은 고양이나 새, 심지어는 표범 같은 것으로 될 수도 있는데, 사람이 어떻게 따라잡을 수 있겠어요?"

그녀가 갑자기 코웃음을 터뜨리자 애런이 소리쳤다. "그레이스! 네 얘기 하나도 재미없어!"

그레이스가 손으로 탁자를 탁 치면서 소리쳤다. "틀렸어요. 내 얘기는 재밌어요. 당신의 문제는 너무 심각하다는 거예요. '오, 안 돼, 아이가 내게 고양이 소리를 내!' '오, 안 돼, 누가 한밤에 내 집 문을 두드려!' 이 세상에는 고양이 소리를 내면서 뒤따라오는 것보다 훨씬 나쁜 일들도 있어요. 당신한테 힘든 일이 있다고 해서 사람이 웃지도 못해요?"

"난 그냥, 네가 나한테 조금은 공감해줄 거라고 생각했어." 애런은 남은 코카콜라를 들이켜면서 시무룩하게 말했다.

다음 날 아침, 여덟 시간 숙면을 취한 덕분에 기운을 차린 애런은 용기 있게 학교에 가기로 결정했다. 하지만 교실로 들어가지 않고 교장실로 향했다. 교장은 두 발을 책상 위에 올려놓았고, 한쪽 구두 밑바닥이 씹다 버린 껌이 달라붙어 시커멨다. "므왈리무 애런!" 교장이 소리쳤다. "말라리아 증상은 좀 어때요?"

"말라리아가 아니었어요." 애런이 말했다. "저는 많이 좋아졌어요. 하지만 6반 아이들에 대해 말씀드릴 게 있어요. 그 애들은 통제 불능이에요."

교장이 의자를 뒤로 흔들흔들하며 듣고 있는 동안 애런은 6반 아이들이 저지른 온갖 모욕적인 짓에 대해 장황하게 설명을 늘어놓았다. 애들이 그에게 물건을 던졌다. 애들이 자신을 흉내 냈다. 음탕한 질문을 했다. 숙제를 하지 않았다. 그를 선생으로 제대로 존경하며 대하지 않았다. 교장은 애런이 고양이 소리를 낸 리닛 이야기를 할 무렵에 얼굴을 찡그리기 시작했고, 그의 집이 공격당한 일을 설명했을 무렵에 의자의 앞다리를 바닥에 꽝 내려놓았다.

"안 되겠군!" 교장이 단호히 말했다. "너무 심각한 수준이군요. 이런 괴롭힘을 당하면서 어떻게 잠을 잘 수 있겠어요? 누군가 당신 집 문 앞에 와서 밤새도록 쾅 쾅 쾅 문을 내리치는 데 말이에요!"

애런이 동의하려고 했지만 그가 말을 꺼내기도 전에 교장이 이어서 말했다. "이건 그저 성가신 일 정도가 아니에요. 그런 게 아닙니다! 이건 우리 지역의 진짜 문제예요. 한밤에 달리는 이 고약한 버릇 말입니다!"

애런이 의자에 털썩 기대자 교장이 반짝반짝 물기가 감도는 치아를 환하게 드러내며 갑자기 활짝 미소를 지었다. 교장이 애런의 어깨를 움켜쥐었다. "선생님. 선생님 반의 규율을 바로 세우고 싶다면 아이들을 벌해야 합니다! 다음번에 조그만 여자애들이 고양이 소리를 낼 때에는—쳇!" 교장이 신문지로 허공을 내리쳤다. "이렇게 해요. 그러면 한밤에 달리는 사람이 다시는 당신 집에 찾아오지 않을 거예요."

애런은 좌절해서 교실로 돌아왔다. 여느 날 같으면 그가 교실을 비운 동안 여자아이들이 난리법석을 피웠을 테지만 오늘은 두 발을 모으고 두 손을 맞잡은 채 책상 앞에 단정하게 앉아 있었다. 그가 교실을 가로질러 앞쪽으로 가는 동안 백 개의 갈색 눈이 그를 쫓았다. 그는 가볍게 기침을 하면서 말할 준비를 하며 한순간 희망을 가져보기도 했다. 아마도 다 끝난 모양이다. 마침내 아이들이 자신들의 행동이 지나쳤다는 것을 깨달은 모양이다.

"안녕, 얘들아." 애런이 수업을 시작하려고 했다.

발을 끄는 소리와 끽 하고 책상을 끄는 소리가 교실 안을 가득 채우더니 6반 학생들이 일제히 일어나 그에게 인사를 했다.

"야옹!"

애런은 뒤이어 히스테리 반응을 보이며 가장 가까이 있던 여자아이의 팔을 움켜잡았다. 모저스 오주를 사랑했던 머시 아키니였다. 머시는 악을 쓰면서 손가락을 밀어넣어 그의 손을 떼어내려 했지만 그는 그 애를 강제로 문쪽으로 잡아끌었다. 그들이 운동장에 거의 닿았을 무렵 나머지 여자아이들은 무슨 일이 벌어졌는지 깨달았고 집단으로 뒤따라 나와 어지럽게 비명을 질러대며 그를 빙둘러쌌다. 침과 종이와 신발이 애런의 주위로 날아들었지만 그는 몸부림치며 공격해대는 한 명을 억누르는 데에만 집중했다.

이 소란 때문에 다른 반 학생들까지 밖으로 쏟아져 나

왔고 무슨 일인지 궁금한 선생들은 아이들을 전혀 제지하지 않았다. 학교 안의 모두가 지켜보는 가운데 애런은 머시의 팔을 틀어쥐고 운동장 한가운데로 갔고 관례대로 그 애의 두 손을 머리 위로 올려 깃대에 고정했다. 머시가 입고 있던 파란색과 흰색의 체크무늬 치마가 오금 위로 딸려 올라가며 매끄러운 갈색 다리가 드러났다. 사방에 전에 있었던 매질의 흔적이, 가는 막대 수십 개가 어지럽게 흩어져 있었다. 애런이 막대 하나를 집어 들어 머시의 다리를 때렸다. 종아리 살갗 아래로 통통한 근육이 씰룩하며 경련했다.

애런의 배 속이 느글거리며 차가워졌다. 그는 울렁거리는 걸 참지 못할지 모른다고 생각하면서도 막대를 높이 쳐들고 내려치려 했다. 그때 머시가 고개를 들더니 그를 향해 희미하게 미소를 지었다.

"야옹." 머시가 속삭였다.

애런은 더는 매질을 할 수 없었다. 막대를 바닥에 내던지고 집으로 갔다.


그날 저녁에 그레이스는 오지 않았지만 한밤에 달리는 사람은 찾아왔다. 다음 날 아침 문을 연 애런은 현관이 더럽혀지지 않은 것을 보고 잠시 놀랐지만 이내 악취가 그를 덮쳤다. 고개를 돌리자 흰 벽 여기저기 엉덩이 높이쯤 되는 곳에 완전한 원 모양의 갈색 얼룩들이 덕지덕지 묻어 있었다.

애런은 집으로 들어가 평화봉사단 현장주임에게 전화를 걸었다. 자신이 마을에서 괴롭힘의 대상이 되어왔으며 더는 이 마을에 해줄 것이 없는 것 같다고, 고국으로 돌아가고 싶다고 말했다. 애런은 주임이 그의 마음을 돌리려고 애쓰면서 그가 하는 일이 가치 있다고 안심시킬 거라 예상했지만 주임은 그러지 않았다. 평화봉사단은 그를 근무지에 혼자 내버려두다시피 해왔지만 그가 떠나기를 원하는 순간, 마치 그의 손으로 레버를 잡아당겨 이 복잡한 기계에 시동을 건 것 같았다. 현장주임은 마을에 있는 동안 안전하지 않다고 느꼈을 뿐인지, 아니면 그 자신에게 해를 입힐 거라고까지 생각했는지 물었다. 그가 그런 건 아니라고 말하자 다음 날 사무실로 와서 퇴직 서류를 작성해달라고 했다. 그게 다였다. 그보다 간단할 수는 없을 것이다. 이제 다 끝났다.

애런은 전화를 끊고 양동이에 따뜻한 비눗물을 가득 채웠다. 낡은 티셔츠를 묶어 바깥으로 나가, 무릎을 꿇고 벽이 반짝반짝 빛날 때까지 문질러 닦았다. 역겨움도 반감도 들지 않았고 그저 뭐랄까, 무뎌진 경멸감만이 느껴졌다. 그들은 그를 몰아내기로 선택했다. 아이들을 때리는 것을 선택했듯이. 피임하지 않고 성관계를 갖는 것을 선택했듯이. 그들이 선택한 거야. 그가 혼잣말을 했고, 단어들이 입안에 고인 피 같았다.

마을에서 보내는 마지막 날, 애런은 해가 지자 마지막으로 마을에 가서 자신이 먹을 차파티와 콜라를 샀고 얼마 후 잠시 생각해본 뒤 그레이스에게 줄 차파티와 콜라도 추가로 샀다. 그가 떠난다는 것을 알면 그레이스가 뭐라고 말할까. 그녀의 놀란 목소리가 다시 한 번 머릿속에서 들렸다. 평화봉사단 학교에서 한밤에 달리는 사람에 대해 가르쳐주지 않았어요?

안 가르쳐줬어, 그레이스. 그들은 내가 알아야 할 것에 대해 하나도 안 가르쳐줬어.

그날 밤에는 그레이스도 없었고 처음에는 한밤에 달리는 사람도 없었으며 있는 거라고는 집 안으로 기어들어와 좀처럼 나가려고 하지 않는 숨 막히는 열기뿐이었다. 애런은 숨 쉬기가 고역스러웠지만 창문을 열기도 겁이 나 속옷 차림으로 매트리스 위에 쪼그리고 앉아 땀에 흠뻑 젖은 이마를 휴지로 두드리며 닦아내고 있었다. 무릎 위에는 관사 창고에서 가져온 도구를 얹어놓고 있었는데,

이곳 사람들이 '풀 베는 칼'이라고 부르는 길고 편평한 칼이었다. 그가 현장주임에게 한 말은 사실이었다. 마을에서 안전하지 않다고 느끼지는 않았다. 그러나 무서웠고 창피했으며 어찌해볼 도리가 없었고 그런 기분으로 지내는 데 지쳤다.

자정이 막 지난 뒤 문 두드리는 소리가 시작되었다. 똑, 똑, 똑. 방문객은 처음에는 문을, 그다음에는 창문을 두드렸다. 똑, 똑, 똑. 문, 창문, 창문, 문. 그러다 마침내 여자아이가 파닥파닥 두드리는 소리가 집 전체를 에워쌌다. 분명 사람이 저렇게 빨리 움직일 수는 없었다. 아마 6반 아이들 모두가 이곳으로 가학적인 학급 나들이라도 나선 모양이었다. 또다시 애런의 눈에는 깃대에 두 손이 묶인 머시가 눈을 가늘게 뜨고 그를 올려다보던 모습이 보였다. 애런이 피가 나도록 그 애를 때릴 만큼 몹시 화나 있을 때에도 그 애는 그를 두려워하지 않았는데 애런은 지금 이곳에 겁쟁이처럼 웅크리고 있다. 난 너희를 도와주러 온 거야. 그는 그렇게 생각했고 풀 베는 칼을 야구방망이처럼 어깨에 걸친 채 일어서서, 문 두드리는 소리가 마치 날개를 펴듯 집을 빙 둘러싸며 퍼져나가는 동안 살금살금 문 쪽으로 다가갔다.

기다려.

기다려.

**똑똑똑.**

지금 나가.


　애런이 문을 열어젖혔다. 맨발의 발가락을 꼼지락거리
는 갈색 맨 다리가 허공에서 버둥거렸다. 그중 하나가 그
의 얼굴 쪽으로 날아들며 진주 같은 발톱 다섯 개가 그의
뺨을 긁고 지나갔다. 애런은 소리를 지르면서 풀 베는 칼
을 거칠게 휘둘렀다. 그러나 두 다리는 재빨리 위로 사라
졌고, 그는 혼자 남겨진 채 텅 빈 문간과 쌀쌀한 검은 밤,
바스러진 목제 문틀에 박힌 금속 칼날만 바라봤다.

　애런은 다리에 힘이 풀리고 구역질이 올라왔다. 그리고
바닥에 담즙을 뱉어냈는데, 만일 칼날이 적중했다면 여자
아이의 잘린 다리가 그 자리에 나뒹굴고 있었을 것이다.
무슨 짓을 할 뻔했는지! 충격이 채찍처럼 그를 휘갈기더
니 척추 주위를 휘감으며 찌르르 전기를 일으켰다. 제대
로 휘둘렀다면 어떻게 되었을까. 으드득 뼈가 부서지고,
비명이 울려 퍼지고, 검붉은 피가 콸콸 솟구쳤을 것이다.

　그러나 여자아이는 그를 피해 도망갔다. 그 애는 지금
지붕 위에 있다. 문 두드리는 소리 대신 톡, 톡, 톡, 빗방울

이 속삭이듯 떨어지는 소리가 났다. 그는 비틀거리며 마당으로 나왔고, 바로 그때 작고 어두운 그림자가 비탈진 지붕을 살금살금 기어 넘는 것이 보였다. 그 애는 시야에서 사라졌지만 이제 궁지에 몰렸다. 그쪽 관사 벽은 여자아이가 타 넘기에는 너무 높았기 때문이다.

"머시? 리닛? 로다? 이리 와서 나랑 얘기해, 제발." 그가 애원하듯 말했다.

지붕 위에 올라간 것이 누구였든 바닥으로 굴러떨어져, 집 반대편 쪽에서 가볍게 쿵 하는 소리가 났다. 애런은 출입문 쪽을 막으면서 성큼성큼 소리 나는 쪽으로 향했다. 그 애가 그의 눈을 피해 돌아 나오는 것은 불가능했다. 그런데도 그의 뒤쪽에서 소리가 났다. 키득대는 소리, 비웃으며 속삭대는 소리. "야옹!"

몰아낸 줄 알았던 분노가 다시 확 치밀어 올랐다. 그가 뒤돌아 몸을 내던지듯 여자아이에게 달려들었지만 그 애는 미끄러지듯 그의 옆으로 빠져나갔다. 그는 뒤쫓았다. 맨발이라는 걸 잊은 채, 속옷 외에 아무것도 걸치지 않았다는 걸 잊은 채, 분노 말고는 모든 걸 잊은 채 출입문을 지나 길로 들어섰다.

여자아이는 밤의 어둠이 깔린 길을 따라 달렸고 그는 그 애의 그림자 윤곽이 뿌옇게 번져 보이는 것 말고는 아무엇도 알아볼 수 없었다. 처음에는 아이 크기더니 이내 어른 남자처럼 커졌다가 다시 고양이처럼 작아졌다가 다시 여자아이 크기가 되었다. 그는 여자아이를 뒤쫓아 텅 빈 거리를 달렸다. 덧문이 닫힌 집과 셔터가 내려진 상점을 지나, 이슬이 축축하게 맺힌 낮은 덤불숲으로 들어갔다. 나무숲을 통과하는 동안 나뭇가지들이 그를 잡아당기고, 머리카락이 뒤엉키고, 가슴에는 채찍 자국처럼 핏빛의 가는 선들이 생겼다. 그는 달리고 또 달렸다. 교회를 지나, 쓰레기장을 지나, 면도날처럼 날카로운 어린 잎사귀에 다리를 베이며 옥수수 밭을 지나 마침내 담장을 타넘고, 장작불이 환하게 타고 있는 담장 안으로 굴러떨어졌다.

애런은 눈을 깜박이면서 손으로 눈을 가렸다. 처음에는 어둠과 사람이 분간되지 않았다. 키가 크고 비쩍 마른 남자인 줄 알았던 것이 흔들거리더니 차츰 깃대로 바뀌었다. 그는 다시 눈을 깜박였고, 담장 안의 운동장이 낯익다는 것, 그 뒤편의 건물은 훨씬 더 낮익다는 것을 깨달았다. 축하행사 때마다 늘 그랬듯이 불이 활활 타고 있는 불구덩이 주위로 6반 여자아이들이 모여 있었다. 그 옆에는 5반, 7반, 8반 여자아이들이 있었다. 아이들은 손에 콜라와 환타를 들고 있었다. 구운 염소 고기를 먹느라 입이 번들거렸다.

학기가 끝난 것을 축하하는 파티였다. 애런은 그 애들 앞에 몸을 구부린 채 숨을 헐떡거렸고 여자아이들은 그를 보고 눈이 휘둥그레졌다. 그 애들 중 한 명이 손가락으로 그를 가리키면서 공포로 얼굴이 일그러지더니 무서워서 아주 작게 흐느꼈다. 애런은 몸을 돌려 자기 뒤쪽을 보았다. 몸을 돌리는 순간 그는 예전 그레이스가 들려주었던 이야기 속의 존재들이 정말 있다고 믿었다. 그러나 자기 뒤쪽의 텅 빈 담장을 보고는 자신이 쫓기는 사람이 아니라 쫓던 사람이라는 데 생각이 미쳤다.

작은 여자아이들 몇몇이 겁에 질려 날카롭게 울기 시작했지만 이윽고 로다 쿠돈도가 대담하게 "에! 한밤에 달리는 사람이네!"라고 소리치자 흐느끼는 울음소리가 사라지고 야유의 조롱이 터져 나왔다.

애런은 아이들의 눈에 비친 자기 모습을 내려다보았다. 유령, 고양이 눈을 한 이방인, 창백한 버섯 같은 모습이었다. 사각 팬티는 여기저기 찢어진 채 흙이 잔뜩 묻어 있고 작은 나뭇가지와 잎들이 다리털에 달라붙어 있었으며 살갗은 수치심으로 화끈 달아올라 있었다.

용감한 애들이군. 점점 거세지는 조롱으로 스스로를 보호하는 아이들을 보며 그는 문득 그런 생각이 들었다. 용감한 아이들이야. 공포를 웃음으로 승화시키고 우는 대신 농담을 하는 아이들.

"쉿!" 마당 저편 구석에서 누군가가 속삭였다. "애런!"

고개를 들어 보니 어둠에 둘러싸인 형체가 보였다. 처음에 그는 또 다른 여학생인 줄 알았다. 그러나 이윽고 그녀가 싱긋 웃었고 그는 그녀의 긴 다리와 미소 사이로 드러난 벌어진 이를 알아보았다.

"쉿!" 속삭이는 소리가 다시 들렸다. 그녀는 손짓하며 입 모양으로 스와힐리 말을 했다.

**우킴비에 나미**

나랑 같이 달려요.

그를 두려워하지 않았던 그레이스. 그를 놀리면서 갖가지 이야기를 들려주었던 그레이스. 울거나 화내는 대신 달렸던 그레이스. 내일이면 그는 먼 귀국길에 오르겠지만 오늘 밤 그레이스는 그 말고 어느 누구의 눈에도 띄지 않은 채 벌거벗은 몸으로 운동장을 가로질러 질주했다.

그리고 오늘 밤, 고양이처럼 유연하게 그가 그녀를 따라 달렸다.

# 거울, 양동이, 오래된 넓적다리뼈

The Mirror, the Bucket,
and the Old Thigh Bone

옛날에 결혼 적령기에 접어든 공주가 살고 있었다. 이 일이 골칫거리가 될 거라고는 아무도 예상하지 못했다. 공주는 생기 가득한 눈에 사랑스러운 작은 얼굴을 지녔다. 미소를 잘 짓고 농담도 잘했다. 호기심과 열정이 가득한 날카로운 정신의 소유자였으며, 당시 기준으로 볼 때(아니, 다른 어느 시대의 기준으로 보더라도) 이상적이라고 여겨지는 수준 이상으로 책에 코를 박고 지내는 시간이 길었으니 언제든 들려줄 이야기를 갖고 있을 터였다.

왕국 곳곳에서 구혼자가 공주를 만나러 찾아왔고 공주는 이들 한 명 한 명을 똑같이 정중하게 맞았다. 그녀는 질문을 하고 거꾸로 구혼자의 질문에 대답도 했다. 왕궁 내를 거니는 동안에는 구혼자와 팔짱도 꼈다. 그녀는 구혼자의 말을 귀 기울여 들었고, 웃음을 보였으며, 구혼자와 이런저런 이야기를 나누었다. 그녀는 아주 매력적이고 쾌활해서 구혼자들은 집으로 돌아가는 길에, 언젠가 왕이 되는 기쁨을 제쳐두고 생각하더라도 공주와 결혼해 보내는 삶이 **끔찍하게** 불쾌하지는 않을 거라고 다들 생각했다.

방문한 구혼자가 돌아가면 공주는 왕과 왕비와 왕실 고문이 앉아 있는 응접실에 함께 앉았고 이들은 공주에게 질문 세례를 퍼부었다. 가장 최근에 만난 구혼자는 어때? 멋지고 예의 바르고 지적이고 친절한 것 같니?

아, 네. 공주는 보조개가 생기게 미소를 지으며 말하곤 했다. 아주 좋아요. 정말 다 갖췄어요.

지난번 구혼자와 비교하면?

그 구혼자도 정말 매력 있었어요.

그런데 이번 구혼자가 더 낫다는 거지?

네, 아마도요. 으음, 아니에요. 말하기 곤란해요. 두 사람 다 좋은 점이 아주 많아요!

그 두 사람을 함께 불러볼까? 네가 비교할 수 있게?

아, 아니에요. 그럴 필요까지는 없을 것 같아요.

그렇다면 어느 쪽도 네 마음에 안 든다는 말이구나.

아니에요, 마음에 들어요. 다만—.

다만?

둘 중 한 사람을 선택하느라 이렇게 힘든 시간을 보내

고 있다면 그건 나쁜 신호 같지 않아요? 계속 생각해봤는
데요, 너무 많이 힘든 일만 아니라면 혹시……

또 다른 사람을 불러보자고?

네.

다른 구혼자 말이지.

네, 부탁드려요.

남은 사람이 있으면 말이겠지.

네, 남은 사람이 있으면요. 한번 불러볼 수 있을까요?
네?

이 말에 왕비는 얇은 입술을 꽉 다물었고 왕실 고문은
곤혹스러운 표정이었지만 끝내 자기 생각을 말하지 않은
채 잠자코 있었으며 왕은 한숨을 쉬며 말했다. 그래야 할
것 같구나.

이런 식으로 1년이 지나고 또 1년이 지나고 그러고도
다시 3년이 지났다. 그동안 공주는 왕국에 있는 모든 왕
자, 모든 공작, 모든 자작, 칭호는 없지만 엄청나게 부유한
모든 자산가, 역시 칭호는 없지만 존경받는 모든 대가, 마
지막으로 칭호도 없고 부유하지도 않고 존경받지도 않는
모든 예술가를 차례차례 열심히 만나보았지만 그럼에도
다른 사람보다 두드러지게 눈에 들어오는 사람이 없었다.

머지않아 어디를 가도 15킬로미터마다 한 번씩 공주의 이전 구혼자를 만나는 정도가 되었다. 구혼자들은 하나같이 입을 모았다. 딱히 이유도 없이 뭔가 애매하게, 아주 좋지는 않다는 이유로 선택받지 못한 것은 특정 이유로 거절당하는 것과는 전혀 다르다고. 이는 당사자에게 아주 확실한 타격을 입혔다.

5년째로 접어들 무렵까지 공주는 왕국에서 자격될 만한 거의 모든 남자에게 퇴짜를 놓았다. 여러 소문이 퍼지기 시작했고 불만도 생겨났다. 공주는 너무 이기적이다. 제멋대로다. 오만하다. 어쩌면 이 모든 것이 그저 장난삼아 하는 놀이고, 결혼할 마음은 전혀 없다. 이런 식의 이야기가 돌았다.


5년째 되던 해도 다 끝나가자 왕은 인내심을 잃었다. 그는 이제껏 공주가 거부한 모든 남자를 이듬해 다시 성으로 초대할 것이라고 공주에게 알렸다. 공주는 그중 한 사람을 골라 결혼할 것이고 그것으로 모든 것이 끝날 것이다. 공주 역시 이 모든 과정을 치르느라 지친 데다 누구 한 명 선택하지 못하는 자신의 처지가 괴로워서 그렇게 하겠다고 했다.

구혼자들이 다시 찾아왔고 공주는 다시 한 번 이들 사

이를 걸으면서, 비록 이전만큼 아주 쾌활한 모습은 아니었지만 담소를 나누고 웃음을 보이고 이런저런 이야기를 주고받았다. 구혼자들은 언젠가 왕이 되는 기쁨을 누릴 수 있으니 공주와 결혼해서 보내는 삶이 **끔찍하게** 불쾌하지는 않을 거라고 저마다 새삼 결정을 내렸다.

무사히 하루가 지났고 해질 무렵 왕과 왕비와 왕실 고문이 공주와 함께 응접실에 앉아 그녀에게 어떤 결정을 내렸느냐고 물었다. 대답이 바로 나오지 않았다. 공주는 입술을 깨물었고, 손톱을 물어뜯었으며, 짙은 색 긴 머리를 손으로 쓸어내렸다. 마침내 공주가 조그맣게 속삭였다.

제발 하루만 더 시간을 가질 수 있을까요?

왕이 화가 나 고함을 지르고 탁자를 뒤엎었다. 왕비는 자리에서 벌떡 일어나 공주의 **뺨을** 때렸다. 공주는 두 손에 얼굴을 묻고 흐느껴 울었다. 모든 것이 혼란스럽고 비참했는데 마침내 왕실 고문이 나섰다.

공주에게 하룻밤 더 생각할 시간을 주시지요. 아침에는 남편을 선택할 수 있을 겁니다.

왕과 왕비는 마뜩찮았지만 왕실 고문은 이제껏 그들을 잘못된 방향으로 이끈 적이 없었으므로 아직 결정을 내리지 못했는데도 공주가 저녁에 침실로 돌아가는 것을 허락했다.

공주는 자기 방에 혼자 누워 눈을 뜬 채 지난 5년간 매일 밤 그래왔듯이 이불 속에서 몸을 이리저리 틀며 자기 마음속을 헤집어보았다. 왜 아무도 마음에 들지 않는 걸까? 그녀가 찾고 있으면서도 알아내지 못한 것은 무엇일까? 너덜너덜해진 그녀의 마음은 대답을 내놓지 못했다. 진이 빠지고 비참한 기분이 든 공주가 그만 스르르 잠이 들었을 때 방문을 두드리는 소리가 났다.

공주는 자리에서 일어나 앉았다. 사과와 위로의 입맞춤을 해주려고 온 왕비인가? 더 큰 위협과 경고를 들고 온 왕인가? 아니면 다른 모든 구혼자를 제치고 가장 선택받을 만한 사람을 구별해줄 마법의 과제를 준비해 온 왕실 고문일까?

그러나 공주가 문을 열었을 때 복도에 서 있던 사람은 왕도, 왕비도, 왕실 고문도 아니었다. 이제까지 그녀가 한 번도 본 적 없는 사람이었다.

공주를 찾아온 이는 발목까지 내려오는 길고 검은 망토를 걸치고 머리에는 검은 후드를 쓰고 있었다. 그러나 공주가 똑바로 쳐다본 그의 얼굴은 사랑스럽고 황홀하고 따뜻했다. 동그란 뺨, 도톰하고 부드러운 입술, 빠져들고 싶어지는 빛나는 파란 눈.

아…… 공주가 부드럽게 속삭였다. 안녕하세요.

**안녕하세요.** 방문객이 속삭이며 대답했다.

공주는 미소를 지었고, 방문객이 이에 답해 미소를 짓
자 온몸의 피가 다 빠져나가고 그 자리에 거품과 빛과 공
기가 한데 섞인 뭔가가 가득 들어차는 느낌을 받았다.

공주는 방문객을 방 안으로 들여 새벽까지 자신의 캐
노피 침대에서 그와 입을 맞추고 농담을 하고 이야기를
나누었다. 막 해가 뜰 무렵 잠이 든 공주는 그 어느 때보
다 행복했고 꿈에서는 이제껏 상상조차 못 해본 기쁨으
로 가득한, 웃음과 행복과 사랑이 넘쳐흐르는 삶이 펼쳐
졌다.

공주가 잠에서 깨었을 때 그녀의 입술에는 미소가 넘
실거렸고, 연인의 손이 그녀의 엉덩이 위에 놓여 있었으
며, 왕과 왕비와 왕실 고문이 그녀를 내려다보고 있었다.

아, 이런. 공주가 얼굴을 붉히며 말했다. 지금 이 모습
이 어떻게 보일지 알아요. 하지만 제 말을 들어보세요. 제
가 해냈어요. 그 많은 시간을 보내고 마침내 제가 선택을
했어요.

공주는 아직 이불 속에 가려져 있는 연인 쪽으로 고개
를 돌렸다. 그를 사랑해요. 다른 건 하나도 중요하지 않아

요. 이 사람이 제가 선택한 사람이에요.

왕과 왕비는 슬픔에 젖어 고개를 저었다. 왕실 고문이 이불을 확 젖혀 바닥에 던졌고, 공주가 미처 항의도 하기 전에 방문객의 두꺼운 검은 망토를 들어 올려 흔들었다. 망토 안에서 깨진 거울과 찌그러진 주석 양동이와 오래된 넓적다리뼈가 굴러떨어졌다.

공주는 연인의 손이 놓여 있던 자리가 간질거리는 듯해 아래를 내려다보았지만 거기에는 두려움 때문에 경련을 일으킨 그녀 자신의 손이 있을 뿐이었다.

이해가 안 돼요. 공주가 중얼거렸다. 그 사람을 어떻게 한 거예요?

우리는 아무것도 안 했어요. 왕실 고문이 말했다. 원래 이런 모습이었어요.

공주는 입을 열어 이야기하려고 했지만 말이 나오지 않았다.

자, 공주님께 보여드릴게요. 왕실 고문이 말했다.

왕실 고문은 침대에 놓여 있던 뼈를 벽에 기대어 세웠다. 뼈의 끝에 끈으로 거울을 묶고 가운데에 양동이를 매단 다음 그 위에 검은 망토를 씌웠다.

보이시죠? 공주님이 연인의 얼굴을 바라볼 때 실은 이 깨진 거울 속에 비친 공주님 자신의 얼굴을 들여다본 거예요. 공주님 귀에 들린 그의 목소리는 이 찌그러진 양동이에 메아리쳐 돌아온 공주님 자신의 목소리일 뿐이고요. 그를 안았을 때 등에서 느껴진 건 공주님 자신의 손이에요. 그저 이 오래된 넓적다리뼈를 안았을 뿐이지요. 공주님은 이기적이고 오만하고 제멋대로예요. 공주님 자신 말고는 아무도 사랑하지 못해요. 구혼자 중 어느 누구도 공주님 마음에 들지 않을 거예요. 그러니 이 바보 같은 짓을 집어치우고 결혼하세요.

목이 막혀 숨조차 제대로 쉬지 못하는 소리가 공주에게서 났다. 그녀는 자기 팔을 할퀴고 피가 날 때까지 혀를 깨물었으며 이윽고 자신의 연인이었던 물체 앞에 털썩 무릎을 꿇었다. 다시 자리에서 일어났을 때 그녀의 얼굴은 부드러웠고 턱은 앙 다물었으며 눈물은 말라 있었다.

공주가 말했다. 네, 교훈을 얻었어요. 구혼자들을 불러 모아주세요. 선택할 준비가 되었어요.

구혼자들이 마당에 모두 모였고 공주는 그들 사이를 걸으면서 너무 오래 기다리게 해서 미안하다며 사과했다. 그러더니 망설임 없이, 고민의 기색조차 보이지 않고 남편을 골랐다. 잘생기고 예의 바르고 지적이고 친절한 젊은 공작이었다.

일주일 뒤 공주는 공작과 결혼했다. 왕비는 기뻤고 왕은 흐뭇했다. 왕실 고문은 자기 생각을 알리지 않은 채 잠자코 있었지만 조금 우쭐해하는 것 같았다. 그동안 왕국에 감돌던 불만의 기운은 모두 걷혔고 다들 상황이 가장 좋은 쪽으로 해결되었다고 의견을 모았다.

공주가 결혼한 해에 부모가 모두 죽었고, 이는 곧 그녀가 더 이상 공주가 아니라 왕비가 된다는 뜻이었다. 왕이 된 남편은 모든 예의와 품위를 지키며 아내를 대했다. 두 사람은 줄곧 잘 지냈고 왕은 오랫동안 왕국을 잘 다스렸다.

그러나 결혼한 지 10년 가까이 되고 두 자녀를 얻고 나서야 왕은 자신이 아내를 깊이 사랑하고 있다는 것을 깨달았다. 이로 인해 둘의 관계가 복잡해졌다. 이는 곧 왕의 입장에서 왕비가 아주 깊은 슬픔에 젖어 있다는 사실을 더는 무시할 수 없게 되었다는 뜻이었다.

왕은 자신이 선택받은 과정이 어딘가 의문스럽다고 생각했다. 그는 어리석지 않기에 구혼 과정에서 자신이 공주에게 특별한 인상을 주지 못했다는 것을 충분히 알고 있었다. 대체로 무시하려고 애썼지만 그래도 그 문제에 대해 생각할 때면 진실과 동떨어진 뭔가를 내심 추측하곤 했다. 즉, 공주가 남편감으로 어울리지 않는 누군가와 사랑에 빠져 있었고, 그 남자를 선택할 수 없게 되자 대신 자신을 선택한 게 아닐까 하는. 왕은 자신이 차선책이었다는 사실에 그다지 개의치 않았지만 아내가 그리 비참하게 슬픔에 젖어 있는 모습을 보기 싫었고, 둘의 결혼이 이 모든 것의 원인이 아닐까 의구심을 품을 수밖에 없었다.

그리하여 어느 날 밤, 왕은 주저하면서 왕비에게 무엇이 문제인지, 상황을 개선하기 위해 그가 할 수 있는 일은 없는지 물었다. 처음에 왕비는 자신이 불행하다는 것을 인정하지 않으려 했지만 오랜 세월 함께 살아오는 동안 둘 사이에 어느 정도 신뢰감이 쌓여왔기에 마침내 왕비는 기이한 이야기의 전모를 왕에게 말해주었다.

왕비가 이야기를 마치자 왕이 말했다. 참 이상한 이야기군요. 그리고 무엇보다 이상한 점은, 당신과 오랜 시간 함께 지내왔고 그래서 당신을 잘 안다고 말할 수 있는 내가 보기에 당신은 이기적이거나 오만하거나 제멋대로인 것 같지 않아요.

하지만 난 그런 사람이에요. 내가 그런 사람이라는 걸 알아요. 왕비가 말했다.

어떻게 알아요?

왜냐하면…… 왕비가 작은 소리로 속삭였다. 그것과 사

랑에 빠졌기 때문이에요. 다른 누구도 그만큼 사랑해본 적이 없어요. 당신도, 내 부모도요. 심지어는 우리 아이들까지도. 내가 이 세상에서 유일하게 사랑한 것은 깨진 거울과 찌그러진 양동이와 오래된 넓적다리뼈로 이루어진 괴이한 물체뿐이었어요. 침대에서 그 물체와 함께 보냈던 밤이 내가 유일하게 행복했던 밤이었지요. 심지어 그 물체의 실체를 알고 나서도 나는 그것을 갈망하고, 그리워하고, 아직까지도 사랑하고 있어요. 그렇다면 이는 곧 내가 제멋대로이고 이기적이고 오만하다는, 뒤틀린 내 마음이 비친 일그러진 물체 말고는 아무것도 사랑하지 못한다는 뜻이겠죠. 달리 무슨 의미가 있겠어요?

이 말을 하면서 왕비는 눈물을 쏟았고 왕은 자신의 가슴에 기댄 그녀를 토닥여주었다. 미안해요. 왕이 말했다. 달리 아무 생각도 나지 않네요. 내가 뭘 어떻게 할 수 있을까요?

할 수 있는 게 없어요. 난 당신 아내이고 내 아이들의 엄마이며 이 왕국의 왕비예요. 나아지려고 애쓰는 중이에요. 당신에게 부탁하고 싶은 건 나를 용서하려고 애써달라는 것뿐이에요.

물론 나는 당신을 용서해요. 용서하고 말고 할 것도 없어요.

그러나 그날 밤 왕은 깊은 시름에 젖어 잠들었고 아침에 일어났을 때는 왕비의 불행을 없애줄 가능성 말고는 아무것도 생각할 수 없었다. 왕은 왕비를 너무도 사랑했기에 왕비를 행복하게 해주는 길이 곧 왕비를 포기하는 것이라면 그렇게 할 수도 있을 것 같았다. 그러나 왕비가 사랑에 빠진 사람은 그녀의 마음속에만 있을 뿐 어디에도 존재하지 않는다. 그런데 그녀를 놓아주는 것이 무슨 소용이란 말인가.

왕은 며칠 동안 이 난제에 대해 골똘히 생각했다. 마침내 그는 왕실 고문을 찾아갔고 둘이 함께 방안을 생각해 냈다. 왕실 고문과 이 방안을 구상하는 동안에도 왕은 이것이 정말 좋은 방안은 아니라고 생각했다. 하지만 왕비는 나날이 더 슬퍼하며 창백해졌고 왕은 뭔가를 해야 한다고, 그러지 않으면 그녀를 완전히 잃을지도 모른다고 느꼈다.

그날 저녁 왕비가 잠든 뒤에 왕은 발뒤꿈치를 들고 살금살금 복도로 나가 기다란 검은 망토를 둘렀다. 그리고 문을 두드렸다. 왕비가 문을 열자 그는 자기 얼굴 앞에 깨진 거울을 갖다 댔다.

왕실 고문이 왕에게 가져다준 거울은 사실 누가 버린

쓰레기였다. 왕국에서 가장 허영심 많고 불쌍한 여자가 쓰레기통에 내다버렸을 것이다. 거울의 앞면은 얇은 기름막이 덮인 것처럼 부옇게 흐렸고 잔물결 같은 것이 덮여 있었으며 위에서 아래까지 깊은 금이 생겨 마치 긴 머리카락이 붙어 있는 것 같았다. 그럼에도 이 거울을 보는 순간 왕비의 얼굴 가득 너무도 다정한 표정이 떠올랐고, 왕은 마음이 찢어지는 것 같았다. 왕비는 몸을 흔들더니 두 눈을 감고 거울에 비친 자기 모습에 입술을 댔다. 그리고 속삭였다. 오, 당신이 너무 보고 싶었어요. 매일 당신 생각을 했어요. 매일 밤 당신 꿈을 꾸었죠. 불가능한 일이라는 거 알아요. 하지만 나는 늘 우리가 함께 있기를 원했어요.

나도 당신이 보고 싶었어요. 왕이 속삭였다. 그러나 그가 입을 열자 순간 왕비가 눈을 뜨더니 화들짝 놀라 뒤로 물러섰다.

아니에요! 아니에요! 완전히 잘못되었어요. 당신은 그가 아니에요. 그의 목소리가 아니에요. 이건 내가 원하는 게 아니에요! 제발, 이러지 마요. 당신은 일을 더 망치고 있을 뿐이에요.

왕비는 침대에 몸을 던졌고, 왕이 다가와 옆에 누워도 그를 쳐다보려 하지 않았다.

왕비는 사흘 동안 침대에서 일어나지 않았다. 마침내 왕비가 일어나자 아이들이 달려와 왕비의 무릎 위로 기어 올랐다. 왕비는 아이들을 안았지만 아이들이 입을 맞추어도 미소 짓지 않았고, 아이들이 일상의 소소한 일에 대해 명랑하게 재잘거려도 마치 멀리 떨어져 있는 것처럼 한참 있다가 대답했다.

처음에 왕은 왕비의 소원을 존중해주고 그녀가 슬픔에 젖어 있도록 그냥 놔두었다. 그러나 잠깐이나마 왕비가 행복해하는 모습을 보고 나자 그녀의 불행을 지켜보기가 전보다 훨씬 힘들어졌다. 날이 지나고, 왕비는 여전히 창백하고 슬픈 얼굴로 말없이 지냈다. 왕은 좀 더 그럴듯하게 보일 수만 있다면 그의 위장이 왕비에게 슬픔 대신 기쁨을 가져다줄 거라고 확신했다.

그리하여 그리 오래 지나지 않아 왕은 한 손에는 깨진 거울을, 다른 손에는 찌그러진 주석 양동이를 들고 왕비의 침실 문 앞에 섰다. 양동이는 거울보다 상태가 더 나빠서 녹이 슬고 때가 끼어 있으며 시큼한 냄새까지 났다. 양동이 바닥에는 희미한 이끼류가 엎질러진 우유처럼 덮여 있었다.

왕이 문을 두드리자 왕비가 나왔다. 이번에도 그녀가 거울을 바라보았고, 이번에도 그녀의 얼굴이 부드러워졌다. 왕은 마음이 찢어지는 것 같았다. 그녀는 거울에 입을 맞추고 상상 속 연인에게 달콤한 말을 속삭였다. 그러나 이번에는 왕이 아무 말도 하지 않은 채 조용히 있었다. 방 안에 들리는 소리라고는 오로지 메아리치는 왕비 자신의 목소리뿐이었다. 왕비는 기쁨에 흐느껴 울며 왕의 넓은 가슴에 쓰러지듯 안겼다. 그러나 왕이 두 팔로 그녀를 감싸 안자 눈을 뜨더니 왕에게서 떨어졌다.

아니에요. 이런 식으로 나를 속이지 마요. 당신의 감촉은 그의 것과 달라요. 왜 자꾸 나를 힘들게 하는 거예요?

왕비는 왕의 변명에 귀를 닫아버리고는 자기 침대로 가서 다시는 나오려 하지 않았다. 왕이 간청해도, 딸이 와서 애원해도, 왕실 고문이 와서 어리석게 굴지 말고 이번만은 자신 말고 다른 사람 생각 좀 해달라고 요구해도 꼼짝 않고 누워만 있었다. 먹지도 않고 물도 마시지 않았다. 마침내 왕은 뭔가 조처해야 하며 그렇지 않으면 왕비가 죽을 것이라고 판단했다.

이제 왕은 속임수가 통할 거라는 모든 희망을 버렸다. 그는 낮에 오래된 넓적다리뼈를 왕비의 방으로 가져갔다. 넓적다리뼈는 오래되어서 누렜고 힘줄이 아직 조금 붙어 있었으며 옆면에는 개들이 갉아먹은 작은 구멍이 여러 개 길게 이어져 있었다. 썩은 고기와 쓰레기와 담즙 냄새가 나서 왕은 입마개를 하지 않고는 뼈를 만질 수도 없었다. 그럼에도 왕은 애를 써서 넓적다리뼈에 끈으로 거울과 양동이를 묶고 그 위에 검은 망토를 씌워 구석에 기대어놓았다. 왕이 작업을 다 마치자 왕비가 눈을 뜨고는 신음하듯 말했다.

왜 이래요? 내가 나아지려고 이렇게 애쓰고 있는데 당신은 나한테 왜 이러는 거예요?

당신이 사랑하는 것을 사랑하잖아요. 그게 당신이 이기적이라거나 오만하다거나 제멋대로라는 의미라면 그냥 그렇게 해요. 난 당신을 사랑하고 당신 아이들도, 왕국의 백성들도 당신을 사랑해요. 우리는 당신이 아파하는 걸 더는 보고 싶지 않아요.

왕비는 비틀거리는 두 다리로 침대에서 일어났다. 왕이 지켜보는 가운데 왕비는 거울을 들여다보고 양동이에 대고 속삭였으며 두 팔로 오래된 넓적다리뼈를 감싸 안고 미소를 지었다.

이후 며칠 동안 하인들은 왕비에게 먹고 마실 음식과 포도주를 조금씩 가져다주었다. 그녀의 눈가에 드리워진 가장 어두운 그림자가 사라졌고, 푹 팼던 볼에도 조금씩

살이 올랐다. 왕은 왕비가 깊은 절망에서 헤어나 기쁘기
는 했지만, 그녀가 차마 눈 뜨고 볼 수 없는 고물 쓰레기
에 대고 기쁨에 겨워 달콤하게 속삭이는 모습을 보고는
그대로 방을 나왔다. 다음 날 다시 왕비를 찾은 왕은 왕비
가 그 더러운 것을 둘의 침대로 데려다놓은 것을 보았다.
그럴 수는 없다고 항의하려고 했지만 왕이 다가가자 왕
비가 낮은 목소리로 몹시 화를 냈다. 결국 왕은 비틀비틀
뒤로 물러나 방을 나왔다.

　일주일이 지나자 아이들이 엄마에 대해 묻기 시작했다.
왕은 왕비의 침실을 다시 찾았고, 왕비는 이불 속에 벌거
벗고 누워 거울에 코를 비비고 양동이에 대고 속삭이며
두 팔로 오래된 넓적다리뼈를 부드럽게 안고 있었다.

　무슨 볼일이에요? 왕이 다가가자 왕비는 거울에서 눈
도 떼지 않은 채 물었다.

　아이들이 당신을 보고 싶어해요. 잠깐 나와서 아이들과
놀아줄 수 없을까요?

　아이들을 내게로 보내요. 여기서 놀면 돼요.

　절대 안 돼요. 왕이 역겨움을 내비쳤다. 가서 가족을 돌
봐요. 여기…… 이건 당신이 돌아올 때까지 그대로 있을
거예요. 왕비는 나지막이 뭐라고 속삭이더니 고개를 빳빳
이 쳐들고 메아리치는 자기 목소리에 귀 기울였다. 왕비

의 얼굴에 다 알고 있다는 듯한 섬뜩하고 교활한 표정이
떠올랐다.

아, 그런 거군요. 왕비가 음흉하게 말했다.

그런 거군요. 양동이가 속삭였다.

그래요, 그런 거예요. 왕비가 대답했다.

당신 무슨 이야기를 하고 있는 거예요? 왕이 물었다.

당신은 나를 꾀어 여기서 나가게 하려는 거예요. 당신
은 질투하고 있어요. 내가 방을 나가자마자 당신은 몰래
여기로 들어와 내 거울과 양동이와 오래된 넓적다리뼈를
훔쳐갈 테고 난 다시 혼자가 될 거예요.

혼자가 될 거예요. 양동이가 속삭였다.

그래요, 혼자가 될 거예요. 왕비가 어두운 얼굴로 말
했다.

왕이 애원했다. 부탁이에요. 내 말 들어요. 나는 그럴
생각이—.

여기서 나가요! 왕비가 소리쳤다. 그러고는 고함을 지
르기 시작했고, 찌그러진 주석 양동이에서 날카로운 고
함의 불협화음이 메아리쳐 방 안 가득 울려 퍼졌다.

**날 혼자 둬요! 날 혼자 둬요! 날 혼자 둬요!**


그 일이 있은 뒤 왕도 미쳐갔다. 그는 하인들이 왕비의

상태를 아무에게도 말하지 못하게 혀를 잘라내라고 명령했다. 왕실 고문을 해고한 뒤 그가 확실하게 비밀을 지키도록 암살자를 고용했다. 아이들에게 엄마가 환자라고 거짓말했으며, 그녀에게 일어난 일을 발설하지 못하게 하는 법령을 통과시켰다. 이런 모든 노력에도 소문은 퍼져 나갔다. 왕비가 늦은 밤 괴물 연인을 옆에 매달고 침실에서 나와 쨍그랑 딸각 소리를 내며 난간을 이리저리 거닌다는.

왕은 최선을 다해 왕국을 다스렸고 자신이 홀아비라고 생각하려 했다. 더는 왕비를 찾아가지 않았지만 몇 번인가 잠결에 궁 안을 헤맸고, 정신이 들었을 때 왕비의 방 앞 복도에서 문을 두드리려는 듯 손마디를 구부리고 있는 자신을 발견하곤 했다.

1년이 지나고, 5년이 지나고, 다시 10년이 지나 마침내 더는 슬픔의 무게를 견딜 수 없게 된 왕은 마지막으로 왕비와 이야기를 해보고 자신의 목숨을 끝낼 결심으로 왕비의 방을 찾았다.

초 한 자루가 침실 한구석에서 일렁이며 타고 있었다. 처음에는 갖가지 그림자에 가려 앞이 잘 보이지 않아 방이 비었다고 생각했지만, 차츰 두 눈이 어둠에 익숙해지면서 희미한 형체가 어둠 속에서 몸을 뒤트는 것을 알아볼 수 있었다. 침대 쪽에서 어수선하게 버글거리는 작은 소리가 들려왔다. 바위를 들어 올렸을 때 그 밑에 드러난 유충들이 내는 소리 같았다. 이 소리에 너무나 불안해져서 왕이 도망치려는 순간 창문으로 한 줄기 은색 달빛이 들며 이불 속에 뒤엉켜 누워 있는 것을 환히 비추었다.

왕 쪽으로 고개를 쳐든 생물체는 해골같이 섬뜩했다. 머리카락은 들러붙어 있고 피부는 시체처럼 희었으며 커다란 두 눈은 오래전부터 어둠에 익숙해져 눈을 뜨고 있어도 아무것도 보지 못했다. 형체는 이빨을 드러내고 말 없이 으르렁거렸으며 벌거벗은 어깨 밑에서 다 자라지 못한 뭉툭한 날개 같은 견갑골이 꿈틀거렸다. 한때 왕비였던 괴물이 꿈결같이 느린 움직임으로 침대에서 미끄러져, 거울과 양동이와 오래된 넓적다리뼈를 질질 끌며 왕 쪽으로 기어오기 시작했다.

왕은 비명을 지르며 문 쪽으로 도망쳤다. 그러나 문에 다다른 순간 맨 처음 그의 눈길이 가 닿았던 순간의 아내, 상냥한 얼굴로 미소 짓던 그 소녀의 모습이 와락 밀려왔고, 연민이 두려움을 잠재웠다.

왕은 용기를 내어 다시 자신이 사랑했던 여자에게 돌아가 그 옆에 무릎 꿇고 앉았다. 정말 미안해요. 그가 속삭이자 그 말이 흐르는 침묵 속에서 주석 양동이에 메아리쳤다.

**미안해요.**

왕은 살며시, 왕비의 움켜쥔 손에서 넓적다리뼈를 가만가만 떼어내기 시작했다. 왕비는 부들부들 떨며 온힘을 다해 뼈를 꽉 잡았지만 왕의 힘을 당해낼 수는 없었다. 왕비가 아무 경고 없이 손을 놓아버렸고, 왕의 손이 미끄러졌다. 넓적다리뼈가 바닥에 떨어졌고, 찌그러진 양동이가 요란하게 쨍그랑 소리를 내며 돌에 부딪혔으며, 거울이 산산조각 났다.

왕비는 당황하여 눈썹을 찌푸렸고 아주 잠깐 그녀 자신으로 돌아온 것처럼 보였다. 그러더니 힘줄이 잘려나간 것처럼 바닥에 쓰러졌다. 왕이 그녀의 팔을 붙잡고 일으켜 세우려 하자 왕비가 손을 휙 빼서 깨진 거울 조각을 왕의 목에 그었다.


다음 날 아침, 왕비가 방에서 나왔다. 여전히 시체처럼 흰 피부에 뼈만 앙상했지만 다시 입을 열자 부드럽고 또렷한 말이 흘러나왔다. 그녀는 지난밤에 일어난 비극을 사람들에게 알렸다. 오랜 슬픔으로 정신이 나간 왕이 그녀의 침실로 들어와 목을 그은 이야기를 했다. 그녀는 자신이 오랫동안 아팠지만 지금은 좋아졌으며 이제 남편을 대신해 통치할 준비가 되었다고 했다. 도저히 믿기지 않는 이야기였고, 이 이야기를 하는 동안 왕비의 두 눈이 광기로 반짝였지만 그럼에도 그녀는 왕비였고 어느 누구도, 심지어 그녀의 아이들도 감히 나서서 이의를 제기하지 못했다.

왕비는 왕좌에 올라가 앉았고 곧이어 낡은 검은 망토를 걸친 형체가 그녀 옆에 모습을 드러냈다. 이 형체를 또렷이 볼 수 있을 만큼 가까이 가는 것을 허락받은 사람은 아무도 없었다. 그럼에도 형체에서 풍기는 불쾌한 악취는 모두 맡을 수 있었다. 그녀 앞에 무릎 꿇은 사람들 모두, 이따금 왕비가 몸을 기울여 검은 형체의 충고를 귀 기울여 들을 때면 후드의 주름 사이로 왕비의 얼굴이 천 개의 뾰죽뾰죽한 조각으로 깨진 모습이 비칠 거라고 생각했다. 이렇게 왕비는 남은 생을 다 살았고 그녀가 죽었을 때 그녀의 소원대로 검은 망토의 형체가 관 속 그녀 곁에 함께 묻혔다.

왕비의 아이들이 자라고, 늙고, 죽었으며, 오래지 않아 왕국이 무너지고 이방인들이 그곳을 점령했다. 땅속 깊은 곳에서는 구더기 갉는 소리가 양동이에 메아리쳤다. 거울 속에는 너울거리며 춤추듯 썩어 들어가는 모습이 비쳤다. 머지않아 왕비의 슬픈 이야기도 완전히 잊혔다. 그녀의 무덤 비석이 쓰러지고 그 위에 새긴 이름도 비바람에 닳아 없어졌다. 한 세기가 지난 무렵에는 오래된 넓적다리뼈도 쌓인 뼈 더미의 하나에 지나지 않게 되었고, 찌그러진 양동이는 오랫동안 아무런 소리도 내지 않았으며, 조각난 거울에는 깨끗한 하얀 해골만 비쳤다.

# 나쁜 아이

Bad Boy

얼마 전, 밤중에 친구가 우리 집에 찾아왔다. 마침내 옛 같은 여자친구와 헤어진 것이다. 그 여자친구와는 세 번째 이별이지만 친구는 이번에는 확실히 헤어질 거라고 했다. 그는 우리 집 주방을 서성거리면서 지난 6개월간 여자친구와 사귀면서 겪은 오만 가지 시시콜콜한 굴욕과 고통에 대해 늘어놓았으며, 그러는 동안 우리는 감탄사를 연발하고 걱정하고 공감의 표정을 지어 보였다. 친구가 마음을 추스르려고 욕실로 간 사이 우리는 쓰러져 서로에게 기댄 채 눈을 치켜뜨면서 목을 조르거나 머리에 총을 쏘는 시늉을 했다. 친구가 여자친구와 헤어진 일에 대해 세세하게 늘어놓는 불평을 듣고 있자니 알코올의존증 환자가 숙취에 대해 늘어놓는 불평을 듣는 것 같다고 우리 중 하나가 말했다. 정말 그랬다. 자기 딴에는 힘들겠지만 맙소사, 자기 문제의 원인이 뭔지 알아차리지도 못하는 인간에게 동정심을 갖기는 힘들었다. 엿 같은 사람들을 만나 그들에게 엿 같은 대접을 받고는 그럴 줄 몰랐다면서 놀란 것처럼 구는 일을 친구가 앞으로 얼마나 더 오래 지속하게 될까. 우리는 서로 물었다. 이윽고 친구가 욕실에서 나왔다. 우리는 그날 저녁에 친구를 위해 칵테일을 넉 잔이나 만들어주었고, 너무 취해 집까지 차를 몰고 갈 수 없을 테니 우리 집 소파에서 자도 좋다고 했다.

그날 밤 우리는 침대에 누워 친구 이야기를 했다. 우리 아파트가 너무 작다고 불평했고, 섹스를 하면 어쩔 수 없이 친구에게 소리가 들릴 거라고 불평했다. 그래도 아마 하게 되겠지. 우리는 말했다. 이게 쟤한테는 앞으로 몇 달 동안 섹스 근처에 가장 가까이 가보는 경험이 될 거야. (관계를 갖지 않는 것은 그 엿 같은 여자친구가 우리 친구를 갖고 노는 전략 가운데 하나였다.) 걔도 좋아할 거야.

다음 날 아침에 우리가 출근하려고 일어났을 때 친구는 셔츠 단추를 반쯤 풀어 헤친 채 여전히 자고 있었다. 주변에는 찌그러진 맥주 캔이 널려 있었다. 우리가 자러 간 뒤에도 오랫동안 혼자 술을 마신 게 분명했다. 그렇게 누워 있는 친구가 매우 불쌍해 보여서 우리는 지난밤 그에 대해 짓궂게 농담했던 것이 무척 마음에 걸렸다. 우리

는 커피를 넉넉히 끓이고 그에게 아침식사를 만들어주고
는, 우리 아파트에 계속 있고 싶으면 그래도 된다고 했다.
그럼에도 우리는 집에 돌아온 뒤 그가 소파에 있는 걸 발
견하고는 놀랐다.

우리는 친구에게 일어나 샤워를 하라고 시킨 다음 그
를 데리고 저녁을 먹으러 나갔고, 그곳에 가서는 이별 이
야기를 하게 두지 않을 거라고 못박았다. 대신 우리는 쾌
활하게 행동했다. 그가 하는 모든 농담에 웃어주었고 와
인 한 병을 더 주문했으며 그에게 인생 충고를 해주었다.
널 행복하게 해줄 사람을 만나. 넌 그럴 자격이 있어. 널
사랑하는 사람과 건강한 관계를 누릴 자격 말이야. 우리
는 이렇게 말하고는 서로 감사하는 마음으로 시선을 교
환한 뒤, 우리가 끌어낼 수 있는 모든 주의력을 동원해 그
에게 관심을 보였다. 그는 따뜻한 정과 칭찬에 목말라하
는, 슬픔에 빠진 작은 개 같았다. 그가 개처럼 술을 홀짝
거리는 모습을 보고 있으니 기분이 좋았다. 우리는 그의
부드러운 머리를 토닥여주고 귀 뒤쪽을 쓰다듬어주고 그
가 꼼지락거리는 모습을 보고 싶었다.

식당을 나온 우리는 대단히 좋은 시간을 가진 덕분인
지 친구에게 우리 아파트로 함께 가자고 했다. 아파트에
들어서자 친구는 우리에게, 오늘 밤도 여기서 자고 가도

되느냐고 물었다. 우리가 이유를 묻자 집에 가면 옛 같은 여자친구 생각이 나기 때문에 지금은 자기 아파트에 혼자 있고 싶지 않다고 털어놓았다. 우리가 말했다. 물론이야, 있고 싶을 때까지 마음껏 있어도 돼. 누워 잘 수 있는 소파도 있고. 원래 그런 용도야. 그러나 우리는 이렇게 말해놓고는 그의 등 뒤에서 눈빛을 주고받았다. 그에게 잘해주고 싶은 마음은 있었지만 이틀이나 참으면서 섹스 없이 밤을 보내지는 않을 생각이었다. 우선 우리는 취했고, 저녁 내내 쾌활한 모습을 연출하느라 뭐랄까, 짜증이 난 상태였다. 그래서 우리는 침대로 향했다. 그에게 잘 자라고 말하는 모습에서부터 우리가 섹스를 할 거라는 사실이 확실하게 드러나도록 했다. 처음에는 소리가 많이 나지 않게 하려고 애썼다. 그러나 조용히 하려고 애쓰고는 키득거리고 다시 쉿 하며 주의를 주느라 아마도 보통 때 하던 대로 하는 것보다 더 주의를 끌게 될 것 같았다. 그래서 우리는 그냥 하고 싶은 대로 했다. 친구가 저편 침실 밖 어둠 속에서 우리 소리에 귀 기울이고 있을 거라고 상상하니 솔직히 좋았다고 인정하지 않을 수 없었다.

다음 날 아침에 우리는 조금 멋쩍은 기분이었지만 우리끼리 이렇게 말했다. 그래, 쟤가 이 둥지를 떠나 자기 아파트로 돌아가게 하려면 어쩌면 이런 게 필요할 거야.

두 달에 몇 번은 섹스할 수 있는 여자친구를 구해야겠다고 마음먹는 동기가 될 수도 있고. 그러나 그날 오후 친구는 우리에게 문자를 보내 저녁에 뭘 할 거냐고 물었다. 그리고 거의 그 주 내내 밤마다 우리 집에 머물렀다.

우리는 줄곧 그에게 저녁식사를 주었으며, 그러고 나서 셋이 함께, 우리 둘은 앞에 타고 그는 뒷좌석에 탄 채 어딘가로 차를 몰고 외출했다. 우리는 그에게 이런저런 일을 시키고 수당을 주는 것은 어떠냐고, 셋이 함께 지내는 시간이 많으니 전화 요금제를 가족할인 요금제로 변경해 그를 등록해야 한다고 농담도 했다. 우리는 이렇게 말했다. 그렇게 하면 쟤를 더 잘 감시해서 엿 같은 전 여자친구한테 문자를 못 보내게 할 수 있을 거야. 둘이 헤어졌다고 하지만 여전히 서로 연락하고 있고, 쟤는 늘 전화기를 붙들고 살잖아. 그랬다. 친구는 이제 문자를 보내지 않겠다고 약속했고, 자신에게도 좋지 않다는 것을 안다고 맹세했지만, 어느새 슬그머니 그녀에게 다시 문자를 보내고 있었다. 그러나 대체로 우리는 그와 함께하는 시간이 좋았다. 시끌벅적 법석을 떨며 그에게 관심을 쏟고 그를 돌봐주는 것도, 그가 엿 같은 전 여자친구한테 문자를 보내거나 전날 밤 늦게까지 잠을 자지 못해 출근하지 못하는 등 무책임한 짓을 했을 때 그를 꾸짖는 것도 좋았다.

친구가 함께 머무는데도 우리는 줄곧 섹스를 했다. 실은 이제까지 한 섹스 중에서 가장 좋았다. 우리가 함께 나누는 판타지의 핵심은 친구가 침실 밖에서 질투와 흥분과 수치심이 한데 뒤엉킨 들끓는 마음으로 벽에 귀를 바싹 붙이고 있는 모습을 머릿속으로 그리는 것이었다. 정말 그런지는 알 수 없었다. 어쩌면 그는 베개로 귀를 막은 채 우리를 무시하려고 애썼을 수도 있다. 우리 집 벽이 생각보다 방음이 잘되었을 수도 있다. 그러나 우리끼리는 그런 척했고, 심지어는 상기된 채 숨이 찬 상태로 침실 밖으로 나가 냉장고에서 물을 꺼내 마시면서 그가 깨어 있는지 확인하곤 했다. 그가 깨어 있을 때에는(늘 깨어 있었다) 일상적인 몇 마디 말을 주고받고는 다시 침대로 뛰어들어와 그 일을 두고 웃었고, 전보다 훨씬 다급하게 두 번째 관계를 치르곤 했다.

우리는 이 게임에 너무나 흥분해 점점 더 강도를 높이기 시작했다. 몸에 수건만 두르거나 반쯤 벗은 채로 침실 밖으로 나오기도 하고, 침실 문을 살짝, 혹은 그보다 더 많이 열어두기도 했다. 특히 요란뻑적지근했던 밤을 보낸 다음 날 아침이면 그에게 잘 잤느냐고, 무슨 꿈을 꿨느냐고 물으며 집적거렸다. 그는 바닥을 내려다보며 기억나지 않는다고 말하곤 했다.

우리 둘이 있는 침대에 그가 들어오고 싶어한다는 생각은 그저 판타지일 뿐이었지만 이상하게도 얼마 뒤부터 우리는 친구가 내숭을 떤다고 다소 짜증을 내기 시작했다. 뭔가 일이 생기려면 우리 쪽에서 먼저 행동을 취해야 했다. 첫째, 우리가 수적으로 앞섰고, 둘째, 우리 아파트였으며, 셋째, 우리 관계가 그런 식으로 움직여왔기 때문이다. 그래서 우리는 그에게 이래라저래라 지시했다. 그는 우리가 시키는 대로 따랐지만 그런데도 우리는 그에게 화를 냈고, 얼마간 트집을 잡았고, 우리의 욕구불만이 그의 탓이라 여겼고, 전보다 다소 심하게 그를 못살게 굴었다.

새 여자친구는 언제쯤 사귈 거야? 맙소사, 정말 오래됐잖아. 너도 돌아버릴 지경이겠지. 소파 밖으로 안 나오려고 하잖아, 아니야? 아예 소파 밖으로 나오지를 마. 우리는 침대로 가기 전에 마치 그에게 화가 난 것처럼 가슴 앞에 팔짱을 낀 채 말했다. 여기 얌전히 있어. 이거 좋은 소파란 말이야. 내일 아침에 이 소파에 조그만 얼룩도 없었으면 좋겠어. 우리는 다른 사람들, 즉 예쁜 여자들이 있을 때면 넌지시 에둘러 농담을 했다. 쟤한테 얘기해줘. 소파 얘기. 네가 소파를 얼마나 사랑하는지 말이야. 너 거기 있는 거 좋아하잖아, 아니야? 그러면 그는 몹시 당황해서 몸 둘 바를 모르다가 고개를 끄덕이고는 말했다. 응, 좋아해.

그러던 어느 밤이었다. 우리 모두 진짜, 정말 취했다. 우리는 점점 강도를 높여가며 심한 농담을 던지고는 그에게 인정하라고 요구하기 시작했다. 야, 너 늘 그러잖아, 아니야? 여기서 우리 소리 엿들으면서 점점 돌아버리는 거지? 변태 자식. 우리가 모를 거라고 생각해? 그리고 우리는 순간 몸이 굳었다. 그에게 소리가 들릴 수 있다는 걸 우리가 알았음을 처음 입 밖에 냈고, 그 사실을 누설할 의도도 전혀 없었기 때문이다. 그러나 그는 아무 말도 하지 않았고 그래서 우리는 더 강하게 밀어붙였다. 우리한테도 네 소리 들리거든. 우리는 그러면서 그를 향해 맥주를 흔들어댔다. 다 들려. 네 거친 숨소리, 소파 삐걱대는 소리. 아마 여기서 보내는 절반은 문 쪽에 와서 우리를 지켜보고 있었겠지. 그러니까, 괜찮다고. 우린 신경 안 써. 네가 절망적이라는 걸 아니까. 근데 거짓말 좀 그만해, 제발. 그런 다음 우리는 웃었고, 그 소리가 심하게 컸다. 모두 한 차례 술을 들이켠 뒤 새로운 농담이 시작되었다. 우리는 말했다. 그가 수십 번이나 우리를 지켜보았으니 우리도 그를 지켜볼 수 있게 해줘야 공평하다고. 그가 우리에게, 우리가 없을 때 이 소파, **우리** 소파에서 뭘 했는지 보여줘야 한다고. 느낌상 몇 시간은 족히 이어진 듯한 그 시간 동안 우리는 내내 그를 놀리고 쿡쿡 찔러대고 못살게 굴었다. 그는 점점 더 허둥대고 당황하면서도 자리를 뜨지는 않았는데, 소파 자기 자리에서 꼼짝하지 않던 그가 마침내 청바지 지퍼를 내리기 시작했을 때, 우리는 이제껏 느껴본 그 어떤 것과도 다른 묘한 흥분을 느꼈다. 우리는 버틸 수 있을 때까지 그를 지켜보다가 비틀거리며 침실로 들어갔고, 문을 열어놓은 채로 했지만 그때는 그를 침실로 부르지는 않았다. 우리는 그가 침실 바깥에서 우리를 지켜보기를 바랐다.

다음 날 아침 우리는 기분이 묘했지만, 어젠 정말 취했어. 맙소사, 아무것도 생각나지 않아, 하면서 상황을 넘겼다. 아침식사 후 그가 떠나 사흘 동안 나타나지 않았다. 그러나 나흘째 밤에 우리가 그에게 문자를 보내 셋이 함께 영화를 보러 갔고, 닷새째 밤에는 그가 다시 우리 집으로 왔다. 우리는 그 농담, 즉 우리 셋 사이에 있었던 일은 입에 올리지 않았지만 셋이 함께 술을 마시고 있는 것만으로도 그 일이 다시 일어나도 된다고 동의하는 것 같았다. 우리는 계속 술을 마셨고 진지한 분위기였으며 시간이 흐를수록 긴장감도 높아졌다. 그러나 한편으로는 그가 기꺼이 응할 것이라는 확신도 강해져서 마침내 우리는 이렇게 말했다. 우리 방으로 들어가서 우리를 기다려. 그가 우리 말을 따르자 우리는 천천히 시간을 들여 술맛을 즐겼고, 잔을 비운 뒤 그가 있는 방으로 들어갔다.

우리는 그가 할 수 있는 것과 할 수 없는 것에 관해, 그가 만질 수 있는 것과 만질 수 없는 것에 관해 규칙을 정했다. 대체로 그는 할 수 있는 것이 없었다. 대개는 지켜보았고 때로는 그마저도 허용되지 않았다. 우리는 독재자였다. 규칙을 정하고 또 이 규칙을 바꾸면서 그가 어떻게 나오는지 지켜보는 데에서 쾌락의 대부분을 얻었다. 이 기간의 여러 밤 동안 벌어진 일은 처음에는 낯설고 입에 올리지 못할, 현실 세계의 끝에 아슬아슬하게 매달린 거품과도 같았다. 그러나 일주일 정도 지나 우리는 처음으로 그에게 그날 하루 지켜야 할 규칙을 정해주었고, 그러자 돌연 세계가 쩍 갈라지면서 가능성으로 넘쳐났다.

처음에는 그동안 줄곧 이야기해왔던 일들을 그에게 지시했다. 일어나라, 샤워해라, 면도해라, 엿 같은 그 여자친구에게 문자하지 마라, 등등. 하지만 찌릿하는 전기와 한 줄기 희미한 빛을 동반하는 지시들이 뒤를 이었다. 우리는 지시 사항을 늘려갔다. 그는 우리가 골라준 더 멋진 옷을 사야 했다. 머리를 잘라야 했고 아침식사를 차려야 했으며 자고 일어나서 소파 주변을 깨끗하게 치워야 했다.

우리는 그의 일정표도 짜주었는데, 계속해서 세분화한 결과 마침내 그는 우리가 정해준 시간에만 잠자고, 먹고, 오줌을 누어야 했다. 이렇게 드러내놓고 보니 잔인하게 여겨지며 어쩌면 잔인한 일이었을 테지만 그는 아무 불평 없이 따랐고, 한동안은 우리의 보살핌 속에서 아주 잘 지냈다.

그가 열심히 따라주어 우리는 너무 좋았지만 얼마 뒤 서서히 짜증이 일기 시작했다. 한 치의 어긋남도 없이 그대로 따르는 그의 복종 본능이 성적 측면에서는 불만스러웠던 것이다. 새로운 패턴이 자리 잡고 나니 아쩔했던 그 첫날 밤의 심리적 저항과 주저함이 모두 사라져버렸다. 얼마 뒤 우리는 다시 그를 들볶기 시작했다. 우리가 그의 부모 같다는 둥 그는 정말이지 아기 같다는 둥 그를 놀렸고, 그가 소파에서 할 수 있는 일과 해서는 안 되는 일을 놓고 농담도 했다. 우리는 지킬 수 없는 규칙들을 만들고 그가 그걸 어기면 작은 벌을 내리기 시작했다. 나쁜 애군. 네가 무슨 짓을 했는지 좀 봐. 우리는 한동안 이렇게 놀리는 데 열중했다. 우리는 악마처럼 창의적으로 처벌 방법을 생각해냈고 강도도 점점 심해졌다.

그가 옛 같은 그 여자친구에게 문자를 보내다가 우리에게 발각되었다. 그의 휴대폰을 빼앗은 우리는 그가 둘

사이가 끝났다고 약속해놓고는—맹세해놓고!— 그 후로
도 줄곧 그녀와 대화했다는 걸 알게 되었다. 당시 우리가
얼마나 화가 났는지, 인간적으로 얼마나 배신감을 느꼈는
지 하는 점에서 재미있는 일은 전혀 없었다. 우리는 그를
우리와 마주보게 탁자에 앉혔다. 우리가 말했다. 너 말이
야, 우리랑 함께 지내지 않아도 돼. 우리가 널 여기 붙들
고 있는 게 아니야. 원하면 네 집에 가. 진심으로 하는 말
이야. 우리는 눈곱만큼도 상관 안 해.

미안해. 그가 말했다. 걔가 나한테 해롭다는 거 나도 알
아. 내가 원하는 것도 아니야. 그가 울기 시작했다. 미안
해. 제발 날 내보내지 마.

좋아. 우리가 말했다. 하지만 그날 밤 그와 한 짓은 우
리가 생각하기에도 너무 심했다. 다음 날 아침 우리는 스
스로가 역겹게 느껴졌으며, 그를 보기만 해도 속이 메스
꺼웠다. 그래서 그에게 집으로 가라고 했고 다시 이야기
하고 싶은 마음이 들면 알려주겠다고 했다.

그러나 그가 가버리자 우리는 너무 지루해서 견딜 수
가 없었다. 이틀 동안은 주먹을 불끈 쥐고 견뎠지만 곁에
서 우리를 지켜보던 그가 없으니 너무 따분하고 무의미
해서 우리 자신이 존재하지 않는 것 같았다. 우리는 대부
분의 시간 동안 그에 대한 이야기를 하면서 그에게 무슨

문제가 있는지 짚어보고 그가 어떻게 망가졌을지 온갖 모습을 그려보았다. 또한 뭔지는 모르지만 아무튼 뭔가 하게 될 경우, 거주자 회의와 세이프 워드*, 다자 연애 관련 논의를 통해 예의를 지키면서 잘 해내기로 다짐했다. 그러고는 사흘째 되는 날 그에게 다시 우리 집으로 오라고 했다. 오로지 선의로 그렇게 한 거였지만 우리 모두 소름 끼칠 정도로 예의를 갖추다 보니 서로 불편하게 느껴져서 결국 긴장을 없애기 위해 사흘 전 우리가 역겹게 느꼈던 그 모든 것을 다시 한 번 반복하러 침실에 들어가는 수밖에 없었다.

그 후 상황은 더욱 나빠지기만 했다. 그는 손 안에 든 미끌미끌한 물체 같아서 세게 힘을 줄수록 손가락 사이로 거품만 일었다. 그의 내부에 뭔가 우리에게 반기를 드는 지점이 없는지 찾아보려고 애썼지만 허사였고, 우리는 냄새를 맡고 환장한 개처럼 돌아버릴 지경이었다. 고통을 안겨주느라 멍들게도 하고, 쇠사슬과 기구도 사용하는 등 우리는 여러 가지 실험을 했다. 그런 뒤에는 폭풍우에 쓸려와 바닷가에 널브러진 쓰레기처럼 뒤죽박죽 한데 섞여 축축한 팔다리가 뒤엉킨 채 뻗어버렸다. 그 순간에는 일

---

* safeword, 성행위 도중 도저히 견딜 수 없는 고통이나 위험을 알릴 목적으로 쌍방 합의하에 만드는 신호.

종의 평화로움이 감돌았다. 방 안은 차츰 느려지고 서로 겹쳐지는 숨소리만 들릴 뿐 고요했다. 그러나 그런 다음 에는 우리 둘만 지내기 위해 그를 내쫓아버렸고, 오래 지 나지 않아 그를 난도질해버리고 싶은 욕구가 우리 안에 서서히 차오르기 시작했다. 그는 우리가 무슨 짓을 하든 제지하지 않았다. 우리가 무슨 짓을 시키든 결코 싫다고 말하는 법이 없었다.

우리는 우리 자신을 보호하기 위해 그를 가능한 한 멀 리, 우리 삶의 구석으로 몰아버렸다. 그와 함께 외출하지 않았고, 저녁식사를 같이 하지도 않았으며, 그와 이야기 하지도 않았다. 그의 휴대폰을 돌려주고 오로지 섹스를 할 때만 그를 불렀으며, 짐승 같은 세 시간, 네 시간, 다섯 시간의 만남이 끝나면 그를 집으로 돌려보냈다. 우리가 부르면 언제든지 와야 한다고 그에게 요구하며 마치 요 요처럼 그를 당겼다 밀었다 했다. 얼른 가, 얼른 와, 얼른 가, 얼른 와. 다른 친구들은 오랫동안 우리 소식을 듣지 못했으며 직장은 우리가 잠시 틈을 두고 낮잠을 자러 가 는 곳이었다. 그가 집에 없을 때면 우리는 완전히 축 늘어 진 채, 여러 번 돌려 닳아빠진 똑같은 포르노만 머릿속으 로 끝없이 재생하며 서로를 바라보았다.

그러다 그가 우리 문자에 곧바로 답장을 하지 않는 날

이 찾아왔다. 처음에는 5분 정도 늦게 답장이 왔고, 이어서 10분, 그리고 한 시간이 늦어지더니 마침내 이런 답장이 왔다. **오늘 밤은 그걸 할 수 없을 것 같아, 미안. 지금 너무 혼란스러워.**

우리는 돌아버릴 것 같았다. 미친 듯이 화가 치밀었다. 아파트 안을 쿵쾅거리며 정신없이 돌아다니고 흐느껴 울고 유리를 박살냈으며, **그가 그걸 할 수 없다니 대체 무슨 생각인 거야!** 하면서 고래고래 비명을 질러댔다. 지켜보는 이 하나 없이, 우리 둘 말고는 물어뜯을 상대도 없고 찢어발길 상대도 없이, 그저 둘이서 단조롭고 싱거운 섹스를 나누던 예전으로 우리는 돌아갈 수 없었다. 우리는 점차 광란의 상태가 되어 그에게 스무 번이나 전화를 걸었다. 그는 전화를 받지 않았고 마침내 우리는 마음을 정했다. 안 돼, 그럴 수 없어, 우리가 그쪽으로 갈 거고, 걔는 우리한테서 숨을 수 없어, 대체 뭔 일이 벌어지고 있는지 알아낼 거야. 우리는 불같이 화가 났지만, 한편으로는 분노 속에 사냥을 나서는 것 같은 시끌벅적한 흥분과 설렘 같은 것이 섞여 있었다. 뭔가 폭발적이고 돌이킬 수 없는 일이 곧 터지리라는 것을 알았던 것이다.

우리는 그의 집 앞에 그의 차가 주차되어 있는 것을 보았다. 그의 방에는 불이 켜져 있었다. 우리는 집 앞 거리에 서서 그에게 전화를 걸었지만 역시 그는 받지 않았다. 그래서 서로 화분에 대신 물을 주고 우편물을 챙겨주던 시절 복사해둔 여벌 열쇠로 집 안으로 들어갔다.

그곳에 그들이 있었다. 침실에, 우리 친구와 엿 같은 그 여자가. 둘 다 벌거벗었고, 친구가 그녀 위에서 헐떡대고 있었다. 우리는 안 해본 것 없을 만큼 모든 것을 해봤기에 그들의 모습이 너무나 우스꽝스러울 만큼 단순해 보여서 처음에는 웃음밖에 안 나왔다.

그녀가 먼저 우리를 발견하고 놀라서 작게 비명을 질렀다. 그가 몸을 돌리고 이어서 입을 벌렸지만 아무 소리도 내지 않았다. 겁에 질린 그의 표정이 얼마간 우리를 진정시켜주었지만 큰불에 물 한 방울 떨어진 격이었다. 여자친구가 허둥지둥 재빨리 몸을 가렸다. 충격에 놀라 투덜대던 소리가 마구 쏟아내는 비난으로 바뀌었다. 대체 뭐 하는 거야! 그녀가 비명을 질렀다. 빌어먹을 이게 뭐야, 너희 여기서 뭐해, 너희 둘 다 완전 미쳤어, 다 들었어, 너희가 한 짓! 진짜 최악이야, 여기서 나가, 여긴 너희 집이 아니야, 변태들, 얼른 가, 가라고, 가!

입 다물어. 우리가 말했다. 그러나 그녀는 우리 말을 무시했다.

제발. 친구가 그녀에게 애걸했다. 제발, 그만해. 생각을 할 수가 없잖아. 제발.

그러나 그녀는 그만하지 않았다. 줄곧 떠들어대면서 그에 대해, 우리에 대해, 그동안 있었던 모든 일에 대해 이야기했다. 그는 우리에게 그녀 이야기를 하는 동안에도 계속 그녀에게 우리 이야기를 전하고 있었다! 너무 수치스러워서 우리끼리도 차마 말하지 못하는 일까지, 그녀는 모든 것을 알고 있었다. 우리는 그의 모든 것을 속속들이 까발렸다고 생각했지만 그러는 내내 그는 우리에게 숨기고 거짓말을 해왔다. 결국 폭로당한 쪽은 우리였다.

쟤 좀 그만하게 해봐! 우리는 패닉 상태에 빠져드는 것을 느끼면서 비명을 질렀다. 저 얘기 좀 그만하게 해봐, 입을 막으라고, 당장 쟤 입을 막아! 우리는 주먹을 불끈 쥐고 그를 쏘아보았으며 그는 눈가가 젖은 채 부들부들 떨었다. 이윽고 우리를 집어삼켰던 분노가 완전히 타버리자 뭔가 찰칵 하면서 작동하기 시작했다.

쟤 좀 그만하게 해봐. 우리가 다시 말했다.

그리고 그가 그대로 했다.

그는 온몸의 무게를 실어 그녀를 덮쳤으며 그들은 팔다리를 마구 흔들고 서로 할퀴어대면서 몸싸움을 벌였다. 침대가 덜컹거리고 침대 옆 탁자에 놓인 램프가 요동치더니, 이윽고 그의 가슴과 그녀의 등이 맞닿은 상태로 그의 팔이 그녀의 목을 죄고 그녀의 얼굴이 매트리스에 파묻힌 채 둘의 움직임이 멎고 균형 상태에 들어갔다.

잘했어. 우리가 말했다. 자, 계속해. 그대로 계속 가는 거야. 우리가 끼어드는 일 없게 해. 너도 이걸 바라지, 응? 네가 이걸 원한다는 거 알잖아. 그러니 계속해. 끝내버려. 네가 시작한 일을 끝내버려.

그는 자기 밑에 깔린 엿 같은 여자를 내려다보면서 침을 삼켰다. 그녀는 이제 더는 버둥거리지 않고 잠잠했다. 머리카락이 윤기 없는 헝클어진 금색 둥지 같았다.

제발 나한테 시키지 마. 그가 말했다.

드디어 찾았다. 저항의 저 작은 중심점. 그러나 결국에는 시시한 결말이었다. 그는 너무도 비굴하게 그곳에 아주 작은 모습으로 누워 있었고, 우리는 온 세상을 가득 채우고 있었기 때문이다. 우리는 찾던 걸 찾았고, 우리가 그것을 부숴버릴 수 있으며 그를 무너뜨릴 수 있다는 걸 알았으니, 그대로 걸어서 방을 나갈 수도 있었을 것이다. 그러나 우리는 그러지 않았다. 우리는 자리를 지켰고, 그는 우리가 시킨 대로 했다. 곧 엿 같은 여자의 피부색이, 허벅지 여기저기 거뭇거뭇하게 멍든 자국만 빼고 양피지처럼 하얘졌다. 그가 몸을 움직일 때 말고는 꼼짝하지 않았으며 꼭 쥐고 있던 손이 스르르 풀리면서 창백한 손가락이 바닥으로 늘어졌다. 그런데도 그는 계속했다. 방 안이 어두워지고 다시 불빛이 들어오고 공기가 온갖 냄새로 탁해지는 동안 우리는 그가 그곳에서 계속하도록 두었고, 그는 우리가 시킨 대로 따랐다. 우리가 그에게 멈추라고 말했을 때 그녀의 눈이 파란 대리석 같았고, 바싹 말라버린 입술은 치아 위로 높이 말려 올라가 있었다. 그가 몸을 뒤집으며 그녀에게서 몸을 뗐고, 신음소리를 내고는 그녀에게서, 그리고 우리에게서 멀리 떨어져 침대에 얼굴을 묻으려 했다. 우리는 그의 어깨에 손을 얹고 땀에 젖은 머리를 매만져주었다. 뺨에 묻은 눈물도 닦아주었다. 그에게 입을 맞추고 그의 팔로 그녀를 감싼 다음 그의 얼굴과 그녀의 얼굴을 맞대었다. 나쁜 아이네. 우리는 그의 곁을 떠나면서 부드럽게 말했다.

네가 무슨 짓을 했는지 좀 봐.

# 좋은 남자

The Good Guy

서른다섯 살이 되었을 무렵 테드는 섹스할 때 자신의 성기가 칼이고 관계 중인 여자가 그 칼로 자기 몸을 찌르고 있다고 상상해야만 발기 상태를 유지할 수 있었다.

그가 연쇄살인범 같은 부류는 아니었다. 판타지 속에서든, 실제에서든 피는 그에게 성적 흥분을 일으키지 않았다. 게다가 이 시나리오의 핵심은 그 여자가 스스로 **선택해서** 자신을 찌르고 있다는 사실이었다. 그녀가 그를 너무도 원하고 그의 성기에 대한 집착적인 육체적 욕망으로 마구 흥분한 나머지 고통이 따르는데도 성기 위에 올라가 스스로를 찌르는 지경까지 되었다는 것이 핵심 내용이었다. 그녀가 적극적인 역할을 하는 쪽이었고, 그는 그녀가 자기 위에 올라타 몸부림치는 동안 그저 아래 누워, 그녀의 신음소리와 일그러진 표정을 열심히 해석하면서, 이것이 그녀가 스스로를 쾌락과 통증 사이의 고통스러운 틈바구니로 밀어 넣고 있다는 신호라고 여겼다.

그는 이 판타지가 그다지 멋지지는 않다고 생각했다. 그가 상상하는 장면이 겉으로 보기에는 서로의 합의에 의한 것이었지만 그 밑바닥에 공격적인 주제가 깔려 있다는 것을 간과할 수는 없다. 관계의 질이 나빠질수록 판타지에 대한 의존도가 점점 높아지는 것도 안심할 상황은 아니었다. 이십 대에는 헤어지는 일이 별로 힘들지 않았다. 연애가 몇 달 이상 지속되는 일도 없었다. 또한 그가 사귀는 여자들에게 진지한 관계를 원하지 않는다고 하면 그녀들도 그럴 수 있다고 믿는 것 같았다. 아니, 적어도 그가 그런 말을 했으니 결국에 가서 이 말이 사실로 입증되더라도 그의 잘못이라고 비난할 수 없다고 생각하는 것 같았다. 그러나 그가 삼십 대에 접어들자 이 전략이 더는 통하지 않았다. 이별에 대해 마지막 이야기를 다 마친 줄 알았는데 여자는 곧바로 문자메시지를 보내어 보고 싶다고, 둘 사이에 무슨 일이 벌어진 것인지 여전히 이해되지 않는다고, 이야기를 나누고 싶다고 할 뿐이었다.

그리하여 서른여섯 번째 생일을 맞기 2주 전인 11월의 어느 밤에 테드는 앤절라라는 이름의 여자가 울고 있는 탁자 맞은편에 앉아 있다. 앤절라는 부동산 중개인으로, 예쁘고 세련되었으며 반짝거리는 샹들리에 귀걸이를 걸고 머리에는 고가의 부분염색을 했다. 지난 몇 년에 걸쳐 그가 만나온 모든 여자가 그랬듯 모든 객관적 기준으로 볼 때 그에 비해 월등히 나았다. 그보다 키가 5센티미터 크고 자기 집을 소유하고 있으며 클램 소스로 멋진 페투치네 파스타를 만들 줄 알고 에센셜오일로 등마사지도 할 줄 알았다. 그녀는 이 마사지가 그의 삶을 바꿔줄 것이라 확신했으며 실제로 그렇게 되었다. 그는 두 달도 전에 그녀와 헤어졌지만 그 뒤로 문자메시지와 전화가 좀처럼 수그러들지 않고 끈질기게 이어졌고, 얼마간 평화를 얻고자 하는 희망으로 다시 한 번 그녀와 얼굴을 마주하기로 했다.

앤절라는 저녁 수다를 시작하면서 휴가 계획이며 직장에서 일어난 일이며 '여자들'과 있었던 재미있는 모험담을 쾌활하게 늘어놓았다. 그가 무엇을 놓친 것인지 확인시켜줄 의도로 너무도 분명하게 계산된 행복을 연출해서 그는 거북해하며 몸을 비틀었다. 이윽고 한계선인 20분에 다다른 그녀가 눈물을 보이며 울음을 터뜨렸다.

"정말 **이해가 안 돼.**" 그녀가 소리쳤다.

그 후로는 말도 안 되는 대화가 이어졌고, 이 대화 속에서 그녀는 그가 자신에 대한 감정이 아직 남아 있는데도 이를 마음 깊이 숨기고 있다고 주장했는데, 그는 자신에게 아무런 감정이 남아 있지 않다고 가능한 한 부드럽게 주장했다. 그녀는 흐느끼는 내내 그의 애정을 입증할 증거를 주워 모았다. 그가 침대로 아침식사를 가져다주었던 일, "당신은 내 여동생을 정말 좋아할 거 같아"라고 말했던 일, 그녀의 애완견 마시멜로가 아팠을 때 다정하게 돌보아준 일. 문제는 그가 처음부터 앤절라에게 자신은 진지한 관계를 원하지 않는다고 밝히면서도 그녀에게 아주 잘해주어 혼란을 안겼다는 점인 듯했다. 그는 그런 상황에서, 망할 아침식사 따위 알아서 해결하라고, 당신이 내 여동생을 만날 가능성은 없을 거라고 말해야 했다. 마시멜로가 토했을 때도 그녀가 마시멜로에 대해 아무것도 모르는 바보일 리 없으므로 그 둘이 어떤 상황인지 알고 있었을 거라고 말해야 했다.

"미안해." 그는 수없이 되풀이했지만, 중요한 건 그게 아니었다. 그가 남몰래 그녀를 사랑하고 있다고 순순히 인정하지 않으면 앤절라는 화를 낼 것이고 그를 향해 자아도취에 빠진, 정서적으로 미숙한 애어른이라고 비난할 것이다. "당신은 정말 내게 상처를 줬어"라고, "사실 당신이 안쓰러워"라고 말하고, "당신을 **사랑**했어"라고 선언할 것이다. 앤절라는 그를 사랑하지 않은 게 분명하지만(그녀는 그가 정서적으로 미숙한 애어른이라고 생각했으며 그를 그렇게 많이 좋아하지도 않았다), 그는 그녀의 주장이 자신에 대한 비난이라도 되는 듯 겸연쩍게 그 자리에 앉아 있을 것이다. 이 모든 것이 그의 독선적인 판단이라고 보기도 힘들었다. 이번이 처음이 아니라서 다음에 무슨 일이 벌어질지 그가 훤히 알 수 있었기 때문이다. 심지어 세 번째도 아니었다. 어쩌면 다섯 번째이거나 열 번째일지도 모른다.

앤절라는 계속 흐느껴 울었다. 붉게 충혈된 두 눈, 가쁘게 들썩거리는 가슴, 마스카라로 얼룩진 얼굴. 극도의 비참함을 완벽하게 보여주는 모습이었다. 그녀를 지켜보면서 테드는 더는 이러고 있을 수 없다고 생각했다. 또다시 사과를 할 수도 없고, 자신을 낮추는 의식을 계속할 수도 없었다. 그는 그녀에게 진실을 말할 생각이었다.

앤절라가 흐느낌을 멈추고 잠시 숨을 고를 때 테드가 말했다. "이게 내 잘못이 아니라는 거 당신도 알잖아."

침묵이 흘렀다.

**"뭐라고?"** 앤절라가 말했다.

"난 당신한테 늘 정직했어." 테드가 말했다. "언제나. 이 관계에서 내가 원하는 게 뭔지 처음부터 말했잖아. 내 말을 믿을 수도 있었는데 당신은 내 감정에 대해 나보다 더 잘 안다고 판단했어. 내가 가벼운 관계를 원한다고 말했을 때 당신도 같은 것을 원한다고 거짓말을 했어. 그러고는 뭔가 특별한 관계로 만들려고 할 수 있는 모든 걸 하기 시작했지. 나는 원하지 않았지만 당신은 우리 둘의 관계를 진지한 관계로 만들고 싶어했고, 그러지 못하자 상처받았어. 알아. 하지만 당신한테 상처를 준 건 내가 아니야. 당신이 그런 거야, 내가 아니라. 나는, 나는 그저 당신이 스스로 상처를 입히는 데 이용당한 도구일 뿐이야."

앤절라가 한 대 얻어맞은 것처럼 작게 기침을 했다. "테드, 망할 자식." 그녀는 식당을 뛰쳐나갈 태세로 의자를 뒤로 밀더니 얼음물이 든 유리잔을 집어 그에게 던지고 자리를 떴다. 물만 끼얹은 게 아니라 유리잔 통째로 던졌다. 유리잔, 실은 텀블러보다도 강해 보이는 유리잔이 테드의 이마에 부딪혀 깨진 뒤 그의 무릎 위에 떨어졌다.

테드는 깨진 유리잔을 내려다보았다. 거참. 이런 일을 예상했어야 했다. 그가 놀린 사람이 누구였는지 생각해본다면. 울음을 보이는 숱한 여자들의 비난이 부당하게 느껴져도 그들이 그에 대해 잘못 생각했을 리 없다. 그는 손을 들어 이마를 만졌다. 손가락이 뻘게졌다. 그는 피를 흘리고 있었다. 기막힌 일이다. 게다가 사타구니가 정말로, 정말로 차가웠다. 얼음물이 바지 속으로 스며들어 머리보다 성기가 훨씬 더 아팠다. 맥도날드 커피가 어느 정도까지 뜨거워도 되는지에 대한 법적 한도가 있듯이 어쩌면 식당 얼음물에 대해서도 어느 정도 차가워도 되는지 법적 한도가 마련되어 있을 것이다. 어쩌면 그의 성기는 동상에 걸려 쪼그라든 뒤 떨어져버릴 것이고, 그러면 이제까지 만났던 모든 여자들이 한자리에 모여, 두려움 없는 여주인공 앤절라가 뉴욕의 싱글 여성들을 향한 그의 공포정치를 종식시킨 데 경의를 표하며 파티를 벌일 것이다.

와우, 처음에 생각했던 것보다 그는 피를 더 많이 흘리고 있었다. 이마에서 피가 엄청나게 흘러내려 사타구니의 물이 핑크빛으로 변하고 있었다. 사람들이 달려왔지만, 그에게는 그저 뒤죽박죽 엉킨 소리만 들렸고, 그들이 무슨 말을 하는지는 알아들을 수 없었다. 아마도, 그래도 싸, 멍청한 녀석, 같은 말들이겠지. 그는 앤절라가 유리잔을 던지기 전에 자신이 한 말, '**나는 그저 당신이 스스로 상처를 입히는 데 이용당한 도구일 뿐이야**'를 기억해냈고, 성기로 찌르는 판타지와 이 말이 어떤 식으로든 관련이 있지 않을까 생각했다. 그러나 그는 피를 흘리고 있었으며 몸이 얼어갔고 아마도 뇌진탕의 가능성도 있었기에 그에 대해 알아낼 만한 기운이 당시에는 몸 안에 남아 있지 않았다.

그가 늘 이런 식이었던 건 아니다.

자라는 동안 그는 책을 좋아하는 키 작은 아이 부류였고 여자 선생들은 그가 "다정하다"고 했다. 그리고 적어도 그는 여성들에게는 다정했다. 어린 시절과 사춘기 초기에 그는 사촌이나 베이비시터, 혹은 누나의 친한 친구 등 자기보다 연상이며 이루어질 수 없는 여자들 사이를 떠돌며 짝사랑의 열병을 앓곤 했다. 이러한 열병은 언제나 작은 관심, 즉 사소한 칭찬, 그의 농담을 듣고 진심으로 웃어준 일, 그의 이름을 기억해준 일에 의해 불타올랐는데, 노골적인 것이든 바람직한 방향으로 승화된 것이든 공격성을 전혀 띠지 않았다. 오히려 반대였다. 돌아보면 그의 열병은 놀라울 정도로 순결했다. 예를 들어 사촌에 대해 반복적으로 품었던 몽상 속에서 그는 남편으로 등장해 주방을 돌아다니며 아침식사를 준비했다. 앞치마를 두르고 콧노래를 흥얼거리며 신선한 오렌지주스를 짜서 피처에 담고, 팬케이크 반죽을 휘젓고, 달걀프라이를 만들고, 작은 흰색 꽃병에 데이지 한 송이를 꽂았다. 쟁반을 들고 위층 침실로 올라가 사촌이 수제 퀼트이불 속에서 잠깐 눈을 붙이고 있는 침대의 끄트머리에 앉았다. "일어나요, 아침이에요!" 그의 말에 사촌은 잠시 눈꺼풀을 파닥거리다 반짝 눈을 떴다. 그녀는 졸린 얼굴로 그를 향해 미소 지은 뒤 일어나 앉았고, 퀼트이불이 스르르 미끄러지며 아무것도 걸치지 않은 그녀의 가슴이 드러났다.

그렇다! 그게 판타지의 전부였다. 그랬지만 그는 이 판타지를 아주 오랫동안 마음속에 품고 관심을 온통 집중했고(팬케이크에 초콜릿칩을 넣을까? 퀼트이불은 무슨 색으로 할까? 쟁반이 침대에서 떨어지지 않게 하려면 어디에 두어야 할까?), 숙모와 삼촌 집에는 성적인 분위기가 가득 배었다. 심지어 그가 성인이 되고 사촌은 오래전에 레즈비언이 되어 네덜란드로 이주해 오랫동안 만나지 못했음에도 그 집에 가면 성적인 분위기가 여전히, 또렷이 느껴졌다.

어린 테드는 그 어떤 허무맹랑한 상상 속에서도 자신의 짝사랑이 응답받을 것이라는 믿음을 결코, 단 한 번도 품지 않았다. 그는 멍청하지 않았다. 그가 어떤 사람이든 결코 멍청한 부류는 아니었다. 그가 원한 것은 단지 상대가 그의 사랑을 용납해주고 어쩌면 알아봐주는 정도까지 이르는 것이었다. 그는 짝사랑의 대상을 흠모하며 그 곁에 오랫동안 머물고, 벌이 꽃을 스치듯 어쩌다 한 번씩 가볍게 그들과 부딪치는 정도만이라도 허용되기를 갈망했다.

그러나 실제로 일어난 일을 보면, 테드는 새로운 짝사랑 대상으로 옮겨 가 빠져드는 순간 그녀를 쳐다보며 바보 같은 미소를 짓고, 그녀의 머리카락이나 손을 만져볼 수 있는 이유를 꾸며대면서 온통 그녀 생각으로 넋을 잃기 시작했다. 그러면 얼마 후 필연적으로 여자가 움츠러들곤 했다. 이유는 도저히 알 수 없었지만 테드의 사랑이 그 대상에게 강한 본능적 혐오감을 불러일으켰던 것이다.

이들 짝사랑 상대들이 그에게 잔인하게 굴지는 않았다. 테드는 멋진 부류의 여자들에게 끌렸고 이들은 노골적으로 잔인하게 행동하는 것을 질색했다. 대신 여자들은 자신들이 보여준 작은 관심이 테드가 제멋대로 들어오는 통로가 되었다고 이해했는지 자기들 쪽에서 문을 걸어 잠그기 시작했다. 보편적으로 알려져 있는 여성 긴급 행동 규칙을 실행하여 그와 눈을 마주치지 않고 꼭 필요한 경우에만 그에게 말을 걸며, 실내에서는 가능한 한 그에게서 멀찍이 떨어진 곳에 자리를 잡았다. 차가운 예의의 요새에 방어벽을 치고 그 안에 웅크리고 숨은 채 그가 멀어질 때까지 언제까지고 계속 기다렸다.

맙소사, 정말 끔찍했다. 몇십 년이 지나 그때의 짝사랑 열병을 떠올리노라면 테드는 창피해서 죽고 싶었다. 그중에서도 최악은, 그가 흠모했던 여자들이 그에게 관심받는 것을 정말 괴로운 일로 여기게 된 것이 명확해진 뒤에도 그는 여전히 그녀들 주변에 머물면서 너무도 간절하게 그녀들을 행복하게 해주고 싶어했다는 점이다. 도저히 해결될 길 없는 이런 문제에 사로잡혀 몸부림치면서 그는 잔인한 자기 징벌(거울 앞에 벌거벗고 서서 비쩍 마른 다리와 오목하게 들어간 가슴과 작은 성기를 억지로 바라보며 생각했다. '그녀는 널 싫어해, 테드, 똑바로 봐, 모든 여자애들이 널 싫어해. 넌 추하고, 혐오스럽고, 역겨워.')을 가하는 방식으로 자제력을 보이려 애썼다. 그러다가는 이내 자제력을 잃고 새벽 3시까지 절망감에 울면서 인터넷 검색창에 '사촌과의 결혼이 합법적으로 허용되는 국가'라고 치는 등 자신의 희망을 상대로 끝없이 두더지게임을 하는 자신을 발견하곤 했다.

고등학교에 들어가기 전 여름, 캠프 지도자를 상대로 특히 창피한 일을 겪은 뒤에 테드는 혼자 장거리 도보 여행을 떠나 자신의 미래에 대해 깊이 생각해보았다. 분명한 사실 하나. 그는 키가 작고 못생겼으며 머리카락은 기름기로 볼품없이 뭉쳐 있어 어떤 여자도 그를 좋아할 리 없다. 분명한 사실 둘. 테드처럼 역겨운 남자가 자신들을 좋아한다는 사실을 알기만 해도 여자들은 슬슬 피해 다닌다. 결론. 여자들에게 비참한 기분을 안겨주면서 평생을 보내고 싶지 않다면 짝사랑을 혼자만 간직할 방법을 찾아내야 한다.

그래서 그는 그렇게 했다.

고등학교 1학년이 되면서 테드는 새로운 페르소나를

나를 도왔다. 애나를 차버리다니 마르코란 놈은 정말 멍청하기 짝이 없다. 마르코가 그 주에 만나는 새 여자친구와 비교하면 애나가 백 배 천 배 낫다. 그렇게 이야기해주는 일이 자신의 감정을 고백하는 것과 가장 비슷했기 때문이다. 게다가 마르코를 갈망하는 애나의 모습은 그녀가 테드 자신을 갈망한다고 꿈꾸는 판타지의 재료가 되기도 했다.

그의 판타지. 늦은 밤, 테드의 전화가 울린다. 애나다.

"애나, 무슨 일이야? 별일 없지?"

"밖에 와 있어. 내려올래?"

테드는 목욕 가운을 걸치고 문을 연다. 애나가 불쌍해 보이는 얼굴로 현관에 서 있다. 헝클어진 머리, 비뚜름히 걸친 셔츠. "애나?"

애나가 테드에게 와락 안기며 흐느끼기 시작한다. 그는 두 팔로 그녀를 감싸고, 그의 가슴에 맞닿은 그녀의 가슴이 들썩이는 동안 등을 토닥여준다. "괜찮아, 애나. 무슨 일인지 모르지만 다 괜찮아. 내가 약속해. 쉬잇, 쉬잇."

"아니야!" 그녀가 소리친다. "넌 이해 못 해. 난—" 그러더니 그에게 키스하려 한다. 그녀의 따뜻한 입술이 그의 입술에 스치지만 이내 그는 뒤로 물러선다. 그녀는 놀라고 상처받는다. 그녀가 말한다. "제발. 제발, 그냥……" 그는 그 자리에 뻣뻣하게 선 채 그녀가 자신의 입안으로 혀를 밀어 넣는 것을 그대로 받아들이고 잠시 망설이다가 그녀에게 부드럽게 키스해주고 이내 다시 뒤로 물러선다.

"미안해, 애나. 이해가 안 돼. 우린 그냥 친구라고 생각했는데."

그녀가 말한다. "알아. 그러니까 내 말은, 나도 이러지 않으려고 노력했어. 하지만 이제 더는 숨길 수가 없어. 늘 너였어, 이제껏 줄곧. 알아, 네 감정이 나랑 다르다는 거. 네가 신시아를 사랑하고 있는 것도. 그냥…… 나한테 한 번만 기회를 줘. 제발. 제발."

그러고 나서 그녀는 다시 그에게 키스하고 그를 침실 쪽으로 밀어붙인다. 그는 저항하면서, "난 우리의 우정을 결코 잃고 싶지 않아" 같은 말을 하지만 그녀는 막무가내로, 더는 애원하지 않고 그의 바지 단추를 풀고 그의 위로 올라와 그의 손을 자기 가슴으로 가져간다. 둘 다 벌거벗자 애나는 흠모와 갈망이 모두 담긴 눈으로 그를 바라본다. 그리고 말한다. "무슨 생각 하고 있는지 말해줘." 그는 무겁게 한숨을 쉬며 "아무 생각도 안 해"라고 말하고는 시선을 피해 먼 곳을 바라본다. "신시아 생각하는 거 아냐?" 그녀가 말하고 그는 "아니야"라고 말하지만 그가 신시아를 생각하고 있다는 걸 둘 다 알고 있다. 애나가 말한다. "약속할게, 테드. 나한테 한 번만 기회를 줘. 내가 신시아를 잊게 해줄게." 그러고는 그녀의 얼굴이 그의 두 다리 사이로 미끄러져 들어온다.

테드는 애나가 자신을 친구 이상으로 좋아할 수 있는 기회가 올까 자주 생각해보았다. 그가 그녀를 좋아하는 만큼 그녀가 그를 좋아하지는 않는다는 건 분명했다. 그녀가 사랑이 받아들여지지 않아 흐느껴 울며 그의 집 현관 앞에 나타나는 일도 절대 없을 것이다. 하지만……혹……시? 애나는 이따금 소파에서 그의 옆에 붙어 앉아 여자애들에게 데이트 신청을 해보라고 그를 설득하려 했다. 이러는 것 자체는 아마도 좋은 신호는 아니겠지만 이럴 때 그녀는, "넌 네가 생각하는 것보다 훨씬 귀여워, 테드"라거나 "너 같은 남자랑 데이트하는 여자는 행운일 거야" 같은 이야기를 한다. 그러므로 비록 그가 그녀를 좋아하는 만큼 그녀가 그를 **좋아하지는** 않더라도 그가 느끼는 감정을 말하기만 한다면 잠재된 가능성을 끌어낼 수 있을지도 모른다. 그런가 하면 하이젠베르크의 불확정성 원리 같은 것이 작용하고 있어, 관계의 상태를 결정지으려는 진지한 노력이 어떤 식으로든 시도되는 순간 관계가 바뀌어버릴 수도 있었다. 이러한 변화가 두렵기도 하고 또한 애나가 그를 그런 식으로 좋아하지 않으며 앞으로도 그럴 가능성이 없다는 것을 99퍼센트 확신했기 때문에, 그는 둘의 관계가 현재 상태로 유지되도록 놔두었다. 오래된 좋은 친구로, 결코 솔직하지 않은 테드로 남기로 했다.

애나는 그보다 한 학년 위였고 툴레인 대학에 진학할 예정이었다. 뉴올리언스로 떠나기 한 주 전에 그녀는 부모를 설득해 거창한 송별파티를 열기로 했다. 단 한 사람의 손님, 즉 마르코를 위해 마련된 파티로, 애나가 최대한 반짝반짝 돋보이도록 정교하게 설정이 짜여 있었다. 그리고 그녀는 정말로 눈부시게 반짝거렸다. 목선이 깊이 팬짧은 레이스 드레스에 하이힐을 신고, 눈 화장을 짙게 하고, 황갈색 머리를 위로 높이 틀어 올렸다. 예쁜 여자들한 무리가 그녀를 둘러싸고는 다 같이 소리치고, 웃고, 포즈를 취하며 사진을 찍고, 나머지 세상이 어두워 보일 만큼 과장될 정도로 밝게 감정을 드러내 보였다.

테드는 자신을 증오하며 주변에서 파티를 지켜보기만 했다. 두 사람은 대개 애나가 마르코 때문에 기분이 가라앉아 바깥에 나갈 힘조차 없을 때 일대일로 만나곤 했다. 그럴 때면 둘은 소파에 앉아 피자를 먹으며 이야기했다. 애나는 늘 트레이닝복 차림이었다. 테드는 애나가 이렇게 카리스마를 최대한 뽐내는 모습을 거의 본 적이 없었다. 그는 파티에서 그에게 주어진 자연스러운 역할, 즉 알랑거리는 아첨꾼 역할을 고통스럽게 의식하고 있었지만, 이 역할을 수행하고 싶지 않았다. 어쩌면 이제껏 바지 지퍼 밖으로 성기가 삐져나온 것도 모르고 덜렁대며 걸어다녀놓고 감정을 잘 숨기고 있다고 계속해서 자신을 속여온 건 아닐까. 어쩌면 방 안에 있는 모든 사람이, 아, 저기 테드가 있네. 그 녀석 애나한테 푹 빠져 있지. 황당하지 않아? 귀엽지 않아? 하고 생각하고 있는지도 모른다. 어쩌면 애나도 알고 있을지도.

당연히 애나는 알고 있었다.

테드의 안에서 자존심이 발끈 곤두서며 연약한 부분들을 벴다. 그는 처음으로 애나에게 화가 났다. 그녀가 키, 얼굴 균형, 축구 실력 등 임의로 주어진 신체 사항을 그대로 받아들여 두 사람의 삶의 결과를 판단해버린 것에 화가 났다. 그가 마르코보다 더 똑똑하고, 마르코보다 더 친절하며, 애나와의 공통점도 마르코보다 많고, 애나를 웃게 하는 방법도 마르코보다 훨씬 잘 알았다. 그러나 이런 사항들은 고려되지 않았다. 그가 **어떤 사람**인가 하는 점은 그녀에게도, 다른 누구에게도 중요하지 않았기 때문이다.

저녁이 깊어가고 파티가 끝나가자 남은 손님들은 슬슬 해변으로 내려갔다. 테드는 집에 갈 수도 있었지만 그냥 부루퉁한 채 남아 있었다. 누군가 장작불을 피웠고, 테드는 불꽃의 빛이 애나의 얼굴을 환히 비추며 너울대는 것을 지켜보면서 말 그대로 그림자 속에 앉아 있었다. 마음 속 깊은 곳의 무언가가 부서져버린 느낌이었다. 그는 아무것도 요구하지 않았다. 그가 원할 수 있는 최소한의 작은 것에 자족하려고 애썼다. 그럼에도 그 자리에 앉아 있는 동안 다시 창피하고 초라한 느낌이 들었다.

애나는 깊은 생각에 잠겨 숯불 위에서 마시멜로를 빙빙 돌리며 굽고 있었다. 짧은 드레스 위에 어떤 남자의 트레이닝복 상의를 걸쳤고, 맨다리에는 모래가 잔뜩 달라붙어 있었다. 바람의 방향이 바뀌어 연기가 그녀 쪽으로 피어올랐다. 그녀가 기침을 하더니 자리에서 일어나 장작불을 빙 돌아 테드 옆으로 와서 털썩 앉았다.

"저쪽에서는 숨 쉬기가 힘드네." 애나가 말했다.

"파티는 즐거웠어?" 테드가 물었다.

"괜찮았어." 애나는 그렇게 말하고 한숨을 쉬었다. 아마도 마르코가 오래전에 가버렸기 때문이었을 것이다. 그는 겨우 한 시간 남짓 머물렀다. 테드의 처량한 표정을 닮은 애나의 표정을 보고 있노라니 불과 몇 분 전 화가 났던

게 미안해졌다. 그는 애나를 짝사랑했고 애나는 마르코를 짝사랑했으며 아마 마르코는 그들이 만나본 적 없는 누군가를 짝사랑했을 것이다. 세상은 냉혹하다. 아무도 다른 누군가를 자기 마음대로 하지 못한다.

테드가 말했다. "너 진짜 예뻐. 마르코가 멍청이지."

"고마워." 애나는 뭔가 할 말이 더 있는 것 같은 표정이었지만 그냥 그의 어깨에 머리를 기댔고 그는 한 팔로 그녀를 감싸 안았다. 그녀가 그에게 기대 눈을 감았고, 그녀가 잠들었다고 확신한 그는 그녀의 이마에 입을 맞추었다. 살갗에서 소금과 연기 맛이 났다. 내 생각이 틀린 것 같아. 테드는 생각했다. 어쩌면 이 정도로 만족할 수 있을 거야.

불행히도 그는 그럴 수 없었다.

애나가 대학에 입학해 떠나면 그녀를 향한 감정이 자신을 덜 괴롭히기를 바랐지만, 바람은 이루어지지 않았다. 애나의 물리적 존재가 그의 삶에서 사라지자, 그녀가 그의 머릿속에 엄청난 공간을 차지하고 있다는 게 더욱 뚜렷하게 느껴졌다. 아침이면 알람이 꺼지기를 기다리며 그녀를 품에 안고 그녀의 목에 코를 비비는 상상을 했다. 자리에서 일어나면 맨 먼저 간밤에 그녀가 메일을 보냈는지 확인했고, 온종일 자신에게 일어난 일 가운데 그녀에게 보낼 만한 재미있는 이야깃거리를 추려냈다. 지루하거나 불안할 때면 뇌를 딴 데로 돌리려고, 애나가 자신을 좋아하게 만들 수 있을까 하는 의문을 붙들고 마지막 한 점까지 골수를 갉아먹는 개처럼 물고 늘어졌다. 밤이면 그의 침실은 몇 시간 동안 두 사람이 출연하는 상상의 포르노영화 세트장이 되었고, 이따금 영화배우나 반 친구가 단역으로 출연하기도 했다. 이제 실제 애나와 접촉할 기회가 거의 없어졌으므로 테드는 상상 속 친구와 사귀고 있는 것 같았다.

테드는 이렇게 살지 않는 쪽을 선택할 수도 있었지만 뭘 어떻게 해야 그럴 수 있는지 전혀 알지 못했다. 해결책은 다른 누군가, 그를 좋아해줄 만한 다른 누군가를 찾아내 열렬히 사랑을 퍼붓는 거라 생각했다. 1년 전이라면 몰라도 때마침 지금은 그런 기대가 완전히 허무맹랑한 것만도 아니었다. 물론 여전히 키가 작고 세상 물정에 어두운 숙맥이었지만 치아 교정기를 뗐고 머리 모양도 괜찮았다. 게다가 그가 개인교습으로 생물학을 가르치는 레이철이라는 2학년 여자아이가 아무리 그라도 알아차리지 못하고 지나치기 힘들 만큼 그에게 열렬한 사랑을 품고 있었다.

테드는 마른 체형에 곱슬머리, 귀에 거슬리는 목소리를 가진 레이철에게 조금도 끌리지 않았다. 그러나 나이 열일곱에 생전 여자 손 한 번 못 잡아본 그가 뭐라고 연신 기준을 들먹이겠는가? 레이철과 일단 엮이면 그에게도 그녀를 향한 감정이 생길 것이다. 그보다 더 이상한 일도 전에 있었다. 게다가 그는 레이철과 만난다고 애나와의 가능성이 **손상되는** 일은 없을 거라고 인정할 수밖에 없었다. 평생의 사랑이 자기 바로 앞에 있는 것을 깨닫지 못하다가 그가 다른 누군가와 사랑에 빠진 다음에야 비로소 깨달았다는 여자들의 이야기를 얼마나 많이 들었던가?

그래서 개인교습이 끝난 어느 날 오후, 테드는 레이철에게 주말에 뭘 할 것인지, 함께 외출할 생각이 있는지 웅얼거리는 소리로 물었다. 이 말이 입에서 떨어지자마자 바로 후회했지만 그때는 벌써 늦었다. 레이철은 그 말을 바로 낚아채서는 그의 전화번호를 따고 자기 전화번호도 그에게 알려주었다. 그녀는 정확히 몇 시에 전화가 올 것이라고 예상하면 되는지 물었고, 그가 약속대로 성실하게 전화를 걸자 주말에 보고 싶은 영화가 뭔지, 몇 시에 상영되는지, 그 전에 어디에서 저녁을 먹을지 그에게 알려준 뒤 그가 그녀를 데리러 올 수 있도록 자기 집으로 오는 방법도 일러주었다.

극장에서 걸어 나오면서 레이철은 7번가에 새로 생긴 타이 음식점에 정말로 가보고 싶다는 둥, 방금 전 예고편을 보았던 로맨틱 코미디를 꼭 봐야 한다는 둥, 핼러윈에 무슨 계획이 있느냐는 둥, 그녀와 친구들이 단체 복장을 준비할 예정인데 그도 함께하면 환영이라는 둥 조잘거리면서 벌써 다음 데이트 계획까지 세우고 있었다.

테드는 이루 말할 수 없이 불편했다. 레이철이 누구와 데이트를 하는 것인지도 모르겠고 그가 그 상대라고 여겨지지도 않았다. 그는 데이트 전에 아무 준비도 하지 않았다. 그녀는 고무풍선 인형을 데려왔어도 역시 똑같이 좋은 시간을 보냈을 것이다. 그녀를 차에 태워 집으로 데려다줄 때 두 번째 만남은 없을 거라고 정중하게 밝힐 생각이었다. 분명 레이철은 자신을 차버린 테드를 미워할 거고 이는 곧 개인교습을 그만두어야 할지도 모른다는 의미였지만, 그만두지 않을 경우 뒤따를 어색함을 피하려면 그렇게 해야 한다고 판단했던 것이다. 그들은 그 밖에 같이 하는 활동이 없었으니 계획대로 실행하면 두 번 다시 그녀를 보지 않아도 될 것이다.

레이철의 집에 도착하자 테드는 공원에 차를 세우고 시동은 끄지 않은 채 두었다.

레이철이 안전벨트를 풀었다. "잘 가." 그녀는 그렇게 말했지만 자리에서 움직이지 않았다.

"잘 가." 그가 말하고는 가볍게 안아주었다. 정확히 말해서 이 시점에서 그가 뭘 책임져야 할까? 딱 한 번 데이트했을 뿐인데 **굳이** 그녀한테 분명히 이별을 고해야 할까? 그냥 개인교습을 그만두고 그녀가 알아차리기를 바랄 수도 있지 않을까? 그는 레이철의 등을 토닥이면서 그 행동이, **제발 나를 미워하지 마, 너한테 하려는 일을 미안하게 생각해,** 하는 신호로 그녀에게 전달되기를 바랐다. 그때 그녀가 두 손을 그의 뺨에 갖다 대고 그의 얼굴을 움직이지 못하게 꼭 붙들고 그의 입에 키스했다.

이것이 테드의 첫 키스였다! 그 충격이 그의 머릿속에 있던 다른 모든 생각을 간단히 몰아내버렸다. 그가 입을 헤벌린 채 꼼짝 못 하는 사이 레이철이 그의 입안으로 혀를 들이밀더니 이리저리 꼼지락거렸다. 그의 뇌가 그의 몸을 인지한 순간, 그리고 그녀의 키스에 응답해 그도 키스해주어야 한다는 것을 생각해낸 순간, 그녀가 그에게서 떨어지더니 여러 번의 가벼운 작은 입맞춤으로 그의 입술을 덮었다. "이렇게." 그녀가 숨소리를 섞으며 말했다. 그가 어떻게 하는지 방법을 모르니 키스하는 법을 **가르쳐 주는** 거라는 것을 그는 깨달았다. 수치심의 망치가 그를 내리쳐 납작하게 만들었다. 멍청한, 잘난 체하는 레이철이 뻐기면서 그에게 키스하는 법을 가르쳐주고 있다!

뭐, 어차피 창피당하지 않기에는 너무 늦어버렸으므로 배움의 기회로 삼는 편이 나았다. 몇 분이 지나고 그는 키스란 것이 사람들이 믿고 있는 것처럼 전부는 아니었지만 그렇게 어려운 건 아니라고 판단했다. 전반적으로 그리 불쾌한 느낌은 아니었지만 그렇다고 특별히 에로틱한 점도 없었다. 레이철의 안경이 계속 그의 콧날에 부딪혔고 그녀를 그렇게 가까이서 보는 게 이상했다. 그녀가 다른 사람처럼, 좀 더 연하고…… 좀 더…… 희미하고, 왠지 모르지만 그림처럼 보였다. 그는 두 눈을 한번 감아 보았지만 그러고 있자니 누군가 뒤에서 슬그머니 다가와 등에 칼을 꽂을 것 같은 불편한 느낌이 들었다.

키스는 이랬다. 그는 레이철이 키스를 좋아하는 것 같다고 인정할 수밖에 없었다. 그녀는 이리저리 혀를 굴리다가 한숨 쉬기를 반복했다. 애나와 키스했다면 좀 더 즐길 수 있었을까? 솔직히 이런 행위로 흥분이 된다는 걸 상상하기 힘들었다. 마치 입안의 동굴에서 민달팽이가 짝짓기라도 하는 듯이 뼈 없는 두 개의 판판한 살덩이가 퍼덕거렸다. **역겨워**. 뭐가 문제였을까? 레이철의 숨결에서는 팝콘 버터 냄새가 났다. 탄 기름이 기계 바닥에 달라붙은 듯 살짝 금속 맛도 났다. 아니, 그의 숨결에서 이런 냄새가 났던 걸까? 그로서는 알 길이 없었다.

이제 레이철은 그의 위로 올라타다시피 해서 탐색하듯 손을 움직였다. 그가 발기되었는지 알아내려고 애쓰는 것 같았다. 말할 필요도 없이 그는 발기되지 않았다. 그의 성기가 몸 안으로 기어들어 숨어버린 것 같았다. 그가 발기되지 않았다는 사실이 레이철에게 상처를 줄까? 그가 자기 앞에서 발기되지 않았다는 사실에 레이철이 상처받지 않게 애나에 대한 판타지를 불러와 발기되도록 애써야 할까? 아니, 그건 적절한 행동이 아닐 것이다. 그런데 레이철이 원하는 것은 뭘까? 이제 그녀는 그의 위에 완전히 걸터앉아 그의 무릎에 엉덩이를 문지르며 신음소리를 내고 있었다. 섹스를 하고 싶은 걸까? 분명 그렇지는 않을 것이다. 그들은 그녀의 부모가 있는 집 앞에 차를 세워놓았고 그녀는 겨우 고등학교 2학년이었으며 게다가 그는 다름 아닌 **테드**였다. 레이철이 생물 교습 시간에 그에게 작은 열정을 품고 있다고 생각하는 것과, 그녀가 그의 성기에 거칠게 달아올라 그의 차 앞좌석에서 언제라도 그를 발기시킬 준비를 하고 있다고 생각하는 건 전혀 다른 문제였다.

그럼에도 정말로 그녀는 말도 안 되게 그 방향으로 가려는 듯했다. 신체적으로 이렇게 가까이 붙어 있는 두 사람이 같은 순간을 전혀 다르게 경험할 수 있다는 건 거의 실존적 불안에 가까웠다.

그런 방향으로 가려는 게 아니라면…… 그녀는 달아오른 척하는 것일까? 전부 다 꾸민 것이 아니라면 과장하고 있는 것이다. 상당히 심하게. 그런데 레이철은 왜 이러는 걸까? 실제로는 전혀 그렇지 않은데 왜 그의 어설픈 혀 놀림에 흥분한 것처럼 연기하는 걸까?

아.

그 생각이 떠오르는 순간 그는 바로 그게 정답이라고 생각했다. 그녀는 그가 긴장하고 있는 것을 알고 그런 연기를 통해 긴장을 풀어주려 애쓰는 것이다. 그의 서툰 솜씨와 불편해하는 상태는 어느 우주에서도 훤히 보일 것이다. 그녀는 그가 긴장을 풀고 형편없는 키스 실력에서 벗어나게 하려고 스스로 즐기는 척 연기하고 있었다. 그녀는 **동정하는 마음**으로 성적 흥분 상태를 거짓으로 꾸미고 있었다.

좀 전까지 그의 성기가 몸 안으로 기어드는 느낌이었다면, 이제는 하늘에서 2톤짜리 납덩이가 그의 사타구니에 떨어져 그를 평생 불구로 만들어버린 것 같았다.

**죽어버려, 테드**. 그의 머릿속에서 목소리가 들려왔다. 진지하게 하는 말이었다.

그도 정말 그렇게 하고 싶었다. 차에서 뛰어내려 가장 가까이 오는 자동차에 몸을 던지자. 그러나 그 순간, 레이철이 그의 손을 잡아 자기 가슴에 갖다 댔다. 그는 또다시 모든 생각이 멈춰버리는 충격을 느꼈다. 레이철의 가슴은 작았지만 셔츠의 목선이 깊이 패여 부드러운 살결이 그의 손에 상당히 많이 닿았다. 그는 주저하면서 가슴을 움켜쥐었고 이윽고 그녀의 젖꼭지 부위일 것이라고 확신하는 지점을 문질렀다. 이런, **거기였다.** 두 번째 문지르고 나니 그의 엄지손가락 밑에서 젖꼭지가 튀어나왔다.

와우.

그는 다이빙 보드에서 뛰어내리는 것처럼 두 눈을 감고 그녀의 셔츠와 브래지어 속으로 손을 쑥 밀어 넣었고 이제 발기 문제를 걱정하지 않아도 되었다. 그가 꼭 집고 있는 맨살의 젖꼭지가 세상에서 가장 음란하고 섹시한 물건이었던 것이다. 그가 거의 알지도 못하는 여자에게, 숨결에서는 팝콘 냄새가 나고 훤히 다 보이는 어설픈 흥분 시늉으로 둘 모두에게 모욕을 주는 여자에게 끌리고 있다는 사실도 왠지 더 음란하고 섹시하게 느껴졌다.

그는 다시 젖꼭지를 조금 더 세게 집었다. 그녀가 꺅 비명을 질렀지만 곧 다시 원래대로 돌아왔다. "오, 세상에, 테드." 그녀가 거짓으로 신음했다.

그들은 이후 넉 달 동안 만났다.

테드는 과거를 돌아보면서 그가 정말 함부로 대했다고
말할 수 있는 첫 여자가 레이철이라고 생각했다. 그랬다.
그는 의도치 않게 짝사랑의 열병에서 서서히 헤어날 수
있었지만 어린아이였으며 자제력을 유지하려고 온 힘을
다해 몸부림쳤다. 애나와 함께 학교를 다녔던 시절 그녀
주위를 맴돌았던 그의 행동 방식에 이론(우정의 영역 안에
숨어 있지 말고 자기감정에 대해 그녀에게 솔직했어야 했다는 주
장)이 제기될 수는 있다. 그러나 그는 애나에게 비겁하게
굴었을지는 몰라도 친절하게 대하려고 최선을 다했다. 그
러나 레이철에게는…… 만일 지옥이 있고 그가 결국 지
옥에 가게 된다면 분명 레이철의 사진을 든 악마가 그의
얼굴에 대고 사진을 흔들며 "이봐, 친구, 이 여자한테 어
떻게 한 거야?"라고 말할 거라고 그는 확신했다.

그러나 그는 몰랐다. 정말 진심으로 몰랐다!

함께한 지 넉 달이 되었지만 첫 데이트 때 레이철이 좋
아지기 시작했던 것 이상으로 그녀를 좋아하는 마음이
조금도 생기지 않았다. 바보 같은 헤어스타일, 코맹맹이
소리, 이래라저래라 지시하는 버릇…… 그녀의 모든 것이
괴로웠다. 사람들이 "저기 레이철 간다, 테드 여자친구!"

라고 이야기할 생각만 해도 몸이 움츠러들었다. 그가 자기 안에서 억누르고자 그토록 힘들게 노력했던 모든 부분이 그녀에게서 보였다. 그녀를 거지같이 대하는 사람들에게 알랑거리며 다가가는 모습, 인기 순위에서 그녀 아래 놓이는 몇 안 되는 사람들에게 가짜 귀족 흉내를 내며 생색내는 모습, 그녀와 같은 사회적 지위를 가진 다른 모든 실패자들와 거리를 두려고 할 때 빈정거리며 말을 툭 던지는 모습……

그와 마찬가지로 그녀 역시 사람을 당혹스럽게 하는 신체적 결함(생리 자국, 역겨운 입 냄새, 무심코 속옷이 보이게 앉는 자세)이 있었지만 그녀는 그와 달리 이런 결함 때문에 참을 수 없는 수치심을 느끼는 것 같지 않았다. 창피해한 건 **그**였다. 복도에서 청치마 뒤에 고약한 냄새가 나는 얼룩을 묻힌 채 그의 앞쪽에서 어슬렁어슬렁 걸어가는 그녀를 목격했을 때, 바짝 붙어 서 있던 레이철이 마침내 돌아서서 걸어갈 때 제니퍼 로버츠가 역겨움을 드러내며 손으로 부채질했을 때. 이런 순간에 테드는 레이철이 싫은 게 아니라 **미웠다**. 평생 다른 누구를 그렇게 미워해본 적이 없을 정도로.

그렇다면 그는 왜 그녀와 헤어지지 않았을까?

집에 혼자 있을 때 테드는 레이철을 좋아하지 않으며

그녀를 만나고 싶지 않다고 생각했다. 그러므로 그녀와 헤어지는 것이 솔직하고 올바른 행동 같아 보였다. 그러나 레이철을 만나 그녀의 눈길에 주저하거나 물러서거나 뭔가 문제가 있는 것 같은 표정을 조금이라도 지어 보이면, 그녀의 얼굴이 어두워지곤 했다. 그녀가 처음 화난 기색을 보였을 때 그는 죄의식과 함께 차가운 두려움이 밀려드는 것을 느꼈다. 그 자신이 완전 멍청이에 쓰레기라는 양심의 가책이 밀려들어 허우적대는 동안 그의 죄는 끝없는 사슬로 줄줄이 이어져, 애나를 줄곧 사랑하면서도 아무리 한 번이라지만 레이철과 데이트를 하기로 동의했던 맨 처음의 결정으로까지 뻗어 나갔다. 죄의식에 찔린 그는 이제껏 레이철에게 저지른 수많은 잘못에 또 다른 잘못을 더하면서 그녀와 정면으로 부딪치는 것보다는 그녀 쪽에서 먼저 이별 통보를 하는 보다 적절한 순간을 기다리는 편이 **훨씬 더 낫다**고 판단했다. 어차피 그는 그리 대단한 존재가 아니었다. 분명 그가 이대로 버티면 머지않아 레이철은 그가 그나마 데이트할 만한 상대가 된다는 착각에서 벗어나 자발적으로 그를 차버릴 것이다. 그는 이런 생각을 하면서 레이철이 깊이 안심하며 제안하는 것에 무엇이든 그대로 따라주었다. 그리고 10분, 15분, 한 시간이 지나 그는 다시 깨달으며 생각했다. 잠깐만, 그녀와 헤어질 거잖아. 우리가 왜 이 올리브가든이란 데 와서 점심을 먹고 있는 거지?

레이철이 첫 순간 보였던 분노의 어두운 구름이 어디에도 보이지 않은 채 재잘거리는 동안 그는 불과 몇 초 전에 관계를 끝내는 것이 불가능하다고 생각했던 게 터무니없게 느껴졌다. 그러나 또 한편 모든 것이 괜찮은 것처럼 행동하면서 "그럼. 일요일에 네 사촌 집에 나도 같이 갈게" 같은 말을 하고 계속 앉아 있었으니 난데없이 그녀와 헤어지는 것도 터무니없게 느껴지기는 마찬가지였다. 레이철이 빵을 절반쯤 먹고 있는 지금 이 순간 그가 레이철과 헤어지려고 한다면 분명 그녀의 첫 마디는 "나랑 헤어지려고 생각했다면 **조금 전에** 왜 일요일에 사촌 집에 같이 간다고 했는데?"가 될 것이고 그는 대답하지 못할 것이다.

그녀가 그렇게 나온다면 어떻게 할 건데, 테드? 어떻게 할 거냐고. 만일. 그녀가. 그렇게 나온다면. 그저 어깨를 으쓱해 보이고는 "거참, 네 사촌한테는 안 된 일인데, 내 마음이 바뀌었거든?"이라고 말할 수 있지 않을까? 아니, 그럴 수는 없었다. 그런 건 망나니들이나 하는 짓이고, 그, 테드는 망나니가 아니었다. 그는…… 착한 남자였다.

그래, 착한 남자가 제일 나쁘다는 데 다들 동의한다. 그러나 이 문제는 달랐다. 사전 경고 같은 것도 없이 한창 식사를 하는 레이철에게 불쑥 이별 통보를 하며 그녀를 차버릴 수 없다고 느끼는 것. 이건 착한 남자 콤플렉스가 아니었다. 그저 인간적인 거였다. 그는 예전 그 어느 때보다 레이철에게 강하게 감정이입이 되었다. 온 세상에 대고 자신을 사랑하는 것처럼 행동해왔으며 뭔가 마음에 걸리는 게 있다는 낌새조차 주지 않았던 남자와 아무것도 모른 채 점심식사를 하다가 갑자기 난데없이 맙소사, 그에 대해 완전히 잘못 생각하고 있었고 그가 해온 모든 말이 거짓말이라는 것이 밝혀졌을 때 어떤 기분일지, 상상이 되었다.

테드는 평생 사람들에게 오해받아왔다는 생각, 다시 말해 그를 거부한 여자들이 그에게 태생적으로 불쾌한 점이 있는 것처럼 그를 대한 것은 부당하다는 생각을 고수해왔다. 그는 주변에서 가장 멋진 남자는 아닐지 몰라도 **형편없는** 남자는 아니었다. 그럼에도 이따금 그는 밤에 자지 않고 누워 이제껏 그를 거부한 모든 여자로 구성된 심판위원회 앞에서 레이철이 자신의 이야기를 들려주는 상상을 하곤 했다. 그가 저지른 속임수, 그녀를 좋아하지 않으면서 좋아하는 척했던 것, 사실은 이기적이고 거짓말 덩어리면서 "좋은 사람"의 가면을 쓰고 있었던 게 밝혀지자 심판위원회 여자들은 즐거워했다. 애나를 중심으로 하는 심판위원회 여자들은 모두 충격을 받으면서도, 이제껏 당연히 그에게 뭔가 문제가 있다고 줄곧 여겼다고 고개를 끄덕이며 그리 놀라지 않았다.

또한 그의 머릿속에서 애나는 또 다른 역할을 맡았다. 그녀는 그에게 유죄 선고를 내릴 준비가 되어 있는 수석 위원이었다. 레이철과의 관계가 오래 지속될수록 테드로서는 레이철이 상상 속 심판위원회를 찾아갈 때 그의 정당성을 입증해줄 이야기를 들고 가게 할 필요성이 커졌다. 둘 사이의 관계가 잘 풀리지는 않았지만 그가 불쾌하거나 무섭거나 형편없는 사람은 아니었다고, 기본적으로 좋은 남자였다고 그의 생애 첫 여자친구가 말해주고 정말로 그렇게 믿어야 했다.

상상 속의 애나를 회유하기 위해 그는 레이철 곁에 그대로 머물며 거짓말을 했다. 올리브가든에서 끝까지 점심식사를 했고, 레이철 사촌 집에 갔으며, 빠져나갈 준비 작업을 하느라 노력했다. 레이철을 화나게 하지 않으면서도 둘의 관계가 이전 수준보다 더 진지해지지 않도록 거리를 두려 최선을 다했다. 그녀에게 전화를 자주 하지 않았으며, 무척 바쁘게 지냈고, 그러면서도 이 문제에 대해 늘 사과했다. 정확히 그에게 요구되는 일은 했지만 그 이상은 하지 않았다. 그녀가 끝내 흥미를 잃고 서서히 멀어지기를 바라는 희망으로 활력 없이 고분고분 시키는 대로 지내면서 얼마간 죽은 체하는 기분이 들었다. 심판위원회는 결론적으로 이렇게 말할 것이다. 좋아요, 그는 **최고의 남자**라고는 할 수 없습니다. 성자도 아니고요. 하지만 장난삼아 여자를 가지고 노는 마르코 같은 남자는 아닙니다. 그만하면 괜찮았다고 할 수 있어요. 그는 또 다른 기회를 누릴 자격이 있습니다. 우리는 피고인이…… 꽤 괜찮았다고 생각합니다.

잠깐만요. 의사봉을 두드리기 전에 목소리 하나가 튀어나온다.

네?

딱 한 가지. 질문이 있어요.

질문하세요.

섹스는 어땠나요?

으음…… 어땠느냐고요? 테드와 레이철은 섹스하지 않았어요. 그는 이 문제에 관해 심판위원회에 분명히 하고 싶어했어요. 테드는 레이철의 처녀성을 **빼앗지 않았습니다.** (레이철도 테드의 동정을 빼앗지 않았고요.)

두 사람 사이에 신체 접촉은 있었나요?

당연히 있었지요. 둘은 넉 달 동안 사귀었어요.

둘 사이에 신체 접촉이 **있었을 때** 테드는 **정확히 그에게 요구되는 것만 하고 그 이상은 하지 않았나요?** 말하자면 그는 레이철을 상대로 **그저 가만히 있었나요?** 다른 경우에 그녀와 함께 있을 때 그는 예의 바르고 약간 거리를 두며 내성적인 사람이었나요?

으음. 글쎄. 아니에요.

그럼 그는 어떤 사람이었나요?

……

당신은 어떤 사람이었나요, 테드?

저는……

당신은 어땠나요……?

저는…… 뭐랄까……

네?

……비열했어요.

비열했다고요?

비열했어요.


테드는 나이 들어 성 경험을 갖기 전까지 포른허브
Pornhub 사이트에서 다양한 페티시즘 키워드를 익히고 포르노사이트 킹크닷컴kink.com에 연간 정기구독료를 내기 전까지 "비열하다"는 단어는 그의 머릿속에서 그가 레이 철에게(혹은 그녀와 함께?) 행한 것들, 그 꿈틀거리는 강렬한 힘을 일컬을 때 사용되었다. 그는 그녀를 만나기 전부터 이 단어를 썼다. 어려서 사람들이 여자한테 "비열하게" 행동하는 애니메이션이나 만화, 영화나 책 등을 설명할 때. 원더우먼이 철로에 사슬로 묶여 있거나, 누나가 보던 낸시 드루 미스터리 시리즈 중 한 권의 표지에서 낸시가 입에 재갈이 물린 채 의자에 묶여 있는 걸 보았을 때 이 단어를 썼다.

어린 테드는 사람들이 여자에게 "비열하게" 행동하는 이야기를 좋아했지만 그렇다고 그가 여자들에게 비열한 짓을 하고 싶어했다는 뜻은 아니다. 어쩌다가 드물게 그가 상상 속에서 이런 이야기에 등장할 때면(대개는 그저 이야기가 진행되는 것을 지켜보는 데 만족했다) 그, 테드는 결코 여자를 묶는 쪽이 아니었다. 오히려 그는 여자들을 **구출하는** 쪽이었다. 끈을 풀어주고, 피가 돌도록 여자들의 손목을 문질러주며, 입의 재갈을 부드럽게 풀어주고, 여자들이 그의 가슴에 기대 울 때 머리를 토닥여주었다. 악당이 되고 싶었느냐고? 여자를 묶고 고통을 가하는 사람이 되고 싶었느냐고? 아니, 아니, 아니. 절대 아니었다. 테드의 애정 생활이나 판타지는 비열함과는 거리가 멀었다. 레이철이 등장하기 전까지는.

테드는 가능한 한 레이철과의 신체 접촉을 피했다. 애정의 손길로 그녀를 만지는 일도 드물었고 키스할 때도 입을 꼭 다물었다. 이 때문에 레이철이 괴로워한다는 것을 알았지만 이렇게 할 때 자신이 좋은 남자가 된 것 같은 기분이 들었다. 그녀를 좋아하지 않으므로 그녀를 성적 행위로 몰아갈 권리가 그에게는 없었다. 어쨌든 그가 신체 접촉을 하기 위해 애써놓고 그녀와 헤어진다면, 그녀는 심판위원회를 찾아가 섹스할 목적으로 자신을 이용했다며 그를 비난할 정당성을 갖게 된다. 이 논리대로라면 그는 무죄를 주장하기 위해 오로지 레이철 쪽에서 단둘이 있자고 재촉하고 들볶고 밀어붙이도록, 또한 그녀 쪽에서 두 번, 세 번, 다섯 번 요구하도록 만들어 결국 아무도 그를 탓할 수 없게 만들 수밖에 없었다.

그들이 레이철의 방으로 들어가 방문을 닫고 나면 그녀는 그에게 키스하기 시작했다. 가벼운 입맞춤, 멜로드라마 같은 한숨. 그녀의 키스를 거짓 연기라고 생각하지 않을 수 없었다. **우웩, 레이철.** 온종일 씨름했던 짜증이 밀려 올라오면서 그는 생각하곤 했다. **왜 그렇게 사람을 자기 멋대로 밀어붙이면서 아무것도 알아채지 못하는 거야? 왜 나를 좋아하는 거야? 내가 그 정도로 너한테 관심을 갖고 있지 않다**

**는 걸 왜 모르는 거야?** 그러나 그녀는 계속 육탄 공세를 펼쳤고…… 결국 그는 유혹을 이기지 못한 채 꼬집고 깨물고 심지어 나중에는 가볍게 때리는 식으로 짜증을 드러내곤 했다.

그가 그녀에게 "비열하게" 행동하면 그녀는 그런 그의 행동이 마음에 든다고 주장했다. 그녀가 젖고 달아오르고 몸부림치는 모습에 조금이라도 의미가 있다면 그녀 말이 맞을 거라고 그는 생각했다. 그러나 그는 마음 깊이 그녀가 하는 모든 행동에 거짓의 더께가 덮여 있다고 여겼으며, 그가 그녀에게 하는 방식을 즐기고 있다는 그녀의 주장 역시 그가 듣고 싶어할 것 같은 말을 하는 거라고 직감적으로 느꼈다. 그러므로 레이철에게 "비열하게" 굴었다는 것은 부분적으로 이러한 거짓을 벗겨내고 그녀로 하여금 진실한 반응을 보일 수밖에 없게 만드는 과정을 포함하고 있었다고 할 수 있다. 그는 레이철의 진실한 모습을 포착하고 싶었지만 물속에 잠긴 뱀장어처럼 자꾸 그에게서 미끄러져 빠져나갔으며 그것을 쫓다 보면 붙잡고 싶은 욕망 때문에 미쳐버릴 것 같았다. **널 미워해, 널 미워해.** 그는 이런 생각을 하면서 그녀의 앙상한 손목을 붙잡아 그녀의 머리 위로 들어 올렸고, 그녀의 어깨를 깨물고 그녀 허벅지에 성기를 비볐으며, 마침내 절정에 이르렀다.

**"끝내줬어."** 다 끝난 뒤 그녀가 그의 옆에 바싹 달라붙어 한숨을 쉬며 말했다. 그러나 그는 그녀의 말을 믿지 않았고, 믿을 수도 없었다.

때때로 그는 그녀가 둘의 신체 접촉보다 이후 시간을 좋아하는 게 아닐까 생각했다. 그 짧은 시간 동안에는 그녀를 대하는 그의 모습이 달랐기 때문이다. 방금 전 너무 거칠게 행동한 나머지 아무 방어막도 없이 날것 같은 상태로 약해질 수밖에 없기 때문에 그로서는 자신의 행동에 대해 죄의식을 덜어줄 그녀가 필요했다. 그는 그녀에게 키스하고 물을 가져다주며 그녀 옆에 누워 그녀의 머리카락에 얼굴을 묻곤 했다. 그런 순간에 그는 레이철의 얼굴을 보면서 밉다거나 예쁘다거나, 착하다거나 못됐다거나, 사랑한다거나 미워한다고 보지 않고, 이제껏 줄곧 그녀에게 덧씌우고자 했던 모든 판단들, 그녀가 하는 행동 하나하나마다 비판적으로 분석하는 집착을 버리고 그저 자기 옆에 누운 사람으로 볼 수 있었다. 레이철을 좋아하는 게 **가능하다면** 어떻게 될까? 그녀를 좋아한다면 그녀를 만나더라도 나쁜 사람이 되지 않을 것이다. 그는 그무엇도 속죄할 필요가 없고 두 사람은 행복할 것이다. 그는 자유로울 것이다. 이런 생각을 하는 동안 그는 더할 나위 없이 마음이 가벼워졌다. 그의 몸 안에 무겁게 독을 머금고 있던 스펀지를 비틀어 짜 깨끗이 말린 듯한 느낌이었다.

이런 상태는 결코 지속되지 않았다. 관계 이후의 기쁨이 점차 옅어지면 애나가 유령처럼 그의 옆에 모습을 드러내곤 했다. **내 생각을 해, 내 생각을 해.** 애나는 그의 귀에 대고 속삭였으며 그는 그녀 말대로 했다. 그의 뇌가 다시 활기를 띠면서 생각하고, 들끓고, 판단을 내렸다. 레이철과 신체 접촉을 가져 이런 무방비 상태의 모습을 보임으로써 그는 일을 엉망으로 만들었다. 이제 레이철은 그가 자신을 좋아한다고 더 확실하게 믿을 것이며, 그가 자신을 차버릴 때 더 많이 상처 입을 것이고, 그로서는 그녀에게 속죄해야 할 죄가 더 늘어났으며 그녀에게서 벗어나기가 더 힘들어질 것이다.

그가 바로 앉으며 속옷을 입었다.

"왜 그래?"

"아니야, 가봐야 해서."

"여기 나랑 조금만 더 같이 누워 있어."

"과제가 있어."

**"금요일이잖아."**

"전에 말했잖아. 할 일이 많다고."

"왜 늘 이런 식이야?"

"**이런** 식이라니?"

"이런 식 말이야. 온통 짜증이잖아. 끝나고 나면."

"짜증 아니야."

"맞아, 짜증이야. 미스터 짜증. 짜증 팬티."

"미적분학 중간시험이 있어. 역사 프로젝트는 아직 시작도 못했고 친구 SAT 준비도 도와주기로 했고 월요일까지 생활지도 카운슬러에게 대학 에세이 마지막 초안도 제출해야 해. 스트레스받은 것처럼 보였다면 미안해. 하지만 내가 여기서 벌써 한 시간 가까이 낭비했는데 자꾸 조르고 미스터 짜증 팬티라고 부르고 하는 건 너한테도 도움이 안 돼."

"그냥 1분만 여기 와서 누워 있어. 내가 등 쓰다듬어줄게."

"레이철. 내 등 안 쓰다듬어줘도 돼. 가서 과제를 끝내고 싶어. 그래서 내가 이러면 안 된다고 했던 거야."

"아, 이리 와, 짜증이. 앞으로 한 시간은 엄마 집에 안 와. 이리 와, 내가……"

"됐어!"

"뭐야, 싫은 거야아아아? 좋아하는 것 같은데에에에? 우후, 그래 보여."

"그만해, 말했잖아!"

"내가 해줄게, 자기."

"빌어먹을, 레이첼."

"아, 테드!"

두 사람 위쪽에서 마치 천상의 합창단처럼 심판위원회 여자들이 재잘거렸다. 쟤들 좀 봐, 저 못생긴 둘이 생긴 대로 이상한 짓거리를 하고 있어, 오, 세상에, 저 남자애 정말 끔찍해, 너 저거 봤어, 저 남자애가 하는 거? 내 생각에 쟤는 단지…… 어머, 정말이야, 쟤가 했어, 아, 세상에 토할 것 같아, 아, 역겨워, 지금까지 본 것 중에서 제일 역겨워, 저 여자애랑 남자애 둘 중 누가 더 역겨운지 모를 정도야, 저 여자애는 어떻게 저럴 수 있지, 저걸 어떻게 견디는 거야, 나라면 절대로, 결코 저 남자애가 나한테 저런 짓을 하게 두지 않을 거야……

상상 속의 애나는 변함없이 테드의 동료로 남아 그가 맺고 있는 관계의 진전 상황에 대해, 그의 영혼의 상태에 대해 자세한 의견을 들려주면서 도움을 주지만 현실의 애나는 툴레인에서 여전히 아무것도 모른 채 그녀의 좋은 친구 테드가 2주에 한 번씩 보내는 다정한 메일을 받고 있었다. 이 메일들 가운데 현실의 레이첼을 언급한 게 하나도 없다는 점은 주목할 만하다.

테드는 애나에게 자기 모습을 보여줄 때 미술 전시회

를 하듯 세심하게 큐레이팅했으며 이 전시회에 레이철을 어떻게 끼워 넣을 것인가의 문제를 놓고 씨름했지만 별로 성과가 없었다. 추상적으로 "2학년"이라고 하면 애나에게 성적 경쟁자로 여겨질지 모르니 그녀의 눈에 테드의 지위가 높아 보이겠지만 **실제** 레이철은 골칫덩이밖에 안 된다는 데 문제가 있었다. 그는 자신으로서는 피할 수 없는 추가 질문을 애나가 해온다면 레이철 더윙클과 연애하고 있다는 사실이 밝혀져 어쩌면 레이철에게서 풍기는 패배자의 악취가 앞으로 영원히 그를 더럽히게 될까 두려웠다.

반면에 레이철은 애나에 대한 모든 것을 알고 있었다. 이런, 그녀는 다 알고 있었다. 이따금 테드는 레이철의 통찰력이 아주 낮은 수준이고 신통력은 몇 가지 사소하고 쓸데없는 영역에 한정되어 있다고 여겼다. 그의 얼굴에 조금이라도 불편한 기색이 스치려면 곧바로 "테드? 테드? 왜 그래? 무슨 생각해? 테드?" 같은 반응이 튀어나왔다. 이럴 때 대체로 그는 레이철을 짜증스러워하고 있거나 애나에 대한 몽상을 하던 중이어서 어쩔 수 없이 거짓말을 할 수밖에 없었다. 그는 평생 어느 누구에게 했던 것보다 많은 거짓말을 일상적으로 하게 되었는데, 그럼에도 레이철은 이따금 그의 머리에 경련이 일어나 도저히 한

가지 진실을 실토하지 않을 수 없을 정도로 그에게 캐물었다.

예를 들어 그가 일전에 한 번, **딱 한 번** 레이철에게 애나 이야기를 한 적이 있었다. 하지만 '애나 트래비스에 대한 내 감정을 물어봐'라고 얼굴에 문신을 새기는 편이 나았을 것이다.

"길다 래드너는 기본적으로 과소평가된 천재였어." 그날 밤 두 사람은 비디오대여점 블록버스터에서 〈SNL 베스트 모음〉 코너 선반을 둘러보고 있었다. 그는 이어서 말했다. "내 친구 애나가 그녀의 엄청난 팬이야."

"친구 애나?" 레이철이 그대로 받아서 물었다.

테드는 얼어붙었다. "응." 마치 겨울에 호수를 건너던 중 사방에서 얼음이 갈라지기 시작한 것 같은 느낌이었다. 갑자기 움직이면 안 돼. 테드는 속으로 생각했다. 아직은 안전지대로 옮겨 갈 수 있어.

"애나? 내가 모르는 애 같은데." 레이철이 말했다. 무심하게 말하는 것처럼 세심하게 계획된 목소리로.

"아마 모를 거야. 작년에 졸업했어."

"테드는 어떻게 아는데?"

"기억 안 나. 수업 하나 같이 들은 것 같아."

침묵이 흘렀다. 두 사람은 밝은 형광등 불빛 아래 나란히 서서 틀어놓은 영화를 쳐다보았다. 레이철이 스티브 마틴 출연의 〈바보 네이빈〉 비디오 케이스를 집어 들고 뒷면을 살펴보았다. 다 지나간 걸까? 그는 잘 벗어난 걸까?

"애나 장?" 레이철이 물었다.

얼음이 깨져버렸고 그는 물속으로 풍덩 빠졌다.

"아니."

"애나 호건?"

"아니." 제기랄, 그는 애나 호건을 알고 있었다! 왜 애나 호건이라고 말하지 않은 걸까? 넌 진짜 멍청이야, 테드! 그의 뇌가 스스로에게 외쳤다.

"그럼, 어느 애나?"

테드는 목이 막혀오는 느낌이었다. "애나 트래비스." 그가 겨우 말했다.

"애나 트래비스!" 레이철은 겉으로는 여전히 비디오 케이스를 읽고 있었지만 눈썹을 치켜올리며, 테드가 애나 트래비스 같은 상위 부류에 속해 있을 리 없다는 듯 강한 회의를 드러냈다. "애나 트래비스를 아는 줄 몰랐어."

"알아."

"그래."

침묵.

"왜 지금까지 한 번도 애나 이야기를 안 했어?"

"나도 몰라. 그냥 생각이 안 났어."

레이철이 버럭 화를 내면서 애나에 대해 최후통첩을 한다면 그는 레이철과 헤어질 수밖에 없다고 생각했다. 레이철과 애나 둘 중 한쪽을 선택해야 한다면 당연히 애나를 선택할 것이며 그와 애나 사이에는 아무 일도 없었기 때문에 레이철이 터무니없이 심하게 군 것이 되고 둘의 이별은 결국 그의 탓이 아니게 될 것이다.

그러나 레이철은 그보다 영리했다. 그녀는 〈바보 네이빈〉 비디오테이프를 다시 선반에 꽂았고 두 사람은 말없이 대여점 안을 이리저리 돌아다녔다.

"예쁘지." 잠시 후 레이철이 말했다.

"누구?"

레이철의 얼굴이 잠깐 실룩이며 비웃음을 띠었다. **"누구냐고?** 길다 래드너. 아니, 애나 트래비스 말이야, 멍청이. 걔 인기 많아."

"그런 것 같아."

"그런 것 같다고?"

"우린 그냥 친구야, 레이철." 테드가 지나칠 정도로 침착하게 말했다.

"그러니까…… 그런 것 '같은' 정도가 아니라 진짜 그렇다고. 애나 **트래비스**잖아."

테드가 생각했다. 레이철, 너 진짜 비열하구나. 불구덩이에 빠져 죽기를.

"애나 송별파티에 갔어? 여름에?" 레이철이 물었다.

"응. 왜?"

"별거 아니야." 레이철이 선반에서 다른 비디오테이프를 꺼내 깊은 생각에 잠긴 채 뒷면의 설명을 읽었다. 그녀가 고개를 들지 않고 말했다, "내가 들은 소문인데, 그 파티에서 애나가 마르코 허낸데즈랑 섹스했대. 아래층에서 엄마가 케이크 준비하는 동안, 부모님 침실에서."

상상 장면. 테드가 바퀴 달린 들것에 묶여 있고 그의 위쪽에는 레이철이 칼 세트를 찬찬히 살피며 어느 칼로 그의 가장 연약한 부위를 찌를지 가늠하고 있다.

"말도 안 돼." 테드가 비웃었다. "누가 그래? 셸리?" 셸리는 레이철의 가장 친한 친구로 변덕스럽고 기분 나쁜 부류였다. 테드는 셸리를 놓고 싸움을 시작하면 화제를 딴 데로 돌리는 데 도움이 될 거라고 생각했다. 아니면 아마도 가장 가까이 있는 비디오테이프 진열대를 넘어뜨리고 주를 벗어나 도망쳐야 할 것이다.

레이철은 미끼를 물지 않았다. "셸리는 아니야. 진짜로. 근데 애나 트래비스가 마르코한테 집착하는 건 다들 알고 있어. 정말로 미친 듯이 집착하는 것 같아." 비로소 레이철이 처음으로 그를 똑바로 쳐다보았고 안경 너머 그녀의 두 눈에는 아무 표정이 없었다. "내가 들었는데 대학에 가서도 내내 문자메시지를 보내고 마르코 기숙사로 줄곧 전화를 걸었대. 그게 너무 심해져서 마르코가 애나 전화랑 메일을 **차단해야** 했다더라고."

테드는 속이 메스꺼웠다. 그녀는 이 정보를 얼마나 오랫동안 쥐고 있었던 걸까? 이 정보를 어떻게 사용해야 한다고 여겼던 걸까?

"세상에, 레이철. 네가 이렇게 알지도 못하는 사람 얘기 떠드는 거 솔직히 당황스러워. 멋있다고 생각하는 사람들은 유명인이나 그 비슷한 거라도 되는 듯이 대하면서. 애나는 그냥 보통 사람이고 너는 그 애를 알지도 못하잖아. 그러니 너나 셀리나 멍청이 듀오처럼 그 애 애정 생활에 집착하는 거 그만둬."

"으음." 레이철이 불만스러운 듯 입술을 오므렸다. "실은 나 애나를 알아. 그래서."

"알긴 뭘 알아."

"알아." 그녀가 쌀쌀맞게 우쭐대며 말했다. "우리 유치원 같이 다녔어. 엄마끼리 친구야. 마르코가 애나 전화번호 차단한 이야기를 우리 엄마한테 해준 사람, 애나 엄마야. 걔네 엄마 말로는 애나가 그 일로 엉망진창이 돼서 어쩌면 한 한 기 휴학할지도 모른대. **네 친구 애나가 말하지 않은 것 같네.**"

레이철이 조금 전 그의 배에 찔러 넣은 칼 주위로 테드의 위가 쪼그라들었다.

레이철이 차가운 손으로 테드의 축 늘어진 손을 감싸 쥐었다. "솔직히 영화 볼 마음이 안 생길 것 같아. 부모님은 자정까지 안 오실 거고 남동생은 파자마 파티에 갔어. 가자."

그 후 며칠 밤이 지나 테드는 컴퓨터 앞에 앉아 애나에게 보낼 메일을 작성하려고 애쓰고 있었다. '**정말로 별일 없니?**'라는 물음을 스무 가지 표현으로 고쳐 썼다가 지웠다. 이미 메일을 두 번 보냈지만 답장이 없었고 그는 냉정해져야 한다고 생각했다. 레이철이 한 이야기가 사실인지 아닌지 알아보고 싶지는 않지만, 궁금해서 근질거리는 느낌이 꼭 살갗 속으로 벌레가 기어가는 것 같아서 **반드시 알아내야** 했다.

걱정이 되다 보니 예상치 못한 용기가 생겨 테드는 전화기를 집어 들었다. 애나의 고등학교 때 번호를 외우고는 있었지만 그녀에게 전화를 건 것은 딱 한 번뿐이었다.

그녀 생일에 음성사서함에 대고 〈해피버스데이〉를 처음부터 끝까지 불렀다. 그녀는 다시 전화를 해주지는 않았지만 마침내 그는 메일 한 통을 받았다(제목은 '**진짜 고마워!!**'였다). 그녀는 무수한 입맞춤 기호와 감탄사로 서명을 했고 당시에 그는 그게 아주 중요한 의미를 지닌다고 느꼈다.

첫 벨소리에 애나가 전화를 받았다.

"여보세요, 애나, 나 테드야." 테드가 자동응답기에 대고 이야기하는 것처럼 말했다.

"테드! 무슨 일이야?"

"으음…… 네 생각 하고 있었어. 너 괜찮아?"

"응. 왜?"

내 여자친구의 존재를 너한테 비밀로 하고 있었는데, 네가 나한테 숨기고 있던 비밀 하나를 걔가 말해줬어. 걔가 질투해서 그런 거야. 내가 널 짝사랑해서. 이것도 너한테 비밀로 하고 있었지. 근데 걔한테는 숨기지 못했어.

"으음, 확실하지는 않아. 이상한 일이지만 그냥 내 느낌에…… 뭔가 잘못된 것 같아서."

몰래 입수한 정보를 이용해 신비하고 초자연적인 힘으로 서로 이어져 있는 척하는 건 테드에게는 새로운 유형의 속임수였고 이것이 어떤 힘을 지녔는지 완전히 알지는 못했지만 마침내 애나가 울기 시작했다.

"나 안 괜찮아. **하나도** 안 괜찮아." 흐느끼는 사이사이에 그녀는 숨을 헐떡이며, 마르코뿐만 아니라 그녀를 함부로 대한 사교클럽의 남자까지 관련된 복잡한 이야기를 꺼내놓았다. 그녀 아버지의 새 아내와 끔찍한 싸움을 벌인 일, 룸메이트와 여전히 진행 중인 다툼, 강의 대부분에 낙제해서 이듬해 근신 처분이 나올 거라는 사실(여기에 대해서는 나중에 생각이 나서 언급했다)에 대해서.

"그런 일이 있었구나." 테드가 멍하니 말했다. "너무 안타깝다. 진짜 힘들겠네."

"네가 나한테 전화했다는 게 믿기지 않아. 고향 사람 아무도 전화한 적 없는데. 다들 날 잊은 것 같아. 아주 가까운 사이라고 생각했는데 다들 그냥 날 **잊은 거야**."

"나는 너 안 잊었어." 테드가 말했다.

"알아. 네가 잊지 않았다는 거. 넌 언제나 내 곁에 있어줬어. 언제나. 하지만 난 한 번도 고마워하지 않았지. 당연하게 여겼어. 내가 너무 이기적이었지. 고등학교 시절의 내가 미워. 아, 하느님! 나에 대한 모든 것을 바꿀 수 있으면 좋겠어. 하지만 그뿐이야. **뭔가를 하기에는** 너무 늦었어. 그게 문제지. 모든 게 엉망진창이고, 이제 내가 누구인지 모르겠어. 넌 아니? 나는 이 모든 걸 선택한 여자랑 같이 살아야 하는데 이 여자가 누군지 모르겠는 거 있지. 지난 일을 돌이켜볼수록 이 여자가 미워. 이 여자가 내게 한 짓을 생각하면! 이 여자가 내 원수고 최고의 적인데, 문제는 이 여자가 바로 나라는 거야."

애나가 전화로 자기 마음을 쏟아내는 동안 테드의 마음은 폭발하는 태양처럼 환하게 불타고 있었다. 그는 오직 그에게 애나가 어떻게 보이는지, 다시 말해 그의 눈에 그녀가 얼마나 아름답고 완벽하게 보이는지 그녀에게 알려주고 싶었다. 그녀에 대한 이런 기억, 이런 **인식**을 계속 간직할 것이며, 그리하여 둘 사이에 무슨 일이 생겨도, 그녀가 자신을 싫어하게 되어도 그는 전적인 헌신과 순수함으로, 아무런 사심 없이, 평생 변함없이 그녀를 사랑할 거라는 것을 그녀가 알도록 해주어야 했다.

한 시간 뒤 애나가 훌쩍이며 말했다. "들어줘서 고마워, 테드. 나한텐 정말 의미 있었어."

**난 널 위해 죽을 거야.** 테드는 생각했다.

"별로 한 것도 없는 걸."

그 일이 있고 나서 테드와 애나는 거의 매일 밤 전화로 이야기했다. 그 시절 늦은 밤의 대화에서 느낀 흥분에 견줄 만한 일은 테드 평생에 다시 없었다. 원시 부족이 불을 붙이거나 불의 힘을 계속 유지하려고 할 때 의식을 거행할 필요가 있었던 것처럼 그 역시 늦은 밤의 대화를 전후해 일련의 의식을 정성껏 치르곤 했다.

이런 의식에는 둘의 대화를 비밀로 숨기는 것(레이철뿐 아니라 부모와 다른 모든 사람에게)도 포함되었다. 그는 자기 방 컴퓨터 앞에 있던 전화기를 침대 옆으로 가져왔다. 방문 바깥에는 팬을 돌려 백색소음의 장막을 쳤다. 그는 샤워를 하고 양치질을 하고 침대 시트 속으로 들어갔다. 애나가 전화를 받기도 전부터 그는 살갖이 따뜻해져 거의 열이 날 정도였다.

"안녕."

"안녕."

둘의 목소리는 허스키하고 낮았다. 테드는 두 사람이 서로에게 나지막이 소곤거린다고, 침대에 나란히 누워 베개 건너로 속삭이는 것 같다고 생각했다. 그는 두 눈을 감고 이 장면을 머릿속에 그렸다.

"오늘은 어땠어?" 그가 물었다.

"아, 알잖아."

"그래도. 말해줘. 듣고 싶어."

애나가 그날의 이야기를 들려주는 동안("으음, 그래, 난 새벽 4시에 일어났어. 빌어먹을 카리스가 그놈의 조정 연습으로……) 그는 천천히 가슴 아래와 갈비뼈 주위를 손으로 어루만지면서, 그게 애나의 손이고 애나 손가락 밑에서 자신의 살갗이 도톨도톨 일어나고 있다고 상상했다.

그녀가 이야기하는 동안 그는 "응응"이나 "아, 그건 아니지" 같은 공감의 표시만 할 뿐 거의 말하지 않았다. 한번은 그녀의 말투가 특히 화난 것처럼 들렸을 때 "너무 안타깝다"라고 말하고는 이어서 입모양으로만 조용히 "……자기"라고 말했다.

그러는 사이 그의 손은 천천히 관능적으로 원을 그리면서 그의 몸통 아래로 내려가 팬티의 밴드를 따라가다가 밴드 속으로 들어가 성기 털의 가장자리를 머뭇거리며 쓰다듬었다.

"캐슬린 이야기 해줘." 애나의 이야깃거리가 떨어진 것 같아 보일 때 테드는 말했다. 캐슬린은 애나의 새엄마였다. 그는 자신의 성기를 가지고 놀기 시작했다. 손가락으로 두드리고 우뚝 선 부분을 손으로 튕겼다. "네 아빠가 그녀한테 맞설 것 같아, 아니면 그녀 편을 들 것 같아?"

"세상에, 지금 **장난해?**" 애나는 정말로 비명을 질렀다.

"쉿잇, 쉿." 테드가 그녀를 조용히 시켰다. "네 시간 후면 카리스 연습 시간이야."

"빌어먹을 카리스." 애나가 속삭였다. 테드가 웃었다.

애나도 따라 웃었다. 그는 그녀의 숨결이 정말로 자기 얼굴에 와 닿는 것을 느꼈다. 성기를 움켜쥐자 쾌락으로 등이 둥글게 휘었고 그는 소리를 내지 않으려고 이를 악물었다.

"졸리니?" 마침내 그가 물었다.

"응."

"같이 잠들기, 하고 싶어?"

"응…… 근데 너 일찍 일어나야 하잖아……"

"괜찮아. 자습 시간에 자면 돼."

"상냥한 테드. 너랑 같이 잠드는 거 좋아."

"나도 너랑 같이 잠드는 거 좋아. 잘 자, 애나."

"잘 자, 테드."

"좋은 꿈 꿔, 애나."

"좋은 꿈 꿔, 테드."

이어지는 정적 속에서 그는 애나가 흥분해 토할 것 같은 얼굴로 자신을 바라보고 있다고 상상했다. 그녀가 그의 몸을 만지고 있다고 상상했다. 그녀가 전화선 저편에서, 눅눅한 뉴올리언스의 밤에 욕망으로 괴로워하며, 자기 몸을 만지면서 그를 생각하고 있다고 상상했다. 그녀가 숨을 들이쉬고 내쉬는 소리에 귀를 기울이며 그의 손은 시트 속에서 계속 움직였다. 물론 그는 자신에게 수치심을 느꼈다. 그러나 이런 수치심의 온기가 그의 사타구니에 고여 쾌락을 증폭시켰다. 그의 몸 안으로 흥분이 물밀듯이 쏟아져 들어왔지만 그저 잠든 숨소리라고 설명할 수 있을 정도의 소리만 냈을 뿐 다른 소리는 내지 않았다. 흥분이 다 가라앉고 그의 맥박과 호흡 모두 완전히 느려졌을 때에야 그는 용기를 내어 속삭였다. "애나, 자니?"

그는 애나가 잠들지 않은 채 두 눈을 뜨고 갈망이 가득한 마음으로 천장을 보고 있다고 상상했지만 오직 침묵만이 흘렀다.

"사랑해, 애나." 그가 속삭이고 전화를 끊었다.

이윽고 겨울방학이 되었고 애나가 집에 다니러 왔다. 테드는 애나를 만나게 될까? 물론 만나게 될 것이다. 그들은 실질적으로 가장 친한 친구였다! 그들은 매일 밤 이야기를 나누었고 그녀는 말하곤 했다. "너는 언제나 내 곁에 있어줬어. 언제나." 당연히 그는 그녀를 만나게 될 것이다. 문제는 '언제' 만나는가였다.

그리고 '어디서' 만나는가.

'어떻게' 만나는가.

고등학교 시절 애나와 계획을 세우는 일은 외과 수술처럼 까다로운 과정이었고 때로는 잔인하기도 했다. 애나에게 함께 시간을 보내자고 청하면 애나는 늘 미소 지으며 말하곤 했다. "좋아! 그거 좋겠다! 내일 전화로 정하자." 그녀의 입가가 아주 살짝 굳어지고 숨소리가 무겁게 내려앉는 정도만이 그가 부담을 주었다는 표시였다. 그러나 아니나 다를까, 마지막 순간에, 혹은 그가 구체적인 사항을 정하려고 할 때면 그녀가 전화를 받지 않았다. 그가 애초에 약속이 없었던 것처럼 구는 대신 그녀에게 자꾸 약속을 잊어버린다고 지적하거나 계획이 지켜지지 않은 것을 입에 올리기만 해도 그녀는 더욱 거리를 두어, 그가 스스로 부끄러워하게 하거나 그녀를 압박한 자신을 초라하게 느끼게 했다.

그러면서도 애나는 다른 사람과 함께하기로 한 계획을 즐거워하며 계속 그에게 알렸다. 앞으로 있을 짧은 여행에 대한 일을 꾸준히 이야기해주고, 데이트나 파티의 세부 사항에 대해서도 거의 함께 가는 것과 다름없을 정도로 늘 **아주 친밀하게** 말해주었다. 그가 자신이 없는 상태로 이루어질 여러 일들에 대한 끝없는 설명을 아무 불평 없이 귀 기울여 들어주는 한, 적어도 마지막 순간에 애나가 마음을 바꿔 모임 계획이 안겨줄 견딜 수 없는 부담을 감당하지 못하겠다고 하며 대신 그와 함께 시간을 보내기로 마음을 정할 가능성이, 적어도 30퍼센트는 있었다.

그녀는 그의 집을 찾아와 털썩 주저앉으며 과장되게 안도하며 말할 것이다. "우리가 이럴 수 있어서 정말 기뻐. 마리아네 집에서 열리는 하우스파티에는 도저히 갈 기분이 아니었어." 마치 두 사람이 동등한 위치에서 상황을 처리하는 듯이, 두 사람의 '우정'을 지배하는 힘의 역학관계를 전혀 의식하지 못하는 것처럼.

그러나 분명 둘 사이에 변화가 생겼다. 이제 그녀는 예전과 같은 방식으로 그를 대하지 않을 것이다. 그녀가 "**넌 언제나 내 곁에 있어줬어. 언제나. 하지만 난 한 번도 고마워하지 않았지. 당연하게 여겼어**"라고 입 밖에 내어 말한 이상 그러지 않을 것이다. 그 말이 고백이 아니면 뭐란 말인가? 고백이란 것이 비록 약속은 아닐지언정 적어도 달라지겠다는 각오가 아닌가? 그는 그녀가 두 번째 '언제나' 앞에서 목소리를 잠깐 끊었다가 다시 끌어 올리는 것이 좋았다. **넌 언제나 내 곁에 있어줬어. 언제나.** 그들이 결혼할 때 그녀는 이 말을 혼인서약에 넣을 수도 있을 것이다. **넌 언제나 내 곁에 있어줬어. 언제나. 넌 언제나 내 곁에 있어줬어. 언제나. 넌 언제나 내 곁에 있어줬어. 언제나.**

이제껏 그가 들은 말 가운데 가장 아름다운 말이었다.

애나가 뉴저지행 비행기를 타기 전날 밤, 테드는 자신

이 듣고 싶은 말이 애나에게서 나오도록 가능한 한 부드럽게, 넌지시 찔러보았다. "널 보게 된다니 설렌다."

"나도! 당연히 그렇지."

"최근에 이곳 사람이랑 이야기한 적 있어? 친구나, 아무라도. 내 기억으로는 이곳 친구들이랑 연락 잘 안 한다고 한 것 같은데."

애나가 대답하기 전에 살짝 망설일 것이라고 상상했나? 그녀는 아직까지 마르코에 관한 이야기를 그에게 털어놓지 않았다. 요전에 레이철의 기분 나쁜 친구 셸리가 난데없이, 자기가 들었다면서, 마르코 허낸데즈가 애나가 자신의 반경 150미터 안으로 접근하지 못하게 하는 실제적인 **접근금지 명령**을 받아냈다고 사람들에게 알렸다. 이는 셸리의 전문인 바보 같은 소문의 한 유형이었지만, 그래도 테드는 자신을 안심시켜줄 수 있는 뭔가를 애나가 해주기를 바랐다. 이상적인 건 그녀가 눈물을 쏟으며 "너는 언제나 내 곁에 있어줬어"라고 말한 뒤 그를 무시했던 지난 모든 시간에 대해 용서를 구하는 것이었지만, 그녀가 자신을 만나기 위해 적극적으로 노력하려는 기색만 보여도 만족했을 것이다.

그런데 대화가 갑자기 불안한 쪽으로 방향을 틀었다.

"실은…… 미시 조핸슨이랑 얘기하며 지내고 있거든.

너도 걔 알지? 그런데 걔가 **나한테** 하는 말이, 네가 누구랑 사귄다는 거야! 레이철 더윙클이라나? 그래서 내가 그랬지. '절대 아니야. 불가능해'라고. 그런데 걔는 맞다고 우기더라!"

"하하하하하하하하!" 테드는 웃어젖혔다.

미친 사람처럼 낄낄 웃으며 반응하는 것으로는 충분치 않다는 것이 애나의 침묵으로 나타나자 그가 덧붙였다. "으음. 그래. 우리가 어울려 다니긴 했지."

"**데이트**하는 것처럼?"

"글쎄. 모르겠네. 우리가 그걸 데이트한다고 말한 적은 없어(그들은 '데이트'라고 말했다). 복잡해(복잡하지 않았다). 내가 어떤지 너는 알잖아(그녀는 모른다). 하지만…… 그래."

이 대화를 시작할 무렵 느긋한 마음으로 발기되어 있던 테드는 이제 토할 것 같은 기분이었다. 애나 쪽에서 레이철 이야기를 꺼내게 만들다니, 뭔가 크게 잘못되고 있었다. 섹스 도중에 부모가 방으로 들어온 것처럼.

"내가 거기 가면 아마 우리 셋이 어울려 놀 수도 있을 거야! 레이철을 다시 보고 싶어. 본 지 너무 오래됐어."

"으음. 물론이지. 네가 좋다면."

"걔네 엄마랑 우리 엄마랑 친구인 거 알아? 예전에는 부모님이랑 가서 다 같이 진짜 자주 놀았는데, 그 후로는 서로 잘 알고 지내지 못했어. 학교에서 서로 어울리는 무리가 달랐거든. 하지만 레이철은 정말 좋은 애야. 내가 레이철에 대해 기억하는 건, 어릴 때 레이철이 말을 정말 좋아했다는 거. 〈마이 리틀 포니〉 시리즈랑 그 장난감들 말이야. 기억나?"

영리한 애나. 정말 영리했다. **실제로는** 레이철 더윈핑클이 〈마이 리틀 포니〉로 자위를 했다는 소문이 학교에 퍼졌더랬다. 진심으로, 정말로 믿는 사람들은 없었지만 그럼에도 소문은 파다했다. 테드 자신도 그런 일이 정말로 가능하기나 한 것인지(그녀가 거기에 그걸 넣은 것인지…… 아니면?)를 놓고 남자 아이들과 점심을 먹으며 뜨겁게 논쟁을 벌였고, 논쟁이 사그라질 조짐을 보일 때 일부러 논쟁을 되살려내곤 했다. 그 이전에 3학년생들을 들끓게 했던 소문이 레이철의 스캔들에 덮여 관심에서 멀어지고 있었기 때문이다. 그 소문의 내용은 그, 테드가 봄 연주회 때 악기 수납장에 똥을 싸다가 음악 선생한테 들켰는지 아닌지에 관한 소문이었다. 물론 그는 **똥을 싸지 않았다!**

그와 같이 소문이 퍼지는 것이 어떤 기분인지, 어찌 해볼 수도 없이 밀려드는 강렬한 수치심을 맛보는 게 어떤 건지 애나가 알기나 할까? 애나가 질투하는 거라고 믿을 수 있으면 좋았겠지만 그렇게 믿을 수는 없었다. 그녀는 그저 풀밭에 오줌을 누는 개처럼 영역 표시를 하고 있었던 것이다. 애나의 마음속에서 테드가 살아 숨 쉬고 생각하는 사람으로 존재하기나 했을까? 그는 애나가 무슨 생각을 하는지 헤아리느라 그토록 많은 시간을 보냈지만, 애나는 그의 얼굴을 숨긴 가면 뒤에 어떤 의식이 살아 있을 거라고 상상이라도 했을까?

처음으로 테드는 레이철과 섹스하던(섹스에 거의 가까웠던) 방식으로 애나와 섹스하는 상상을 했다. 그가 그녀를 사랑한 것만큼 그녀를 미워한다고 전적으로 인정하면서, 잔인하게, 그녀가 편안한지 여부에 대해서는 아무 관심 없이 하는 섹스. 그의 판타지 속에서 애나는 그의 몸 아래에 있고 그의 손이 그녀의 목을 감싸고 있다. 이런, 거기 레이철이 있었다. 그들은 셋이서 하고 있었다. 레이철은 벌거벗은 채 두 손과 무릎을 바닥에 대고 있었고 테드는 애나의 머리카락을 잡고는 강제로 그녀가 레이철에게—

그녀가 레이철에게 하도록—

그들 둘이서 레이철을—

"내가 무슨 얘기 했는지 들었어, 테드?" 애나가 물었다.

"아니, 미안. 듣고 있었어. 난, 으음, 가봐겠어!"

애나가 뉴저지에 온 지 나흘째 되는 날, 테드가 레이철

방에서 전혀 성교 같지 않은 것을 한 차례 더 치르고 옷을 입고 있을 때, 레이철이 12월 31일에 뭘 할 거냐고 물었다.

"모르겠어." 테드가 양말을 신으며 말했다. "그냥 집에 있을 것 같기도 하고."

"그럴 일은 없을 거야. 앨런이 뭔가 계획을 세우는 중인데 내가 우리도 갈 거라고 했거든."

"뭐? 너 왜 그러는 거야?"

"내가 뭘?"

"나한테 물어보지도 않고 왜 계획을 세워. 알지도 못하는 2학년 애들 파티에 끌려가는 것 말고 달리 하고 싶은 게 있는지, 나한테 확인해봤어야 한다는 생각은 안 들었니? 나한텐 너랑 관계없는 삶이 있다고. 알잖아."

"으음. 계획이 없어서 그냥 집에 있을 거라고, 방금 그랬잖아."

"집에 있을 것 **같**다고 했지."

"알았어. 그럼 달리 뭘 할 것 **같은데**?"

"모르겠어. 신시아 크라체프스키 집에 파티 있다고 해서 생각 중이야."

"**신시아 크라체프스키?**"

"응. 왜?"

"신시아 크라체프스키가 널 파티에 초대했다는 거지."

"그래서?"

"테드. 신시아 크라체프스키가 새해 전야 파티에 초대했다면서, **생각 중인** 거네."

"너, 그 뭐냐, 뇌졸중이라도 왔니?"

"난 그저 사실을 분명히 하려는 것뿐이야. 신시아 크라체프스키가 너한테 전화해서 '안녕, 테드. 나야, 신시아. 네가 파티에 왔으면 좋겠어'라고 말한 거야?"

"전혀 아니야."

"그럼 누가 널 초대한 거야?"

"뭐라고? 무슨 말을 하는 거야? 애나가 날 초대했어. 그게 무슨 상관이야? 확실히 가겠다고 안 했고 **생각해보겠다고** 했어."

"아, **이제** 알겠어. 이제 이해가 되네. 이제 모든 게 아주 명확해졌어."

"알긴 뭘 알아! 난 애나랑 전화한 거고 애나가 신시아 집에서 열리는 파티 이야기를 했고 거기에 가는 문제를 놓고 이야기했어. 자세히 계획도 안 잡았어."

그렇지 않았다. 실제로는 애나가 신시아 크라체프스키 집 파티에 가는 일이 세상에서 가장 하고 싶지 않은 일인데도 거기에 가야 한다는 고역스러운 의무감에 대해 간

밤에 그에게 미주알고주알 불평했다. 그래서 테드는, 만일 새해 전야에 그 혼자 집에 있는다면 마지막 순간 애나로부터 전화를 받을 수 있고, 두 사람은 결국 새해 전야를 함께 보낼 수 있다고 추정했다. 그들은 그날 밤의 대부분을 테드의 지하 방에서 SNL을 시청하며 보내다가 이윽고 자정이 되면 전국 방송으로 채널을 옮겨 타임스퀘어볼드롭 장면을 시청한다. 그가 냉장고에서 시원한 샴페인한 병을 '발견'해 두 사람이 건배를 하고 나면, 그는 재미있다는 듯 묘하게 찡그린 미소를 얼굴에 띠고 그녀를 향해 "바보 같은 짓이라는 거 알지만 그래도 그러는 게 낫겠어!"라고 말하고 그녀도 키득대면서 "나도!"라고 말한다. 그리고 그는 친구 사이에 나누는 것과 거의 흡사한 방식으로 입을 다문 채 그녀의 입술에 키스하고, 그가 키스를 멈추고 그녀에게서 떨어져 기다리면 그녀는 잠시 가만히 있다가 이내 **먼저** 다가와 키스하고, 그런 다음 둘은 애무를 시작하면서 소파에서 부둥켜안고 있다가 곧이어바닥으로 내려온다. 그가 그녀의 옷을 벗길 때 위로 들어올려 벗기다가 최근에 레이철과의 관계에서 발견한 방법대로 그녀의 팔꿈치 부근에서 옷을 비틀어 그녀의 두 팔이 머리 위에 고정되게 하고, 애나는 입술로 오! 하고 놀라며 섹시한 표정을 짓고 그의 아래에서 가쁘게 숨을 내

쉰다. 그들은 섹스하고, 그는 그녀가 아주 강렬하게 절정에 오르도록 해서 이후 두 사람이 평생 함께하도록 한다.

**바보도 실패할 리 없는 계획**이다.

아, 잠깐. 그게 아니다. 이건 성적 판타지고, 그는 멍청이다.

그 스스로 그렇게 인정하는 바로 그 순간 레이철(그의 여자친구이자 그의 거울)이 춤추기 시작했다. 속옷만 걸친 채 작은 가슴을 흔들면서 흉측하게, 테드를 흉내 내며 조롱하는 춤을 췄다. 그가 그녀에 대해 혐오하는 모든 것과 스스로에 대해 혐오하는 모든 것이 한데 뒤엉킨 춤.

**"안녕, 나 테드야!"** 레이철이 어깨와 엉덩이를 흔들며 놀려댔다. "날 봐! 난 애나 트래비스의 멍청이 들러리야. 그녀 뒤를 졸졸 따라다니면서, 그녀가 줄곧 내게 얘기한 그대로 다 하면 그녀가 날 좋아하게 만들 수 있을 거라는 희망을 갖고 있지. **날 봐, 날 봐, 날 봐아아아아!"**

자존심이 완전히 으깨져 없어지고 더는 스스로에 대한 무거운 짐을 끌고 다니지 않아도 되는 지점이란 게 있을까? 생각이 교묘하게 일그러진 채 수면 위로 불쑥 기분 나쁘게 모습을 드러내는 이런 순간의 느낌을 일컫는 독일어가 있을 텐데. 붐비는 쇼핑몰에서 거울 앞을 지나다가, 끔찍한 몰골을 한 저 멍청이는 누구지? 왜 저렇게 누가 한 대 치기라도 할 것처럼 몸을 움츠리고 있는 거지? 내가 한 대 치고 싶네. 아 잠깐, 나잖아, 하고 생각하는 순간.

"애나가 널 초대했어?" 레이철이 내뱉듯이 말했다. "멋진 애들의 파티에 나도 같이 초대받은 거야?"

테드는 대답하지 않았다.

"그럼 애나가 초대 **안 한** 거야? 애나는 파티에 갈 거라고만 한 거고 너는 그저 주위에서 꾸물대며 지켜보다가, **애나,** 네가 **대학** 간 뒤에 정말 보고 싶었어. 함께 여기서 도망쳐서 SNL 같은 거 스무 시간 동안 보면서 너한테 팝콘 만들어주고 네 귀에 진한 숨결을 불어넣고 싶어, 하고 말하려고 했던 거야?"

"그래. 그런 셈이지."

"나한테 생각이 있어. 우리 둘이 신시아 크라체프스키 파티에 가는 거야. 좋아! 안 될 게 뭐 있어? 내가 애나한테 전화할게. 엄마끼리 친구라고 했지? 우리가 신시아 파티에 가도 되는지 내가 물어볼게. 분명 그러라고 할 거야. 애나 만나면 재미있겠다. 좋지? 그렇지, 테드?"

"아니, 난 그러고 싶지 않아."

그러나 그들은 정확히 그대로 했다.

2018년의 뉴욕, 테드는 병원 이송용 침대에 등을 대고 누운 채 북적거리는 응급실로 실려 가고 있다. 그는 왼쪽으로도, 오른쪽으로도 고개를 돌릴 수 없어 똑바로 위를 응시한 채 눈이 부셔서 아무것도 안 보이는 상태로 형광등 불빛을 보며 자신이 죽어가는 것인가 생각했다. 말도 안 돼. 그는 속으로 생각했다. 나는 절대 죽어가는 게 아니야. 한 여자가 내게 유리잔을 던졌어. 작은 부상이야. 그런 일로 사람이 죽을 수 있다고 생각하다니 말도 안 돼. 바로 그 순간, 그는 레이철이 비웃으며 말하는 상상을 했다. "사람은 **언제나** 머리 부상으로 죽어, 테드."

테드는 생각했다. 아마 죽지는 않을 거야. 하지만 무섭고, 외롭고, 이러는 거 재미없어.

"저기요." 그가 바싹 마른 갈라진 목소리로 외쳤다. "무슨 일이 벌어지고 있는지 누가 나한테 말 좀 해줄 수 있어요?"

그의 간청에 아무도 대답하지 않았지만 마침내 희뿌연 그림자들이 그를 향해 헤엄치듯 다가왔다. 그들은 무슨 소리인지 뜻도 통하지 않는 언어로 그에게 몇 가지 질문을 했고 그도 마찬가지로 이해할 수 없는 뒤죽박죽한 말로 대답했다. 그에 대한 보상으로 그의 팔에 주삿바늘이 꽂혔고 뒤이어 편안한 행복감이 밀려들었다.

약효가 지속되는 동안 테드의 기억은 기이하면서도 도착적인 사랑스러운 환각과 뒤얽히기 시작했다. 이 환각 속에서 앤절라가 던진 유리잔은 그의 머리에 맞고 튕겨 나간 것이 아니라 산산조각이 났다. 유리 조각 하나가 그의 이마에 박힌 채로 시야 한가운데에 들어온다. 탑처럼 우뚝 솟은 유리 조각이 그를 못 박듯 고정시켰고 환한 빛 속에 무지개 원을 굴절시키고 있다. 그는 유리에 반사된 몹시도 비참한 영광 속의 자신을 볼 수 있었다.

거기 그가 있었다.

거기 그가 **있다.**

뉴저지, 트렌턴, 1998년 마지막 날.

테드와 레이철이 신시아 크라체프스키 집 앞 현관에 서 있다. 레이철은 마치 전투에 나서는 듯한 태세다. 딱 붙는 검은 드레스에 반짝이는 하이힐을 신고 머리는 스프레이를 뿌려 프렌치트위스트*로 단단히 틀어 올렸다. 테드가 현관 벨을 누르고, 가슴을 찌르듯 길게 느껴지는 시간이 흐른 뒤 신시아 크라체프스키가 문을 연다.

"안녕, 나 테드야."

---

* 머리를 뒤로 묶어 원기둥 모양으로 올린 스타일.

레이철이 둘 사이를 비집고 들어온다. "애나가 우리를 초대했어."

신시아가 말한다. "누구?"

"애나 트래비스." 레이철이 말한다.

신시아는 애나 트래비스라는 이름을 들어본 적이 없는 것처럼 어깨를 으쓱해 보인다. 어쩌면 그럴지도 모른다. "어쨌든." 신시아가 말한다. "맥주는 냉장고에 있어."

파티 장소로 들어가자 테드는 애나를 금방 찾아낸다. 그녀는 한쪽 구석에서 라이언 크레이턴과 이야기를 나누고 있다. 레깅스 위에 촌스러운 헐렁한 드레스를 입었고 머리는 어울리지 않는 붉은색으로 염색했다. 레이철과 대조적으로 애나는 조금…… 밋밋해 보인다. 테드가 알고 있던 모습 그대로다. 지치고, 자신을 주체하지 못하고, 슬픈 모습. 테드는 생각한다. 레이철이 애나보다 더 인기를 끄는 것이 가능할까? 아니, 둘 다 똑같이 인기를 끄는 게 가능할까? 그의 세계가 토대부터 흔들리지만 그 순간 애나가 라이언 크레이턴의 이두박근에 손을 얹고 시시덕거린다. 또다시 그녀는 그의 심장을 바닥에 내동댕이친다.

라이언 클레이턴을 바라보는 애나를 테드가 바라보고 이 모습을 레이철이 바라본다. 레이철은 몸이 굳어 테드의 손을 아프도록 꽉 움켜쥔다.

자신을 지켜보는 사람이 있다는 걸 깨달은 애나가 라이언 클레이턴의 팔을 잡고 레이철과 테드 쪽으로 끌고 온다. 별 뜻 없는 가벼운 포옹을 주고받고, **아, 세상에, 정말 오랜만이야**, 같은 말을 서로에게 건넨다. 애나와 레이철이 테드의 사소하지만 민망한 습관들을 놓고 키득거리는 동안("테드가 그러는 거 알고 있었어?") 라이언 크레이턴은 몹시 지루해한다.

테드가 생각한다. **나를 포함해 이 파티에 온 모두가 오늘밤 죽을 수도 있다. 그래도 난 전혀 상관없어.** 그는 술에 많이 취한다.

밤의 축제가 이어지던 어느 지점에선가 현관 벨이 울리고 뒤이어 가볍게 소란이 인다. 애나가 시야에서 사라진다. 테드가 그녀를 뒤따라가려 하지만 레이철이 그의 팔목을 거칠게 움켜쥔다. 마르코 허낸데즈가 잠깐 파티에 왔다가 애나가 있는 것을 보고 그냥 갔다는 얘기가 들려온다. 접근금지 명령이 사실인지 아닌지, 그게 어떻게 지켜지는지 등등 이런저런 이야기가 좀 더 오간다.

자정이 된다.

테드는 레이철과 키스하면서 혀를 밀어 넣고 레이철의 엉덩이를 움켜쥔다. 그러는 동안 그는 뭔가를 즐기면서도 그것에 전혀 관심을 두지 않을 수 있다는 것을 발견한다.

그는 이런 감각, 쾌락을 느끼면서 동시에 그 쾌락에 대해 무심할 수 있는 감각이 그 자체로 아주 기분 좋다는 것을 알게 된다. 그는 자신이 기적적으로 불교도가 된 것인지, 단순히 정신착란을 일으킨 것인지 의아해한다.

마침내 레이철의 목에서 혀를 빼다가 테드는 애나가 둘을 지켜보고 있는 것을 본다. 레이철은 애나가 두 사람을 지켜보는 것을 알고는 우쭐해서 다시 테드에게 키스한다. 테드는 자신이 오줌으로 영역 표시 대상이 되는 풀밭 같다고 또 한 번 느낀다.

애나가 사라졌다가 레이철이 화장실에 가려고 자리를 떴을 때 다시 돌아온다.

"테드, 이야기 좀 할 수 있어?" 그녀가 묻는다.

"물론이지. 무슨 일인데?"

"**조용한** 데로 가자."

애나는 그를 바깥 베란다로 데리고 간다. 얼어붙을 것처럼 춥고 진눈깨비가 조금 날리지만 온몸에 따끈하게 취기가 돌아 전혀 개의치 않는다. 애나가 담배에 불을 붙인다. 회색 물결의 연기를 내뱉고 허벅지를 긁는다. 테드는 그녀가 담배 피우는 모습을 처음 본다.

"네 모습이 믿기지 않아." 마침내 그녀가 말한다. "네가 그랬다는 게."

"내가 뭘 했는데?"

"네 여자친구랑 그런 걸 했잖아. 그녀를 더듬고, 다른 짓도. 바로 내 앞에서."

"응? 뭐라고?"

애나가 앞으로 푹 쓰러지며 말한다. "모르겠어…… 그냥……" 그녀가 잠시 쉬었다 말을 잇는다. "있잖아, 우린 지난 몇 주 동안 이번 모임이 나를 얼마나 힘들게 할지, 모두를 만나게 되면 어떻게 될지 너무 걱정된다고 이야기해왔어. 넌 내가 여기 오고 싶어하지 않는다는 걸 알면서도 네 여자친구랑 여기 오기로 결정했고, 그래서 나도 와야 했어. 그러고는 마르코가 나타났고 그건 나한테 정말 상처였어. 내가 너한테 가서 힘을 얻으려고 했을 때 넌 구석에서 레이철 더윈핑클이랑 서로 더듬고 있더라. 그건…… 널 잃고 나니 우리 관계가 예전 같지 않은 것 같아. 네가 그리워, 테드."

애나의 눈에 눈물이 고인다. 테드는 그녀가 그토록 낙담하는 모습을 본 적이 없다. 애나는 자주 몹시 슬퍼 보인다.

"왜 아무 이야기도 안 해?" 애나가 코를 훌쩍이며 묻는다.

"그게…… 뭐라고 해야 할지 모르겠어." 그가 어색하게 두 팔로 그녀를 안는다. "애나, 나 여기 있어. 네 곁에. 너도 알잖아."

"알아." 애나가 그의 어깨에 머리를 기댄다. 잠시 동안 그 좋았던 밤이 떠오른다. 장작불이 있던 밤, 짧은 시간 멍에를 내려놓고 돌고 도는 순환, 마르코는 애나에게, 애나는 테드에게, 테드는 레이철에게 상처 주는, 질투하고 해치는 끝없는 순환에서 자유로웠던 밤.

애나가 눈물 흘리며 말한다. "거지 같은 녀석들을 쫓아 다니는 게 너무 지겨워. 내가 신뢰할 수 있는 사람이랑 함께하고 싶어. **좋은 사람**이랑 함께하고 싶어."

그런 애나가 있다. 빛을 발하는 애나, 아름다운 애나. 보조개와 매끄러운 피부, 코에는 주근깨, 머리카락이 아주 예쁜 애나. 냄새로 그를 매혹시키고, 다른 모든 여자가 있는데도 그를 엉망으로 만들었던. 그가 목숨을 바칠 수도 있는 애나. 세상에서 가장 완벽한 여자, 애나.

애나가 그에게 키스한다.

애나, **좋은 사람이 될게.** 테드는 그녀를 포옹하며 생각한다. **남은 평생 너를 위해 좋은 사람이 될게.**

그 전에 우선 레이철과 헤어질 수 있게 잠깐만 시간을 줘.


애나가 현관에서 기다리는 동안 테드는 안으로 다시 들어가 레이철에게 떠나겠다고 말한다. "애나 때문이야."

테드가 말한다. "그녀가…… 우린……"

그는 문장을 끝맺지 못한다. 그럴 필요가 없다. 그를 바라보는 레이철의 표정이 마음 깊이 파고든다. 그의 안에 누더기가 되어 있는 엉망진창의 영혼 속으로 깊이.

당연히 고함이 터져 나온다.

울음소리도 난다.

맥주를 던진다. (잔은 말고 액체만.)

그러나 이 모든 것이 끝나자 테드는 애나와 함께 자리를 뜬다. 레이철 더윈펑클과 함께 왔다가 애나 트래비스와 함께 간다. 천국이 있다면 이런 느낌일 것이다. 그는 영원토록 그 느낌을 간직하며 살아갈 수 있을 것이다. 그의 전 인생에서 가장 멋지고 가장 의기양양했던 순간이다.


20년 뒤 병원 이송용 침대에 누워 생각해보니, 거기서부터 모든게 내리막이었다고 인정하지 않을 수 없었다.


테드는 1999년 3월 13일에 애나 트래비스의 기숙사 방 이층 침대에서 그녀에게 동정을 잃는다. 3개월 반 동안 장거리 연애를 하고 난 후다. 두 사람 모두에게 놀랍게도 그는 발기 상태를 유지하는 데 어려움을 겪는다. 그는 절대로 털어놓지 않았지만 그 이유는 애나 얼굴에 나타난 표정 때문이다. 그저 충실하게 의무를 다하는 것 같은, 약을 먹고 있는 것 같은, 혹은 채소를 먹고 있는 것 같은 표정. **으음, 내 삶은 완전히 엉망이 되었으니 차라리 테드와 섹스하자.** 그렇게 생각하는 것 같다.

아니, 그건 공평하지 않다. 애나는 그를 사랑하기 때문에 그와 섹스하고 있다. 데이트를 시작한 이후 그녀는 그에게 사랑한다고 수십 번 말했다. 그녀가 섹스하는 건 그를 사랑하기 **때문**이며 그가 그녀를 사랑하기 **때문**이다. 섹스는 이렇게 공평하게 주고받는 관계의 정상적인 일부다. 애나가 그를 사랑하는 건 그가 '좋은 사람'이기 때문이다. 그러나 그녀가 생각하는 '좋은 사람'은 '안전하다'는 의미다. 그리고 그녀가 생각하는 '안전하다'의 의미는 "넌 나를 아주 많이 사랑하니까 절대로 날 아프게 하지 않을 거지?"라는 의미다.

애나는 테드를 사랑하지만 그녀 자신이 고통스러울 정도로 그를 원하지는 않는다. 자신도 어쩌지 못할 만큼 절실하게 그를 원하지는 않는다. 그런데 알고 보니 테드는 그녀가 자신을 그렇게 원해주기를 늘 바랐다. 그가 늘 여자들을 원했던 방식대로. 애나가 마르코를, 그가 애나를 원했던 방식대로. 그리고 (돌아보니 그랬던 것처럼 보인 것이지만) 레이철이 그를 원했던 방식대로.

이런 고통스러운 갈망이 없는 상태에서 테드는 성기가 딱딱해지는 데 어려움을 겪는다. 처음에는 마음속으로 "테드, 너 지금 애나 트래비스와 섹스하고 있어!"라고 외치는 방법으로 발기가 시들해지는 문제를 해결해보려 한다. 그러나 잘 되지 않는다. 결국 그의 성기를 우뚝 서게 하는 방법은 레이철을 생각하는 거였다. 그가 애나 트래비스와 섹스하고 있는 것을 레이철이 알면 얼마나 질투를 하고 분통을 터뜨릴지 생각한다. 레이철, 나를 봐! 그는 의기양양하게 생각하며 절정에 이른다.

빌어먹을 난잡한 년, 멍청한 년, 빌어먹을 음탕한 년.

테드는 이후 1년 반 동안 애나와 장거리 연애를 한다. 첫해에는 씩씩하게 헤쳐나가며 잘해내지만 그 후 6개월은 애나 몰래 바람을 피운다. 첫 상대는 대학 기숙사 같은 층에 있는 여자였고, 두 번째 여자가 그다음을 이어 결국 이후에 생긴 일련의 여자친구로 이어지게 된다. 이 두 여자 사이에도 그녀들이 추수감사절 휴가 때 집에 가 있는 동안 레이철 더윈펭클을 만나 애나 몰래 바람을 피운다. 레이철과 섹스하는 내내 애나가 그의 얼굴 앞에서 천사의 날개를 퍼덕이며 빙빙 맴돈다. 나는 정말 아름답고 완벽해. 그녀가 한숨 쉬며 말한다. 어떻게 넌 레이철 더윈펭

클과 이런 괴상하고 소름 돋는 섹스 하는 걸 더 좋아할 수 있어? 너 정말 이런 사람이야?

나이가 들어갈수록 비록 무의식적이기는 하지만 테드는 맨 처음 애나에게 사용했던 방법, 그의 비밀스러운 유혹 수법을 보다 정교하게 다듬어간다. 내용은 이러하다. 당신의 마음을 미끼처럼 그녀들 앞에 갖다놓는다. 쉽게 잡힐 것처럼 가장하면서도 언제나 손이 닿는 범위를 살짝 벗어나 있다. 여기 봐, 나야, 내가 여기 있어, 난 그저 물정 모르는 나이 든 테드야. 너는 나보다 훨씬 좋아 보여, 훨씬 멋져 보여, 너는 정말 대단해, 너는 정말 똑똑해, 너는 최고야. 너랑 함께하면, 너를 위해 지금까지 이제껏 만난 누구보다 멋진 남자친구가 될 거야.

불쌍한 테드, 키 작고 물정 모르는 테드, 여자 킬러 테드, 천 개의 작은 갈고리를 이용해 여자의 바짓단에 달라붙는 가시들처럼 여자의 자존심을 붙든다. 그저 미소 짓고 몇 가지 자기비하의 말을 입에 올리기만 하면 여자들은 속으로 그가 정말 "다정하고", "똑똑하고", "재미있다"고 말하기 시작한다. 그녀들은 자기 자신에게 그를 받아들이라고 강력하게 주장하고 딱 한 번만 만나주라고 말한다. 그녀들은 그에게 기회를 주면서 스스로를 자랑스러

위한다.

나이가 들수록 테드의 주가는 높아진다. 더 이상 마르코 같은 남자를 끝없이 쫓아다니고 싶어하지 않는 여자가 점점 늘어나고 그녀들은 테드 같은 남자의 품에 안긴다.

테드는 다른 남자들이 이처럼 새롭게 역전된 힘의 관계를 자축하는 이야기를 듣는다. 삼십 대에 들어서면 남자들은 데이트 상대를 구하기가 훨씬 쉬워진다. 이 시장에 진심으로 참여하는, 다시 말해 그들의 애나의 눈을 들여다보며 거기 비친 진실 같은 것은 개의치 않는 남자들도 있겠지만…… 테드는 그렇지 않았다. 테드는 애나의 눈에서 본 것을 역시 새리나의 눈에서도, 멜리사의 눈에서도, 대니엘의 눈에서도, 베스의 눈에서도, 아예렛의 눈에서도, 마거릿의 눈에서도, 플로라의 눈에서도, 제니퍼의 눈에서도, 재클린의 눈에서도, 마리아의 눈에서도, 태나의 눈에서도, 리애너의 눈에서도, 앤절라의 눈에서도 본다. 그 지친 모습, 기꺼이 포기하려는 그 모습을. 그는 '좋은 남자'를 받아들이게 된 그녀들이 얼마나 우쭐해하는지 그들의 눈에서 본다. 그들이 생각하는 '좋은 남자'란 그 남자에 비해 자신이 너무 좋은 여자라고 마음속으로 은밀히 생각할 수 있는 그런 남자다. 그는 그녀들이 스스로에 대해 안전하다고 느끼는 것을 그녀들 눈에서 확인한다.

그는 이런 여자들과 섹스하는 데에서 일종의 쾌락을 얻지만 이는 혐오와 뒤섞여 있으며, 그녀들뿐 아니라 그 자신까지 모두에 대한 혐오다. 그는 판타지 속에서 복수를 하며 그의 판타지는 점점 정교해져 마침내 그 속에 날카로운 칼과 철저한 절망까지 등장한다. 아이들이 장난하며 노는 놀이 같다. **왜 네가 네 몸을 때리고 있어? 이제 그만 때려!** 다만 이 경우에는 이렇게 바뀐다. **내 성기로 네 몸 찔러대는 거 그만둬!**

그가 만나는 여자들은 물론 결국에 가서는 모두 그에게 달려든다. 그와 함께함으로써 자신에게 타협했다고 느낄수록 그가 뒤로 물러나기 시작할 때 더욱더 열정적으로 그를 쫓는다. 그를 순수한 자기 징벌의 도구로 삼는 것이다. 나한테 무슨 문제가 있다고 이런 **빌어먹을 루저놈**도 내가 원하는 것을 주지 않으려 하는 거야? 그녀들은 그에게서 자신이 바로잡아주어야 하는 온갖 종류의 문제를 발견한다. 그가 "자기감정을 들여다보지" 않는다는 둥, 그가 "완전히 빠져들기를 두려워한다"는 둥. 그러면서도 그가 그 모든 것 아래 마음 깊숙한 어딘가에서 그녀들과 함께하기를 원한다고 믿는 기본 전제에 대해서는 결코 의심하지 않는다. 앤절라는 그에게 유리잔을 던지기 전에 이렇게 말했으면 좋았을 것이다. 당연히 넌 내게 마음이 있어, 인정해, 제기랄!

나야 나.

너는 테드고.

2018년, 테드는 오랫동안 애나와 레이철 둘 다 만나지 못했지만 페이스북 친구를 맺고 있다. 레이철은 결혼했고 소아과 의사이며 네 아이의 엄마다. 애나는 시애틀에서 싱글맘으로 살고 있다. 지금은 괜찮아 보이지만 한동안 힘든 시절을 겪었다. 테드는 그녀가 일종의 약물중독 갱생 프로그램을 다녔을 것이라고 추측한다. 그가 보기에는 그녀보다 못한 수준의 고무적인 인용구들을 올려놓고 있다. **내가 바람의 방향을 바꾸지는 못할지라도 내 돛을 조정해 언제든 내 목적지에 닿을 수 있다**는 글도 있고, **가장 어두운 순간에 우리는 빛을 보려 노력해야 한다**는 글도 있다.

지금 그는 이송용 침대에 누워 애나를 생각한다. 실은 그녀를 보고 있다. 그녀가 합창 소리와 함께 날개를 퍼덕이며 무지개를 뚫고 그에게로 오고 있다.

몇 시지? 며칠이지? 몇 년이지? 애나가 여기 있지만 혼자가 아니다. 심판위원회의 모든 여자들이 함께 있다. 그녀들이 여기, 그의 침대 옆에서 그에 관해 소곤거리고, 그를 자세히 관찰하고, 늘 해오던 대로 그를 심판한다. 그녀들은 뭔가에 대해 의견 차이를 보이며 싸우고 있고, 그는 이 모든 것 한가운데 오해가 있다고, 뭔가 근본적인 혼동이 있다고 느낀다. 그가 이것을 정리할 수 있을 텐데, 이마에 박혀 있는 거대한 유리 조각만 없다면, 입안에 피가 더 고이지만 않는다면.

난 아무도 아프게 하고 싶지 않았어. 그는 그녀들에게 그렇게 말하려 애쓴다. 그저 나를 봐주고 내 모습 그대로 사랑해주길 바란 것뿐이야. 문제는 모두 다 착각이었다는 거지. 나는 좋은 사람인 척 가장했고 이후에는 멈출 수가 없었어.

아니, 잠깐만. 다시 시작하게 해줘. 이건 옳지 않아.

내가 원한 건 단지 사랑받는 거였어. 으음. 흠모의 대상이 되고 싶었어. 다른 모든 것을 제치고 미친 듯이, 고통스럽게 욕망하는 대상이 되고 싶었어. 그게 그렇게 나쁜 거야?

아니, 잠깐만. 그건 절대 내 진심이 아니었어.

들어봐, 들어봐, 설명할 수 있어. 좋은 테드 안에 나쁜 테드가 있어. 그래. 근데 **그보다** 안쪽에는 정말로 좋은 테드가 있지. 하지만 아무도 그 테드를 보지 못해. 그의 평생에 아무도 보지 못했어. 이 모든 것 속에 있는 나는 그저 사랑받는 것 말고는 아무것도 원하지 않았던 꼬마일 뿐이야. 아무리 노력하고 노력하고 노력해도 어떻게 하면 그럴 수 있는지 방법을 모르는.

이봐, 멈춰. 날 내려줘. 당신들에게 뭔가 말하려 하는 중이잖아. 당신 말 좀 그만하고 내 말 좀 들어줘, 제발! 저기 저 불빛 때문에 눈이 아파. 근데 에어컨 좀 켜줄래? 빌어먹을, 이렇게 덥지만 않아도 나에 대해 설명하기가 조금 쉬울 텐데. 저 불꽃이 내 발을 핥고 있는 건가?

난 뭔가 중요한 이야기를 하려는 중이야. 당신들, 날 어디로 데려가는 거야?

내 말 좀 들어줘, 응, 당신들—

난 좋은 남자야. 제기랄. 신에게 맹세한다고.

# 풀장의 소년

## The Boy in the Pool

"한 번 더 보자." 테일러가 말한다. 그녀는 텔레비전에 바싹 다가앉아 있어 캐스는 화면에 크레딧이 올라가는 동안 테일러의 광대뼈에 반사되는 시원한 파스텔 빛을 볼 수 있었다.

"라이트 애즈 어 페더 스티프 애즈 어 보드*를 할 줄 알았는데." 리지가 불평하지만 테일러는 이미 비디오플레이어 쪽으로 기어가고 있다. 캐스는 리지 역시 테일러만큼이나 이 영화를 좋아하지만 쑥스러워서 드러내지 않는 건 아닌지 의심한다. 한편 테일러는 전혀 쑥스러워하지 않는다. "너희는 어느 부분이 좋았어?"

---

\* Light as a Feather, Stiff as a Board(깃털처럼 가볍고 판자처럼 뻣뻣하다). 아이들이 파자마 파티 때 주로 하는 일종의 공중부양 게임으로, 여러 명이 한 명을 가운데 두고 둘러앉아 주문을 읊으며 손가락으로 그의 몸을 공중으로 들어 올린다.

"으음, 전부?" 리지가 말한다.

캐스는 옥수수 알갱이가 한 줌 남은 팝콘 그릇을 빙빙 돌려 옥수수에 묻은 소금을 빨아먹으며 시간을 번다. "난 말이야……" 캐스가 말문을 연다. 영화를 보는 동안 테일러가 두 무릎을 모아 움켜쥐고 살짝 흔들며 목의 움푹 팬 부위에 붉은 기운이 퍼지던 대목이 있었다. 캐스는 그 모습에 시선을 빼앗긴 채 꼼짝하지 못했다. "난 그 여자가 소년을 물속에 빠뜨리고 나서 얼마 뒤에 소년이 숨을 쉬려고 물 위로 올라오는 부분이 좋던데……"

리지가 물끄러미 테일러를 응시하는 동안 잠시 아찔한 침묵이 흐르지만 이내 테일러가 키득거려서 캐스는 자신의 짐작이 맞았다고 생각한다. "아, 맙소사! 맞아. 그 애가 여자를 보던 시선 말이지? 누군가 너를 그런 시선으로 바라본다고 상상해봐. 가령 에릭 해링턴이나 아니면……" 테일러의 시선이 힐끗 리지를 향한다. "아니면 커티스 씨 말이야. 리지, 커티스 씨가 너를 그런 식으로 바라본다고 상상해봐."

"그만해." 리지가 테일러한테 베개를 던지며 말한다. 테일러가 웃으면서 베개를 툭 쳐내더니 갑자기 쓰러져 캐스의 무릎에 머리를 기댄다. "봐, 저 부분도 좋아." 테일러가 텔레비전 쪽으로 손을 흔든다. 십 대 소년이 화면을 가로질러 역방향으로 접영을 하고 있다. "그냥 여기부터 보자."

캐스가 텔레비전에 가장 가까이 있었다. 그녀가 자세를 바꾸면 테일러도 같이 움직여야 할 것이다. 그래서 리지가 영화를 어디서부터 시작할지 기다려보다가 자세를 바꾼다.

화면 속 소년은 속옷만 입은 채 수영하고 있고, 길고 날카로운 손톱과 입술에 똑같은 빨간색을 칠한 여자가 이를 지켜보고 있다. 테일러는 만족한 듯 숨을 길게 내쉬며 캐스에게 기댄다. 여자가 그늘에서 나와 수심이 깊은 쪽에 발끝을 살짝 담그고는 미끼처럼 까딱까딱 흔든다. 캐스는 두 손을 어떻게 해야 할지 모르겠다. 소년이 여자 쪽으로 헤엄쳐 가서 뭐라고 말하지만, 테일러의 엄마 때문에 텔레비전 소리를 낮춘 상태라 캐스에게는 들리지 않는다. 여자는 소년에게 집적거리고, 자기 쪽으로 가까이 오게 했다가 멀리 밀어내면서 장난을 치고 있다. 캐스는 한 손을 바닥에 놓고 다른 손은 자기 다리에 놓기로 한다. 소년이 여자의 발을 두 손으로 부드럽게 감싸더니 페디큐어를 칠한 발끝에 입을 맞춘다. 리지가 코웃음을 친다. "말도 안 돼. 누가 지저분한 발에 키스를 해?" 여자는 맨살을 드러낸 소년의 어깨에 한 발을 얹더니 소년을 물속으로 밀어버린다. 아주, 아주 부드럽게 캐스가 테일러의 머리를 쓰다듬는다. 소년은 수면으로 올라와 헉 하고 숨을 내뱉고, 여자는 소년을 다시 물속으로 밀어 넣는다. 소년이 발길질을 하고 허우적거리며 여자의 종아리를 두 손으로 잡는다. 소년은 리버 피닉스를 살짝 닮았고, 리어나도 디캐프리오도 살짝 닮았다. 그 부드럽고 상처받은 눈. 캐스가 테일러의 관자놀이 부근 머리카락을 손가락으로 더듬자, 손길 아래서 머리카락이 쭈뼛 서며 까칠거린다. 여자가 소년을 놓아주자 소년이 물 위로 올라온다. 그의 눈썹에도, 짙은 깃털 같은 머리카락에도 물방울이 매달려 있다. 소년이 눈을 뜨고 여자를 바라본다. 캐스는 테일러가 이 시선을 좋아한다는 것을 안다. **"당신이 무엇을 하든 허락할게요"**라고 말하는 듯한 시선. 테일러가 긴장하고 쾌락에 몸을 떨자 캐스의 척추를 타고 찌르르 불꽃같은 감각이 흐른다. 여자가 웃으며 소년에게 키스하고 스르르 그의 어깨에 기댄다. 소년이 여자의 허벅지 사이에 얼굴을 묻는다.

그날 밤 라이트 애즈 어 페더 스티프 애즈 어 보드를 할 때 캐스와 리지가 계속 테일러를 들어 올렸고, 테일러는 무게가 없는 듯이 기적적으로 0.5초 동안 공중에 떠

있다가 아래로 떨어진다. 그들은 매시 놀이*로 미래의 남편 이름을 알아보고, 리지가 곯아떨어지자 캐스와 테일러가 따뜻한 물이 가득 담긴 잔에 리지의 손을 넣어 놀래려고 시도하지만 잘 되지 않는다.

이 영화는 이후 몇 주 동안 그들의 파자마 파티에서 빠지지 않았지만 테일러의 엄마가 비디오테이프를 발견하고 빼앗아 간 뒤로 영화는 〈캔디맨〉으로 바뀌었다. 테일러는 한 달 정도 그 영화에 집착하더니 캐스와 리지가 도저히 참고 볼 수 없는 그레타 조겐슨이랑 난데없이 어울려 다니기 시작했다. 이 일로 몇 주 동안 싸움이 벌어졌고 다시 친구 사이가 되었을 무렵에는 파자마 파티가 오래 전 일같이 느껴졌다.

그럼에도 10학년 무렵 테일러가 왜 제이슨 매콜리프와 사귀는지 캐스에게 설명하려고 하던 중에 "제이슨이 나를 보는 눈길이 좋아"라고 말했을 때 캐스는 풀장의 소년을 기억해낸다. 풀장의 소년은 너의 발에 입을 맞추고 그것을 감사히 여기는 소년이며, **너** 때문에 아파하는 소년이며, 너 때문에 아파할 소년이라고 캐스는 판단한다. 그녀는 왜 테일러가 고등학교 시절의 대부분을 폐인이나

---

* MASH, 여러 명이 함께 연필을 잡고 종이 위에 올려놓은 뒤 눈을 감고 미래를 점치는 놀이.

우울증, 알코올의존증 환자과 연달아 사귀며 보냈는지, 그리하여 파티에 가면 전혀 모르는 낯선 사람들이 캐스에게, 얼굴도 예쁘고 인기 많고 성적도 상위권인 그녀의 친한 친구가 그 남자('그 남자'는 슬픔에 젖은 쓸모없는 한 다스의 남자 중 한 명을 가리킨다)의 대체 뭘 보고 그러는지 묻곤 했을 때 이 개념을 적용해 스스로에게 그 이유를 설명했다.

캐스는 고등학교 졸업반 때 특별한 계기 없이 커밍아웃하며 곧이어 최초의 진짜 여자친구를 사랑하는 데 온 감정을 쏟느라 테일러에 대해 곰곰이 생각하며 보내던 그 모든 시간을 쉽게 잊는다. 아니, 잊은 게 아니라 사춘기의 진한 우정일 뿐이었다고 약간 다르게 기억하며, 어느 정도는 정확히 그랬다. 그 열병이 지나간 뒤에도 캐스에겐 테일러를 자세히 관찰하며 모든 신호를 읽고 해석하려 안간힘을 쓰는 습관이 남았다.

어느 날 밤 둘이 몹시 취했을 때 테일러가 또 한 번의 이별 때문에 눈물을 흘리면서 병적인 증상을 보이자 캐스가 말한다. "넌 정말 구제불능이야. 내가 그렇게 오래 너 같은 애한테 빠져 있었다니."

이 말에 충격을 받은 테일러가 울음을 그친다. "날 **좋아**했다고?"

"신경 쓰지 마. 내가 뭔 말을 했든 잊어버려." 캐스가 톡 쏘아 말한다. 두 사람이 정신을 차린 뒤에는 어느 누구도 그 일을 다시 입에 올리지 않는다.

세 사람은 대학 진학으로 뿔뿔이 흩어진다. 테일러는 신입생 환영 주말에 새 남자 개브리얼을 만나 이후 4년 동안 사귀며 캐스와는 서서히 멀어진다. 캐스가 대부분 리지를 통해 전해 들은 개브리얼과 테일러의 관계는 끝없이 이어지는 싸움과 눈물의 화해로 점철된 소모적 관계였다. 서로 할퀴고 생채기를 내며 그런 다음에는 서로의 상처를 보살펴준다. 그러다 그들 삶에서 처음으로 테일러가 열정 때문에 삶의 궤도에서 벗어나는 위험 수준까지 이른다. 대학교 졸업반 때 개브리얼이 테일러와 헤어져 캘리포니아로 도망친다. 테일러가 휴학을 하고 개브리얼을 쫓아가자 개브리얼은 테일러와 화해하기로 한다. 리지가 테일러를 만나고 와서는 그녀의 상태가 그리 좋지 않다고 알린다. 테일러의 몸무게가 9킬로그램이나 줄었지만 어쩌면 로스앤젤레스에서는 이 정도가 표준일지 모르니 그렇다 치고, 이 밖에도 보드카 토닉을 거의 쉬지 않고 마셔대며 눈가에 그늘이 생기고 팔 윗부분에 둥글게 멍 자국이 있다고 알린다.

"너는 우리가, 뭐랄까, 개입을 시작해야 한다고 생각하니?" 리지가 캐스에게 묻지만, 캐스는 관여하고 싶지 않다며 거절한다.

"걔가 원하는 게 있는 거지." 캐스가 말한다.

우리 모두 그렇지 않은가?

10년 뒤, 캐스와 리지는 브루클린에 살고 있다. 리지는 비영리 교육 관련 일을 하고 캐스는 계약법 전문 변호사다. 캐스는 여러 남자와 여러 여자를 사귄 반면 리지는 연애 문제에서는 반어적이고 자기비하적일 만큼 운이 따르지 않는다. 테일러는 여전히 캘리포니아에 있다. 개브리얼과의 관계는 결국 끝났지만 그 전에 부정不貞과 자살 시도와 경찰의 개입이 있었다. 리지는 캐스보다 세부 사항을 더 많이 알고 있다. 이따금 셋은 스카이프로 통화를 하는데, 캐스와 테일러가 대화의 대부분을 주도하고 아무것도 변한 것이 없는 것처럼 짧은 시간에 폭풍수다를 떤다. 그러나 이러한 통화를 계획하고 준비하는 쪽은 항상 리지이며 그녀가 너무 바빠 여의치 않을 때 캐스와 테일러는 몇 달 넘게 전혀 이야기를 나누지 않았다.

개브리얼에게서 자유로워진 테일러는 아주 많이 좋아진 것 같다. 여러 번 직장을 옮겼고 새로운 치료사를 찾았으며 학위를 마쳤다. 그리고 리지가 전해준 바로는 누군가를 사귀기 시작했으며 라이언이라는 이름의 이 남자는 프로듀서나 그 비슷한 것으로, 그녀에게 정말 잘해준다고 한다. "정말 잘됐다!" 어느 날 밤 스카이프 통화에서 테일러가 라이언과 약혼했다고 알리자 리지가 소리친다. "이제껏 내가 들은 것 중 가장 좋은 소식이야!"

소파 옆자리에 앉아 있던 캐스는 영혼이 어딘가 아주 멀리 나갔다가 갑자기 몸속으로 휙 돌아온 것처럼 어지러운 혼란의 순간을 경험한다. **라이언?** 그녀가 생각한다. **대체 뭔 놈이야?** 이윽고 그녀는 정신을 차린 뒤 최선을 다해 리지의 열광적인 어투를 따라 하려고 애쓰며 축하 인사를 건넨다.

"당연히 너희가 결혼식에 와줬으면 해." 테일러가 말한다.

캐스가 고개를 끄덕이고 리지가 말한다. "세상 무슨 일이 있어도 우리가 거기에 안 갈 순 없지." 그러나 대화가 결혼 장소와 구두와 드레스 쪽으로 옮겨 가면서 캐스는 테일러가 그들에게 하고 싶은 말이 있는데도 도저히 자기 입으로 말하기 힘든 것처럼 어딘가 불편해하는 것을 어렴풋이 알아차린다. 다음 날 아침 캐스와 리지가 브런치를 먹고 있을 때 캐스의 전화로 문자메시지 한 통이 오면서 그 이유는 분명해진다.

캐스의 얼굴이 너무 심하게 일그러져서 리지가 에그 베네딕트를 포크 가득 얹어 입으로 가져가다 말고 멈칫한다. "무슨 일이야?" 리지가 다그쳐 묻고 캐스가 바로 대답하지 않자 다시 묻는다. "뭐가 잘못된 건데?"

캐스가 전화기를 리지 쪽으로 돌려 문자메시지를 보여준다.

리지의 눈썹이 한가운데로 모인다. "오."

"진심으로 하는 말일까?" 캐스가 묻는다. "난 이 남자를 만나본 적도 없어. 걔는 로스앤젤레스에 친구도 하나 없니?"

"와우, 무슨 뚱딴지같은 소리를 하는 거야? 어림도 없는 소리를."

캐스가 말한다. "지금까지 줄곧 걔를 보러 간 사람은 너잖아. 우리 중 한 사람한테 신부 들러리를 부탁할 생각이면 너한테 말했어야지."

"그런데, 나한테 안 했잖아. 그러니까."

"그러니까 난 안 하고 싶어."

"네가 해야지." 리지는 말하지만 캐스는 그렇게 생각하지 않는다. 그날 밤 캐스는 맥주를 석 잔 연거푸 들이켜고 테일러에게 전화를 건다. "들어봐……" 캐스가 말문을 열더니 이내 감상적이고 자기 잇속만 차리는 긴 독백을 두서없이 늘어놓는다. "난 늘 결혼에 대해 정말 복잡한 감정을 갖고 있었어…… 그런 건 정말 내가 할 수가 없지…… 당장은 뭐랄까, 돈도 빠듯하고…… 6월은 나한테 가장 바쁜 시기고…… 리지는 안 그런 척하지만 걔가 상처받을까 봐 걱정돼……"

테일러는 꿋꿋하게 들으면서 간간히 "으응" "그렇지" 같은 대답만 한다. 20분이 되었을 무렵 둘은 리지가 들러리를, 캐스가 '명예' 들러리를 서는 걸로 하고 자세한 사항은 추후 결정하자고 의견 일치를 보았다.

"결혼 관련 산업은 본질적으로 자본주의적이고 반페미니즘적이야. 난 지지하지 않아." 캐스가 다음에 리지를 만나 술을 마실 때 말한다.

"달리 설명하면 네가 인정머리 없는 년이라는 거지."

"나는 시 같은 걸 읽을 거야." 캐스가 말한다. 그러나 그녀는 그렇게 쉽게 빠져나오지 못한다. 며칠 후 리지는 캐스에게 처녀파티 계획을 맡아서 세워야 한다고 알린다.

"그럼, 티아라랑 성기 모양 빨대 같은 걸 준비해야 하는 거야?"

"아니. 티아라랑 성기 모양 빨대는 **빼고**. 부탁이 있는데, 2초만 머리를 굴려서 걔가 좋아할 만한 걸 생각해내려고 애써봐."

캐스는 정말로 그렇게 한다. 그녀 자신도 놀랄 만큼 힘껏 애를 쓴다. 웨딩파티에 올 여자들에게 이메일을 보내 혹시 채식주의자인지, 종교가 있는지, 임신을 했는지 물어보고 모든 사람의 선호와 선택 가능성을 조정하기 위해 스프레드시트를 작성한다. 그녀는 여러 가능성을 정리해 세 가지 확실한 선택으로 줄인 뒤 투표에 부친다. 결과가 나오자 그녀는 리지에게 전화를 걸어 시에라 산맥의 오두막에서 처녀파티 주말을 보낼 거라고 알린다. "해냈네!" 오두막의 웹사이트에 들어가 커다란 벽난로며 여러 명이 들어갈 수 있는 노천 욕조며 멋진 전망을 확인한 리지가 감탄하며 소리친다.

캐스는 임무를 훌륭하게 마무리한 자신이 자랑스럽다. 그녀는 테일러와 단둘이서만 두 차례 대화했다. 그러면서 라이언에 관해 더 많이 알게 된다. 어디 출신인지(콜로라도), 테일러와 어떻게 만났는지(이하모니*), 테일러는 그의 어떤 점을 가장 좋아하는지(한결같은 모습, 정직함, 환경 문제에 대한 관심, 엄마와 가깝게 지내면서도 **지나칠 정도로** 가깝지는 않은 관계) 등등. 어쩌면 이런 대화를 통해 둘의 우정은 적당히 거리를 유지한 채 과거의 상처를 마침내 치유하고 또

---

\* eharmony, 미국 최대의 커플 매칭 기업.

다시 꽃피울 수 있는 2막을 맞이할지도 모른다.

그런데 골치 아픈 일이 벌어진다. 리지가 캐스 집 소파에서 두 무릎을 감싸고 앉아 와인을 마시며 말한다. "그런데 문제가 한 가지 있어. 테일러는 멋쩍어서 너한테 말을 못하는 모양인데, 처녀파티 계획을 바꾸고 싶은가 봐."

"뭐라고? 오두막이 마음에 안 든대?"

"아니, 정확히 말하면 오두막은 마음에 들어했어. 그런데 라이언이 자기 친구들이랑 라스베이거스에 가기로 했고, 거기서 도박도 하고 필름이 끊어지도록 술도 마시고 스트리퍼도 부를 건가 봐. 그래서 테일러는 산에서 보내는 주말이 그에 비해 약하다고 느낀 거지."

"스트리퍼? 라이언은 뭐랄까, 성실남 부류인 줄 알았는데?"

"그렇지. 성격이랑 안 어울리게 노는 거지. 내 생각엔 그래서 걔가 당황한 것 같아."

캐스의 몸이 떨린다. "그래서, 이제 어떡해?"

"걔는 그저 좀 더…… 센 걸 원하는 거야. 남자들이 응당 벌이는 총각파티 같은 거. 걔로서도 정착하기 전에 즐길 수 있는 마지막 기회니까."

"그 남자랑 결혼한다고 즐기는 것도 끝이라고 생각한다면 결혼하지 말아야 할 거야." 캐스가 말한다.

"너무 극단적으로 가지 마. 다른 계획을 짜볼 수 있을까? 안 되겠어?"

"걔가 좋아할 만한 게 생각나질 않아."

"그냥 생각해봐. 할 거지? 걔한테는 정말 필요한 거야. 친구가 되어줘."

캐스는 100가지 아이디어를 떠올리며 애써보지만 모두 만족스럽지 않다. 친구들을 데리고 라스베이거스에 가는 남자에 맞먹는 여자들의 파티는 무엇일까? 취기가 도는 여자들이 소리를 지르면서 근사하고 섹시한 남자의 끈팬티에 돈을 찔러준다? 그건 센 거라고 할 수 없고 섹시하지도, 일탈적이지도 않으며 그저 장난일 뿐이다. 경찰관 복장을 한 녀석이 문을 두드리고 들어와 팬티를 벗는 건? 너무 열심히 생각하다 보니 캐스는 화가 난다. 그녀가 이제껏 만나본 어느 누구보다 뜨겁게 **원하는** 열정적인 여자 테일러는 욕망의 모욕적 패러디 이상의 뭔가를 누릴 자격이 있다. 그런데 테일러가 원하는 게 뭘까?

저기, 리즈, 테일러한테 쓸 비용에 여유 좀 있니?

몰라, 되지 않을까? 왜?

테일러한테 줄 깜짝 선물에 내가 돈을 좀 더 쓴다면 너도 그럴 수 있어?

**물론. 될 거야. 뭔 계획인데?**

**아하하하, 아직은 말해주고 싶지 않아. 모험 삼아 한번 해보는 건데, 좀 정신 나간 짓이야. 하게 되면 알게 될 거야.**

첫 번째 난관은 캐스가 영화 제목조차 기억하지 못한다는 거였다. 테일러가 다른 뭔가를 녹화하려다가 우연히 케이블방송에서 녹화한 영화였다. 시간 설정을 잘못해놓는 바람에 그들 중 아무도 들어본 적 없는 그 지저분한 소프트코어 공포영화를 녹화하게 된 것이다. 열두 살 나이에도 형편없는 영화라는 걸 알 수 있었고, 테일러가 거기 나온 소년에게 열광하지 않았으면 민망해서 차마 끝까지 보지도 못했을 것이다.

그리고 소년. 테일러는 그의 이름을 알았을까? 한때는 그랬겠지. 한 음절이었는데. 그녀가 생각한다. 챗 아니면 닉 아니면 브래드. 그리고 당시 많은 배우들이 그랬던 것처럼 미들네임이 있었던 것 같아. 챗 마이클 니커슨. 닉 브래들리 채더슨. 브래드 챗 데이드슨.

아니, 오래전 일이야.

그래. 그럼 영화에서 무슨 일이 벌어졌지? 으음, 섹스 장면이 있었어. 풀장에서. 십 대 소년 챗-브래드-아무개가 연상의 여자랑. 여자는 나중에 알고 보니 일종의 뱀파이어였지. 캐스는 그 장면을 거의 컷 단위로 기억할 수 있다. 놀랄 일도 아니지만 "영화 섹스 풀장 여자 뱀파이어"라고 구글 검색을 해도 나오는 게 없다. 거기에 "90년대" 혹은 채널 이름인 "시네맥스"를 넣어도 마찬가지고, "오럴섹스"도 소용없다. 그거 말고 뭐가 있었지? 그녀는 기억해내려고 안간힘을 쓴다. 뭐더라…… 무덤 파는 장면도 있지 않았을까? 부활은? 소년이 여자와 함께 관 속에 들어가 여자의 가슴에 기댄 채 누워 있던 장면이 떠오른다. 칼 같은 게 있었어. 맞아, 칼을 숨겨야 했어. 아니, 그건 다른 영화였나? 그럴 리 없다고 느끼지만 아닐 수도 있다. 밑져야 본전이다. 세부적인 것 하나만 있으면 된다. 뭔가 검색할 거리. 딱 하나만.

새벽 3시 무렵, 다른 장면이 하나 떠오른다. 여자와 또 다른 남자와 소년. 이 무렵 셋 모두 뱀파이어가 되어 침대에 나란히 누운 채 서로의 피를 마시고 있었다. 열두 살 나이에 빌어먹을 이 영화가 뭔 **대수**라고, 셋은 둘러앉아 키득거리고 팝콘을 먹으면서 영화를 보았다. 그 남자는 아마 여자의 남편이었거나 뱀파이어 마스터이거나 뱀파이어를 만들어내는 사람이었을 것이다. 그 남자가 소년에게…… 상처 자국을 남겼는데, 문신이었나? 캐스는 등을 대고 누워 있던 소년과 이 소년에게 다가오던 여자와 남자, 그리고 둘이 소년의 몸에 뭐라고 썼던 기억이 난다.

그게, 그게…… 기억나지 않는다.

그러나 **거의** 기억해내는 수준까지 간다. 테일러는 영화를 본 다음 주 수업 시간에 이 문구를 공책에 적어 넣었다. 심장, 피가 뚝뚝 떨어지는 칼, 그리고 한 문장. 사랑에 관한 것이었다. 테일러는 깜박 잊고 이 공책을 캐스 집에 두고 갔고, 캐스는 공책을 끝내 돌려주지 않은 채 열 번 넘게 그 글을 읽으며 손가락으로 테일러의 몽상을 더듬었다. 그래서 기억한다.

**사랑은—**

**사랑은—**

캐스의 기억이 오래된 레코드판처럼 계속 한자리에서 튄다.

**사랑은, 사랑은.**

조금 앞으로, 다시 시작—

**사랑—**

**사랑—**

**사랑은 품는다—**

**사랑은 낳는다—**

그러고는 아주 큰 차이가 있는데도 될 대로 되라는 심정으로 한번 질러본다.

**사랑은 괴물을 낳는다.**

그거다.

그거면 됐다.

IMDb 영화 정보 사이트에서 찾은 내용이다.

제러드 니컬러스 톰슨은 배우, 작가, 프로듀서이다. 영화 〈블러드 신스(Blood Sins)〉(1991)에서 이름을 알 수 없는 풀장의 소년으로 등장해 선보인 데뷔 연기로 가장 잘 알려져 있고, 이 영화는 극장에서 상영된 적 없는 비디오 대여점용 공포 영화로 1990년대 초 심야 케이블방송의 단골 영화가 되었다. 그는 〈세이브 미(Save Me)〉(1994), 〈푸싱 더 리미트(Pushing the Limit)〉(1995), 〈페이털 익스포저(Fatal Exposure)〉(2000), 라이프타임의 오리지널 영화 〈시스터스 프라미스(A Sister's Promise)〉(1993)에 출연했다. 10년간 배우 생활의 공백기를 가지면서 이 기간 동안 목수, 직업 댄서, 가정부 일을 했던 제러드는 이후 다시 영화 산업으로 돌아왔고, 이번에는 카메라 뒤에서 시나리오 작가와 프로듀서로 일했다. 최근에 추진하는 프로젝트는 웹시리즈 〈대드존(DadZone)〉(현재 작업 중)으로, 평생 친구이자 공동 작업자인 더그 매킨타이어와 함께 작업한다. 톰슨은 현재 로스앤젤레스에서 아내와 여섯 살배기 아들과 함께 살고 있다.

풀장의 소년은 이제 성인 남자가 되었으며 40세 가까

이 되어 눈가에 주름이 몇 갈래로 부드럽게 잡혀 있다. 그는 트위터 계정과 유튜브 채널을 갖고 있으며, 그를 '제러드'라고 부르며 그의 페이스북 페이지를 꾸준히 찾는 소규모의 열혈 여성 팬들을 보유하고 있다. 이들 대부분은 그의 관심을 끌기 위한 뻔한 노력의 일환으로 그의 최근 프로젝트에 관심을 보이는 척하지만, 실은 풀장의 소년의 팬들인 것으로 보인다. **@jnthompsn의 새 시리즈 #대드존이 나온다니 너무 설레요. #풀장의소년 이후로 팬이 되었어요.** 제러드는 #대드존이 언급된 것에 대해서는 모두 충실하게 리트윗해주는 반면 그의 초기 작품에 대한 보다 야한 언급(**그 시절 #섹시네맥스 @jnthompsn로 찾아낸 것들. 세상에. 아직도 엄청 섹시함!**)은 무시한다. 캐스는 이를 염두에 두면서 첫 메시지를 작성한다.

1990년대 소프트코어공포포르노영화의 이름 없는 배역으로 명성의 최고점을 찍은 배우에게 다가갈 기회는 제한적일 것이다. 캐스는 오후 7시에 그에게 메시지를 보내고 그는 자정이 조금 지나서 답장을 했으며 두 사람은 스카이프 통화 시간을 정한다. 기억보다 훨씬 날카로운 얼굴이 컴퓨터 화면에 나온다. 이전 시대가 보내온 생생한 사절 같다.

제러드는 부드럽고 조금 쉰 목소리에 뜻밖에도 웃음소

리가 높은 톤의 피리 소리 같았다. 나이는 들었지만 섬뜩할 정도로 거의 변하지 않은 모습이다. 창백한 피부, 짙은 머리카락, 확신 없는 커다란 눈. 캐스는 대화의 처음 2분 동안 자신이 왜 전화하게 되었는지 세세한 이야기로 겉돌면서 몰래 그를 떠본다. 풍부한 표정을 보이는 그의 얼굴은 배우로서는 매우 큰 자산이겠지만 협상가로서는 속을 너무 드러내 보인다. 그녀가 찾고 있는 것이 그가 아닐 수도 있다고 넌지시 알렸을 때는 풀이 죽고 그녀가 그를 칭찬할 때에는 방금 물을 준 식물처럼 충족감으로 꼿꼿해진다.

그녀는 자세한 사항에 대한 언급은 피한 채 그에게 얼마를 지불할지 강조하면서 어떤 기회인지 설명한다. 두 시간 참석하는 대가가 500달러, 모든 것이 잘 진행된다면 추가로 500달러. 그는 잠시 망설이다가 수락하며 캐스는 그가 실제로 벌어질 일을 알고 있을까 궁금해진다. **처녀파티**라는 단어를 언급했다면 그가 제안을 거절했을 거라고 그녀는 확신한다. 그는 자신을 진지하게 대해주기를 눈에 띌 정도로 간절하게 바라고 있고, 캐스의 짐작이 맞다면 순진한 노처녀의 쓸데없는 자존심 같은 것에 무겁게 짓눌려 있었다. 그런데 **처녀파티**란 무엇인가? 그녀들은 단지 그를 만나는 데 흥미를 보이는 여자 집단일 뿐이고 그게 다였다. 정중하게 이야기를 나누며, 조금은 수작도 걸고, 그를 설득해 셔츠를 벗게 할 수 있을지 확인도 해보고, 어쩌면 그에게 풀장에 들어가라고 구슬려 보기도 할 것이다.

깜짝 손님까지 확보한 캐스는 파티 장소를 시에라 산맥의 오두막집에서 로스앤젤레스 시내의 호텔로 옮긴다. 여자들만의 하이킹과 캠프파이어와 지하실의 슬리핑백 대신 단체 스파와 아로마테라피와 가라오케와 춤과 무료로 제공되는 와인이 있을 것이다. 그녀는 계획을 짜고 예약하고 주문하고 사람들을 모은다. 그런 다음 비행기를 타고 로스앤젤레스 공항에 내리니 테일러가 그녀를 맞이한다. 직접 얼굴을 보고 만난 게…… **얼마 만이니?** 그녀들이 포옹하며 서로에게 묻는다. **시간이 뭐 이렇게 빨라. 정말로 그렇게 오래된 거야?**

각기둥 모양의 다이아몬드가 박힌 테일러의 로즈골드 결혼반지가 자동차 천장에 무지갯빛을 뿌린다. 지난 세월 동안 테일러 역시 별로 달라지지 않았다. 캐스가 알아차릴 수 있는 유일한 차이는 손가락 마디가 확실히 굵어졌다는 점이다. 테일러가 라이언과 함께 사는 에코파크 단층집은 매끄러운 흰 벽에 밝은 기하학적 예술이 빛나는 아름다운 집이다. 냉장고에는 화이트보드가 매달려 있고 거기에는 결혼식과 관련된 목록이 테일러의 손글씨로 동글동글 정성껏 쓰여 있다. 목록에는 "여보의 일"이라는 제목이 붙어 있다.

그날 밤 도착한 리지는 캐스와 달리 집주인을 위한 선물을 잊지 않고 챙겨온다. 고등학교 이후 처음으로 한 지붕 밑에서 밤을 보내는데도 세 사람은 모두 일찍 잠자리에 든다. 처녀파티는 다음 날 아침 브런치를 먹으며 인스타그램에 폭풍사진을 올리는 것으로 시작된다.

그날 하루 그녀들은 브런치를 끝내고 스파에 갔다가 특별할인 시간대에 상그리아 바에서 술을 마신다. 이러는 내내 캐스는 강박적으로 테일러의 얼굴을 살피며 앞으로 펼쳐질 미래의 조그만 징후라도 찾아내려고 한다. 앞으로 10년 후 그녀는 건강한 아이들, 풀이 웃자란 정원, 기분 좋게 어질러진 집 안 같은 풍요로운 삶에 둘러싸이게 될까? 허리 둘레에는 살이 1킬로그램 더 붙고 머리는 도저히 어떻게 할 수 없을 만큼 엉망으로 헝클어진 회색 머리로 바뀔까? 아니면 샐러드를 먹으며 스트레스 속에서 근근이 살아가는 그런 여자들 중 한 명이 되어 살과의 끝없는 전쟁 속에 갇힌 채 보톡스 주사를 맞고 혈색을 잃고 너무 굶어 순종적이 되어버린 몸으로 살게 될까?

맙소사, 캐스. 정신 차려. 좀 더 이성적인, 대학 시절 만났던 치료사의 목소리와 아주 흡사한 목소리가 머릿속에서 부드럽게 들려오면서 이 모든 불안이 진정으로 테일러와 테일러의 선택을 걱정하는 것인지 묻는다. 이제껏 사귄 많은 전 애인들이 지적했듯이 캐스는 자기 문제를 마치 다른 사람의 문제인 것처럼 꾸며내는 데 뛰어난 전문가다. 그렇다면 뭔가 다른 게 있는 걸까? 그러나 캐스는 가장 명확한 설명, 자신이 여전히 테일러를 짝사랑하고 있다는 설명을 인정하지 않는다. 테일러를 볼 때마다 자유낙하하는 듯한 이 느낌, 텅 빈 곳을 계속 더듬는 듯한 이 느낌을 뭐라고 불러야 할지 모르겠지만 사랑이라고 부를 만큼 어리석지는 않다.

이윽고 밤이 되고 모두들 꼬마전구로 장식된 호텔 파티오에 앉는다. 이들 옆에 있는 인피니티풀*의 물이 지평선 너머로 넘치고 있어, 폭포 아래로 떨어지면 로스앤젤레스의 반짝이는 밤 속으로 빠져들 것 같은 환상을 자아낸다. 웨딩파티에 참석한 여자들은 여덟 시간째 함께 보내는 중인데(정말 훌륭해, 파티플래너!) 실제로 겪어보니 죽을 것같이 긴 시간이다. 모두들 너무 미소를 짓느라 얼굴 근육이 긴장되고 얼얼한 데다 너무 일찍 시작한 탓에 점

---

* infinity pool, 한쪽 끝이 지평선이나 수평선과 맞닿아 있는 것처럼 보이게 설계된 수영장.

점 쓰레기통이 되어가는 것 같은 기분이 드는데도 올라오는 취기를 막아보려고 계속 술을 들이켤 수밖에 없다. 서로를 알지 못하는 이들은 수다 소재가 떨어지고 늘 만나던 사람들은 남은 이야깃거리가 없다. 오후 어느 때부터인가 테일러는 라이언과 문자메시지를 주고받기 시작했으며 캐스는 테일러가 휴대폰을 잡아채듯 들었다가 저 멀리 밀쳐내는 모습을 보면서 둘이 싸우고 있다는 걸 알아차렸다.

제러드는 저녁 8시에 도착할 예정이었지만 한 시간 이상 늦어지고 있다. 러시아워에 걸린 그는 미안해하면서, 고속도로 어느 출구를 조금 전에 빠져나왔다는 둥 이해할 수 없는 로스앤젤레스 특유의 상황을 실시간으로 보고하고 있다. 파티 손님들은 대체로 식사를 끝냈고 몇몇은 머뭇거리면서 집에 가야 한다는 둥 하고 있다(**맙소사, 아침 신입교육을 시작한 뒤로 얼마나 피곤한지 몰라. 9시면 잠든다니까**). 캐스는 다음 순서가 뭔지 계속 힌트를 흘리면서 이들을 붙잡아두고, 이 힌트들은 마치 스트리퍼가 깜짝 코너로 기다리고 있는 것처럼 들린다. 제러드가 마침내 주차할 곳을 찾았고 들어가는 중이라고 문자메시지를 보낸다. 캐스는 이마에 손으로 가리개를 만들고 실내를 둘러보지만 그가 생각지도 못한 입구로 들어오는 바람에 리지가 먼저 그를 발견한다.

리지가 말을 하다 말고 중간에 말을 끊고는 눈을 가늘게 뜨고 그를 바라본다. "저 남자…… 어디서 본 것 같은데." 그러고는 테일러를 팔꿈치로 쿡쿡 찌르지만 테일러는 한창 문자메시지를 보내는 중이다. "우리가 아는 남자인가? 유명한 사람인가?" 그러나 테일러는 바로 고개를 들지 않는다. 그리하여 캐스가 이름도 알지 못하는 다른 누군가가 소리친다. 제러드의 관심을 끌 정도로 큰 소리다. "오, 세상에, 얘들아! 그 남자야! 그 텔레비전 영화에 나왔던! 뭐였더라? 내가 뭔 얘기하는지 알지? 기억나지? 풀장의 소년!"

탁자에 앉은 여자들 사이에 한바탕 혼란이 인다. 이들 가운데 3분의 1이 제러드를 알아본다. 그가 누구인지 정확히 알고 있다.

**그 영화 완전 좋아했는데!**

**다른 사람들도 기억하고 있는 줄 몰랐네!**

**아직 귀엽다!**

**저 남자한테 홀딱 빠져 있었어!**

제러드가 겁먹은 말처럼 고개를 휙 돌리더니 도망갈 곳을 찾는다. 캐스가 자리에서 일어나 머리 위로 두 팔을 흔들면서 그에게 손짓한다. "제러드! 드디어 왔군요. **너무**

좋아요. 이쪽이에요." 여자들 사이에서 한바탕 흥분한 소리들이 터져 나온다. 제러드는 도축장에 끌려가는 양처럼 부르는 곳으로 온다.

리지가 묻는다. "네가 부른 거야? 그가 우리를 보러 여기 온 거야?"

"제러드는 테일러를 보러 온 거야." 캐스가 말한다. 정말이지 환상적으로 어른이 되는 순간이었다. 소셜미디어와 천 달러의 힘으로 캐스는 테일러의 꿈같은 짝사랑을 그 옛날 VHS테이프 속에서 불러내 살아 있는 모습으로 이곳에 데려다놓았다.

캐스는 수줍어하는 제러드의 팔을 잡고 테일러 쪽을 향하게 하고는 자신이 준비한 선물을 테일러에게 보여준다. "제러드, 당신이 테일러를 만나주었으면 해요. 그녀는 당신의 오랜 팬이에요."

십 대 시절 꿈을 실현해주었는데도 테일러는 캐스가 생각했던 것만큼 **대단히** 감동한 것 같지는 않았다. 테일러가 악수를 하려고 손을 내밀지만 제러드는 캐스의 날카로운 눈길을 알아보고는 두 팔을 벌려 안아준다. 캐스는 두 사람이 포옹하는 걸 자세히 관찰하며, 아주 작은 떨림까지, 테일러가 지닌 선천적 침착함의 작은 균열까지 찾아내려 한다. 테일러가 그의 등에 손을 얹고 잠시 그대로 있을까? 그의 냄새를 들이마시려고 일부러 고개를 그의 목 쪽으로 돌릴까? 그럴지도 모른다. 안 그럴 수도 있지만.

테일러가 뒤로 물러선다. "이렇게 와주셔서 정말 좋아요." 그녀는 숨조차 제대로 쉬지 못하는 소녀가 아니라 파티를 주관하는 어른으로서 말한다. "정말 죄송한데, 당신이 누구인지 잘 알지만 이름을 알려주실 수 있어요?"

제러드가 살짝 허리 숙여 인사를 하고는 자기소개를 했다. 좌중에 한바탕 키득키득 술렁거림이 인다. 그가 말한다. "그러니까, 곧 결혼하신다고요?"

테일러가 익숙한 손짓으로 반지를 보여준다. "결혼해요. 분명 캐스가 당신에게 이야기했겠지만 우리가 어렸을 때 당신은 파자마 파티에서 엄청난 스타였어요."

"아니요." 제러드는 화난 듯 캐스를 향해 이를 드러내 보인다. "그런 이야기는 없었어요, 웃기지만." 그가 말하자 모두들 서로에게 딱딱한 미소를 보내고 마침내 리지가 끼어든다.

"제러드, 그동안 어떻게 지냈어요? 아직도 연기를 하나요, 아니면……?"

제러드는 〈대드존〉에 대해 장황한 설명을 두서없이 늘어놓기 시작한다. 테일러가 캐스를 향해 눈썹을 치켜올린다. **대체 어쩌자는 거야?** 그녀는 입 모양으로만 말하고 캐스는 보란 듯이 어깨를 으쓱한다.

캐스가 분위기를 살리려 해본다. "제러드, 칵테일 한잔 주문해드릴까요?"

"괜찮습니다!" 제러드가 기분 좋게 말한다. "술은 안 마셔요."

좌중에 있던 여자가 말한다. "제러드! 〈블러드 신스〉 찍을 때 어땠는지 말해주세요. 어떻게 그 배역을 맡게 된 거죠?"

"실은 얘기가 재밌어요⋯⋯" 제러드가 말하고 탁자에 앉은 모든 여자들이 태양을 바라보는 꽃처럼 그에게로 몸을 향한다. 그는 사람들이 자신을 진지하게 대해주기를 바라지만 그에게 스무 살의 욕망을 이야기하는 저녁 자리가 처음이 아니라는 걸 캐스는 확신한다. 그는 노련한 창부다. 세심하고, 매력적이며, 노골적인 성적 접근을 엎어치기의 빠른 속도로 피해 갈 줄 아는 놀라운 능력을 지닌. 여자들은 계속해서 그에게 수작을 걸려 하고 그는 계속해서 이를 쳐내며 〈대드존〉의 주제로 되돌아가려 한다. 캐스는 그들이 전투를 벌이는 것 같다고 생각한다. 캐스의 목표는 이 밤을 섹스와 아슬아슬한 위험과 흥분으로까지 밀어붙이는 데 있지만⋯⋯ 제러드는 어떻게든 이 여자들과 한담을 나누려고 매우 정중하게 애쓰고 있다.

30분이 지나고, 1시간이 지나고, 이윽고 1시간 20분이 지났다. 여자들은 게스트에게 질문을 퍼부으며 나름대로 즐기는 것처럼 보이지만 캐스는 와인잔을 한 입 깨물어 조각난 유리를 아작아작 씹고 싶다. 이런 팬 미팅이나 하자고 빌어먹을 천 달러를 썼단 말인가?

"제러드." 캐스가 말한다. 목소리가 갑자기 갈라졌다는 것은 그녀가 취했다는 것을 의미한다. "한 가지 생각이 있어요. 수영하러 가는 거, 좋지요?"

"하하! 그러기에는 조금 추운 것 같은데요?"

"아뇨. 리지와 테일러와 나는 매사추세츠에서 자랐어요. 이보다 훨씬 추운 날씨에도 수영하러 갔죠." 캐스가 말한다.

캐스는 동의를 구하는 뜻으로 다른 두 사람을 쳐다본다. 테일러는 그녀를 무시하지만 리지가 짓궂게 미소 지으며 상황에 맞게 나선다. "수영 재미있겠네요." 리지가 테일러의 손목을 잡는다. "졸업반 프랑스어 수업 빼먹고 연못에 갔던 거 기억나?"

테일러가 문자메시지를 보내다 말고 고개를 든다. "그러고는 온통 젖은 채로 몰래 학교로 돌아갔지."

"스완 선생님이 그랬잖아. '너희 둘은 어쩌다가 그렇게 흠뻑 젖었니?' 그래서 우리는 '운동하고 오느라고 샤워했어요!'라고 말했지."

리지가 끊임없이 반복해서 들려준 덕분에 캐스도 이 일을 알고 있지만(리지와 테일러 단둘이서만 한 몇 가지 일 중하나다) 이렇게 가라앉은 밤 분위기를 깨기 위해서라면 무슨 기회든 잡을 생각이었고, 그래서 지지의 의미로 리지에게 미소를 지어 보인다.

"어서 가요. 수영하러." 리지가 말하자 다른 여자들도 알아듣고 리지의 신난 기분을 이어간다. 테일러가 "난 모르겠어……"라고 말하자 여자들은 주먹으로 가볍게 탁자를 두드리면서 "테일러! 테일러!"를 연호하며 테일러의 승인을 이끌어내려 한다. 마침내 테일러도 동의한다.

여자들은 취기에 어지러움을 느끼며 신발과 가방을 여기저기 흘리며 풀장으로 향하지만 제러드는 가슴 앞에 팔짱을 낀 채 자리에서 일어나지 않는다.

캐스가 선 채로 그를 내려다본다. "당신 안 갈 건가요?"

"네. 다 끝날 때까지 여기 앉아서 기다릴 겁니다."

그는 자신을 이런 상황에 끌어들인 것이 끔찍하게 싫은 것이다. 당연히 그렇겠지만, 그래서 뭐 어쩌라고? 그녀 역시 그가 끔찍하게 싫다. 그는 피뢰침 같은 존재다. 그뿐이다. 앞뒤 가리지 않는 거친 에너지를 받아내는 피뢰침. 욕망이 향하는 대상일 뿐, 욕망이 생겨나는 근원은 아니다.

"어서요. 풀장으로 가요." 캐스가 말한다.

"아니요, 괜찮습니다. 수영복도 안 가져왔고요."

"이봐요." 캐스가 그에게 바짝 몸을 기울이며 말한다. "당신을 이 자리에 부르려고 큰돈을 지불했어요. 그러니 그놈의 허세 좀 집어치우고 가서 내 친구랑 수영하는 게 어때요?"

제러드는 얼굴을 찡그리며 정면을 똑바로 응시한 채 그녀 쪽은 보지 않는다. 그녀는 그가 보이는 경직성, 둔감함, 자존심의 밑바닥에 어쩌면 수치심이 자리하고 있는 게 아닐까 생각한다. 캐스가 말한다. "부탁해요, 테일러에게 아주 큰 의미가 될 거예요……" 그가 대답하지 않자 그녀가 덧붙인다. "추가로 100달러 얹어줄게요."

"200달러." 제러드가 단호하게 말한다.

"좋아요. 하지만 앞으로 남은 30분은 잘하도록 해요."

이 밤이 어떻게 진행될지 그의 마음 한쪽에서는 정확히 알고 있었던 게 아닐까, 그런 의문이 들지 않을 수 없을 만큼 그는 정말 물 흐르듯 자연스럽게 발을 차서 신발을 벗더니 셔츠를 벗으며 풀장 쪽으로 걸어간다. **"숙녀 여러분."** 그는 스스로를 조롱하듯 기름기 가득한 목소리로 말한다. 파티 참석자들은 아직 풀장 속으로 뛰어들 용기를 내지 못한 채 주변에 무리 지어 모여 있다. 제러드가 셔츠를 구깃구깃 말아 공처럼 만들어 옆으로 던지더니 테일러 앞에 두 다리를 벌리고 선다. "서두에 말했던 내 웹시리즈에 당신들 모두 흥미를 느꼈을 것이라고 믿고 싶은 마음도 마음이지만 당신 친구가 친절하게 일깨워준 대로 내가 여기 초대된 데는 이유가 하나 있어요. 나랑 수영하고 싶은 사람 있어요?" 그가 엉덩이를 빙 돌리더니 벨트를 풀어 고리에서 빼내고는 머리 위로 올려 빙글빙글 돌린다.

참석자들이 와와 소리치지만 캐스는 화가 치밀어 몸이 움찔한다. 그는 그녀가 두려워했던 그대로, 그녀가 애써 그를 찾아내 데려오면서도 어떻게든 피하려고 했던 바로 그대로 하고 있다. 자신을 농담처럼 보이게 하고 거기에 테일러까지 끌어들이고 있는 것이다. 그는 꿈틀거리며 청바지를 내리더니 상상의 음악에 맞춰 손으로 허벅지를 쓸어내리며 춤을 춘다. 그러는 동안 테일러는 특정 테마로 운영되는 식당 종업원들의 〈해피버스데이〉 연주를 내키지 않은 마음으로 듣고 있는 사람처럼 수치심을 느끼며 이를 바라본다. 제러드 니컬러스 톰슨, 이 망할 놈. 캐스는 생각한다. 빌어먹을, 지옥에나 떨어져라.

이제 제러드의 바지는 발목까지 내려와 바닥에 웅덩이 모양을 만들고 그는 속옷만 걸친 채 바보같이 춤추고 있다. 그러나 적어도 그가 보여주어야 할 모습은 보여주고 있다. 털 없이 유연한 몸, 부드러운 피부. 스스로를 우스꽝스럽게 보이게 하려고 온갖 노력을 하고 있음에도 그는 아름답다. 이를 보고 있는 동안 캐스는 테일러 역시 이 점을 알아차리고 있다는 걸 알아차린다. 표정에 눈에 띄게 변화가 나타난 건 아니지만 얼굴 주변이 어딘가 부드러워진 것 같다.

제러드는 겨드랑이에 수북하게 솟은 털을 드러내 보이며 등에서 소리가 나도록 스트레칭을 하고, 테일러는 손을 위로 올려 포니테일로 묶은 머리의 고무밴드를 풀고 머리카락을 늘어뜨린다. 이윽고 제러드가 웅크리고 앉더니 예고도 없이 서툰 솜씨로 풀장에 뛰어들고, 그 바람에 가까이 있던 여자들이 물에 흠뻑 젖는다. 여자 하나가 휴대폰을 꺼내 사진을 찍어대기 시작한다. 그녀가 작은 소리로 "결혼 해시태그가 뭐지?"라고 묻지만 아무도 대답하지 않는다.

풀장의 소년이 20년 전 영화 속에서와 똑같은 모습으로 접영을 하고 있다. 두 팔이 완벽하게 똑같이, 과장된 움직임으로 수면에 부딪혀 물속으로 들어가고, 다른 신체 부위는 복부, 엉덩이, 허벅지의 순서로 팽팽한 물결을 일으키며 요동친다. 풀장 끝에 다다른 그는 격하게 발을 차며 획 방향을 틀고 그의 뒤로 샴페인 거품 같은 자취가 길게 이어진다. 들리는 소리라고는 오로지 그가 물살을 휘저으며 내는 소리뿐이었으니 야심한 밤에 싸구려 모텔에 가는 편이 더 나았을 것이다. 그는 세 차례 풀장을 왕복하더니 마지막 구간에서는 잠영을 한다. 반짝이는 리본이 잔잔한 수면 아래서 파르르 떨며 움직이는 것 같다. 그가 풀장 가장자리에 양반다리로 앉아 있는 테일러 쪽으로 다가와서는 제자리 헤엄을 치면서 참을성 있게 기다린다. 마침내 자리에서 일어선 테일러가 꿈꾸는 것처럼 두 눈을 반쯤 감은 채 천천히 샌들을 벗더니 그에게 발을 내민다. 그가 테일러의 발을 감싸 쥐더니 캐스 쪽을 딱 한 번 흘깃 보고는 발을 입안 깊숙이 넣고 빤다. 지켜보던 여자들이 일제히 숨을 삼킨다. 탁자 위에 무음 상태로 놓아둔 채 까맣게 잊고 있던 휴대폰 가운데 어느 하나의 화면이 세 차례 환하게 빛났다가 다시 꺼진다. 테일러가 발을 빼더니 맨살을 드러낸 남자의 어깨 위에 가볍고 얹고는 그를 세게 물속으로 밀어 넣는다. 그가 천천히 물속으로 빠지면서 두 팔을 벌려 그녀의 종아리를 두 손으로 잡는다. 그렇게 몇 초가 지나는 동안 이 모든 것이 놀이일 뿐이며 돈 주고 벌이는 연기라는 것을 알면서도 캐스는 제러드가 물속에 꼼짝 없이 붙들려 허우적거리며, 테일러가 자신이 숨 쉴 수 있게 놓아주기를 기다리는 모습을 그려 보지 않을 수 없었다. 마침내 그가 거친 숨을 뱉어내며 수면 위로 올라오고 그의 머리카락에서 물방울이 다이아몬드처럼 반짝인다. 그가 시선을 들어 테일러를 올려다보고 테일러는 위에서 그를 내려다본다.

캐스는 생각한다. **아, 내가 해냈어. 걔가 원하는 걸 선물해 줬어. 이제 어떻게 될까?**

테일러가 소리 내어 웃는다. "이 정도면 오늘 밤은 충분해요." 그녀가 발을 들어 물 밖으로 꺼내려 하는 바로 그때, 캐스가 그녀에게 다가가 어깨에 두 손을 얹고 그녀를 물속으로 밀어 넣는다.

# 겁먹다

Scarred

도서관 책장 뒤편에 아무렇게나 버려져 있던 그 책을 발견했다. 사실은 책이라고 할 만한 것도 못 되었다. 표지도 없이 그저 복사용지 뭉치를 스테이플러로 묶어놓은 것이었다. 뒤쪽에 도서 카드를 꽂는 자리도 없고 작은 바코드 조각 같은 것도 붙어 있지 않았다. 나는 이 뭉치를 둘둘 말아 주머니에 넣고 사서 옆을 그대로 걸어 나왔다. 룰루랄라.

집에 와서 첫 페이지를 펴고 거기에 지시된 대로 따랐다. 지하실 바닥에 분필로 원을 그린 다음 멋진 여름 칵테일이라도 만들려는 듯 찬장에 있는 바질과 블랙베리를 잘게 부수어 뿌리고, 거기에 내 머리카락 몇 가닥을 불태운 것과 엄지의 도톰한 부위에서 핀으로 채취한 신선한 피 한 방울을 더했다. 이렇게 하면 마음속 욕망을 내 앞에 가져다줄 것이라고 믿었기 때문이 아니라(난 내게 그런 욕망이 있는지조차 확신하지 못했다) 살아오는 동안 책을 제법 읽었기에 적어도 동네 도서관 책장 뒤편에 감춰진 마법 책을 발견한다면 한번 시험해봐야 한다는 정도는 알았기 때문이다.

놀랄 일은 아니었지만 실망스럽게도 아무 일도 일어나지 않았다. 나는 그 밖에 어떤 마법을 부릴 수 있을지 궁금한 마음에 책의 뒷부분을 훑어보았다. 부, 아름다움, 힘, 사랑에 대한 마법. 조금은 중복되는 게 아닌가 싶었다. 적어도 이 항목들 중 몇 가지는 앞에 나온 '마음속 욕망'이라는 범주에 포함될 것이기 때문이다. 솔직히 전체적인 개념이 조금 지나치게 뉴에이지풍으로 보였다. 나는 나가려고 자리에서 일어났다. 서두른다면 특별할인 시간대에 바에 도착할 수 있을 것이다. 여름 칵테일을 떠올린 탓인지 목이 말랐고 지하실에서는 머리카락 탄내가 심하게 올라왔다.

그는 거기 없다가 얼마 뒤에 나타났다. 위에서 떨어지며 콘크리트 바닥에 찧기라도 한 듯 두 무릎에 피가 맺힌 채로, 두 손바닥은 쫙 펴고 고개는 숙인 채로. 그가 욕실에서 방금 나온 개처럼 몸을 털었다.

벌거벗은 남자.

나는 웃음을 터트릴 뻔했다. 맨 처음 작동하기 시작한 뇌의 부위가 그런 반응을 보였고 그 부위에서 생각했다. **벌거벗은 남자라, 욕망이란 게 어떤 건지 적나라하게 보여주는 군**. 이윽고 나의 나머지 부위도 뒤따라 작동하기 시작했고, 나는 비명을 지르며 다급히 지하실 계단을 올라가다가 발에 걸려 그만 문에 부딪히고 말았다.

내가 흐느끼면서 문손잡이를 더듬는 동안 그가 일어섰다. 그리고 몸을 흔들었다. 그의 발목이 방향을 트는 바람에 나는 흠칫 놀랐다. 그는 비틀거리더니 다시 몸을 바로 세웠다.

그가 고개를 들고 나를 바라봤다.

"겁먹지 마요." 그가 말했다.

다만 억양이…… 스코틀랜드, 아니, 아일랜드 쪽이었나? 'a' 발음을 억누르고 'r' 발음을 길게 진동시켰다. "돈 비 스카르드(Don't be scarred)."

마침내 억지로 문을 연 나는 다시 쾅 닫고 잠가버렸다. 부엌으로 도망가서 칼 수납함에서 가장 큰 칼 두 개를 집어 들고 쭈그리고 앉아 방어 자세를 취했다. 그가 나를 쫓아와 문을 발로 차서 넘어뜨리려 할 줄 알았지만(엉성하게 만든 문이므로), 30초가 지나도록 잠잠했다.

나는 언제라도 칼을 휘두를 태세로 가방이 있는 곳까

지 조금씩 움직였고, 휴대폰이 가방 밖으로 나와 탁자 위에 미끄러지도록 팔꿈치로 가방을 쳐서 쓰러뜨렸다.

911에 전화를 걸면 될 테고 굳이 설명할 필요도 없을 것이다.

"집 안에 벌거벗은 남자가 있어요."

"그 남자가 어떻게 들어왔나요?"

"몰라요."

그러면 그들이 사이렌을 울리면서 우리 집으로 출동할 것이다. 만일 그들이 도착했을 때 그가 사라지고 없다면, 즉 이 모든 것이 나의 환각이라면 창문으로 도망쳤다고 말하면 될 것이다. 경찰에 전화를 거는 건 위험 부담이 적은 해결책이었다.

하지만.

웃기다는 감각이 처음 충격에서 회복된 나의 뇌 부위이고, 두렵다는 감각이 두 번째로 회복된 뇌 부위였다면, 세 번째로 천천히 깨어난 것은 호기심이었다.

내가 **마법**을 걸었다.

불가사의한 일을 만난 이야기 속 등장인물들은 현실이 천 조각처럼 갈가리 찢기듯 공포 반응을 보인 뒤, 그들이 전에 믿었던 모든 것이 거짓이라고 서서히 깨닫게 된다. 휴대폰을 바라보는 동안 내가 바로 그렇게 느꼈지만 감정 자체는 정확히 반대였다. 내 경우에는 공포가 아니라 아찔할 정도로 기쁨이 커져갔다. 수많은 책들이 약속했던 게 바로 이거였다. **난 알고 있었어. 세상이 겉으로 보이는 것보다 훨씬 흥미롭다는 걸.**

나는 비상전화를 걸 때 정확히 어느 버튼을 눌러야 하는지 알고 있다는 걸 다시 확인한 다음 휴대폰을 뒷주머니에 넣고 검은 가죽 재킷을 걸쳤다. 부분적으로 보온 목적도 있었지만 대체로는 심리적으로 힘을 얻으려는 목적이었다. 그런 다음 칼을 몇 자루 준비해서 계단을 내려갔다.

그는 여전히 원 한가운데, 내가 남겨두고 간 그 자리에 있었다.

내가 그의 생김새를 머리카락, 눈동자 색, 얼굴 형태의 관점에서 당신에게 설명한다면 예상과 전혀 다른 이미지일 것이다. 그는 당신의 욕망이 아니라 내 마음속 가장 깊은 곳에 있는 욕망의 살아 숨 쉬는 형태였기 때문이다. 당신은 당신 자신이 그리는 벌거벗은 남자를 상상해야 할 것이며 나는 다만 당신에게 몇 가지만 알려줄 것이다. 그는 내가 기대했을 법한 것보다 훨씬 크고 있을 게 다 있었는데, 사실 이건 지저분한 농담을 반밖에 하지 않은 것이다. 그에게는 예쁜 구석이 없었고, 여성적인 모습도 전혀 찾아볼 수 없었다. 또한 천사 같은 면도 없었으니 만일 당신이 이런 모습을 머릿속에 그리기 시작하던 참이었다면 처음부터 다시 시작하는 것이 좋겠다.

나는 계단 맨 꼭대기에 앉아 그를 향해 칼을 겨눴다.

"움직이지 마."

"난 움직이지 못해요." 그가 말했다. "봐요." 그는 앞으로 반걸음 내디디나 싶더니 유리문에 부딪히기라도 한 듯 뒤로 물러났다.

정말 실제처럼 보였지만 우주가 내게 벌거벗은 사기꾼 마임 배우를 보내주었을지도 모를 일이다. 나는 경고의 뜻으로 허공에 대고 다시 칼을 찔렀다.

마법 책은 나보다 한 계단 아래에 반쯤 펼쳐진 채로 있었다. 나는 얼른 책을 낚아채 가져왔다.

마법이 적힌 페이지를 다시 훑어보며 단서를 찾아봤지만 맨 위에 흐릿한 구식 활자체로 쓰인 제목만 보였다. '**마음의 욕망**'.

"당신 누구예요?" 내가 물었다.

그가 입을 벌리는 듯하다가 닫고는 두 팔로 자기 몸을 감싸 안았다. "몰라요. 기억 안 나요."

"이름이 기억나지 않는 거예요, 아니면 아무것도 기억

나지 않는 거예요?"

그가 고개를 저으며 서글프게 말했다. "아무것도. 전혀."

"당신이 소원을 들어주나요?"

"아니요." 남자는 그렇게 말하더니 입꼬리를 살짝 올리며 조그맣게 회한의 미소를 지었다. "적어도 내가 알기로는 그래요. 한번 시도해볼 수는 있겠지만."

"고양이가 있었으면 좋겠어요." 그 말이 무심결에 튀어나왔다. 나는 뭔가 작고 위험하지 않은 것, 나타나면 내가 바로 알 수 있는 것을 생각해내려고 애쓰던 참이었다. "아니, 멈춰요. 취소할래요. 고양이를 원하지 않아요. 그건 중요하지 않아요. 1억 달러를 원해요. 지폐로, 동전 말고요. 그러니까 100달러 지폐로요. 바로 여기 내 앞에 나타나게 해봐요."

남자가 나를 바라보며 재미있다는 표정을 살짝 지었다. 고양이도 돈도 나타나지 않자 그가 손바닥을 펴 보이며 싱긋 웃었다. "미안해요. 안 될 줄 알았어요."

그의 미소를 보자 얼굴로 피가 확 몰렸고 나는 답례의 미소를 짓지 않으려고 애써 억눌렀다. 나는 여자에게서든, 남자에게서든 아름다운 모습을 보면 이런 식으로 반응했다. 처음에는 아름다움에 끌렸다가 이내 움츠러든다.

나의 천박한 충동에 지배당했다가 곧 착각에 빠진 스스로에게 화가 나는 것이다.

"여긴 조금 춥네요. 혹시 담요 좀 덮을 수 있을는지요."
그가 부드럽게 말했다.

"생각해볼게요."

위층으로 올라온 나는 손에 든 칼을 까딱까딱 흔들면서 이리저리 서성거렸다. 마음속 한편에서 생각했다. 그래, 벌거벗은 남자에게 그냥 담요를 갖다주자! 그러나 다른 편에서 반대했다. 이 마법은 단순한 것이 아니었다. 설령 흑마법은 아니라도 적어도 종잡을 수 없는 마법이었다. 만일 그가 "난 소아종양학과 의사인데 취미로 시를 써요"라고 말한다면, 그래, 뭐 그것도 내 마음속 욕망이겠지. 근데 잘생긴 기억상실증 환자? 그게 무슨 소용인가! 게다가 역사적으로 볼 때 분필로 그린 원 속에는 악마와 사탄들이 들어 있으면 있었지, 미래의 남자친구가 들어 있던 적은 없다. 그에게 뭐라도 건네주는 것은 곧 원에 다리를 놓는 것이고 그를 풀어주는 의미가 될 것이다. 일을 그르쳤다가 다시 바로잡을 기회를 얻지 못할 수도 있다. 뭔가를 해보기 전에 마법 책을 다시 한 번 읽어봐야 한다.

그는 괜찮을 거다. 지하실이 **그렇게** 춥지는 않았다.

몇 시간 뒤 아래층으로 내려갔을 때 내 손님은 몹시 창백한 얼굴로 두 팔로 다리를 꼭 끌어안고 바닥에 앉아 있었다. 원 한끝이 축축하게 젖어 있었고 지하실에는 이제 머리카락 탄내뿐 아니라 오줌 냄새도 났다.

이런.

"너무 오래 기다리게 해서 미안해요. 담요 가져왔어요. 이제 조금 있다가 위층으로 뛰어 올라가서 빈 게토레이 병 같은 걸 가져다줄게요."

남자가 고개를 들어 나를 바라보았다. "내 말 좀 들어봐요. 분명 당신에게 이 일이 이상해 보이겠죠. 하지만 맹세컨대 나한테는 훨씬 더 이상해 보여요. 난 당신이 시키는 건 뭐든 할 거고 당신을 해치지 않을 거예요. 약속해요. 하지만 제발, 적어도 시도는 해봐요. 당신이 이 원을 조금 지워주거나 물로 완전히 씻어낸다면 아마도 내가 여기서 나갈 수 있을 거예요. 그런 다음 우리 둘이 위층에 올라가 이 일에 대해 이야기해보면 어떨까요?"

"으음…… 난 그렇게 하지 않을 거예요. 미안해요. 그렇잖아요. 당신이 악마나 그 비슷한 것일 수도 있고, 난 그런 가능성을 감당할 수 없어요. 하지만 내가 그걸 알아낼 방법을 생각해낸 것 같아요. 들어봐요. 이 원 안으로 내 손을 뻗을 수 있다고 가정하고 당신한테 담요를 건네줄 거예요. 담요를 받아요. 단, 당신 손을 저기 가장자리, 내 손이 닿을 수 있는 그 자리에 그대로 두면 좋겠어요. 아무 짓도 시도하지 마요. 알았죠?"

"알았어요." 그가 한숨 쉬듯 내뱉고 하품을 했다.

나는 그에게 담요를 밀어 주었다. 그는 내가 시킨 대로 손을 뻗은 채로 담요를 받았고 나는 칼날로 그의 팔뚝을 가로로 그었다.

"무슨 짓이에요?" 그는 뒤로 펄쩍 뛰다가 분필로 그린 원의 반대편에 머리를 세게 부딪혔다. 그가 보이지 않는 장벽을 따라 스르르 미끄러지는 동안 빈 허공이 그를 떠받쳐주는 듯 보여서 지켜보자니 머리가 어지러웠다. 나는 애초에 의도했던 것보다 훨씬 깊게 그를 베었고 그의 팔뚝에서는 붉은 줄이 굵게 부풀어 오르고 있었다. 그는 공포에 떠는 눈으로 나를 노려보면서, 원을 세게 밀면 뚫고 나갈 수 있기라도 한 듯 원의 가장자리에 등을 대고 세게 밀었다.

"팔을 다시 내밀어봐요." 내가 말했다.

"절대 안 해요." 그가 반대편 손으로 다친 팔을 부드럽게 감쌌다.

나는 뒷주머니에서 거즈 뭉치를 꺼냈다. "당신 피가 필요해요. 미안해요. 뭘 좀 시험해봐야 하거든요. 그리고 나면 바로 당신을 꺼내줄게요. 약속해요."

그는 정말로 이까지 드러내면서 **으르렁거리듯** 말했다.
"당장 꺼져버려. 미친년."

다음 날 아침, 나는 우리 집 옆 커피숍에서 사 온 온갖
맛있는 것을 쟁반에 잔뜩 담아 아래층으로 내려갔다. 크
림과 설탕을 듬뿍 넣은, 김이 모락모락 나는 프렌치로스
트 커피, 겹겹이 얇게 벗겨지는 버터 크루아상, 레드베리
가 가득 든 요구르트 파르페, 반으로 갈라 크림치즈를 바
른 뒤 밝은 핑크빛의 훈제 연어 슬라이스를 얹은 양파 베
이글 등등. 지하실에서 전보다 훨씬 고약한 냄새가 났지
만 음식 향기가 이 냄새들 사이를 가로지르며 퍼졌다.

나는 원 안에 있는 지저분한 것 중 가장 지독한 것에
시선이 닿지 않도록 눈길을 돌리며 쟁반을 바닥에 놓았
고 손님은 증오에 찬 눈으로 나를 쳐다보았다. 마법 책이
어떻게 작용하는지에 대해 내가 잘못 판단했고 우주가
내게 영혼의 짝을 보내주려고 **의도한** 것이었다면 분명 나
는 기회를 날려버린 것이다.

그가 이를 악문 채 내 쪽으로 팔을 내밀었다. 상처가 아
물어 거뭇거뭇하게 딱지가 앉았다.

"다른 쪽 팔." 나는 그러면서 다시 칼을 꺼냈다. 그가

나를 노려보았고 입꼬리가 올라갔지만 입술을 움직이지
는 않았다.

자 자, 설명하자면 이렇다. 내가 잘못 이해했다. 페이지
맨 위에 인쇄된 '마음의 욕망', 그것은 마법 이름이 아니
라 책 이름이었던 것이다. 첫 번째 마법 주문은 내가 불러
낸 남자처럼 이름이 없었다. 하지만 다음 마법 주문의 경
우 '부'라는 이름이 붙어 있고 그 아래 있는 긴 재료 목록
에 은과 향나무, 초록 양초와 로즈마리가 들어 있으며, 그
끝에 똑같이 흐릿한 글씨체로 그냥 피가 아니라 마음의
피라고 적혀 있었다. 나는 전날 밤 엄지에 또다시 작게 구
멍을 내어 내 스스로 이 마법을 시험해보았지만 아무 일
도 일어나지 않았다. 내게 필요한 것은 그의 피였다. 그의
피를 채취해야 했다.
　나는 그의 손이 닿지 않게 멀찍이 떨어져 있는 음식을
가리켰다. "시간이 얼마나 걸리든 기다릴 거예요."

원 안에 든 남자가 게걸스럽게 아침을 먹는 동안 나는
지하실에서 마법을 걸었다. 하늘에서 지폐 뭉치가 떨어지
지는 않았다. 경찰서에 전화를 걸어 미친 무단 침입자가
내 집에 들어와 있으니 얼른 와서 체포해달라고 부탁하

려 할 때 알 수 없는 번호로부터 전화가 걸려 왔다.

**웃는 상속인.** 친척이 죽어 당신에게 모든 것을 남겨주었지만, 아주 먼 친척이라 당신이 애도할 만큼 잘 알지 못할 때 당신을 가리켜 웃는 상속인이라고 일컫는다.

나는 담요와 그에 어울리는 베개, 반바지, 조그만 캠핑용 변기를 그에게 내주었다. 그가 협조하는 한 원하는 만큼 충분한 물과 좋은 음식을 공급했다. "제발, 하지 마요." 내가 다시 찾아갔을 때 그가 이렇게 말했지만 당신이라면 어떻게 했겠는가?

일주일 뒤 그가 나와 맞붙어 칼을 빼앗으려 시도하고 나를 그와 함께 원 안으로 끌고 들어가려고 했지만 한 발 늦었다. 전날 이미 나는 '힘'을 얻는 마법을 걸었다.

맹세컨대 나는 그에게 최대한 잘해주었다. 이제 그의 팔을 베지 않았다. 그의 등을 최대한 살짝 칼로 그었고 그런 다음에는 붕대를 감아주었다. 축축한 지하실인데도 상처는 예상보다 잘 나았다. 더는 상처에 추하게 딱지가 앉지 않았고, 거미줄처럼 얼기설기 얽혀 있던 가느다란 분홍색 선들도 차츰 희미해져 예쁜 은색으로 변했다.

몇 주가 지난 뒤에도 마음이 편치 않았다. 이제껏 나를 두려워한 사람이 없었는데. 그가 나를 보고 움찔할 때마다 마치 심장이 못에 걸린 것 같았다.

세 번째 '지성'의 마법을 걸고 난 다음에야 나의 방어 논리를 명확하게 세울 수 있었다. 이름도 없고, 이력도 없고, 나의 욕망에 꼭 맞게 만들어진 몸…… 심지어 말의 리듬, 억양까지 나의 꿈속 깊숙한 어딘가에서 왔다. 나는 그를 불러냈을 뿐 아니라 **창조**해냈다. 내가 허브와 피와 마법과 욕망을 한데 모아 그를 탄생시킨 것이므로 그는 결코 실재라 할 수 없었다. 마법 자체, 마법의 출발점이 되는 재료 목록과 마찬가지로 그 역시 책의 또 다른 일부였다. 실제 사람이 아니며, 내 마음과 책에 적힌 단어의 작용으로 존재하게 된, 하나의 관념이다.

지성은 좋은 선물이었다. 이 마법을 먼저 걸었어야 했다. 이 마법을 건 뒤로는 잠을 아주 푹 잤다.

"당신이 달라 보여요." 어느 날 아침 그가 내게 말했다. 사실이었다. 더러는 몇 시간 혹은 며칠에 걸쳐 얇은 타래 같은 마법의 논리가 이리저리 풀리며 나를 상속자로 만들어주거나 놀랄 만한 고속 승진으로 CEO 자리에 올려주었고, 더러는 잠에서 깨어나보니 내가 달라져 있었다. '힘'과 '지성'의 마법, 그리고 이번에 건 '아름다움'의 마법이 그랬다.

"맞아요." 내가 말했다. 그가 근본적으로는 실재가 아니라는 점을 내 스스로 상당히 납득한 뒤로 이 모든 것이 놀라운 선물처럼 다가왔다. 나를 바라보는 그의 표정을 즐기고, 그런 표정을, 그를 욕망했다. 아름다움과 비법들을 얻으면서 방어벽을 조금 내릴 수 있게 된 것이다.

지하실에서 보내는 시간이 점점 늘어나기 시작했다. 그는 말은 별로 없었지만 적어도 내 말을 잘 들어주었다. 우리는 둘 다 외로웠다. 나는 내게 일어나기 시작한 이 모든 놀라운 일을 누구에게도 말할 수 없었고 그는 오랜 나날 동안 저 비좁고 어두운 작은 원 안에 혼자 있었으므로 나와 함께하는 시간을 애타게 원할 수밖에 없었다. 적어도 그런 척하는 연기를 아주 탁월하게 해냈다.

어느 날 밤늦게 제법 술에 취한 내가 그에게 약속했다. 다 끝나고 나면, 다시 말해 이 책의 마법을 다 걸어 더는 걸 마법이 남지 않으면, 그를 원 밖으로 꺼내 이 모든 것을 함께 나누겠노라고. 분명치 않은 발음으로 내가 말했다. **어차피, 이 모든 건 내 것이기도 하지만 당신 것이기도 하니까.** 나는 결코 순진한 사람이 아니었다. 그를 절대로 믿을 수 없다고 생각했다. 하지만 그가 너무 사랑스러워서 그를 원하지 않을 수 없었고, 이제 원하는 것을 얻는 일이 익숙한 습관이 되어 있다. 그가 나를 용서할 수 없을 거라는 건 물론 알고 있었다. 나의 도움 없이는 그럴 수 없을 것이다. 나는 앞으로 남은 마법을 너무 자세히 보지 않으려고 애썼지만(책을 건너뛰어 마지막 페이지를 들춰보는 것처럼 이상하게 무례하게 느껴졌다) 마지막 마법의 이름이 '사랑'이라는 것은 알고 있었다.

그리고 새로운 재료가 목록에 올라 있었다.

그 무렵 우리는 뭐랄까, 안정기로 접어들었다. 내가 칼을 들고 아래층에 내려가면 그가 내 쪽으로 등을 내밀었다. 그를 바라보자 속에서 역겨움이 치밀었다. 한때 완벽했던 근육은 물렁물렁하게 축 늘어진 건강하지 못한 살덩이가 되었고, 피부는 어둠 속에 웅크린 채 오랜 시간을 보낸 탓에 허애졌다. 내가 잘 처치했음에도 최근에 생긴 상처가 여전히 아물지 않아 붕대 사이로 진물이 흘러나왔고 척추 뼈마디가 혹처럼 울퉁불퉁 드러나 선명한 그림자를 드리우고 있었다. 죄의식으로 마음이 쓰라렸다. 이쯤에서 그만두고 분필로 그린 원을 긁어내 그를 풀어줄까. 추하게 망가진 몸으로 나를 간절히 필요로 하는 그를 나는 예전 어느 때보다 강렬하게 원했다. 게다가 이미 모든 것, 부, 성공, 행운, 지성, 힘, 아름다움을 지녔는데

'권력'이 내게 무엇을 제공하겠는가?

나는 칼끝을 손바닥에 댄 채 구멍이 나도록 빙빙 돌렸다. 우리는 이제 책의 절반을 지났을 뿐이었다.

"미안해요." 내가 말했다. 나는 여전히 칼을 돌리고 또 돌렸고 마침내 손이 화끈거리더니 피가 났다. "오늘은 좀 다른 걸 할 거예요."

한 가지 마법을 끝내면 다른 마법으로, 다시 또 다른 마법으로 넘어갔다. 매일 밤 그에게서 눈물을 짜내는 일이 점점 힘들어졌다. 나는 고함치고 간청하고 애걸했으며, 때로는 울기도 했다. 나약했던 어느 순간에는 이렇게 말하기도 했다. **내가 당신을 위해서 이러는 거 이해 못 해요?** 그러면서도 다른 한편으로 나는 갈수록 창의성을 발휘했고 칼 이외의 것도 사용했다. 그는 고통스러워 울고, 두려워 울고, 외로워 울고, 지치고 혼란스러워서 울었다. 그리고 날 위해 울었다. 더러는 밤에 내가 원 안으로 기어 들어가 울고 있는 그를 안아주고는, 모든 게 끝나고 우리가 마침내 하나가 되면 어떻게 될지 그에게 속삭여주기도 했다.

1년이 지났다. 그는 울었고, 나는 짠 눈물을 한 방울 한 방울 모았으며, 세상이 내 발밑에서 알처럼 쩍 갈라지며 열렸다. 내가 원한 모든 것, 원한다고 생각했던 모든 것,

원한다고 상상했던 모든 것을 가졌을 뿐 아니라 앞으로 원할 만한 모든 것도 가졌다. 또한 오로지 만족시키기 위한 목적 하나로 새로운 욕망들을 고안해냈다.

책의 마지막 페이지에 다다른 그날, 나는 다른 모든 재료를 모아 지하실로 내려갔다. 농산물 직판장에서 산 허브, 염가 판매점에서 산 싸구려 장신구…….

그는 몸을 동그랗게 말고 창백한 모습으로 미동도 없이 바닥에 누워 있었다. 그런 그를 보자 작게 울음이 터져 나왔다. 그의 눈이 파르르 떨리더니 그가 눈을 떴다.

"쉬잇." 내가 미소를 지었다. 나는 원 안으로 손을 뻗어 그의 팔을 쓰다듬었다. 은색으로 빛나는 흉터들이 어지럽게 교차해 있었고 몸에는 흉터가 남지 않은 곳이 없었다. 이번 마지막 마법을 통해 저 흉터들이 모두 지워질까. 그가 처음처럼 멋지고 싱싱한 피부로 내게 돌아올까.

"내 사랑, 내 사랑." 내가 읊조렸다.

지난 몇 달 동안 조리 있는 말이라고는 한 적 없던 그가 신음소리를 내며 몸을 씰룩거렸다. 나는 그의 어깨를 부드럽게 안은 채 남아 있는 그의 머리카락을 쓰다듬었다.

책장을 넘겨 마지막 페이지가 보이도록 뒤로 접어놓았다. 마법을 다 끝내면 둘이 함께 책을 불태울 것이다.

내 사랑은 다시 태어난 온전한 모습으로 내게 돌아올 것이다.

그런데 잠깐.

안 돼, 아, 안 돼.

눈앞에서 마법의 내용이 흐릿해지더니 달라졌다. 내게, 그에게 다른 뭔가를 요구했다. 나는 울 수도 있었지만 울음 대신 웃음을 터뜨렸다. 웃고, 웃고, 또 웃었다. 알고 보면 언제나 이런 식이 아니었나? 당신 마음이 욕망하는 것을 모두 가질 수는 없다. 그렇다면 거기에 무슨 도덕이 있겠는가?

주문이 저절로 다시 바뀌기를 간절히 바라며 주문을 노려봤지만 내 바람은 이루어지지 않았다.

그리하여 나는 원 안에 들어가 그를 끌고 나왔다. 1년 전 비명을 지르며 다급하게 그에게서 도망치려 했던 일이 기억났다. 당시 그는 얼마나 크고 위협적이었던가. 이제 내게는 '힘'이 생겼고 그는 거의 무게가 나가지 않았다. 나는 그의 팔다리를 펴고 누더기가 된 그의 셔츠를 벗겨냈다. 칼을 쥐고 그의 가슴에 걸터앉았다. 고개를 숙여 메마르고 갈라진 그의 입술에 입맞추고 칼날의 끝을 그의 쇄골에 갖다 댔다. 이제 내 마음의 진정한 욕망, 다른 사랑을 찾게 될 것이다. 책에 그렇게 쓰여 있었다.

"겁먹지 마요." 내가 속삭였다.


마음의 피
마음의 눈물
심장

# 성냥갑 증후군

The Matchbox Sign

다른 것보다 먼저 이 이야기부터—.

　한낮에 레드훅의 바에서 로라가 공부하고 있다. 옆에는 도서관에서 빌려 온 책이 쌓여 있고, 헝클어진 채로 틀어 올려 묶은 머리에는 연필이 한 자루 꽂혀 있다. 더러운 청바지, 낡은 스웨터, 짙은 빨간색 립스틱. 저편에서 그녀를 바라보고 있는 데이비드에게는 이런 모습이 장소에 전혀 어울리지 않으면서도 유혹적으로 보인다. 그녀가 연필을 잡아 빼 책에 밑줄을 긋다가 그만 팔꿈치로 맥주병을 쓰러뜨린다. 책부터 챙기느라 무릎에서 허벅지까지 흠뻑 젖고 만다. 그날 밤 맥주가 묻었던 이 흔적을 데이비드가 턱으로 문지르며 따라가는 동안 로라는 그 립스틱이 전략이라고 말하게 될 것이다. 아침에 일어나자마자 립스틱을 발라. 그러면 아무리 헝클어진 모습이라도, 얼룩 묻은 옷에 아이라이너는 번지고 머리에는 기름이 잔뜩 끼어 있어도 사람들은 지저분하다고 여기지 않고 매혹적이라고 생각할 거야. 그러나 사실 로라는 매혹적이면서도 지저분하다. 지저분한 모습이 매력이다. 두 가지가 서로 충돌하지 않는다. 립스틱을 발라 지저분한 모습을 덮어보겠다는 그녀의 결정은 확실히 젊고 아주 예쁜 여자들만이 채택할 수 있는 패션 철학이다. 아무 노력 없이도 빛이 나는, 지저분하고 후줄근한 복장조차도 일종의 자부심으로 작용하는, 그런 부류의 여자들만이 무리 없이 채택할 수 있다. **봐, 이런 모습으로도 전혀 꿀리지 않잖아.**

6개월이 지나 그들이 사랑한다고 말하고 보통의 커플이 그러듯 자기 친구들에 대해 불평하며 브런치 시간을 놓고 옥신각신 다투게 될 때에도 데이비드의 마음 한편에는 어느 날 로라가 놀라서 그를 쳐다보며 **"잠깐, 농담이지? 빌어먹을, 당신 뭐야?"**라고 말할 순간이 올지도 모른다는 예감이 여전히 자리하고 있다.

얼마 후 어느 날, 그녀가 저녁 시간에 한 시간 늦게 도착한다. 이별 선언이 곧 닥칠지 모른다고 그가 늘 예감하던 것과는 달리 그녀는 이별 선언 대신 졸업논문을 그만두겠다고 선언한다. 그녀는 그가 이제껏 망설여왔던 일자리 제안을 이제는 받아들였으면 좋겠다고, 그래서 나라 반대편으로 옮겨 "캘리포니아에서 한번 살아보면서" 새롭게 출발하고 싶다고 한다.

데이비드는 현재 직장을 그만두고 캘리포니아로 옮겨 갈 마음이 있을까? 그녀가 두 사람을 위해 느닷없이 새로운 삶을 꿈꾸면서 보여주는 열정이 어지러울 만큼 강렬해서 그는 자신의 진심을 분명하게 알지 못한다. 그러나 그날 밤 로라가 매사에 임할 때마다 그렇듯이 저돌적인 에너지로 양치질을 하고는 세면대에 입안의 내용물을 뱉을 때 흰 거품과 함께 끈끈한 붉은 덩어리가 쏟아진다. 그녀는 거울 쪽으로 몸을 숙이고 피 얼룩이 묻은 이를 드러낸 채 완전히 몰입한 상태로 거울에 비친 자기 모습을 찡그린 얼굴로 바라본다. 나중에 가서 데이비드가 그날 이후 벌어진 일들을 더듬으며 되새기는 동안 일종의 징조로 여겨질 이 기억이 되살아날 것이다. 거울 앞에 서서 완전히 넋을 잃은 채 놀라 자신의 피를 바라보던 로라의 모습이.

1년 뒤 데이비드가 문으로 들어서자마자 로라가 다가와 말한다.

"이거 좀 봐." 그녀는 그가 서류 가방을 내려놓을 여유

조차 주지 않는다. "내 팔 좀 봐. 물린 자국이 있어."

데이비드가 한 손으로 살며시 그녀의 팔목을 잡자 그녀는 그가 살펴볼 수 있게 팔을 내민다. 팔 아래쪽 보드라운 부분에 반점이 있다. "아, 세상에. 이게 뭐지? 빈대?" 그가 말한다. 그렇게 조심성 많고 밤을 좋아하는 생명체가 강철과 유리로 된 번쩍거리는 아파트에서 오랫동안 살아남을 가능성은 없어 보였지만, 그들이 사는 샌프란시스코의 동네에서 빈대가 들끓고 있다는 소문이 한바탕 돌았다.

"아니야. 빈대는 작고 빨갛고 무리지어 다니잖아. 이건 빈대가 아니야."

물린 자국에 대해 뭐든 주장하려면 속 편하게 보고 있을 게 아니었다. 가려움증에 대한 생각만 해도 긁고 싶어졌지만 그녀의 팔을 더 자세히 들여다본다. 팔꿈치 안쪽에 하얗게 부풀어 오른 직경 5센티미터의 통통한 물린 자국. 내내 긁은 탓에 이리저리 분홍색 선들이 어지럽게 생겼다. 모기 물린 자국이라고 하기에는 너무 크다. "그럼 거미한테 물린 건가?" 그가 묻는다.

"그럴지도 모르지……"

"아무튼 건드리지 마." 이 충고는 그녀를 위한 것이기도 하지만 그에 못지않게 그를 위한 것이기도 했다. 그는 손톱으로 살갗을 긁는 소리를 싫어한다. 딱딱거리며 껍을 씹는 역겨운 소리가 떠오르거나 목 뒤에서 그르렁거리는 콧물 소리가 연상된다.

로라가 소파에 털썩 앉으며 유혹을 멀리하려는 듯 두 팔을 최대한 쭉 뻗는다. 데이비드는 그의 도움이 없는 한 그녀의 결심이 기껏해야 5분을 넘기지 못할 것이라는 걸 알고 있다.

데이비드가 로라의 팔에 칼라민 로션을 바른 뒤 문지르며 묻는다. "쉬는 날인데 어땠어?"

"가려웠어. 그거 말고는 별일 없고."

"혹시 무슨……"

그들에게는 영원이라고 느껴지는 기간 동안 줄곧 맴돌고 있는 테마가 있었다. 처음 캘리포니아로 옮겨 왔을 때 일을 찾으려고 열심히 노력했던 로라는 현재 전횡을 일삼는 지역 갤러리 소유주의 사무 보조로 일하면서 극심한 불만이 쌓여 있지만 그러면서도 극적인 순간과 불만이 뒤섞여 돌아가는 갤러리를 끊어내지 못하고 있다(정확히 말하면 데이비드의 눈에 그렇게 비친다). 다른 곳에 가면 더 행복하게 일할 수 있을지도 모른다는 암시를 데이비드가 내비치면 로라는 싫은 기색을 보였다. 그가 다른 일을 찾아보라고 제안할 때마다 잔소리를 한다며 그를 비난한다.

역시나 로라는 그가 문장조차 끝맺지 못하게 한다. 홱 하고 그에게서 팔을 빼는 바람에 소파에 핑크색 로션이 둥근 원호를 그리며 튄다.

"나 좀 그만 괴롭힐 수 없어?" 그녀가 말한다. "당신은 날 그냥 내버려두질 않네."

사흘 뒤. 물린 자국이 세 개 더 늘어난다. 로라는 점점 짜증이 늘고 아주 작은 일에도 예민하게 군다. 세 번째 물린 자국이 광대뼈의 도드라진 곡선 위로 솟아올랐을 때에는 얼마나 긁어댔는지 눈이 감길 정도로 부어올랐다.

"의사한테 가봐야겠어." 금요일 아침식사 때 데이비드가 로라를 똑바로 쳐다보지도 못한 채 말한다. 부어오른 눈이 꼭 그에게 윙크를 하는 것 같다.

"안 돼. 거긴 세금공제 안 해줘."

"로라. 그냥 다녀와."

"램퍼드스트리트에 무료 진료소가 있더라. 월요일 예약 잡아놨어."

무료 진료소라니. 두 사람이 마지막으로 외식했을 때 와인 한 병에만 200달러를 썼다. 로라가 스스로에게 가하는 자책의 강도는 지켜보는 이가 움찔할 정도이며 마치 문틈에 손가락을 넣고 일부러 문을 꽝 닫는 걸 보고 있

는 것 같다. 그러나 그는 그녀의 도발에 맞서지 않고 대신
이렇게 대응한다. "오후 반차 낼 수 있으면 같이 가줄까?"

그녀가 그를 향해 환하게 미소 짓는다. "데이비드, 당신
은 정말 다정해. 나야 물론 좋지."

주말 동안 집에서 꼬박 마흔여덟 시간을 그녀와 함께
보내고 나서야 데이비드는 그녀가 가려움증과의 전쟁에
서 완전히 굴복했다는 것을 깨닫는다. 물린 자국은 밤새
세 배로 늘었고 그녀의 하루는 좀처럼 수그러들지 않는
가려움증을 진정시키려는 시도와 긁지 않으려는 안간힘
으로 채워져 있다. 아침에는 베이킹소다를 푼 물에 목욕
을 하고 바질과 알로에로 마사지를 한다. 강박적으로 손
톱을 자르고 침대 시트를 빨고 또 빨며 붕대를 조심조심
붙였다가는 이내 떼어버린다. 나머지 시간은 미친 듯이
단어를 조합해가며 인터넷 검색을 하면서 보낸다. **피부 혹
물린 자국 가려움증**이라고 검색해보고, **물린 자국 팔 복부 얼
굴**이라고 검색해본다. 움찔하게 만드는 일련의 끔찍한 사
진들을 자세하게 분석하는 한편 비슷한 고통을 겪는 사
람들의 이야기로 가득한 게시판을 깊이 파기도 한다. 끝
없이 이어지는 아무 결실도 없는 애처로운 이야기들이
수천 가지나 된다.

데이비드가 두 손 두 무릎으로 아파트 바닥을 기어 다니며 범인(파리나 유충, 벼룩이나 진드기)을 찾았지만 결국 빈손이다. 10분 정도 직접 인터넷 검색을 해보지만 너무 많은 가능성에 결국 그런 검색이 소용없는 정도를 넘어서서 상황을 더 악화시킨다고 결론 내린다. 가려움증은 너무 흔한 증상이라 진단이 불가능할 정도였다. "내 생각에는 인터넷 의학정보 말고 좀 더 자격을 갖춘 사람한테 진찰을 받아봐야 할 것 같아." 그가 로라에게 말한다.

로라는 팔 아래 부어오른 부위를 손톱으로 헤집는데, 이제 이 부위는 둥그렇게 구멍이 팬 채 번들거리고 담뱃불로 지진 자국처럼 가장자리가 노랗게 변해 있다. "부탁이 있어." 그녀가 긁으면서 말한다. "이제 도와주려고 애쓰지 마. 알았지? 당신은 상황만 더 악화시키고 있어."

일요일 밤 그가 잠에서 깨어 보니 침대 옆자리가 비어 있다. 거실로 걸어 나가자 그녀가 소파에 앉아 있고 주변에 구겨진 휴지들이 널려 있는데 휴지마다 핏자국이 붉은색 작은 꽃처럼 얼룩져 있다. "잠을 잘 수가 없어." 그녀가 훌쩍인다. "여기 내 피부 아래에서 뭔가 **기어 다니고** 있는 거 같아."

데이비드는 그녀가 그토록 엉망으로 풀어 헤쳐진 모습을 본 적이 없다. 그는 그녀의 머리 가르마 부위에 입을 맞추고 담요를 어깨에 둘러 여며주고 차를 끓여준다. 그들은 해가 뜰 때까지 함께 뜬눈으로 지새우고 그런 다음 그는 그녀가 씻고 옷 입는 것을 도와준다.

진료소 대기실은 아픈 사람들로 북적이고 공기 자체가 질병으로 가득해 텁텁한 느낌이다. 그들은 예약 시간이 한 시간 이상 지나도록 기다린다. 마침내 간호사가 로라의 이름을 부르자 로라는 턱을 들더니 혼자 들어가겠다고 고집한다.

15분도 지나지 않아 로라가 진료실을 나오는데 얇은 노란색 종이를 들고 있고 얼굴은 못 믿겠다는 표정이다. "처방전 없이 살 수 있는 **항히스타민제**를 추천하네." 그녀는 이렇게 말하면서 걸음 속도조차 늦추지 않은 채 그를 지나쳐 입구로 향한다. "**긁지** 말라는 말도 했고."

"왜 이러는지 모른대?"

"염병할 단서 하나 없더라고."

잠시 그들은 공동의 분노로 하나가 되지만 이 일시적 동맹은 곧 깨진다. 로라의 정수리에 가려운 곳이 하나 더 생기고 그녀는 25센트 동전 크기의 작은 탈모 부위를 긁어댄다. 두피가 두툼하고 비늘이 있으며 비듬도 보인다. "당신은 한 군데도 물리지 않은 게 확실해?" 그녀가 그에게 묻는다. "아주 작은 자국도 없어? 말이 안 되잖아. 전부 같이 쓰는데. 왜 저것들은 나만 쫓아다니고 당신은 쫓아다니지 않는 걸까?"

지난주에 그는 천 번 정도 피부 여기저기에서 스멀스멀 기어가는 것 같은 상상의 가려움증을 느꼈지만, 긁지 않고 매번 손가락 안쪽 면으로 문질러주었더니 다시 원래 있던 유령의 영역으로 사라졌다.

"모르겠어. 미안해, 자기." 데이비드가 말한다.

"당신이 왜 미안해? 당신이 뭘 잘못했는데?"

"난 단지— 우리가 이 일에 대해 함께 걱정하고 있다는 걸 당신이 알아줬으면 해."

"아, 당연하지." 로라는 이렇게 말하면서 핏자국이 묻은 휴지에 코를 푼다. "나도 알아."


화요일에 데이비드는 평소처럼 출근해서 이틀 전에 시간 낭비라고 판단했던 똑같은 구글 검색을 하느라 몇 시간을 허비한다. 그러고 집에 돌아와 보니 로라는 확대경으로 팔을 살피면서 면봉으로 작은 상처 속을 헤집고 있다. 그녀는 그에게 거의 눈길조차 주지 않은 채 자신이 찾고 있는 것에 골몰해 있다. **"여기** 뭔가 있어. 내 눈에 보여. 뭐랄까…… 작고…… 하얀…… 얼룩 같은데."

그는 그녀를 내려다보면서 공포에 질린다. "당신 뭐 하는 거야?"

로라가 부푼 상처 속으로 면봉을 밀어 넣자 그 주위로 뽀글뽀글 피가 솟아 나온다. 그녀가 의기양양하게 면봉을 들어올리며 소리친다. "여기! 보여?" 그는 피가 묻은 면봉 끝에 묻은 아주 작고 희미하고 번들거리는 점을 어쩌면 알아볼 수도 있을 거라고 생각한다. 그는 눈을 가늘게 뜨고는 형체를 알아보려 애쓴다. 벌레인가? 알? 솜털 조각인가?

로라가 면봉을 뚫어지게 바라본다. "아, 맙소사, 아직도 **움직여**. 당신은 뭔지 알아? 난 전에 어딘가에서 읽었어. 말파리라고 하는데, 작은 상처나 화상 같은 게 생긴 경우에 몸속에 알을 낳는 것 같아. 그러고 나면 알이 유충으로 변해서 피부 속으로 파고드는 거지. 아니, 오염된 물에서 수영할 때 이런 벌레가 옮을 수도…… 어쨌든 기생충 종류야. 그래서 당신은 괜찮은 거고 우리가 아무것도 찾아내지 못한 거지. 아파트에 숨어 있었던 게 아니라 내 안에 숨어 있었던 거야, 쭉."

"역겨워."

"맞아!" 하지만 그녀의 말투는 전혀 역겨워하는 것 같지 않고 안도하는 것처럼 들린다. 데이비드는 그 이유를 이해할 수 있지만(마침내 그녀는 뭔가 답을 알아낸 것이다) 그녀의 안도감을 함께 느낄 수는 없다. 확대경으로 보아도 그에게는 하얗고 작은 점 말고는 아무것도 보이지 않기 때문이다.

로라는 수상쩍은 견본을 네 개 더 파낸 다음 작은 지퍼백에 담아 냉장고 안, 오렌지주스 옆에 놓아둔다. 그녀는 여전히 단호하게 의사를 찾아갈 돈이 없다고 하면서, 식품점에서 코코넛오일, 마늘, 사과식초 등등 냄새가 강한 여러 가지 재료를 담아 집으로 돌아온다. 그녀는 이러한 민간요법 재료의 용량을 티스푼으로 꼼꼼하게 측정해 섭취하고 그 밖에는 전혀 먹지도, 마시지도 않는다. "기생충이 당분을 먹고 살아. 이 식이요법으로 기생충을 굶겨 죽일 거야."

데이비드는 진단도, 치료법도 어느 하나 믿지 않는다. 그러나 적어도 그녀의 눈이 전보다 빛나고 그녀가 조금 더 쾌활해졌으며, 긁은 상처 가운데 가장 쓰라리던 것도 증상이 약해지기 시작했다. 심지어 그들은 그녀의 피부 말고 다른 주제에 대해서도 짧게나마 평온하게 대화를 나눌 수 있게 되었다. 그는 생각한다. 어쩌면 이 일화는 그에게 전혀 이해되지 않은 채 그냥 지나갈지 모른다고. 안 그래도 어려웠던 시기에 겪은 불행의 작은 소용돌이로 남을지도 모른다고.

그러나 얼마 후 그는 긁는 소리에 잠을 깬다. 팔을 뻗어 그녀의 손을 얼굴에서 쳐내는데 그의 손가락이 미끄덩거리며 뭔가 뚝뚝 떨어진다. 불을 켠 그는 흠칫 놀라 움츠린다. 로라가 잠결에 눈 밑의 딱지를 뜯어냈고 얼굴 왼쪽이 미끌거리는 붉은 피의 가면으로 뒤덮인 것이다.

이후 몇 시간 동안 다툼이 이어진다. 한창 다투는 도중에 해가 뜨자 데이비드는 직장에 전화를 걸어 병가를 낸다. 로라는 너무 오랫동안 소리를 질러대서 목소리가 나오지 않는다. 데이비드는 주먹으로 벽을 친다.

싸움은 다름 아닌 스프레드시트에서 시작된다. 데이비드가 샌프란시스코로 처음 이사 왔을 때 작성한 **'데이비드와 로라가 함께 산다'**는 제목의 스프레드시트. 여기에는 임대료, 자동차, 식품, 여행 등 그들이 쓰는 공동 비용이 기록되어 있다. 그들은 두 사람의 수입 비율대로 이 비용을 매달 나누어 낸다. 엔지니어인 데이비드는 엄밀히 말해 아직 임시 직원인 로라보다 수입이 많으므로 로라가 공동 비용의 18퍼센트를 내고 그가 나머지 82퍼센트를 댄다.

데이비드가 엉망이 된 그녀의 얼굴을 닦아주며 말한다.

"의사한테 가봐야 해."

"그럴 돈이 없어."

"그럼, 이 비용을 스프레드시트에 올리자."

로라가 눈을 치뜬다.

"왜?" 데이비드가 묻는다.

"아무것도 아니야. 그냥…… 이러는 게 가끔 너무 지긋지긋하네."

"미안해. 나는 도와주려고 했던 거야. 내가 뭘 잘못했는지 설명해줄래?"

로라가 말한다. "뭐 좀 물어볼게. 내가 죽으면 장례비의 82퍼센트를 스프레드시트에 올리고 나머지는 내 상속인한테 청구서를 보내 받을 셈이야?"

데이비드가 말한다. "당신은 그야말로 피범벅이 됐는데 도움받을 생각은커녕 날 잡아먹으려고 하네!"

로라가 "그거 알아, 데이비드?" 하고 말한 이후 두 사람은 한바탕 붙는다.

"서로 사랑하는 사람들은 서로를 돌봐줘." 싸움이 정점으로 치달을 때쯤 로라가 소리를 지른다. "그 사람들은 서로에게 쓴 돈을 일일이 망할 **스프레드시트**에 올려 기록하지 않아. 일은 그렇게 돌아가는 게 아니라고!"

"그럼 어떻게 돌아가는데?" 데이비드가 맞받아치며 소

리친다. "당신이 싫어하는 그 거지 같은 직장에서 계속 일할 수 있게 내가 돈을 다 내기를 바라기라도 하는 거야?"

"우리 삶이 당신에게는 그렇게 보여? 당신이 나한테 그렇게 화를 내는 것도 하나도 이상할 게 없네, 당신이 그렇게 느낀다면!"

"내가 뭘 느낀다고 그래! 당신한테 비용을 약간 부담하게 하는 게 그렇게 심한 건 아니라고 생각하는 것뿐이야."

"아, 그래, 당연히 그렇겠지. 당신은 아무 느낌이 없는 거네. 정말 공평한 사람이야. 데이비드, 고마워."

"물론 나도 느끼는 게 있지, 다만─."

"당신 문제가 뭔지 알아? 당신은 말이야, 우리 관계에 도무지 투자라는 걸 안 해. 당신은 늘 망설이기만 하지. 당신은─."

"아, **계속**해봐. 난 투자했어─."

"아! 했겠지. 정확히 82퍼센트! 내가 어떻게 잊겠어? 당신은 자기가 낸 돈을 1센트까지 기록하는데."

"내가 쓴 돈을 기록하지 말아야 한다는 거야?"

로라가 격렬하게 고개를 젓는다. 그렇게 하면 입에서 말을 내뱉는 데 도움이 될 것처럼. "그런 얘기가 아니잖

아. 이건…… 사람을 사랑할 줄 아는가 하는 문제라고!"

단어들이 잠시 허공에 멈춰 있는 듯하더니 마침내 데이비드가 그녀의 말을 받는다. "내가 **사람을 사랑할 줄 모른다는 거야?**"

로라가 아이처럼 고집스레 턱을 쳐든다. "그래, 당신은 몰라."

바로 그때다. 짧은 순간 느닷없이 은총이 내려와 싸움의 끝을 알린다. 그녀의 찡그린 얼굴이 살짝 흔들린다. 그녀는 자신이 터무니없다는 것을 깨닫는다. 그리고 그녀가 깨닫는다는 것을 그가 깨닫는다.

"그거 재밌네." 그가 조금 차분해진 소리로 말한다. "나는 당신을 줄곧 사랑하고 있었다는 강한 느낌을 갖고 있었는데."

"으음." 거의 알아차리지 못할 정도로 살짝 연기를 시작하며 그녀가 말한다. "당신은 형편없었어."

"정말?"

"대체로. 별로였어."

"당신 생일에도?"

"그땐 괜찮았던 것 같아."

"그럼 내가 뭘 어떻게 해야 해? 말해줘. 진심으로 묻는 거야."

"뭘 **하려고** 하면 안 돼. 대신 이렇게 말해야 해. '로라, 사랑해. 괜찮아질 거야'라고."

그가 두 손으로 그녀의 두 손을 감싸며 말한다. "로라, 사랑해. 괜찮아질 거야."


로라가 소파에서 선잠을 자는 동안 데이비드는 자신의 1차 진료 의사와 예약을 잡는다. 비서에게 응급 상황이라고 말하자 그날 오후 시간에 그들을 끼워준다. 로라가 깨자 그는 예약을 잡았다고 말한다. 그는 그녀가 반대하기도 전에 말한다. "부탁이야, 그냥 내가 이렇게 하게 해줘, 응?"

랜싱 박사는 양쪽 귀 옆으로 머리카락이 연기를 뿜는 것 같은 모습을 한 나이 든 남자다. 데이비드가 한 팔로 로라를 감싼 채 자신도 검사실에 함께 들어갈 수 있을지 묻자 박사는 반대하지 않는다.

랜싱 박사가 상처가 벌어진 로라의 뺨을 보면서 걱정으로 혀를 쯧쯧 차더니, 부어오른 다른 부위들도 하나씩 차례대로 보여달라고 한다. 그녀는 하나씩 보여주고 박사가 상냥하면서도 재촉하듯 질문을 하자 할 수 있는 대로 대답한다. 대답을 마친 그녀가 가방 속에서 작은 비닐백을 꺼내 말파리와 그녀가 찾아낸 증거에 관해 견해를 밝힌다.

그러자 뭔가 이상한 일이 일어난다. 랜싱 박사의 얼굴이 멍해진다. 좀 전까지의 호기심이 다 빠져나간 것 같다. 그는 비닐백을 받아 들고 그저 건성으로 살펴보더니 구겨서 탁자 위에 놓는다.

"가려움증 말곤 기분이 어땠나요?" 박사가 묻는다.

로라가 으쓱해 보이고는 말한다. "괜찮았어요."

명백한 허위 앞에서 데이비드는 조용히 있는다. 박사는 더 몰아붙인다. "지난 몇 달이 당신에게 어땠나요, 정서적으로?"

로라가 다시 어깨를 으쓱해 보인다. "괜찮았던 것 같아요."

"잠은 잘 잤나요?"

"잘 자지는 못해요. 늘 긁고 있으니까요." 로라가 말하는데 그와 동시에 데이비드도 말한다. "로라! 사실대로 말씀드려!"

로라와 랜싱 박사가 놀라서 고개를 돌려 그를 쳐다본다. 로라가 경고의 눈빛을 보내지만 그는 계속 밀고나간다. "그러니까 내 말은, 가려움증이 심하긴 했지, 나도 알아. 하지만 당신도 기억하지 않나, 자기? 그전에도 직장 스트레스 때문에 잠자는 데 어려움이 있었던 거. 당신이 말했잖아…… 그러니까, 이사 온 뒤로 상황이 꽤 힘들었다고. 내가 틀린 말 하는 거야?"

그는 로라가 자신의 말에서 이야기의 맥락을 짚기를 내내 기다린다. 그러나 그녀는 그러지 않고, 그는 마치 자기 이야기인 것처럼 될 대로 되라는 식으로 뒤죽박죽 모든 것을 박사에게 털어놓는다. 그리고 마음 한편에서는 정말 자기 이야기인 것처럼 느낀다. 그는 이야기를 마치고 나서 로라가 완전히 배신당한 표정으로 앉아 있는 것을 본다.

그제야 그는 자신이 한 일이 어떤 결과를 가져왔는지 모든 것을 깨닫는다. 도와주려고 한 것이지만 어쨌든 그는 그녀의 허락도 구하지 않은 채 그녀의 모든 약점을 폭로하고 말았다. 외부인에게 그녀의 고통이 모두 그녀의 머릿속에 있는 상상이라고 증명하기 위해 그녀의 비밀을 이용한 것이다.

랜싱 박사가 말한다. "로라, 당신이 허락한다면 처방전을 써주고 싶어요. 몇 가지 고통을 가져온 근본 원인을 치료하는 데 도움이 될 거예요. 지난 몇 달간 당신은 심한 압박감에 시달렸던 것 같아요. 일단 기분이 나아지면 그에 따라 피부 문제가 얼마나 빨리 나아지는지 당신도 놀랄 거라고 생각해요."

데이비드는 서둘러 실수를 만회하려 한다. "그런데 실제 가려움증은 어떻게 하나요? 그것과 관련해서 뭔가 해주실 건가요? 그게 어렵다면 피부과 전문의를 소개받는 게 적절할 것 같아서요." 그는 로라를 보며 말한다. "당신도 그렇지?"

하지만 로라는 진이 다 빠져버린 것 같다. 전의를 완전히 상실했다. 흉터가 난 그녀의 얼굴은 고통으로 칙칙하고 멍하다. 그녀가 말한다. "정신 치료제가 도움이 될 거라고 생각하신다면 시도해볼게요. 말씀하시는 건 뭐든 해볼게요."

박사가 처방전을 써주고 데이비드는 멍하니 로라를 뒤따라 진료실을 나온다. 죄의식이 밀려든다. "자기, 여기서 기다릴래?" 그는 그렇게 말하고 검사실로 급히 들어간다.

"데이비드?" 메모를 정리하던 박사가 그를 쳐다본다.

"죄송한데요…… 제 말 좀 들어주세요. 제가 박사님께 잘못된 인상을 드린 것 같아요. 로라는 미치지 않았어요. 최근에 스트레스를 받기는 했죠. 그래요. 하지만 그럴 만한 이유가 있었어요. 직장 문제도…… 이사 문제도. 아마 제가 큰 힘이 되어주지 못했던 것 같아요. 그리고 제 생각엔, 로라 말을 믿어줘야 해요. 로라가 정말로 가렵다고 하니까요. 제가 하려는 말은 이게 다예요."

랜싱 박사가 깊게 주름 팬 이마를 손으로 문지른다. "걱정하는 거 이해해요. 이해합니다. 그런데 뭐 좀 물어 봐도 될까요?" 그가 검사 탁자 위에 있는 로라의 비닐백을 집어 들어 데이비드에게 건넨다. "이게 뭐라고 생각해요?"

데이비드는 구겨진 비닐백을 자세히 들여다본다. "이건…… 로라가…… 찾아낸 거예요. 긁은 자리에서."

"그래요. 거기에 정확히 무엇이 있다고 생각하나요?"

"알, 아닐까요? 아니면 유충? 너무 작아서 안 보여요. 그러니까 검사를 받으려고 로라가 가져온 거죠."

"너무 작아서 안 보인다고요." 의사가 데이비드의 말을 그대로 따라 한다. "하지만 로라에게는 보이고요. 로라는 뭔가 보인다고 생각하죠. 당신은 확신하지 못하는데 로라는 안다고 생각해요."

데이비드는 조용히 있는다. 그는 박사가 어느 방향으로 향하고 있는지 알며 그에게는 그를 따라가고 싶은 마음이 없다. 박사가 이어서 말한다. "단순한 스트레스가 아니에요. 그렇다고 기생충도 아닙니다. 이건 '성냥갑 증후군'이라고 불리는 전형적인 사례예요. 환자들이 빈 성냥갑을 갖고 들어와서 그게 자기 피부 속에 벌레가 살고 있는 증거라고 내밀던 시절부터 있어왔지요. 이제는 비닐백이나 밀폐용기를 사용해요. 휴대폰에 사진을 찍어 오기도 하고요. 그러나 안에 든 내용물은 똑같아요. 각질 조각. 때나 보푸라기. 이런 모든 것들은 너무 작아서 거의 보이지 않지만 한 사람, 자기 몸에 온 정신이 쏠려 있고 그 속을 갈라 있지도 않은 뭔가의 증거를 뒤지는 단 한 사람에겐 예외예요."

데이비드는 비닐백을 손에 놓고 움켜쥔다. 장난 같은 이런 갑작스러운 의미의 반전이 절망적일 정도로 불공평하게 여겨진다. 로라는 자신에게 벌어지는 일의 증거를 모으기 위해 그토록 노력했는데, 결국 그런 노력들은 그녀가 정신을 잃고 있다는 증거가 되었을 뿐이다.

"박사님, 저였다면, 제가 박사님을 찾아와 가려움증을 호소했다면, 그래도 이렇게 빨리 무시해버리셨을까요?"

박사가 입꼬리를 아래로 늘어뜨리며 얼굴을 찡그린다. "데이비드, 내가 말하려는 게 그거예요. 나는 무시하지 않을 겁니다. 벌레는 상상일지 몰라도 로라의 고통은 실제예요. 성냥갑 증후군은 우울증의 한 증상일 수 있지만 다른 한편으로 정신병의 초기 증상일 수 있어요. 이 증상을 치료하기는 매우 힘든데, 환자들이 좀처럼 도움을 받아들이려고 하지 않기 때문이에요. 로라는 지금 당장 그녀에게 필요한 치료를 기꺼이 받으려고 해요. 그녀를 사랑한다면 그대로 하게 둬요. 부탁해요."

그리하여 로라는 그녀에게 배정된 정신과 의사가 "약
한 수준의" 항정신병제라고 말한 것과 항우울제가 섞인
약물로 치료를 시작한다. 금식 식이요법 때처럼 이 치료
도 어느 정도 도움이 되는 것 같다. 마침내 로라는 밤에
여덟 시간을 자기 시작하고, 그게 아홉 시간, 다시 열 시
간으로 늘어난다. 휴식도 취하게 되고, 오후에 길게 낮잠
을 자게 된다. 데이비드는 직장에서 돌아와 로션 얼룩이
묻은 소파에 그녀가 누워 있는 것을 자주 본다. 그녀는 몸
무게가 늘고 짙은 색의 아름다운 머리는 숱이 줄었다. 그
러나 이제는 예전처럼 긁지 않으며 얼굴의 상처도 아물
고 있다. 몸에는 여전히 두드러기가 나는데 데이비드는
자기도 모르게 이것을 여전히 물린 자국이라고 생각한다.
그러나 그녀는 그 속을 파헤치려는 충동을 이겨내고, 하
루 정도 지나면 두드러기가 조금 가라앉고 희미해진다.
데이비드는 이 정도면 충분하다고, 그녀가 낫고 있다고
속으로 생각한다. 하지만 소파 위에서 흐리멍덩한 눈으로
느릿느릿 움직이는 여자를 바라보면서 자신이 사랑했던
사람을 훔쳐가버린 그녀에게 미움이 생길 뻔하는 때도
종종 있다.

그들은 일종의 안정기로 접어든다. 데이비드는 앞으로도 상황이 계속 좋다면 어쩔 수 없이 이런 상태가 정상 상태로 자리 잡을 가능성과 마주하게 된다. 늦은 밤 로라가 잠든 동안 데이비드는 자신의 생각이 불행보다는 훨씬 형체가 뚜렷한 기생충으로 다시 돌아가 있는 것을 깨닫는다. 결론적으로 로라는 우울할 뿐 아니라 근본적인 뭔가가 몸에서 빠져나간 것 같다. 그녀가 정말로 모종의 신종 기생충에 감염되어 있고 데이비드가 부적절한 타이밍에 터뜨리는 바람에 의사가 그녀를 정신병으로 잘못 분류해 약물로 그녀의 고통을 조용히 인내하게 만든 거라면?

이런 가능성은 그를 고통스럽게 했지만 일단 생각이 여기에 들러붙자 떨쳐버릴 수가 없다. 그는 로라를 사랑한다, 진짜 로라를, 맨 처음 바에서 만났을 때 맥주를 엎질러 온통 젖은 사고 앞에서도 그의 몸에 찌르르 전기가 흐르게 했던 그녀를. 그러나 그는 이 로라가 마지막으로 빨간 립스틱을 바른 게 언제인지 기억나지 않는다. 이 로라는 내면의 장애가 드러나지 않도록 아주 조심해서 단장한다.

그리하여 어느 날 아침, 그는 로라를 앉혀놓고 그녀가 좋아하는 담요를 가져다준 뒤 차를 끓여준다. 그가 기분이 어떠냐고 묻자 그녀는 늘 하던 대로 대답한다. "괜찮아." 그러나 그녀의 흰자위는 병든 달걀같이 노르스름하고, 콧구멍 가장자리에는 불에 그슬린 것 같은 빨간 테두리가 보인다.

"전부터 생각한 건데……" 그가 소파에 앉은 그녀 옆에 자리를 잡는다. "당신이 걱정돼. 그리고 당신에게 정말 문제가, 내 말은, 당신 피부에 정말 문제가 있었다는 생각을 너무 빨리 접은 게 아닌가 싶어."

그녀가 찻잔의 바닥을 응시하며 천천히 말한다. "나도 가끔 그런 생각이 들어."

"데파코트 약이 도움이 되는 건 알아. 하지만 어쩌면 다른 게 있을지도 몰라."

"그럴 수도 있겠지."

"해가 되지는 않을 거야. 다른 의사한테 가서 진단을 받아볼까?"

"다른 정신과 의사?"

"나는 피부과 의사를 생각하고 있었어. 훌륭한 의사로." 그가 서류 폴더를 열어 세심하게 정리해놓은 서류 뭉치를 보여준다. 상호 심사를 거친 학회지의 논문을 추려 직장에서 인쇄해 온 것이다. "실제 피부병, 그러니까 신체상의 피부병을 정신과 문제로 잘못 진단한 경우가 많더라고. 특히 여성의 경우에. 랜싱 박사는 **늙었어.** 그 세대는 모든 걸 심리적인 문제로 봐. 섬유근육통도 그렇고, 만성피로도. 진짜 답을 알고 싶으면 좋은 의사를 만나야해. 그냥 좋은 정도가 아니고. 최고의 의사."

"돈이 많이 들 것 같은데."

"로라, 난 상관없어."

그녀의 두 눈에 예상치 못한 빛이 스치고 이내 그녀는 입술을 씰룩거리며 익숙한 미소를 지어 보인다. "스프레드시트에 올리면 되겠네."

"**망할** 스프레드시트! 로라, 사랑해. 내가 당신을 돌봐줄게. 괜찮아질 거야."

그들은 자동차 유리창을 내린 채 데이비드가 찾아낸 새 의사를 찾아가고 있다. 계획을 검토하는 동안 시원한 바람이 그들을 때리고 지나간다. 손대지 않은 채 아직 냉장고 안에 넣어둔 비닐백 증거는 가져가지 않기로 하고, 그녀가 받고 있는 약물 치료에 대해서도 직접 묻지 않는 한 이야기하지 않기로 했다. 로라가 비닐백을 건넸을 때, 데이비드가 그녀의 스트레스 이야기를 꺼냈을 때 그들이 무심코 촉발시킨 그런 의심이 개입되지 않은 깨끗한 상태를 원했다. 그런 의심 없이 그녀는 새롭게 시작할 것이다. "다른 덴 건강해요. 가려움증이 심해서요" 하면서.

새로 찾은 피부과 전문의 진료실은 널찍하고 파스텔 톤으로 칠해져 있으며 깨끗한 냄새가 나 마음이 놓인다. 데이비드가 함께 들어가겠다고 나서지만 랜싱 박사보다 전문가다운 의사는 로라 혼자만 만나겠다고 한다. 20분이 30분, 45분으로 길어진다. 로라가 나오자 데이비드가 의자에서 벌떡 일어난다.

"뭐래?"

"응…… 두드러기, 스트레스 등등을 말하더라. 약물 치료에 대해 캐물었고 데파코트에 대해 말했어. 그러지 말았어야 했는데. 당신이 옳았어. 생각이 달라지는 게 보이더라. 정말 순식간이야. 흉터 치료를 위한 화학적 박피술을 제안했어."

데이비드가 실망감에 고개를 젓지만 이제는 로라가 그를 위로해준다. "어려울 거라는 거 알았잖아. 이제 시작인 거지."

사실이다. 그들은 알고 있었고, 이제 시작일 뿐이다. 그들은 진단이 어려운 질병 환자들의 네트워크 전체와 온라인으로 관계를 맺었고, 그들은 같은 편이 되어 12쪽에 달하는 동정적인 의사 목록을 보내주었다. 평생이 걸리더라도 답을 찾아낼 것이다. 데이비드는 그렇게 믿으며 로

라의 눈에서, 립스틱을 바른 채 환하게 웃는 미소에서 그
녀 역시 그렇게 믿는다는 걸 알 수 있었다.

데이비드는 이 순간을 수없이 상상해왔지만 여기, 병원
의 칙칙한 주차장에서, 구름이 머리 위로 빠르게 지나가
는 회색 하늘 밑에서 이 일이 이루어질 것이라고는 한 번
도 그려보지 않았다. 그러나 그의 안에서 단어들이 올라
오기 시작하자 그는 멈출 수 없었고 그럴 마음도 없었다.

"로라, 나랑 결혼해줄래?"

일주일 뒤 그들은 법원 청사에서 결혼한다. 아무에게
도, 부모에게도, 샌프란시스코의 지인들에게도, 뉴욕의
친구들에게도 알리지 않는다. 로라는 전에 입던 드레스가
하나도 맞지 않아 새것을 장만하고 예쁜 빈티지 모자를
구해 작은 베일로 장식한다. 그들은 눈 맞아 도망쳐 온 다
른 커플에게 증인을 서달라고 부탁하고, 몇 장의 사진을
위해 낯선 사람 앞에서 포즈를 취한다. 사진을 본 로라가
조금 슬퍼 보이고 데이비드는 왜 그런지 짐작할 수 있다.
이 사진들이 벽난로 위 선반에 놓이고 손자들이 감탄사
를 내놓으며 황홀하게 바라보는 일은 결코 없을 것이다.
사진 속의 로라는 충격적일 정도로 창백하고, 베일 아래
로 뺨에 번들거리는 흉터가 뚜렷하다. 그러나 그들은 결

혼식을 다시 할 수 있고 다음번에는 더 잘할 것이다. 중요한 건 그거다. 이제 그들에게는 서로 사랑하는 법을 생각해낼 수 있는 무한한 기회가 있다. 그들은 평생에 걸쳐 이를 올바로 알아갈 것이다.

결혼식 날 밤, 데이비드가 로라 옆에 누워 있는데 한 줄기 달빛이 그녀의 팔을 가로지르며 떨어진다. 맨 처음 생긴 물린 자국, 이 모든 것이 시작되었던 자국은 오래전에 아물어 번들거리는 흉터의 등성이를 이루고 있다. 이렇게 작은 것이 그렇게 엄청난 피해를 가져올 수 있었다는 것이 믿기지 않았다. 총알 하나가 지나가도 그보다 더 큰 고통을 남기지는 못할 것이다.

흉터에서 2.5센티미터 위에 새로 부풀어 오른 자국이 생겨 살이 매끄럽게 튀어나와 있다. 데이비드가 손가락으로 이 부위를 쓰다듬는다. 부풀어 오른 자국은 따뜻하며 거의 열이 나다시피 하지만, 로라의 나머지 살갗은 차갑다. 그가 그 부위를 쓰다듬는데 갑자기 그의 손길 아래서 피부가 쿵쿵 요동치는 게 느껴진다. 눈꺼풀이 파닥이는 느낌. 시계가 **째깍거리는** 느낌.

데이비드는 얼른 손을 떼어 손가락을 한데 모아 비비면서 그 생생하고 불안한 감각을 떨쳐내려 한다. 자신의 상상이라고 생각하고 싶지만 그의 눈은 계속해서 그에게 증거를 제공한다. 부풀어 오른 자국 위에 드럼처럼 팽팽하게 덮인 살갗이 변형되며 떨리고 있다. 마치 그 안에 있는 뭔가가 쿵쿵 살갗을 두드려대면서 밖으로 빠져나오려고 애쓰는 것 같다.

"로라. 로라, 일어나." 그가 속삭인다. 그러나 로라는 약에 취해 꿈속 깊이 빠져 있어 일어나지 못한다. 그가 눈을 가늘게 뜨고 어둠을 응시하는 동안 그녀 팔의 살갗이 일렁이는 바다처럼 물결친다. 그러더니 그의 눈앞에서 살이 둥글게 부풀어 오르고 그 가운데 어두운 구멍 하나가 나타난다. 반투명의 피 거품이 서서히 구멍에서 솟아오르다가 빨간 피가 획 튀기고, 몇 달 동안 로라를 먹고 살았던 기생충이 꼼지락꼼지락 그녀의 살을 뚫고 올라온다.

데이비드가 기생충을 잡는다. 주먹 안에 움켜쥔 기생충을 꽉 쥐고 잡아당기자 기생충은 살아 있는 실처럼 풀려나온다. 그는 축축하고 씰룩거리는 기생충을 로라의 피부에서 끌어내, 두 사람 사이의 시트 위에 던진다. 도저히 있을 수 없는, 도저히 믿을 수 없는 그것을.

기생충이 축축하게 침대에 달라붙어 있다. 15센티미터 길이의 원통 모양으로, 흰 살에 마디가 있고, 셀 수 없이 많은 다리들이 낯선 공기 속에서 파들파들 해초처럼 흔들린다. 이것은 성냥갑에 넣기에는 너무 크고 비닐백에 넣기에는 힘이 너무 세다. 내일 그들은 이 명확한 증거를 두꺼운 유리병에 담아 다시 의사를 찾을 것이다. 로라는 줄곧 옳았고 그녀를 믿은 그도 옳았다. 그는 하마터면 정말로 모든 것을 잃을 뻔했다.

이제 그들은 안전하다. 이제 그녀를 믿는 사람이 그 혼자만은 아닐 것이다. 갓 부화한 수천 마리 새끼들이 로라의 몸속에 우글거린다고 해도 이제 어미가 죽어가고 있다. 내일이면 모든 의학이 로라의 편이 되어, 마침내 그녀의 피가 다시 그녀 자신의 것이 되고, 그녀가 다시 가볍고 자유롭고 깨끗해지는 그날까지 기생충과 맞서 싸우게 도와줄 것이다.

기생충이 마지막으로 한 번, 격렬하게 발작하며 몸을 뒤튼다. 데이비드가 자세히 쳐다보는 동안 앞 못 보는 배고픈 벌레가 벌떡 일어서고, 그 바람에 벌레의 다리 하나가 그의 얼굴을 스친다. 그는 움켜잡으려고 하지만 너무 늦었다. 벌레가 다리를 고리처럼 걸더니 거꾸러지면서 눈과 뼈 사이의 연한 지점 사이를 억지로 비집고 들어온다. 순간 통증이 퍼지면서 눈앞이 하얘진다.

데이비드는 까칠까칠한 셀 수 없는 다리들이 그의 뺨 안쪽을 따라 춤추며 그의 두개골을 긁고, 뇌의 가장자리를 간질이는 것을 느낄 수 있다. 이윽고 이 느낌이 희미해 지더니 사라지고, 그에게는 기생충이 처음 뚫고 들어간 자리의 가려움과, 눈 아래쪽에 모기 물린 것처럼 아주 작고 볼록하게 부푼 자국만이 남는다. 그의 옆에서 로라가 몸을 뒤척이면서 신음소리를 내고 잠결에 살갗을 긁는다. 데이비드가 그녀 옆에 드러눕는 동안, 그가 사랑하는 이의 살갗 속에서 태어난 괴물이 그의 핏줄을 타고 고동치며 한 치의 어긋남 없는 본능으로 그의 심장을 향해 헤엄쳐 간다.

# 죽고 싶어하는 여자

Death Wish

자, 그러니까 얼마 전, 내가 볼티모어에서 살고 있을 때의 이야기다. 그때 난 정말 엿같이 외로웠다. 변명이라면 그거 하나다. 나는 실업 상태로 일주일 단위로 모텔방을 빌려, 내가 아는 모든 사람으로부터 멀리 떨어진 반대편에서 신용카드에 의지해 살면서 '나 자신에 대해 생각해보려고' 애쓰던 중이었다. 이 말인즉, 약과 술에 취해 스물네 시간 중 열여덟 시간 동안 잠을 잤다는 뜻이다.

그 시절 내가 정기적으로 대화한 사람은 대체로 틴더*에서 만나 여자들뿐이었다. 방에서 술을 마시고 포르노를 보고 비디오게임을 하고 있노라면, 자신이 한두 주 동안 살아 있는 사람과 말 한마디 하지 않았고, 심지어는 방 밖

---

* tinder, 데이트 어플리케이션. 상대가 마음에 들면 스와이프(화면 넘기기)로 호감을 표시할 수 있다.

을 나가지도 않았으며, 옷도 갈아입지 않은 채 상자에 든 음식 말고는 다른 것을 먹어본 적이 없다는 생각이 문득 들었고, 그러면 스와이프를 하며 내가 인간이라고 느껴지게 해줄 여자를 찾기 시작했다. 여자와 나는 바에서 만나 한 시간 정도 이야기를 나눴고, 그런 뒤에 여자가 내 방으로 왔고, 섹스했다. 어떤 여자도 몇 번 이상 만나지 않았다. 정말로 일부러 그런 것은 아니었고, 그저 일이 그렇게 굴러갔다.

지금부터 하려는 이야기도 그런 여자들 가운데 한 명과 있었던 일에 대한 것이다. 그녀는 귀여웠다. 작고 금발이었으며 중서부 어느 지역 출신인 것 같았다. 그녀의 이력으로 보아 우리 사이에는 아무런 공통점이 없었다. 그녀 탓은 아니었다. 당시 나는 어느 누구와도 공통점이 없었으니까. 이혼 절차가 여전히 진행 중이었고 2주에 한 번 꼴로 연락하던 형 말고는 가족 중 누구와도 대화하지 않고 지냈다……. 즉, 나는 내가 누군가와 관계를 맺을 상태가 아니라는 것을 알고 있었고, 누구에게든 장기적으로 민폐를 끼치지 않으려고 애쓰는 중이었다. 적어도 그 정도의 자의식은 있었다.

그리하여 나는 이 여자와 문자를 주고받고 나 자신에 대한 몇 가지 사실과 환경 등을 밝히지만 깊은 속사정은 말하지 않는다. 그녀는 내게 상당히 관심 있는 듯하고, 그래서 나는 그녀에게 만나서 한잔할 마음이 있는지 묻는다. 그녀는 술을 마시지 않는다고 하고 나는 말한다. 좋아, 그럼 디저트나 그 비슷한 것을 먹으면 되니 걱정 마. 그러자 그녀가 말한다. 근데요, 혹시 내가 거기로 가도 돼요?

이렇게 단도직입적으로 치고 들어오는 일이 틴더에서는 가끔 있었다. 자주는 아니지만 없지는 않았다. 나는 매번 이런 일을 받아들였지만 마음속으로는 늘 이렇게 말했다. 와우, 용감하군. 내가 당신을 강간하고 죽이지 않을 거라는 걸 나는 알지만 **당신은?** 그걸 어떻게 알지? 물론 실제로 물을 수 있는 말은 아니었다. 단지 궁금했을 뿐이다.

아무튼 그래서 여자가 오고 있고 나는 서둘러 방을 치우고 있다. 방 안은 돼지우리이고 나는 그 안에 살고 있는 돼지이기 때문이다. 샤워하고, 면도하고, 물건들을 옷장 안에 밀어 넣으면서, 내가 정기적으로 속옷을 갈아입는 부류의 사람이라는 인상을 만들어내려 한다. 하지만 사실 틴더만 아니라면 아마 나는 더러운 것들이 덕지덕지 묻은 똑같은 사각팬티를 치명적 감염이 생길 만큼 오랫동안 그냥 입고 있었을 것이다.

그나마 조금이라도 덜 혐오스럽게 보이기 위해 할 수 있는 일들을 하고 있을 때 누군가 문을 두드린다. 문을 열기 전에 구멍으로 내다보며 정말로 그녀인지 확인한다. 그녀 말고 누가 있겠어? 안 그래? 하지만 나는 일종의 편집증적 성향을 보였는데, 분명 그 약들 때문일 것이다. 그녀가 있다. 예쁘다. 머리는 치어리더처럼 높이 올려 묶고 작은 분홍색 티셔츠와 청바지를 입었다. 내게 떠오른 첫 생각은, **오, 죽이는군,** 이다. 이런 여자가 실제 상황에서 나타났을 때 어떻게 보일지 당신은 모를 거다. 요즘은 필터나 그 비스무리한 걸로 심각한 마법들을 부리지 않나. 두 번째로 내가 주목한 것은 그녀가 여행 가방을 갖고 왔다는 것이다. 큰 건 아니다. 바퀴가 달려 있는, 비행기에 들고 탈 수 있는 종류다. 이상하지 않나?

내가 문을 열고 맨 먼저 하는 일은 여행 가방에 대해 농담을 던지는 것이다. 와우, 얼마나 머물 생각인 거야? 그녀가 웃고 나는 말한다. 아니, 진심으로 하는 얘기야. 거기에 뭐가 들었어? 화장품? 그녀는 무슨 비밀이라도 있는 것처럼 히죽거리더니 나를 향해 윙크하고 말한다. 어쩌면, 당신이 운이 좋다면 알게 될 거야.

언제나 이런 순간들이 온다. 여자들이 내 방을 찾아오고 내가 잠깐 묵었다 가는 게 아니라 실제로 모텔방에서 살고 있다는 것을 깨닫는 순간. 나는 언제나 미리 그들에게 말해두지만(경고해두지만) 때때로 그들은 자기 눈으로 직접 보기 전까지는 전혀 믿지 않는다. 내가 방 안을 제대로 치워놓았다고 해도 거지같이 음산한 분위기까지 숨길 수는 없다. 여자들이 심각하게 충격받은 것 같으면 나는 늘 그들에게 다른 곳으로 데려가겠다고 제안했지만 아무도 내 제안을 받아들이지 않았다. 엄청난 충격을 받고 난 뒤 대개는 나에 대한 느낌이 나빠진 것이라고 생각한다.

그러나 이 여자는 내 생활환경에 눈곱만큼은 신경을 썼더라도 겉으로는 드러내지 않는다. 비행기 승무원처럼 여행 가방을 끌면서 천천히 들어오더니 침대로 가서 폴짝 뛰어오른다. 이제 시작이다! 하는 식이다. 그녀는 망할 놈의 신발도 벗지 않는다. 내가 사는 곳이 얼마나 엉망진창인지 앞서 밝힌 바 있으니 내가 화내는 것이 뭐랄까, 웃기다는 걸 알지만, 그래도 화가 난다. 겨우 30초 전에 서로 알게 된 사이인데 여행 가방을 들고 들어와 지저분한 신발을 신은 채 내 침대에 올라가 꽤나 느긋하게 긴장을 풀다니. 어떤 상황인지 감이 오나? 신발은 그런대로 좋아 보이지만(케즈 브랜드인가?) 어딘가 닳았고, 한쪽 신발 바닥에는 제발 진흙이기를 신에게 간절히 바라는 갈색 덩어리가 뭉개져 있다.

아마 내 정신이 다른 상태에 처해 있었다면, 어이, 침대에 올라가기 전에 신발 좀 벗지? 같은 말을 했을 것이다.

그런 말을 하는 게 그리 힘든 일도 아닐 거다. 그러나 그 시점에는, 정상적으로 인간관계를 풀어나가지 못하는 내 무능함이 문제였겠지만, 나는 내가 과민하게 반응한다고 여겼다. 하필이면 이불이 너무 엉망으로 보였기 때문이다. 때때로 잠이 오지 않을 때 나는 이불 생각을 하곤 했다. 어두운 빛 속에서 침대보가 어떻게 번들거리는지, 그 위에 여기저기 묻어 있을, 그리고 범위를 확장하면 내 피부 여기저기에 묻어 있을 온갖 똥과 피와 고름 같은 얼룩을 생각하곤 했다. 지금의 나라면 다음과 같이 물을 것이다. 그렇게 거슬려할 거면 왜 침대보를 세탁실에 맡기지 않은 거야? 그때의 나는 그러지 않았다. 당시의 내 삶이란 게 그랬다.

다시 여자 이야기로 돌아가자. 여자가 내 침대에 누워 있다. 나는 여자에게 한잔하겠느냐고 권한 뒤에야 여자가 술을 마시지 않는다는 것을 기억해낸다. 그녀가 말한다. 물 마시고 싶어. 또 나는 그녀에게 얼음을 원하느냐고 묻고 나서야 내게 얼음이 없다는 것을 깨닫는다. 그녀는 종이컵에 담긴 미지근한 물로 만족해야 한다. 이쯤 되면 다 망쳐버리고 있다고 할 수 있다. 하지만 이번에도 그녀는 상관하지 않는 것 같다. 나는 그녀에게 영화를 보고 싶은지 묻고 그녀는 좋아, 하고 말한다. 하지만 **당신이나 나나**

**오늘 밤에 영화 감상 따윈 안 할 거라는 걸 알잖아**, 하는 투다. 괜찮다. 자기가 뭘 하고 싶어하는지 아는 여자들. 그들은 가끔 인터넷에서 만난, 그런대로 괜찮은 생김새의 남자와 모텔방에서 그저 가볍게 섹스를 하고 싶어한다. 남자와 여자가 침대에서 원하는 게 다르다고 과장하는 사람들은 내 견해로 볼 때 자기들이 무슨 얘기를 하고 있는지 모르고 있다. 아마 보통의 여자가 보통의 남자보다 조금 더 보수적이기는 하겠지만 종 모양의 정규분포 곡선 양 끝에서는 심각할 정도로 정신 나간 짓거리가 늘상 벌어질 것이다. 통계일 뿐이지만?

곧 우리는 서로의 몸을 더듬고 얼마 후 그 이상의 단계로 나아간다. 내가 콘돔을 가져오려고 움직이는데 그녀가 말한다. "잠깐만."

나는 생각한다. 그래, 섹스하고 싶지 않은 거군. 그냥 만나서 함께 시간을 보내고 싶은 거야. 꽤 흔한 일이지. 솔직히 난 신경 안 써. 이번 주에 하루 날 잡아서 미적지근한 거 말고 화끈하게 오럴로 할 거야.

그러나 그녀는 이렇게 말한다. "나에 대해 알아야 할 게 있어."

"뭔데?"

"나에 관한 건데, 침대에서 하고 싶은 게 정말 독특해.

내가 성적으로 즐길 수 있는 유일한 길은 내가 해달라고 말한 그대로, 내가 즐기는 방식과 똑같이 당신이 해주는 거야."

기억해야 할 것이 있다. 우리 둘이 서로 알고 지낸 기간을 통틀어 그녀가 내게 한 말보다 훨씬 많은 말을 지금 계속 이어서 했다는 것. 나는 조금 놀라지만 말한다. "좋아, 물론이지. 아무 문제 없어. 말해봐."

"내가 원하는 걸 존중해주겠다고, 내가 부탁한 대로 해주겠다고 동의해주면 좋겠어. 나한테는 정말로 중요한 거거든."

"그러니까, 좋다고. 당연히 당신을 존중하지. 하지만 그게 뭔지 알기 전까지는 하겠다는 말 안 할 거야."

그건 합리적인 것 같다. 그렇지 않나? 하지만 그녀는 조금 까칠해진다. 그녀의 표정으로 확인할 수 있다. 내가 아무것도 묻지 않은 채 동의해주기를 원했던 모양이다. 그녀는 귀엽고 기타 등등 이런저런 것을 갖췄지. 그렇다고 그럴 수야 있나.

그녀는 세상에서 가장 뜨겁고 음탕한 것을 제안하려는 듯, 폰섹스 스타일의 목소리로 나지막이 숨소리를 섞어 말한다. "같이 샤워하고 싶어. 그리고 나서 키스하고 만지고 애무도 조금 하고. 보통 그러잖아. 그런 다음 얼마 있다가, 이게 가장 중요한 건데, 내가 예상하지 못할 때 내 얼굴을 있는 힘껏 주먹으로 쳐줬으면 해. 주먹으로 친 다음 내가 바닥에 쓰러지면 내 배를 발로 차줘. 그러고 나면 우린 섹스할 수 있어."

이런 상황에서 당신이라면 어떻게 하겠는가? 나는 진지하게 묻고 있다. 내 경우에는 다음과 같이 행동했기 때문이다. 그녀를 보고 웃는다. 그녀의 얼굴을 똑바로 보고 웃는다. 웃겨서가 아니라 그냥, 이유를 모르겠어서 웃는다. 웃고 또 웃다가 그녀가 웃지 않자 그녀를 보고 눈을 깜박인다. 마침내 그녀가 천천히 말한다. "그게 내가 원하는 거야. 날 주먹으로 치고, 발로 차주기. 그러면 우린 섹스할 수 있어."

나는 머릿속으로 혼잣말을 한다. 그래, 이 여자 미쳤네. 아니면 날 끌어들이고 있든지.

시험해보는 걸 수도 있지. 몰래카메라 같은 거 말이야.

그럼에도 나는 상대를 배려하려고 애썼고, 그러다 보니 나는 고작 이 말밖에 하지 못한다. "미안. 네 욕망이나 이런저런 거 다 존중하는데, 난 정말로 그런 건 별로야."

그러자 그녀가 말한다. "당신이 좋아하는지 아닌지는 중요하지 않아. **내가** 좋아한다고. 그리고 섹스할 거면 난 그걸 꼭 해야 해."

정말이지 거북스러운, 거지 같은 짓이었다. 그녀는 내가 절대 하지 않을 이 일에 내가 동의할 것이라고 기대하면서 나를 빤히 쳐다보며 기다린다. 나는 뭐라고 말해야 할지 모르겠는데 그녀는 어떤 힌트도 주지 않는다. 그냥 으음, 그런 것 같군. 그럼 나중에 보자, 하는 것도 정신 나간 거겠지. 그래서 마침내 내가 말한다. "잠깐 동안 애무를 계속해보면 안 될까? 생각 좀 해보게?"

그녀는 좋다고 하고 우리는 그렇게 한다. 그러는 내내 내 뇌는 미친 듯이 돌아간다. 안 돼, 절대 안 돼. 오가다 만난 여자를 주먹으로 때리려고 여기 온 게 아니야. 오우, 절대 안 돼. 사실 그녀는 자기가 뭘 부탁하고 있는지도 알지 못했다. 알았을 리가 없다. 그녀는 작다. 굳이 짐작해본다면 45킬로그램 정도? 나는 보기보다 힘이 세다. 내가 있는 힘껏 그녀를 주먹으로 때린다면 그녀는 정말 높은 확률로 죽을 수 있다. 설령 이것이 모종의 계획된 일, 가령 나중에 가서 그녀가 나를 경찰에 고발하겠다고 협박하기 위한 계획이라고 해도, 혹은 그녀의 애인이 들이닥쳐 그녀를 구하고 나를 구타하지만 실은 그 남자가 이런 것에 흥분을 느끼기 때문이라고 해도 그럼에도 그녀는 자기가 무엇을 하고 있는지, 내게 자기를 주먹으로 세게 쳐달라고 부탁하는 이 일이 어떤 일인지 알지 못했다.

그러나 그녀는 귀엽고 우리는 여전히 애무하고 있고 나는 그걸 좋아하기 때문에 당연히 결국 내 뇌는 이 어처구니없는 요청이 완전히 정신 나간 건 아니라고 여기게 해줄, 이 제안에 대한 어떤 사고방식을 헤아려보려 애쓴다. 어쩌면 그녀는 내게 바라는 주먹의 강도에 대해서는 잘못 판단했을지라도 그것 말고는 자기가 원하는 것을 알고 있을 것이다. 말하자면 주먹에도 여러 강도가 있고 그녀가 원하는 것은 자기 생명이 **실제로** 위험해지지는 않는 수준일 것이다. 어쩌면 "**있는 힘껏**"이라는 문구에 매달리는 건 단지 의미론에 얽매여 있어서인지도 모른다. 여자는 내가 자기를 주먹으로 때려주어야 흥분할 수 있기 때문에 그렇게 해주기를 원하는 거고, 이는 손바닥으로 때리거나 엉덩이를 때리거나 목을 졸라주기를 원하는 여자와 **그렇게** 많이 다르지도 않을 것이다. 예전에도 나는 이런 것들을 해보았고 제각기 다른 뜨거움과 성공을 맛보기도 했다.

나는 속으로 말한다. 좋아, 이 여자는 변태야. 그것도 무서운 변태. 어쩌다가 이렇게 됐는지는 아무도 몰라. 그러니까 내 말은, 상상은 가능하지. 어두운 가능성들을 무수히 그려볼 수 있지만 그 길로 너무 깊이 들어가고 싶지는 않아. 그러나 이유가 뭐든 그녀는 지금 이렇게 됐고,

그건 그녀도 어쩔 수 없는 거야. 이건 이를테면 발 페티시즘, 심하게는 소아성애 같은 거야. 우리는 스스로 원하는 것을 통제하지 못해. 우리가 통제할 수 있는 거라곤 기껏해야 그걸 처리하는 방식 정도지. 그녀는 아주 성숙하고 책임 있는 방식으로 자신의 욕망에 대처하고 있어. 그 이야기를 곧바로 했잖아. 세 번 데이트하고 서로에게 홀딱 빠질 때까지 뜸 들이지 않고 말이야. 그녀는 솔직했고 선택의 기회를 줬어. 어떤 점에서 보면 이 일로 많은 사람에게 자신을 판단할 근거를 제공하는데도 이런 일을 해달라고 청함으로써 자신의 약한 부분을 드러내고 있는 거지. 그래, 그녀는 이 일에 대해 뭐랄까, 명령하듯 굴고 융통성을 보이지 않는 것 같지만, 따져보면 그녀는 정직하고 관대하며 단도직입적이야. 그리고 어떤 점에서 보면 이 점은 감탄받을 만해.

그리하여 이제 나는 스스로에게 이렇게 묻는 지점에 이른다. 내가 그녀를 주먹으로 때릴 **수 있을까?** 있는 힘껏은 아니고 단지 뭐랄까…… 상징적인 정도로? 나중에 그녀가 거칠게 달아올라 아주 멋진 섹스를 하게 될 거라고 가정해서. 안 될 게 뭐야? 그럼에도 아직 나는 속으로 말한다. 어떤 여자인데 이런 걸 하는 거지? 어떤 부류의 사람이기에 알지도 못하는 남자한테 자기를 주먹으로 있는 힘껏 때려달라고 부탁하는 거지? 죽고 싶은 여자인가? 도대체 어떤 인간인 거야? 죽고 싶나? 아, 그런 거구나. 주먹질하면서 섹스하는 것에 대한 내 본능적인 혐오는 제쳐두더라도…… 난 죽고 싶어하는 여자랑 섹스하면서 뭘 하려는 걸까? 그 일로 나는 어떻게 될까?

사실, 이런 생각은 **지금** 하고 있다. 당시엔 그런 생각을 못 했다고 말할 수 있으면 좋겠다. 너무 우울하고 몽롱해서 그런 생각을 할 상황이 아니었다고. 하지만 나는 그런 생각에 **이르렀다.** 그랬지만 당시에는…… 그냥 슬쩍 밀어놓았다. 내 양심은 닳아버린 브레이크 같았다. 그 여자를 때리고 싶진 않았지만 상황 자체에 가속도가 붙었다. 그랬다, 그녀는 정말이지 제정신이 아니었다. 하지만 나를 만나 내 모텔방 문을 두드리는 틴더의 여자들 모두 어느 정도는 제정신이 아니었다. 자기 보호 본능이 제대로 가동되는 부류의 여자라면 **누구든** 1킬로미터 밖에서도 나한테서 나는 냄새를 맡을 것이다. 모든 여자가 어떤 식으로든 그럴 것이다. 그들 가운데 고약한 냄새에 끌리는 여자들도 있을 것이다. 솔직히 말해서 이 여자가 빌어먹을 부동산 중개업자나 대학생 같은 사람한테 가서 자기를 주먹으로 때려달라고 부탁하지는 않을 것이다. 내가 원하는 것을 줄 사람이라는 걸 알아본 것이다. 내가 문을 열었을 때 그녀는 이렇게 생각했겠지. 오, 좋아. 내 얼굴을 주먹으로 때리는 걸 즐길 남자 같아. 그렇게 보인다는 것, 그건 불안한 일이었다. 그러나 그보다 더 불안한 것은 그녀의 생각이 옳을지도 모른다는 사실이다. 설령 나는 보지 못하더라도 어쩌면 그런 욕망이 내 안에 숨어 있을지도 모른다. 그리고 어쩌면, 그녀가 부탁한 대로 해봄으로써 나는 그런 욕망을 몰아낼 수 있게 되거나 그런 욕망이 내 안에 없었다는 것을 증명할 수 있을지도 모른다.

그리하여 나는 그녀에게 마지막으로 묻는다. "**정말로** 그렇게 하고 싶어?"

"정말로 그렇게 하고 싶어."

"그냥 껴안고 영화 보는 건 싫어?"

그녀가 키득거리는데, 뭐랄까, 놀리는 투다. "왜, 겁나거나 뭐 그런 거야?"

나는 이 말을 부정하려다가 이내 생각한다. 그냥 사실대로 말하면 어떨까? 그래서 말한다. "맞아, 실은 그래."

그녀가 나를 안심시키듯 내 손 위에 자기 손을 포갠다. "이상하다는 거 알아. 당신을 겁주려는 건 아니야."

"생각해볼 시간이 필요한 거 같아. 여자 얼굴을 주먹으로 때려본 적이 한 번도 없어서."

사실 나는 누구의 얼굴도 주먹으로 때려본 적 없었지

만 그 말은 하지 않는다. 아마추어처럼 보이긴 싫다.

그녀가 웃는다. "경험 같은 거 필요 없어! 당신의 첫 번째가 되다니 영광으로 생각할게."

그녀가 나를 보고 그렇게 미소 짓는 것을 보고 있으니 그녀에게 질문을 백만 개 하고 싶어진다. 세상에, 어쩌다가 이런 지경이 된 거니? 어디 출신이야? 형제자매는 있니? 뭐 해서 먹고살아? 가장 먼저 떠오르는 기억이 뭐니? 좋아하는 색은? 아, 근데 저 여행 가방에는 뭘 넣어 다니는 거야?

그러나 내가 다른 뭔가를 말하기도 전에 그녀가 다시 내 손을 꼭 잡는다. "아무것도 걱정할 거 없어. 당신은 잘할 거야. 내가 장담해."

"잘할 거라고? 내가 어떻게 보인다는 건지 전혀 모르겠어."

"당신을 믿는다는 거야." 그녀는 그렇게 말하고는 내 뺨에 입을 맞춘다.

그 말이 사실인지 아닌지는 모르지만 내가 듣고 싶은 말이기는 했다. "좋아. 그게 네가 원하는 거라고 확신한다면 그렇게 해줄게."

그녀의 얼굴이 빌어먹을 크리스마스트리처럼 환하게 빛난다. 그녀가 다시 내게 키스하고 침대에서 폴짝 내려와 샤워실을 확인하러 뛰어간다. 이제는 굳이 설명할 것도 없겠지만 우리는 지금 비누와 최신식 샤워기가 갖춰진 어느 낭만적인 휴양지의 욕실에 대해 이야기하는 게 아니다. 작고 지저분한 모텔의 샤워실에 대해 이야기하는 중으로, 타일에는 허옇게 곰팡이가 피어 있고, 벽에는 유래를 알 수 없는 얼룩이 묻어 있다. 적어도 내 마음 한편에서는 그녀가 이걸 보고 마음을 바꾸기를 기대하고 있다. 그러나 아니었다. 그녀는 물을 틀더니 바로 들어간다.

욕실 형광등 불빛 아래서도 그녀의 벗은 몸이 멋져 보이지만(내가 아주 좋아하는, 작은 스피너 보디* 타입이다), 나는 그녀에게 멍 자국이 없는지 은밀하게 살피면서 혹시 이번 주에 그녀가 주먹으로 때려달라고 부탁한 사람이 내가 세 번째는 아닐까 생각해본다. 하지만 그녀에게는 어떤 흔적도 없다. 칼에 베인 흔적도, 다른 것도. 완벽히 정상으로 보인다.

나는 그녀를 따라 샤워실로 들어가고 우리는 키스한다. 그녀가 내 아래쪽으로 내려가 오럴섹스를 시도하지만 다음에 일어날 일에 대한 압박감으로 제대로 된 반응이 일어나지 않는다. 오럴섹스가 잘 되지 않는다는 사실이 이

---

* spinner body, 성행위를 할 때 남자가 여자를 자기 몸 위에 올려놓고 돌릴 수 있을 정도로 작고 가는 몸을 지칭하는 농담.

내 분명해지고 내가 말한다. 그냥 애무나 하자. 애무를 하는데 몇 분 뒤 그녀가 뒤로 물러서더니 몸에 비누칠을 하면서 엄청나게 재미있는 일이라도 있는 것처럼 내 어깨 너머를 바라본다. 나는 이런 행동이 그녀 나름대로 신호를 보내는 방식이라고 판단한다. 그녀가 주의를 기울이지 않고 있으며 지금이 주먹으로 때리기에 좋은 타이밍이라고 알리는 신호.

그래서 내가 주먹으로 그녀를 친다. 그러나 정말로 때린 것은 아니다. 그냥 아주 가볍게, 살짝 치는 정도다. 주먹으로 코를 '쓰다듬는' 것처럼.

**제발 이 정도로 충분하기를.**

충분하지 않았다. 잠시 그녀의 얼굴에 지독한 경멸의 표정이 떠오른다. "이 일을 진지하게 생각해줘, 라이언. 있는 힘껏 친 게 **아니잖아**. 진짜로 날 주먹으로 때려줘. 알았지?"

그녀가 머리를 감기 시작하고 덕분에 나는 시간을 조금 번다. 그러나 나는, 뭐랄까, 시계가 째깍거리고 있으며 이제 내 안에, 내 몸속에 두려움이 자리하고 있다는 것, 팔에 힘이 없고 가슴이 답답한 느낌으로 이런 두려움이 나타나고 있다는 걸 느낄 수 있다. 장난과 실제 사이에는 경계가 있다. 정말로 그녀를 다치게 할 정도는 아니면서도 그녀에게 만족감을 줄 정도의 범위. 그 안에 들어가야 했지만 이 범위는 아슬아슬할 정도로 좁다. 잘못 계산할 가능성이 높다. 물론 내 뇌 가운데 어느 작은 부위에서는 내게 이렇게 말하고 있다. 멍청아, 네가 이 일을 꼭 해야 하는 건 아니야. 이대로 쭉 가야 할 필요는 없어. 그러나 또 다른 부위에서는 그녀가 겁줘서 미안하다고 사과한 일을 생각하고 있으며, 그녀의 부탁이 그렇게 괴상망측한 건 아니라고 어떻게 그녀에게 장담해줄지 생각하고 있다. 이 일을 없던 일로 해버리고 싶지 않다. 그녀가 내게 부탁한 것을 그녀에게 해줄 수 있기를 바란다.

그리하여 우리는 우스꽝스러운 상황에 놓인다. 그녀는 나를 점점 더 날카로운 눈초리로 쳐다보며, 얼른 하라고, 멍청이, 그냥 해, 그냥 내 얼굴을 주먹으로 쳐, 하고 말하는 것 같다. 물은 점점 차가워지고 그녀는 정말로 짜증이 나기 시작한다. 그러나 그녀는 이제 곧 시작될 순간이 오고 있다는 것을 모르는 척 가장해야 하기 때문에 계속 머리를 감으며 한숨을 쉬고 나는 주먹을 꽉 움켜쥐며 속으로 나 자신에게 고함을 지른다, 해! 해! 하라고!

그리고 나는 한다. 주먹을 뒤로 당겼다가 그녀를 주먹으로 친다. 진짜로.

그녀가 쓰러진다. 넘어지면서 과장된 소리를 길게 "우

우우우웁!" 하고 내뱉는다. 바닥에 쓰러진 그녀의 코에서 피가 나 작은 핏줄기가 배수구로 흐른다. 그저 작은 핏줄기다. 하지만 계속 흐른다.

내가 다가간다. "빌어먹을! 괜찮아?"

속이 메스껍다. 오, 맙소사! 죽었으면 어떡하지? 나는 체포되는 순간과 재판을 상상하고, 사슬에 묶인 채 감옥으로 질질 끌려가는 동안 엄마가 우는 것을 상상한다. 시체를 처리해야겠지. 사람들에게 진실을 말해도 아무도 내 말을 믿어주지 않을 거야.

나는 허리를 숙이고 그녀의 맥박을 확인한다. 그녀가 눈을 뜬다. 마치 내가 고등학교 연극 시간에 대사를 까먹은 멍청한 상대역이라도 되는 것처럼, 그녀는 아주 낮은 소리로 내뱉는다, "**괜찮아.** 근데 이제 당신이 나를 **발로 차기로** 되어 있잖아."

그녀가 다시 두 눈을 감는다. 여기서 나는 당신에게 말해두고 싶다. 그 순간 그 여자가 미웠다고. 그 여자 역시 분명 나를 미워했을 거다. 그녀가 무슨 생각을 하고 있는지 정확히 알 수 있었다. 그녀는 자신이 붙들려 있는 어두운 곳으로 함께 내려가줄 멍청이 깡패를 찾고 있었지만 그만 이런 서툰 겁쟁이를 만난 거다. 너무 형편없이 망가져 있어서 꺼지라는 말도 못 하는 남자, 그러면서도 잔뜩 겁먹어 자기가 해주겠다고 말한 대로 해주는 남자.

주먹으로 때리는 문제에 온통 매달려 있느라 발로 차는 문제에 대해서는 생각조차 해보지 않았다. 그런데 이제 보니, 두 눈을 감고 내게서 자신을 보호하려는 듯 태아처럼 몸을 둥글게 말고 무방비 상태로 누워 있는 그녀를 발로 찬다는 건 훨씬 더 끔찍하게 여겨진다. 이미 쓰러진 사람을 발로 차는 게 얼마나 못된 일인지 이야기하는 속담도 있지 않나. 허옇게 곰팡이가 핀 싸늘한 모텔 샤워실에서 나는 그녀를 내려다보며 다리를 움직여보려 하지만 잘 되지 않는다. 그렇게 하지 못한다. 그러나 그 일을 하기 전까지는 끝나지 않을 거라는 걸 안다. 어쩌면 다른 우주에 사는 또 다른 나는 그녀를 일으켜 세워 수건으로 몸을 감싸주고는 "자기, 나는 자기를 존중하지만 자기는 이보다 나은 대접을 받아야 해. 우리 둘 다 이보다 나은 대접을 받을 자격이 있어"라거나 그 비슷한 허튼소리를 지껄일 것이다. 그러나 그런 우주에 살고 있다면 그녀는 여기 없었을 것이고 나도 이 모텔에 살지 않았겠지. 적어도 그 우주에 사는 나는 망할 놈의 이불을 세탁실에 맡겼을 것이며, 그녀에게 신발 벗고 침대에 올라가라고 말했을 것이다. 그곳은 말이 되는 세계였을 것이다. 그러나 지금 이 세계에서 나는 여자를 내려다보며 생각하고 있다. 웩,

빌어먹을, 이봐, 내 인생이 엿 같다는 건 알았지만…… 네가 오기 전까지는 **얼마나** 엿 같은지 깨닫지 못했어.

회복기에 들어선 사람들은 바닥을 친다는 게 어떤 건지 이야기한다. 나는 벌거벗은 그 여자를 내려다보면서 그녀의 배를 발로 찰 준비를 하던 그때가 내 바닥이었다고 말하고 싶다. 책임의식과 무력감이 뒤섞인 상태. 사실 나는 그녀를 내려다보면서 나 말고는 그 누구도 탓할 사람이 없으며, 내 인생이 통제 불능 상태가 되게 방치한 것이 나였다는 걸 아주 명확하게 깨달았다. 그전까지 내가 했던 모든 일들이 나를 그 지점으로 이끌었다. 나의 모든 선택이 바로 여기, 이곳으로 나를 이끌었다.

그러나 그 순간이 바닥**이었다면** 나는 달라졌을 것이다. 그렇지 않나? 빛이 내려와 뭔가 작용을 하고 어떤 식으로든 나를 도왔겠지. 그러나 그렇지 않았다. 난 더 엉망이 되었을 뿐이다.

마침내 나는 행동에 들어간다. 그녀가 부탁한 대로 그녀의 배를 발로 찬다. 그리고 그제야 나는 이 모든 과정이 왜 샤워실에서 이루어져야 했는지 깨닫는다. 그녀가 토하기 때문이다. 베이지색 오트밀 토사물이 그녀의 입에서 쏟아져 나와 물과 뒤섞이더니 내 발목 주위를 휘돌며 떠다닌다. 그 시점에 이르러 내 기억이 망가진 텔레비전처럼 지지직거리며 꺼졌지만, 그래도 그때 상황이 생각했던 것보다 훨씬 나빴다는 것, 정말이지 아주아주 나빴다는 건 말할 수 있다.

그런 뒤에 그녀는 간신히 몸을 헹군다. 비누 거품조차 손대지 않고 그대로 침대로 가서 내게 손짓한다. 내 머릿속의 아주 작은 목소리는 거의 **고함**을 치고 있다. 라이언, 그만! 그만해! 그만하라고! 제발! 그러나 나는 그만두지 않고 바로 그 모텔 이불 위에서 그녀와 관계를 갖는다. 토사물 냄새를 맡지 않으려 숨을 참으며. 그녀의 콧구멍 속에는 피딱지가 앉았다. 내가 그때까지 본 것 중 최악으로 끔찍한 광경이었다.

모르겠다.

그 시기의 내가 놓였던 상황을 재구성하려고 애쓰면서 어쩌다가 거기까지, 그 주먹질까지, 그 침대까지, 그 여자까지 내려가게 되었는지 헤아려보려 하지만 잘 되지 않는다. 몇 가지 잘못된 결정이 또 다른 잘못된 결정으로 이어진 건 알겠지만 거기에 이르게 된 모든 과정을 알지는 못한다. 말하자면 커브 곡선 같은 것을 상상할 수 있다. 내가 점점 더 아래로 떨어져 이윽고 레이더 화면 밖으로 사라져 보이지 않다가 일정한 시간이 흘러 곡선이 올라와 다시 화면에 보이지만 그사이에 무슨 일이 있었는지

나는 알지 못한다. 최악의 일은 그녀를 주먹으로 때린 것도, 그러고 나서 그녀와 관계를 가진 것도, 다 끝난 뒤 화장실로 기어가서 변기에 토한 것도 아니었다. 최악은 그 모든 게 끝나고 그녀가 가버린 뒤 혼자 남았을 때 내 기분이었다.

그 여행 가방 안에 무엇이 있었는지 나는 알아내지 못했다. 성인용품이나 속옷이 들어 있었을 수도 있다. 페티시 용품이었을 수도, 권투 장갑이었을 수도 있다. 폭탄이었을 수도 있다. 말하자면, 어떤 정신병자가 그녀에게 그 방으로 들어가 멍청이에게 주먹으로 때리라고 요구하라고 시킨 뒤 만일 시킨 대로 하지 않을 경우 둘 다 곧바로 저 먼 천국으로 날려버리겠다고 했을 수도 있다. 가방은 비어 있었을 수도 있다. 어쩌면 그녀는 노숙자이고 가방 안에는 그녀가 소유한 모든 것이 들어 있었을 수도 있다. 그녀는 내 방을 나간 직후 틴더에서 나를 차단시켰다. 정말로 너무 빨리 이루어진 일이라 나는 필시 그녀가 주차장에서 바로 차단했을 것이라고 생각한다. 그러므로 나는 영원히 알아내지 못할 것이다.

분명 그녀는 문제가 많은 여자였다. 우리 둘 다 문제가 있었지만 솔직히 그녀는 내가 만난 사람 중 의심할 나위 없이 나만큼 엉망이 된 유일한 사람이었다. 그러니 적어도 우리는 그 점에서는 통했던 것이다.

이 모든 것이 지나가고 그리 오래지 않아 형이 볼티모어에 나타나 내 일에 본격적으로 개입했다. 이혼이 성사됐고, 마침내 나는 일자리를 얻어 그 도시를 벗어났으며 비록 진심으로 매 단계마다 성실하게 임할 수는 없었지만 이따금 모임에도 나가기 시작했다. 다시 내 자신이 이해되고 나서야 삶이 상승 곡선을 그리기 시작했다. 내 결정을 그래프로 나타낼 수 있었고, 잘못된 선택을 했을 때에도 그에 대한 이유를 제시할 수 있었다. y라는 이유 때문에 x라는 행동을 했다고 말할 수 있었다.

오랜 시간이 지났지만 지금도 나는 그녀를 생각한다. 재클린. 그녀의 이름이다. 나는 그녀가 궁금하다. 어쩌다가 그렇게 되었는지, 그 빌어먹을 여행 가방 속에는 뭐가 들어 있던 건지, 지금은 뭘 하고 지내는지. 결국 나는 늘 똑같은 결론에 이른다. 분명 죽었을 거야. 그렇지 않겠어? 내게 말할 때의 그 말투, 자신이 원하는 걸 자세하게 설명하던 모습. 그 모습으로 미루어볼 때 그런 식으로 자신을 때려달라고 부탁한 상대가 내가 처음은 아니었을 것이다. 내가 처음이 아니었다고 확신한다. 그리고 그런 종류의 결정에는 자연스러운 결과가 따른다. x를 넣으면 y가 나오는 것이다. 당신이 모텔방에서 남자들을 만나 자신을 주먹으로 때려달라고 요구하고 다니는 일을 계속한다면, 결국에는 죽음으로 끝날 수밖에 없다. 그렇지 않았나?

그러나 누가 알겠나.

혹시 당신에게는 그런 일이 가능할지도.

# 무는 여자

Biter

엘리는 사람을 문다. 유치원에서 다른 아이들을 물었고 사촌들을 물었으며 엄마를 물었다. 네 살이 되었을 무렵 그녀는 일주일에 두 번씩 전문의를 찾아가 무는 행위를 해결하려고 '많은 노력을 쏟았다.' 의사 진료실에서 엘리는 인형 둘을 서로 물게 했고, 인형들은 물 때와 물릴 때 어떤 느낌인지 이야기했다. (한쪽이 말했다. "아야." 다른 쪽이 말했다. "미안." 한쪽이 말했다. "그것 때문에 슬퍼." 다른 쪽이 말했다. "난 행복해. 하지만…… 다시 한 번 미안해.") 그녀는 무는 행위 대신에 할 수 있는 일들, 가령 손을 들고 도움을 청하거나 심호흡을 하고 열까지 세는 등의 목록을 이것저것 떠올려보았다. 의사의 제안으로 엘리의 부모는 그녀의 방문에 표를 붙이고 엘리가 물지 않은 날마다 금색 별을 붙여주었다.

그러나 엘리는 금색 별보다 무는 행위가 훨씬 더 좋았다. 기쁨에 넘쳐 맹렬하게 무는 행위를 지속하던 어느 날, 유치원에서 돌아오는 길에 예쁜 케이티 데이비스가 엘리를 손가락으로 가리키며 모두에게 들리도록 크게 자기 아빠에게 속삭였다. "쟤가 엘리야. 아무도 쟤를 좋아하지 않아. 쟤는 사람을 **물어**." 엘리는 수치심 때문에 메스꺼워 토할 것 같았고, 그 뒤 20년이 넘도록 아무도 물지 않았다.

한창 사람을 물고 다니던 시절은 지나갔음에도 성인이 된 엘리는 여전히 사무실 여기저기에서 동료에게 몰래 다가가 그들을 무는 몽상을 한껏 즐기곤 했다. 예를 들어 복사실에 몰래 들어가는 상상을 했다. 그곳에 있는 토머스 위디콤은 보고서 서류를 정리하느라 몰두한 나머지 엘리가 뒤쪽에서 기어오는 것을 알아차리지 못할 것이다. **엘리, 대체 뭐야!** 토머스 위디콤은 소리를 지를 것이고 몇 초 후 엘리는 포동포동하고 털이 나 있는 그의 종아리에 이를 박을 것이다.

세상은 엘리에게 수치심을 주어 사람을 물지 못하게 하는 데 성공했다. 하지만 공작놀이 탁자 앞에서 잘난 체하며 블록을 쌓는 로비 케트릭 뒤로 살금살금 발뒤꿈치를 들고 다가가던 기쁨까지 잊게 만들지는 못했다. 모든 것이 정상으로 돌아가고, 조용하고 따분해지나 싶더니 이내 엘리가 나타난다. 앙! 로비 케트릭이 아기처럼 비명을 지르고 모두가 고함을 치며 달려간다. 이제 엘리는 어린 소녀가 아니다. 유치원 복도를 서성이며 가는 곳마다 혼란과 파괴를 뿌리고 다니는 야생동물이다.

자기 행동의 결과를 안다는 것이 아이와 어른의 차이다. 성인이 된 엘리는 임대료를 내고 건강보험을 유지하려면 직장에서 사람을 물고 다닐 수 없다는 것을 이해했다. 그래서 오랫동안 엘리는 직장 동료를 무는 일에 대해 심각하게 고려하지 않았다. 사무장이 점심시간에 모두가 보는 앞에서 심장마비로 죽고 임시 인력센터에서 그를 대신할 코리 앨런을 보내기 전까지는.

코리 앨런! 나중에 엘리의 동료들은 서로 묻곤 했다. 인력센터 사람들은 대체 무슨 생각으로 그를 보낸 걸까? 푸른 눈에 금발, 발그레한 뺨을 지닌 코리 앨런은 사무실에 어울리지 않았다. 파우누스나 사티로스* 같은 그는 햇빛이 밝게 비치는 들판에서 행복한 모습의 벌거벗은 님프

---

* 각각 고대 로마 신화, 고대 그리스 신화에 나오는 숲의 신. 남자의 얼굴과 몸에 염소 다리와 뿔이 있는 모습.

들에게 둘러싸여 사랑을 나누고 와인을 마셔야 어울렸다. 회계부의 미셸이 말했듯이, 코리 앨런은 언제라도 사무장 일을 그만두고 뛰쳐나가 나무에서 살겠다고 마음먹을 수 있을 것 같은 인상을 풍겼다. 직장에서 왕따 비슷한 존재였던 엘리는 코리 앨런에 대해 조용히 숨죽이고 대화를 나누는 여자 동료들을 맞닥뜨리곤 했는데, 필시 그들의 대화는 그와 얼마나 자고 싶은가 하는 내용이 대부분이었을 것이다. 코리 앨런은 아름답고 독특했다.

엘리는 코리 앨런과 섹스하고 싶은 마음은 없었다. 엘리는 그를 물고 싶었다, 세게.

엘리는 월요일 아침 회의 시작 전에 코리 앨런이 서빙용 접시에 글레이즈드 도넛을 올리는 걸 지켜보면서 이 사실을 깨달았다. 도넛을 다 차리고 뒤돌아서던 그는 그녀가 자신을 보고 있는 것을 알아차리고 윙크했다. "왜요, 엘리? 배고파 보여요." 코리 앨런이 음흉하게 미소 지으며 말했다.

엘리는 그런 이유로 그를 지켜보고 있었던 것이 아니다. 도넛에 대해서는 생각조차 하지 않고 있던 엘리는 문득 코리 앨런의 부드러운 목덜미에 이를 박으면 어떤 느낌일까 상상하는 자신을 발견했다. 코리 앨런은 비명을 지르면서 무릎을 꿇고 고꾸라질 것이며 얼굴에서는 그 자신만만하던 표정이 사라질 것이다. 그는 힘없이 그녀를 때리면서 소리칠 것이다, "아, 안 돼, 엘리! 그만해! 제발! 뭐 하는 거야?" 그러나 고기 냄새가 물씬 풍기는 달콤한 코리 앨런의 살이 엘리의 입안 가득 들어 있어 그녀는 대답하지 못할 것이다. 꼭 그의 목이어야 하는 것은 아니다. 그녀는 까다롭게 부위를 고르지 않았다. 코리 앨런의 손이나 얼굴을 물어도 되었다. 아니면 팔꿈치도, 엉덩이도 좋았다. 제각기 맛이 다를 것이며 입안을 가득 채우는 느낌도 다를 것이다. 지방이나 피부와 뼈의 비율도 다를 테고…… 제각기 저마다의 느낌으로 아주 맛있을 것이다.

아마 나는 코리 앨런을 **물려고 할** 거야. 회의가 끝난 뒤 엘리는 생각했다. 엘리는 홍보부에서 일했으며, 이는 아무도 읽지 않는 이메일을 작성하느라 근무 시간의 90퍼센트를 보낸다는 의미였다. 그녀에게는 저축통장과 생명보험이 있었지만 애인도, 야망도, 가까운 친구도 없었다. 자신의 모든 존재는 쾌락을 추구하기보다 고통을 피하는 것이 더 중요하다는 생각에 바탕해 있다고 엘리는 이따금 느꼈다. 아마도 성인의 문제는 행동의 결과를 너무 신중하게 고려한 나머지 자신이 경멸하는 삶만 남게 된다는 점일 것이다. 엘리가 코리 앨런을 문다면 어떻게 될까? 정말 그렇게 한다면? 그러면, 어떻게 될까?

그날 밤 엘리는 가장 멋진 파자마로 갈아입고 촛불을 켠 뒤 카베르네 와인을 한 잔 따랐다. 그러고는 펜 뚜껑을 열고 가장 좋아하는 공책의 새 페이지를 펼쳤다.

코리 앨런을 물지 말아야 하는 이유:
1. 나쁜 짓이다.
2. 내가 곤경에 처할 수 있다.

그녀는 펜 끝을 질근질근 물어뜯다가 두 가지 부수적인 사항을 첨가했다.

코리 앨런을 물지 말아야 하는 이유:
1. 나쁜 짓이다.
2. 내가 곤경에 처할 수 있다.
   a. 해고될 수 있다.
   b. 체포/벌금형에 처해질 수 있다.

엘리는 생각했다. 코리를 물 수만 있다면 해고되어도 좋다. 지난 1년 반 동안 점심시간의 대부분을 휴대폰을 붙들고 몬스터닷컴에 올라 있는 채용 공고를 검색하며 보냈다. 그녀는 자신이 새 직장을 구할 준비가 되어 있으며 자격도 완벽하다고 느꼈다. 그러나 사람을 물어서 직장에서 해고된 뒤 새 직장을 찾는 것은 단순히 직장을 그만두고 새 직장을 찾는 것과 같지 않다. 그런 상황에선 직장을 구하는 것이 불가능할까, 아니면 단지 아주 힘들 뿐일까? 알 수 없었다.

엘리는 와인을 한 모금 마신 뒤 b. **체포/벌금형에 처해질 수 있다**에 주의를 돌렸다. 분명 그럴 가능성이 있다. 그러나 실제로 여자가 사무실에서 남자를 물었다면, 남자가 그럴 만한 짓을 했을 것이라는 강한 추정이 성립될 것이다. 예를 들어, 그녀가 월요일 아침 회의 때 모두가 보는 앞에서 코리에게 다가가 그를 물고 나중에 사람들이 그녀에게 왜 그런 행동을 했는지 질문할 때 그녀가 "성적 만족감 때문"이라고 답한다면, 그렇다, 그 경우에는 그녀가 체포될 것이다. 그러나 그렇지 않고 그녀가 은밀한 장소, 가령 복사실 같은 곳에서 코리를 물고 사람들이 그녀에게 왜 그런 행동을 했는지 물었을 때 "그가 부적절하게 내 몸을 만지려 했어요"라든가, 아니면 그의 명예를 손상시키지 않도록 그저 "그가 내 뒤로 다가오는 바람에 겁이 나서 나도 모르게 그를 물었어요. 정말 미안하게 생각해요"라고 대답한다면 사람들은 아마도 그녀에게 유리한 쪽으로 판단해줄 것이다. 진지하게 이야기해보면, 엘리는 전과 기록이 없는 젊은 백인 여자이므로 적어도 한 번은 면책을 받을 수 있을 것이다. 그녀가 조금이라도 그럴듯한 이야기를 지어낸다면 그녀의 말을 믿어줄 것이다.

엘리는 두 다리를 쭉 뻗고 와인을 다시 한 잔 채우며 생각했다. 실제로는 이 모든 일이 전혀 다르게 전개될 가능성도 있어. 은밀히 코리에게 다가가 그를 물었는데 이 경험이 너무 야릇했던 그가 이를 믿기 힘들어 아무에게도 말하지 않는다면, 그럼 어떻게 될까?

상상해보라. 5시가 지난 늦은 오후. 이미 날은 어둡고 사무실은 텅 비어 있다. 코리와 엘리 말고는 다들 퇴근한 상태다. 코리가 복사기에 종이를 넣고 있을 때 엘리가 복사실에 들어간다. 그녀는 부적절할 정도로 아주 바싹 다가가 그의 뒤에 선다. 코리는 다음에 무슨 일이 벌어질지 알 것 같다. 그의 몸이 뻣뻣해지고 그녀를 정중하게 거절할 마음의 준비를 한다. 직장 예절과 관련해서 그만의 기준이 있기 때문이 아니라 이미 인사부의 레이철과 모종의 관계를 맺고 있기 때문이다. "엘리……" 그가 변명조로 말을 꺼내는 순간 엘리가 그의 팔뚝을 움켜쥐고 자기 입 쪽으로 들어 올린다.

처음에는 충격으로, 다음에는 아파서 코리의 사랑스러운 얼굴이 일그러진다. "그만해, 엘리!" 그가 소리치지만 아무도 듣지 못한다. 그의 팔의 힘줄이 엘리의 이 아래서 꿈틀한다. 마침내 코리가 정신을 차리고 엘리를 밀쳐낸다. 그녀는 비틀거리며 떨어져 나와 복사용지 더미에 부딪혔다가 바닥으로 미끄러진다. 코리가 피 나는 팔을 움켜쥐고 공포에 휩싸여 엘리를 노려본다. 코리는 설명을 기다리지만 엘리는 아무런 설명도 하지 않는다. 대신 차분하게 일어나 치마를 단정하게 정리하고, 입에 묻은 피를 닦아내고 복사실을 나선다.

코리는 어떻게 할까? 당연히 그는 곧바로 인사부로 달려가 "엘리가 나를 물었어요!"라고 말할 테지만 요컨대 여기는 유치원이 아니라 사무실이다. 대화와 관련한 모든 것이 우스꽝스럽게 흘러갈 것이다. "엘리, 당신이 코리를 물었어요?" 사람들이 물을 것이고 엘리는 눈썹을 치켜올리면서 "으음…… 아닌데요? 정말 이상한 질문이네요"라고 말할 것이다. 인사부에서 강하게 밀고 나오며 "엘리, 이건 심각한 혐의예요"라고 말한다면 엘리는 그저 이렇게 말하면 될 것이다. "네. 정말 심각하게 정신 나간 일이지요. 당연히 나는 사무장을 물지 않았고, 그가 왜 내가 그랬다고 말하는지 이유를 모르겠어요."

코리가 아무 말도 하지 않을 가능성이 정말로 높았다. 그는 한동안 복사실에 남아 상황을 곰곰이 생각하고는 다음 날 아무 일도 일어나지 않은 척하는 것이 가장 쉬운 일이라고 결심할 것이다. 그녀의 치아가 남긴 작은 반달 모양의 자국, 그의 팔에 난 흉한 멍 자국을 가리기 위해 그는 긴소매 셔츠를 입고 출근할 것이다. 그리고 코리 앨런의 뇌 한쪽은 엘리가 정확히 어디 있는지 계속 추적하는 일을 맡게 될 것이다. 엘리는 회의 시간에 자신을 지켜보는 코리의 모습을 포착할 것이고, 직장 파티에 참석할 때면 코리는 가능한 한 엘리와 거리를 두려고 계속 움직일 것이다. 코리가 두 번 다시 엘리에게 말을 걸지 않는데도 어떤 점에서 보면 두 사람이 계속 춤을 추는 것처럼 보일 것이다. 몇 달이 지나고 다른 누구도 지켜보지 않을 때 그녀가 활짝 웃으면서 그를 향해 이를 드러내면 코리는 유령처럼 얼굴이 창백해져서 급히 나가버릴 것이다. 코리는 평생 엘리를 기억할 것이고 두 사람은 코리가 지닌 공포의 번득이는 끈으로 연결되어 있을 것이다.

그날 밤, 시간이 흘러 몸에서 땀이 마르고 두 다리가 시트 속에 엉켜 있을 때 엘리는 억지로 일어나 다시 거실로 나가 공책을 집어 들었다. 판타지는 판타지지만 한 발은 현실의 영역을 딛고 있어야 했다. 그녀는 다시 침대로 돌아와 공책을 펼친 다음 항목을 고쳐 썼다.

코리 앨런을 물지 말아야 할 이유들:

1. 나쁜 짓이다.
2. 나쁜 짓이다.
3. 나쁜 짓이다.
4. 나쁜 짓이다.

엘리는 공책을 직장에 가져가 책상 서랍 바닥에 넣어 두고는 코리 앨런을 물고 싶은 유혹이 너무 커질 때마다 꺼내 보았다. 그녀는 한 가지 게임을 고안하고 '기회'라는 제목을 붙였다. 그녀는 코리를 물고 싶은 마음이 있지만 그런 행동은 하지 않을 것이며 이는 칭찬받을 만한 일이라고 여겼다. 그래서 그녀는 그를 물 **수도 있는** 상황인데도 그러지 않았을 때마다 자신에게 점수를 주었다. 공책에 시간과 장소를 기록하고 그 옆에 작은 별을 그렸다. 아무도 없는 계단에서 그의 옆을 지나쳤을 때, 1점. 그가 남녀공용 화장실에 들어간 뒤 바로 문을 잠그지 않은 것을 알아차렸을 때, 1점. 그녀의 판타지 속에서 상상했던 것처럼 모두가 퇴근한 뒤 그 혼자 복사실에 들어간 것을 발견했을 때, 1점. 이렇게 해서 10점이 되었을 때 그녀는 자신을 밖으로 데리고 나가 아이스크림을 사주고, 아이스크림을 먹이면서 만족스러울 때까지 마음껏 코리 앨런을 무는 판타지를 머릿속으로 그리는 것을 허락해주었다.

몇 주 뒤 엘리는 그녀의 '기회' 게임에 흥미로운 점이 있다는 것을 알아차렸다. 그동안 그녀가 달성한 '기회'의 개수를 그래프로 그려보면 처음에는 낮게 시작하다가 그녀가 코리 앨런의 스케줄을 알게 되면서, 또 누구의 눈에도 띄지 않고 누군가를 물 수 있는 최적의 장소를 발견하게 되면서 꾸준히 높아졌다. 그러나 얼마 뒤 12월 중순이 되면서 급격한 하락세가 나타났다. 코리 앨런의 스케줄을 점점 예측할 수 없게 되고 그가 최적의 장소에 들어갔을 때에도 그곳이 비어 있는 경우가 드물었던 것이다. 자료에 뭔가 혼선이 생겼고, 엘리는 얼마간 시간이 지나서야 이런 장소에 가장 자주 등장하는 사람이 회계부의 미셸이라는 사실을 깨달았다. 그녀는 유부녀였다.

흐음.

연말 파티가 펼쳐지던 무렵에는 '기회' 게임도 별로 재미있지 않았다. 엘리는 코리 앨런을 무는 판타지를 그리고 싶지 않았다. 그를 물고 싶지만 그럴 수 없다는 사실에 미칠 것만 같았다. 그렇다. 뭔가를 원하지만 그것을 가질 수 없는 때가 있다. 그러나 다른 한편으로 사람들은 자신이 원하는 것이 비윤리적이라는 것을 알면서도 그것을 실행하기도 한다. 가령 결혼한 사람과 잠자리를 같이하는 것. 이는 잘못된 행동이지만 그래도 그런 일은 다반사다. 예를 들면, 빨간 호랑가시나무 열매 무늬로 뒤덮인 크리스마스 스웨터를 입고 있는, 회계부 미셸의 불쌍한 남편이 저기에 있다. 이 남자가 밤에 잠들지 못한 채 깨어, 왜 아내가 그에게서 그렇게 멀어졌는지 알아내려고 애쓰는 것을 상상해보라. 그가 아내의 문자메시지함을 훑어보다 아내가 일전에 "소름 끼치는 작은 요정"이라고 묘사했던 바로 그 코리 앨런과 주고받은 일련의 낭만적인 대화를 발견했을 때, 그때 그가 느낄 상처와 수치심을 상상해보라. 그런 상황에서 회계부 미셸의 남편이 느끼게 될 감정적 고통에 비하면 조금 물리는 신체적 고통은 아주 작게 느껴진다. 특히 코리의 몸에서 신경 말단이 그리 많지 않은 어딘가, 등이나 윗팔뚝 같은 곳을 무는 경우에는 더더욱.

그만해, 엘리. 엘리는 스스로에게 단호하게 말했다. 악을 악으로 갚는다고 좋을 것이 없다. 코리 앨런은 자기 행위에 책임을 지고, 너는 네 행위에 책임을 지는 거다.

그럼에도 코리가 사람들과 어울려 시시덕거리면서 펀치* 잔을 돌리는 동안 엘리는 눈을 부릅뜨고 그를 응시하

* punch, 물, 과일즙, 향료에 와인이나 다른 술을 넣어 만든 음료.

지 않을 수 없었다. 그는 인사부 레이철과 강렬한 눈빛을 서로 주고받고 있었다. 회계부 미셸은 꽤나 질투하고 있을 것이다. 그러나 코리 앨런이 회계부 미셸의 남편에게 질투를 느끼고 있을 가능성도 있었고, 어쩌면 이것이 핵심이었는지도 모른다. 단지 미셸에게 질투를 느끼게 하려고 레이철하고 시시덕거리다니, 코리 앨런은 좋은 사람이 아니었다. 코리 앨런은, 최악이었다.

엘리는 혹시 코리 앨런이 자신을 주목하지 않을까 생각하면서 서성거렸다. 그녀는 바닥까지 흘러내리는 꼭 끼는 검정 벨벳 드레스를 입고 있었다. 평상시 사무실에서 입던 것보다 섹시했지만 상복 분위기도 있어서 코리 앨런같이 쾌활한 사람의 관심을 끌 만한 옷은 아니었다. 지금 코리 앨런은 파티장 저편 끝에서 엘리가 알지 못하는 누군가와 수다를 떨고 있는데, 아마 동료 직원의 아내일 것이다. 어쩌면 코리 앨런도 자신만의 '기회' 게임을 하면서 여자를 웃게 하거나 얼굴이 빨개지게 할 때마다 스스로에게 점수를 주고 있는지도 모른다.

엘리는 죽어버리고 싶은, 깊은 절망감에 빠졌다. 이 모든 게 무슨 소용인가? 어쩌면 그녀는 코리 앨런을 물어버린 다음 절벽에서 뛰어내릴지도 모른다.

엘리는 생각했다. 집에 가자, 엘리. 너 취했어.

엘리는 빈 잔을 옆 탁자에 올려놓고 남녀공용 화장실에 가서 얼굴에 물을 묻혔다. 그녀가 화장실에서 나오는데 그가 있었다. 아무도 없을 빈 복도에 그, 코리 앨런이 혼자 그녀를 기다리고 있었다.

엘리, 1점! 절호의 '기회'였다. 후회할 일을 하고 싶지 않다면 이 자리를 떠야 한다는 의미였다. "안녕, 엘리!" 코리 앨런이 밝게 말했다. "당신이 간 줄 알았어요! 작별 인사도 없이 보내고 싶지 않아서!"

"화장실 좀 다녀오느라고요." 엘리는 이렇게 말하고 그의 옆으로 지나가려고 했다.

코리 앨런이 고개를 젖히고 웃었다. 엘리는 그의 애덤스 애플*이 파란 사과라도 되는 것처럼 그곳에 이를 박는 상상을 했다. 빌어먹을, 코리 앨런. 난 지금 자제력을 발휘하려 애쓰는 중이라고. 그냥 지나가게 해줘.

"잠깐만요, 엘리." 코리 앨런이 그녀의 팔을 잡았다. "저 위에 보여요? 천장에 있는 저거?"

"네?" 엘리는 반사적으로 위를 쳐다보았다. 그러자 코리 앨런이 그녀를 붙잡더니 입술로 그녀의 입술을 막고 혀를 밀어 넣었다. 그녀는 그를 밀치려고 했지만, 그는 한

---

* adam's apple, 주로 남성들의 목울대를 이르는 말.

손으로 그녀를 저지하면서 다른 손으로 그녀의 엉덩이를 만질 수 있었다. 그는 요정치고는 놀랄 만큼 힘이 셌다.

영원처럼 길게 느껴진 시간이 지나고 마침내 코리가 그녀를 풀어주었다. 엘리는 뒤로 물러서며 숨을 내뱉었다. 토할 것 같았다.

"무슨 짓이에요?" 엘리가 말했다.

코리 앨런이 키득거리며 웃었다. "미슬토*를 본 줄 알았어요! 이런! 내 실수예요!"

엘리는 생각했다. 끔찍했어. 물린 것보다 훨씬 끔찍했어. 정말 괴상망측했어.

그러나 문득 이런 생각이 들었다. 그래. 기회야.

실제로 해본 지 20년이나 되었지만 엘리의 대담성은 여전히 변함없었다. 그녀의 목적은 확실했다. 엘리는 칠성장어처럼 입을 벌린 채 코리의 얼굴 광대뼈 부위로 달려들었고 그녀의 이 아래에서 그의 광대뼈가 멋들어지게 으드득 소리를 냈다. 그녀는 오로지 이렇게 무는 것만을 꿈꿔왔다. 코리가 비명을 지르고 팔을 휘저으며 할퀴었지만 그녀는 놓아주지 않았다. 그 대신 개가 마지막 일격을

---

* 겨우살이. 가지를 꺾어 노랗게 말린 미슬토 황금 가지 아래에서 키스하면 결혼한다는 전설이 있다. 더불어 이 겨우살이 아래에서는 아무에게나 키스할 수 있다는 이야기도 알려져 있다.

가할 때 문 채로 흔들듯 고개를 앞뒤로 세 번 세게 흔들어 대면서 그의 얼굴을 물어뜯었다.

코리 앨런이 얼굴을 부여잡고 비명을 지르며 엘리의 발아래에 쓰러졌다.

엘리는 입안에 든 코리의 살덩이를 뱉으며 손등으로 입술에 묻은 피를 닦았다.

아, 맙소사.

너무 심했다.

그는 엉망이 될 것이다.

그녀는 감옥에 가게 될 것이다.

적어도 그녀는 평생 이 기억을 간직할 것이다. 그녀가 그를 물고 나서 몇 초 뒤에 코리 앨런의 얼굴이 일그러지던 모습. 그 모습을 사랑스러운 그림으로 그리면서 감옥에서 시간을 보낼 것이고, 그 그림들을 감방 벽에 테이프로 붙여놓을 것이다.

그녀 뒤쪽에서 소리가 들렸다. "무슨 일이 벌어졌는지 내가 봤어요. 전부 다 봤어요." 회계부 미셸이었다. 엘리가 뭔가 말을 꺼내기도 전에 회계부 미셸이 엘리를 감싸 안고 포옹했다.

"괜찮아요? 많이 놀랐죠?"

"네?"

"그건 폭행이었어요. 그가 당신을 **폭행**했어요."

"아, 네!" 엘리가 기억해내면서 말했다. "그가 그랬어요!"

"나한테도 똑같은 짓을 했어요. 내 뒤를 따라 계단까지 와서는 나를 붙잡았지요. 한두 번이 아니었어요. 그는 완전히 약탈자예요. 당신에게 경고해주려고 온 거예요. 당신 스스로 지켜내서 다행이에요. 당신은 정말 대단한 파이터네요, 엘리. 확실히 괜찮은 거지요?"

"괜찮아요."

그녀는 정말로 괜찮았다.

알고 보니 코리 앨런이 몸을 더듬은 여자는 엘리만이 아니었다. 미셸만도 아니었으며 그 밖에도 몇 명 더 있었다. 인사부의 대응은 신속하고 엄격했다. 코리는 직장을 그만두었고 엘리는 서류 한 장 쓰지 않았다. 실제로는 사무실에서 예전보다 친구가 늘었다.

그럼에도 엘리는 6개월이 안 되어 새로운 출발을 찾아 직장을 그만두었고 이후 매년 직장을 옮겼다. 모든 직장마다 그런 사람이 있었기 때문이다. 모두들 어떤 남자에 대해 수군거리고 있었다. 그저 귀 기울여 듣고, 기다리고, 그에게 '기회'를 주기만 하면 머지않아 그가 그녀를 찾아내곤 했다.

# 우리가 무엇을 원하는지 정말 알고 있을까?

2017년 12월, 잘 알려지지 않은 신인 작가 크리스틴 루페니언이 〈뉴요커〉에 〈캣퍼슨〉이라는 단편소설을 발표한다. 예술학석사과정을 마친 지 얼마 되지 않은 그녀는 아주 작은 문예지에 단편소설 한 편을 발표했으며 온라인에 몇몇 작품을 발표한 것 말고는 독자에게 작품을 알릴 기회조차 변변치 않던, 그저 이름 없는 작가였다. 사실 일찍부터 작가의 꿈을 키운 것도 아니었다. 대학 시절 건강과 심리학을 전공한 뒤 스물한 살에 비영리단체에서 활동할 생각으로 평화봉사단원이 되어 아프리카 케냐에서 1년간 지내기도 했고, 귀국한 뒤에는 보모 일을 하기도 했다. 그러나 어느 시점엔가 작가의 꿈을 꾸기 시작했고 하버드대학교에서 영문학 박사과정을 밟은 뒤 미시간 대학교 예술학석사과정에 들어가는 등 6년간 꾸준히 작품을 써왔다.

〈캣퍼슨〉이 발표될 당시 미국은 할리우드 유명 영화 제작자 하비 와인스타인의 성추문 사건을 계기로 '미투 운동'이 시작되어 여성들의 의식이 그 어느 때보다 활발하게 깨어나고 있었다. 이런 사회적 분위기 속에서 〈캣퍼슨〉은 독자들의 입소문을 타고 〈뉴요커〉 역사상 가장 많은 조회수를 기록하며, 이름 없는 한 작가를 뜨거운 논쟁의 한복판으로 밀어 넣었다. 게다가 특이한 점은 이 문학작품, 그것도 단편소설을 둘러싼 논쟁이 문학계에서 시작된 것이 아니라 식당 주방과 같은 아주 일상적인 영역에서, 그리고 이제껏 단편소설은 물론 장편소설조차 잘 읽지 않았던 사람들 사이에서 작중 등장인물의 행동이 거론되고 갑론을박이 벌어졌다는 것이다. 가히 하나의 문화현상이라고 할 만했으며 이름 없는 한 신인 작가의 놀라운 데뷔라고 할 만했다.

그러나 작가는 이러한 일시적 성공에 안주하지도 않고 인기의 무게에 짓눌려 있지도 않은 채 그동안 자신이 써놓았던 작품 열 편과 소설집을 준비하며 새로 추가한 두 작품(〈좋은 남자〉와 〈죽고 싶은 여자〉)을 묶어 소설집을 발표했다. 이 소설집을 우리말로 옮긴 것이 바로 이 책이다.

작가는 지난 5년간 독자나 평단의 반응은 염두에 두지 않은 채 자기 자신을 위해 작품을 썼다고 밝히지만 놀랍게도 이 소설집에서 자전적인 작품으로 읽히는 것은 한두 편밖에 되지 않으며 그것도 작가의 경력으로 미루어 짐작할 뿐 정말 자전적인 작품인지는 알 수 없다. 오히려 여기 실린 작품들은 한 작가의 작품이라고 믿기지 않을 정도로 장르나 주제, 등장인물 면에서 아주 폭넓은 다양성을 보인다.

우선 사실적인 심리묘사가 돋보이는 작품으로 〈캣퍼슨〉과 〈좋은 남자〉가 있다. 〈캣퍼슨〉이 이십 대 초반 여성을 주인공으로 하여 첫 데이트에서 느끼는 두려움과 소통의 어려움을 다루고 있다면 이 작품과 짝을 이룬다고 할 수 있는 〈좋은 남자〉는 테드라는 남자를 주인공으로 십 대 사춘기 시절부터 삼십 대 중반까지 그저 '좋은 남자'로서 안전하게 혹은 비겁하게 여자를 만나온 남자의 내면을 그리고 있다.

〈거울, 양동이, 오래된 넓적다리뼈〉는 우화 형식을 이용하여 결혼 적령기에 이른 공주를 주인공으로 내세우지만, 진정한 사랑을 찾아 행복하게 살았다는 기존 동화의 공식을 깨뜨리고 충격적 결말로 나아간다.

〈겁먹다〉는 일종의 판타지물로, 동네 도서관에서 마법의 책을 발견하여 자기 욕망에 놀라기도 하면서 끝내 자기 욕망을 충실하게 따라가는 주인공을 그린다.

작가는 이처럼 다양한 장르를 구사하는 데에서 한발 나아가 한 작품 내에서 과감한 장르 전환 또는 장르 파괴를 시도하기도 한다. 가려움증으로 비롯된 젊은 커플의 갈등을 사실적으로 다루는 〈성냥갑 증후군〉, 사람을 무는 여자를 주인공으로 내세워 공포물을 연상케 하는 〈무는 여자〉, 십 대 아이들의 생일파티를 그리는 〈정어리〉, 이들 작품 모두 전개 과정에서 장르가 바뀌거나 파괴되어 전혀 다른 놀라운 결말로 치닫는다.

이밖에 소재나 등장인물 면에서도 실연당한 남자와 한 커플 사이에 의도치 않게 형성된 일종의 '도미넌트-서브미시브' 관계를 그린 〈나쁜 아이〉, 십 대 소녀의 방황과 이로 인한 원초적 두려움을 그린 〈룩 앳 유어 게임, 걸〉, 아프리카에 파견된 백인 남성 평화봉사단원의 문화 갈등을 다룬 〈한밤에 달리는 사람〉, 사춘기 시절 짝사랑했던 여자친구의 처녀 파티를 준비하는 레즈비언 여성의 이야기 〈풀장의 소년〉, 생의 밑바닥에 우연히 만난 남녀의 이야기 〈죽고 싶은 여자〉 등 자유분방하면서도 다채로운 이야깃거리를 담아냈다.

그러나 이런 다양성 속에서도 작가만의 독특한 색채를 느낄 수 있는데, 바로 그 무엇과도 타협하지 않은 상상력이다. 사실 다양한 장르를 선보인 점이나 장르 전환 또는 장르 파괴의 특징 역시 그저 단순한 형식 실험이라기보다는 작가가 그리고자 하는 인물의 욕망 혹은 본능이 과연 어디까지 갈 수 있을지, 혹은 사회적 제약 속에서 끝내 욕망을 충족하려는 안간힘이 어떤 양상으로 펼쳐질지 탐구한 상상력의 결실이라고 할 수 있다. 그 결과 우리는 예상과 달리 흘러가는 전개와 결론 앞에 놀라지만 뜻밖에도 곧바로 수긍하며 우리 자신의 마음 깊이 들어 있었을, 혹은 갇혀 있었을 또 다른 마음을 깨닫는다. 작가는 이 작품

집의 원제로 내세우기도 한 "You know you want this"라고, 우리가 원하는 것이 이런 것임을 우리가 알고 있다고 힘주어 말한다. 하지만 각 작품을 읽는 동안 때로 놀라고, 때로 충격적 결말 앞에서 멍해지는 경험을 한다면, 우리가 정말 무엇을 원하는지 제대로 알고 살아가는지 우리 마음에 대고 가만히 묻지 않을 수 없다.

2019년 10월

하윤숙

"You know you want this"

# 캣퍼슨

1판 1쇄 인쇄 2019년 10월 28일  1판 2쇄 발행 2019년 10월 29일
지은이 크리스틴 루페니언  옮긴이 하윤숙
펴낸이 고세규
편집 이승희  디자인 박주희

발행처 김영사
주소 경기도 파주시 문발로 197(문발동) 우편번호 10881
등록 1979년 5월 17일(제406-2003-036호)
구입 문의 전화 031)955-3100  팩스 031)955-3111
편집부 전화 02)3668-3290  팩스 02)745-4827  전자우편 literature@gimmyoung.com
비채 카페 cafe.naver.com/vichebooks  인스타그램 @drviche
트위터 @vichebook  페이스북 facebook.com/vichebook  카카오톡 @비채책
ISBN  978-89-349-9944-7 03840  책값은 뒤표지에 있습니다.

비채는 김영사의 문학 브랜드입니다.

이 도서의 국립중앙도서관 출판예정도서목록(CIP)은 서지정보유통지원시스템 홈페이지(http://
seoji.nl.go.kr)와 국가자료공동목록시스템(http://www.nl.go.kr/kolisnet)에서 이용하실 수 있
습니다. (CIP제어번호: CIP2019040907)